T0283909

Cuando creíamos en las sirenas

Barbara O'Neal

Cuando creíamos en las sirenas

Traducción de
Azahara Martín

Primera edición: septiembre de 2022
Título original: *When We Believed in Mermaids*

© Barbara Samuel, 2019
© de la traducción, Azahara Martín, 2022
© de esta edición, Futurbox Project, S. L., 2022
Todos los derechos reservados, incluido el derecho de reproducción total o parcial en cualquier forma.
Esta edición ha sido posible mediante un acuerdo con Amazon Publishing, www.apub.com, en colaboración con Sandra Bruna Literary Agency.

Diseño de cubierta: Taller de los Libros
Imagen de cubierta: Unsplash | Jasmin Chew
Corrección: Irene Pomares

Publicado por Lira Ediciones
C/ Aragó, 287, 2.º 1.ª
08009, Barcelona
info@liraediciones.com
www.liraediciones.com

ISBN: 978-84-19235-00-8
THEMA: FBA
Depósito legal: B 15566-2022
Preimpresión: Taller de los Libros
Impresión y encuadernación: Liberdúplex
Impreso en España – *Printed in Spain*

Para Neal,
la calma en la tormenta

Capítulo 1

Kit

Casi quince años después de su muerte, mi hermana aparece en los informativos de la tele.

Me he pasado seis horas seguidas examinando a un grupo de jóvenes que han llegado a Urgencias después de que se produjera una pelea en la fiesta que estaban celebrando en la playa. Dos heridas de bala, una de ellas con perforación de riñón; una fractura de pómulo; una fractura de muñeca y múltiples heridas faciales de distinta gravedad.

Y eso solo en cuanto a las chicas.

Para cuando hemos terminado el triaje, he cosido y tranquilizado a los que han tenido más suerte; los más graves ya se han derivado a cirugía u observación. Yo, por mi parte, me he dirigido directamente a la nevera de la sala de descanso en busca de un Mountain Dew, mi chute preferido de azúcar y cafeína.

En el televisor de la pared aparecen las imágenes de un accidente ocurrido en algún lugar. Las miro sin prestar demasiada atención mientras doy un sorbo al refresco dulce y pegajoso. Es de noche. La gente grita y corre, y el presentador de los informativos, despeinado y con una *bomber vintage* de cuero, habla del suceso en un tono grave acorde a la situación.

Y allí, justo sobre su hombro izquierdo, aparece mi hermana. Josie.

Durante un largo segundo mira a la cámara. Y ese instante me basta para tener la certeza de que es ella. Ese cabello rubio tan liso, que ahora luce con un elegante corte *bob* a la altura de los hombros; esos ojos almendrados y oscuros; esos pómulos marcados, esos labios carnosos, parecidos a los de Angelina Jolie. Todos andaban locos por ella. Su belleza era una combinación de luz y oscuridad, de rasgos suaves con otros afilados. Una mezcla perfecta de nuestros padres.

«Josie».

Tengo la sensación de que puede verme a través de la pantalla.

Y, de repente, desaparece y la noticia del accidente sigue su curso. Me quedo mirando el vacío que ha dejado a la izquierda, con la boca abierta y el Mountain Dew suspendido frente a mí como si estuviera a punto de proponer un brindis.

«Por ti, Josie, hermana».

Trato de recomponerme. Esto es algo que sucede a menudo; cualquiera que haya perdido a un ser querido pasa por ello. Crees ver su cabeza en medio de una calle abarrotada, o te encuentras a alguien en el supermercado que se mueve como esa persona. Te das prisa por alcanzarla, aliviada de que siga viva… Pero entonces te das de bruces con la realidad, cuando la impostora se da la vuelta y te das cuenta de que esa no es su cara, ni sus ojos, ni sus labios.

No es Josie.

A mí me ocurrió unas cien veces durante el primer año, sobre todo porque nunca encontramos el cuerpo. Cosa que era imposible, debido a las circunstancias, como también era imposible que sobreviviera. Ella no podía morir de maneras convencionales, como en un terrible accidente de coche, o arrojándose por un puente, no… y eso que a menudo amenazaba con hacerlo.

No. Josie viajaba en tren por Europa cuando unos terroristas lo hicieron volar por los aires. No quedó nada de ella. Desapareció.

Esta es la razón por la cual celebramos funerales. Los seres humanos necesitamos desesperadamente ver la verdad con nuestros propios ojos; ver el rostro de nuestro ser querido, aunque esté irreconocible. Cuando esto no sucede, no terminamos de creérnoslo.

Me llevo el Mountain Dew a los labios y, mientras le doy un trago, vuelven a mi memoria todos los momentos que compartimos. Un recordatorio secreto de lo que significábamos la una para la otra. Y es entonces cuando me repito que lo que acabo de ver no es más que una ilusión.

∞

Cuando salgo del hospital en la quietud que precede al amanecer, me siento agotada. Exhausta y activa a la vez. Si quiero dormir algo antes del próximo turno, tengo que quemar la maldita noche.

Hago una parada en mi casa de Santa Cruz —una vivienda de ciento veinticinco metros cuadrados, en la periferia de un barrio no demasiado bueno—, donde me pongo el traje de neopreno, vierto media lata de paté en el comedero del peor gato del mundo y lo remuevo con los dedos. El animal ronronea a modo de agradecimiento y yo le tiro suavemente de la cola.

—Intenta no mearte sobre nada importante, ¿vale?

Hobo parpadea.

Meto la tabla en el Jeep y conduzco en dirección al sur, sin ser consciente de que me dirijo a la cala hasta que me encuentro allí. Me detengo en un espacio improvisado junto a la carretera, aparco y miro hacia el océano. Hay unas cuantas personas; al amanecer no suele haber mucha gente, ya que, debido a las corrientes del norte, el agua en California es muy fría. A principios de marzo está a diez grados. Lo bueno es que se divisan olas desde el horizonte. Perfecto.

El camino empieza donde antes estaba la acera que llevaba al restaurante y se desvía por la pendiente en zigzag que hay a pocos metros del acantilado, donde había unas escaleras —nuestro acceso privado a la apartada y escondida cala, por aquel entonces—. La ladera es inestable, y se dice que está encantada; todos los lugareños conocen su fama. Debo descender con cuidado. A los fantasmas ya los conozco.

A mitad de camino, me detengo y vuelvo la vista hacia el lugar en el que estaban nuestra casa y el restaurante cuyo célebre patio gozaba de las mejores vistas del mundo. De ambas construcciones solo quedan algunos tablones podridos y escombros esparcidos por la colina. A lo largo de los años, las tormentas se han ido llevando la mayor parte, y los restos que todavía quedan se han ennegrecido por culpa del agua y del tiempo.

A pesar de ello, me las imagino en todo su esplendor con una belleza espectral: el gran Eden con su magnífico jardín y, por encima de este, nuestra casa. Josie y yo empezamos a compartir habitación con la llegada de Dylan, pero a ninguna de las dos nos importó. Veo todos nuestros fantasmas, los de cuando éramos felices: mis padres locamente enamorados, mi hermana alegre y rebosante de energía y Dylan con el cabello recogido con una tira de cuero, echándonos una carrera escaleras abajo en dirección a la playa para hacer una hoguera, cantar y asar malvaviscos. Le encantaba cantar, y tenía buena voz. Siempre pensamos que sería una estrella del *rock*, pero él decía que lo único que le importaba era el Eden, nosotras y la cala.

También me veo a mí, una pilluela de siete años con demasiado pelo, dando vueltas por la orilla bajo un cielo borroso azul y blanco.

De eso hace un millón de años.

El restaurante familiar se llamaba Eden. Era un local exclusivo y permisivo al mismo tiempo al que acudían las estrellas de cine *hippies* y sus camellos. Nuestros padres también formaban parte de aquel mundo; eran las estrellas de su reino, cada una con su propio poder. Mi padre era el chef de sonrisa afable, alegre, hospitalario y de hábitos excesivos, y mi madre, siempre colgada de su brazo, era una coqueta encantadora.

A Josie y a mí nos ignoraban. De ahí que nos pasáramos el día correteando a su alrededor como cachorros y nos quedásemos dormidas en la cala cuando estábamos cansadas. Mi madre, que era una belleza, había quedado prendada de mi padre la noche en la que fue a cenar al restaurante con otro hombre, o eso es lo que cuenta la leyenda. Y cualquiera que hubiera conocido a mi padre, sabría que aquello probablemente fuera verdad. Tenía un carácter arrollador; era un chef italiano encantador, aunque, por aquel entonces, para la gente solo era un cocinero o el propietario de un restaurante —cosa que, por otra parte, era cierta—. Mi madre lo quería mucho más que a nosotras. Y él, por su parte, sentía una pasión intensa, sexual y posesiva por ella. ¿A eso se lo podía llamar amor? No lo sé.

Lo que sí sé es que es difícil ser hija de unos padres que están obsesionados el uno con el otro.

Josie era tan dramática como ellos. Tenía la gran personalidad de mi padre y la belleza de mi madre, aunque en Josie esta combinación se convertía en algo extraordinario, único. No recuerdo el número de veces que tanto hombres como mujeres la dibujaron, la fotografiaron y la pintaron, ni la cantidad de personas que se enamoraron de ella. Siempre pensé que sería una estrella de cine.

Y, sin embargo, como les ocurrió a nuestros padres, su vida terminó arruinada, con un final catastrófico acorde a las circunstancias.

La cala sigue ahí, pero las escaleras ya no están. Me enfundo los escarpines y me recojo el pelo en una gruesa trenza. La luz anaranjada del amanecer se derrama sobre el horizonte mientras remo sorteando las rocas y me dirijo hacia la línea. Solo hay tres personas además de mí. Tras el desafortunado ataque de un tiburón, hace unas semanas, el número de fanáticos de las olas ha disminuido, y ni siquiera una marejada en toda regla ha logrado persuadirlos.

Y es realmente impresionante. Las olas miden casi tres metros y tienen una hermosa cresta cristalina, algo más raro de lo que mucha gente cree. Salgo remando, espero mi turno, alcanzo la línea y me pongo en pie de un salto para montarla justo en el extremo. Esto es lo que me da la vida, este instante en el que no pienso en nada más. En el que no puede haber nada más. Solo el mar, el cielo y yo. El sonido de las olas y de mi respiración. El borde de la tabla deslizándose por el agua, el frío en los tobillos y dentro de los escarpines, un frío gélido. El equilibrio perfecto, los escalofríos, el cabello azotándome en las mejillas.

Durante una hora, o tal vez más, me pierdo en ello. Cielo, mar y amanecer. Me diluyo. No queda nada de mí, ni mi cuerpo, ni el tiempo, ni la historia. Solo la tabla, los pies, el viento, el agua y la suspensión.

Hasta que pierdo el equilibrio.

La ola se rompe de forma inesperada, tan rápido y fuerte que me golpea, y caigo al agua. Otras olas me azotan la cabeza y el cuerpo, y golpean la tabla hasta hacerla aterrizar muy cerca de mí, con la suficiente fuerza como para abrirme la cabeza. Me quedo sin fuerzas mientras contengo la respiración y dejo que la corriente me arrastre. Si te resistes, perderás, morirás. La única forma de sobrevivir es dejándote llevar. Durante unos momentos interminables, el mundo da vueltas hacia arriba, hacia abajo, a un lado y al otro.

Esta vez me voy a ahogar. La tabla me tira del tobillo y me impulsa en otra dirección. Las algas me envuelven los brazos y se arremolinan por mi cuello. De algún modo, veo el rostro de Josie en el agua, frente a mí. Como hace quince años. Como la he visto en la tele esta madrugada.

Está viva.

No sé cómo, pero sé que es verdad.

El mar me escupe a la superficie y lleno los pulmones de oxígeno. Cuando llego a la orilla estoy exhausta y me dejo caer boca abajo, sobre la arena del espacio protegido, para descansar un poco. Después me incorporo. Las voces de mi infancia me envuelven. Josie, Dylan y yo. También está nuestro perro, Cinder, una mezcla de *retriever* negro que retoza a nuestro alrededor, mojado, maloliente y feliz. El humo de los fogones del restaurante llena el aire con una sensación de agradable posibilidad, y oigo una música tenue a través de las risas del pasado.

Al sentarme, todo se desvanece. Tan solo quedan los restos de lo que una vez fue.

⚮

Uno de mis primeros recuerdos es el abrazo apasionado de mis padres. No creo que tuviera más de tres o cuatro años. No estoy muy segura de dónde estábamos exactamente, pero recuerdo a mi madre apoyada contra una pared y con la camisa subida mientras mi padre le acariciaba los pechos. Vi su piel. Se besaban de una forma tan famélica que parecían animales, y los observé fascinada durante unos segundos, hasta que mi madre hizo un sonido agudo y yo grité:

—¡Para!

Una hora después, sentada en el patio trasero de mi hogar y con el cabello mojado después de ducharme, el recuerdo todavía flota en mi mente. Doy un sorbo a la taza de café, dulce y caliente, y echo un vistazo a las noticias en el iPad. Hobo se sienta en la mesa, a mi lado, con los ojos amarillos brillando mientras mueve la cola. Es un gato callejero de siete años. Me lo encontré en la puerta trasera de casa cuando tenía cinco o seis meses. Estaba hambriento, con signos de haber sufrido maltrato y prácticamente muerto. Ahora solo sale si yo estoy con él y nunca se salta una comida. Le acaricio el lomo, distraída, mientras él vigila los arbustos que hay en la cerca. Tiene el pelaje negro, largo y sedoso. Es increíble la compañía que brinda.

El accidente que había visto en las noticias había ocurrido en una discoteca de Auckland. Murieron decenas de personas, algunas de ellas aplastadas por el techo al derrumbarse; otras, pisoteadas cuando trataban de huir de la fiesta. No hay más detalles. Un zumbido creciente, como el de un tren que se acerca a toda velocidad, se apodera de mí mientras voy seleccionando las fotos en busca del presentador de informativos al que he visto por la noche. No hay suerte.

Me dejo caer en la silla y doy otro sorbo al café. El sol brilla en el cielo de Santa Cruz y sus rayos atraviesan la copa del eucalipto bajo el que me encuentro para esbozar dibujos en mis muslos blancos, consecuencia de estar siempre en Urgencias o con el traje de neopreno puesto.

«No es Josie», me digo a mí misma, tratando de ser racional.

Alcanzo el teclado para escribir otro término en el buscador, pero me detengo antes de hacerlo. Durante los meses posteriores a su muerte, registré internet a fondo, en busca de cualquier indicio de su supervivencia en aquel horrible atentado. La explosión había sido tan fuerte que resultó imposible identificar todos los restos humanos y, como sucede más a menudo de lo que los servicios de emergencia y la policía admitirán jamás, mucho de todo aquello fue pura especulación. Tu ser querido se encontraba allí; no ha aparecido. Todo apunta a que ha muerto.

Un año después, esa imperiosa necesidad de encontrar a mi hermana se sosegó, pero seguía sin poder evitar el nudo en la garganta al pensar que la había visto entre la multitud. Dos años después, al terminar la residencia en el hospital general de San Francisco, regresé a Santa Cruz, donde me ofrecieron una vacante en Urgencias y me compré esta casa cerca de la playa, con la intención de poder echar un ojo a mi madre y construir una vida tranquila y normal. Aquello era todo lo que siempre había querido, lo único que había deseado, en realidad: paz, tranquilidad y predictibilidad. Ya había tenido drama suficiente para toda una vida durante la infancia.

Me rugen las tripas.

—Vamos, chico —le digo a Hobo—. A desayunar.

La casa, de estilo español, es pequeña, tiene dos habitaciones y está en un barrio que linda con lugares por los que no desearías pasear de noche, pero es mía, y la playa se encuentra a siete minutos a pie. He cambiado los electrodomésticos antiguos y los armarios cutres, y he reparado los bonitos azulejos. Mientras me decanto por tortitas para el desayuno, mi teléfono suena sobre la encimera.

—Hola, mamá —contesto mientras abro el frigorífico. Uh, no hay huevos—. ¿Qué pasa?

—Kit —dice, y hace una leve pausa, suficiente como para hacerme levantar la cabeza—. ¿Viste la noticia del incendio en una discoteca de Nueva Zelanda?

El corazón me da un vuelco, y otro, y otro, hasta que siento que se me va a salir por la boca.

—¿Qué pasa con eso?

—Sé que suena absurdo, pero te juro que he visto a tu hermana en una de las secuencias.

Con el teléfono en la oreja, miro por la ventana de la cocina hacia las hojas del eucalipto mecidas por el viento y las flores que planté con cuidado a lo largo de la valla. Mi oasis.

Si no fuera mi madre, la ignoraría, huiría y evitaría abrir esta puerta en concreto, pero ella ya lo ha hecho. En cada paso de Alcohólicos Anónimos, una y otra vez. Ella está aquí, es real y está triste. Por su bien, respiro y digo:

—Yo también la vi.

—¿Podría estar viva?

—Mamá, probablemente no sea ella. Vamos a mantener la cabeza fría, sin hacernos ilusiones, ¿vale? —Las tripas me vuelven a rugir—. ¿Tienes algo de comer? He estado trabajando hasta las cuatro y en esta casa no hay absolutamente nada que pueda llevarme a la boca.

—Qué raro —comenta de forma divertida.

—Ja. Si me haces unos huevos, me acerco y hablamos de ello en persona.

—Tengo que estar en el trabajo a las dos, así que date prisa.

—No son ni las once.

—Mm…

—No me voy a maquillar —digo, porque ella siempre se fija en eso.

Hasta en estos momentos.

—No importa —responde.

Pero sé que sí le importa.

La distancia de mi casa a la suya puede recorrerse a pie —esa es otra de las razones por las que decidí invertir en esta zona—, pero decido ir en coche para que no se preocupe. Le compré el apartamento hace un par de años. Está un poco anticuado y las habitaciones son pequeñas, pero el dormitorio principal goza de amplias vistas al Pacífico. El sonido del océano la tranquiliza. Es lo único que compartimos, esa hambre de mar que nos cala hasta los huesos y que no sentimos por nada más.

Subo las escaleras exteriores que llevan hasta su piso, ubicado en la segunda planta, mientras compruebo las condiciones del mar. Está en calma. No hay surfistas, pero sí muchos niños y familias jugando en la orilla bañada por las suaves olas.

Al ver el coche, mi madre sale al porche repleto de plantas. Lleva unos pantalones *capri* amarillos de algodón fresco con una camiseta blanca a rayas del mismo tono. En cuanto a la melena, que todavía tiene espesa, sana y rubia —aunque con algunos cabellos grises que parecen mechas—, la lleva recogida al estilo de una madre joven. Tiene buen aspecto, pese a que su rostro muestre signos de los años duros que ha vivido y de todo el sol que ha tomado. No importa. Es delgada, con las piernas largas y un buen pecho, y sus increíbles ojos no han perdido ni un ápice de brillo. Tiene sesenta y tres años, pero bajo la luz que se filtra a través del sencillo porche de la planta superior, da la impresión de que tiene unos cuarenta.

—Pareces cansada —dice, y me hace un gesto para que entre.

Las habitaciones están llenas de todo tipo de plantas vigorosas. Las orquídeas son su especialidad. Es la única persona que conozco que logra que las orquídeas florezcan una y otra vez. Dale medio segundo y te enumerará los diferentes géneros que existen: *Cattleya, Phalaenopsis* —sus favoritas— y la hermosa y delicada *Laelia*, todas con sus nombres en latín.

—Una noche larga. —Huelo café al entrar y voy directa a la cafetera. Vierto un poco en la taza que ya ha dejado preparada mi madre, la que tiene reservada para mí: una de color verde intenso, con una imagen de Hawái en la parte delantera. Hay huevos y pimientos picados en la encimera.

—Siéntate —dice con brusquedad mientras se pone un delantal—. ¿Te apetece una tortilla?

—Por supuesto. Gracias.

—Abre mi portátil —continúa, mientras deja caer una porción de mantequilla en una pesada sartén de hierro fundido—. He guardado el vídeo.

Hago lo que me pide y ahí está la noticia que vi anoche. La caótica escena, los gritos y el ruido. El presentador con la *bomber*. El rostro tras su hombro que mira directamente a cámara durante tres segundos. Uno, dos, tres. Observo, retrocedo y vuelvo a verlo mientras cuento. Tres segundos. Si detengo la imagen mientras aparece, no hay duda.

—Nadie podría parecerse tanto a ella —dice mi madre, que echa un vistazo por encima de mi hombro—. Ni tener la misma cicatriz.

Cierro los ojos, como si con ello pudiera deshacerme de este problema. Cuando los vuelvo a abrir ahí está, congelada, esa cicatriz irregular que empieza en el nacimiento del pelo, le atraviesa la ceja y llega hasta la sien. Fue un milagro que no perdiera el ojo.

—No —contesto—, llevas razón.

—Tienes que encontrarla, Kit.

—Eso es ridículo —replico, a pesar de que he pensado lo mismo—. ¿Cómo se supone que podría hacerlo? En Auckland viven millones y millones de personas.

—La encontrarías. La conoces.

—Tú también la conoces.

Niega con la cabeza y se endereza.

—Sabes que no viajo.

Frunzo el ceño.

—Hace quince años que no bebes, mamá. No te pasaría nada.

—No, no puedo. Tienes que hacerlo tú.

—No puedo huir a Nueva Zelanda. Tengo un trabajo, no puedo dejarlos en la estacada así porque sí. —Me aparto un mechón de la cara—. ¿Y qué pasa con Hobo?

Siento una punzada en el corazón. Puedo arreglármelas con el trabajo, porque llevo tres años sin coger vacaciones, pero el gato se deprimiría sin mí.

—Yo me quedo en tu casa.

La miro.

—¿Te quedas allí, o vas por la mañana y por la noche a darle de comer?

—Me quedo allí. —Deja la tortilla de pimientos humeante en la mesa, frente a mí—. Venga, a comer.

Me levanto.

—Lo más seguro es que se quede escondido todo el tiempo.

—No pasa nada. Sabrá que no está solo. Y puede que al cabo de uno o dos días venga a dormir conmigo.

El olor a cebolla y pimientos me atrapa, y me sumerjo en los huevos como una chiquilla de dieciséis años, mientras distintas imágenes aparecen en mi mente. Josie inclinada sobre mí para ver si ya estaba despierta, haciéndome cosquillas en el cuello con el pelo, cuando ambas éramos pequeñas; su risa rebosante; una imagen de ella lanzándole un palo a Cinder para que fuera a por él. Me duele el corazón, y no de forma metafórica, sino literal. Siento el peso de los recuerdos, el anhelo y la ira presionándolo hasta que tengo que parar, dejar el tenedor y respirar hondo.

Mi madre está sentada en silencio. Recuerdo su voz cuando me dijo que Josie había muerto. Noto que la mano le tiembla ligeramente. Como si quisiera disimularlo, como si quisiera fingir que esta es una mañana normal con cosas normales, levanta su propia taza para beber y me pregunta:

—¿Has ido a surfear?

Asiento con la cabeza. Las dos sabemos que esa es mi forma de procesar las cosas. De encontrar paz. De seguir viviendo.

—Sí, ha sido increíble.

Se sienta en la otra silla que tiene la mesa y clava la vista en el mar. La luz le ilumina la boca de gesto serio y, de repente, recuerdo cómo se reía con mi padre, con esos labios rojos y carnosos, mientras bailaban dando vueltas por el patio del Eden. La Suzanne sobria es, de lejos, mejor persona que la Suzanne ebria, pero a veces extraño la exuberancia de la que hacía gala en aquellos días.

—Iré —afirmo con la esperanza de volver a ver un atisbo de esa mujer más joven.

Y, por un momento, una llama se asoma a sus ojos. Alarga la mano hacia mí y, por una vez, permito que coja la mía y la apriete en un ataque de generosidad.

—¿Me prometes que te quedarás en mi casa? —pregunto.

Con la mano libre, se dibuja una X sobre el corazón y levanta esa misma mano en señal de juramento.

—Te lo prometo.

—Vale. Me iré en cuanto lo organice todo. —Una mezcla de anticipación y miedo se enreda en mi pecho y se anuda en mis entrañas—. Dios…, ¿qué pasa si está viva de verdad?

—Supongo que tendré que matarla —contesta Suzanne.

Capítulo 2

Mari

Palpo la venda que me cubre los ojos y pregunto:

—¿A dónde me llevas?

Mi marido, Simon, me aparta la mano con un gesto.

—Estate quieta.

—Llevamos una eternidad en el coche.

—Es una aventura.

—¿Vamos a tener sexo guarro cuando lleguemos?

—No lo había pensado, pero ahora que lo mencionas… —Desliza los dedos por mi brazo para acariciarme el pecho, pero le doy un manotazo—. Me gusta la idea de verte desnuda con los ojos vendados, al aire libre.

—¿Al aire libre? ¿En Auckland? Eh, no.

Intento averiguar cuál es nuestro destino. Salimos de la carretera hace unos minutos, pero todavía no oigo nada capaz de darme alguna pista sobre el barrio en el que estamos.

La distancia recorrida podría ayudarme a ubicarme si no fuera porque vivimos al otro lado de Devonport, desde donde hay un largo camino hasta la mayoría de puntos de interés de la ciudad. Levanto la cabeza para olfatear el aire y percibo aroma a pan.

—Ohhh… ¡Huele a pan!

Simon se ríe.

—Eso debería estrechar el cerco.

Continuamos el viaje en silencio durante un rato. Doy un sorbo al termo de café, preocupada por mi hija Sarah. No dejo de pensar en la crisis nerviosa que ha sufrido durante el desayuno cuando, con la melena oscura y salvaje cayéndole como una capa sobre los brazos, ha dicho que no quería ir al colegio. No ha explicado el motivo, solo ha dicho que lo odiaba, que era horrible y que quería estudiar desde casa como Nadine, su —extraña y remilgada— amiga del barrio. Un numerito inesperado de una niña de siete años que antes era la popular de su clase.

—¿Qué crees que le ocurre a Sarah?

—Es probable que sean cosas de niños, pero deberíamos pasarnos por la escuela y hablar con los responsables.

—Sí, estoy de acuerdo.

Ni siquiera cuando su hermano mayor se ha ofrecido a estar pendiente de ella ha querido ir. Con nueve años, Leo es la viva imagen de su padre. Tiene la misma mata de pelo espeso, oscuro y brillante, los ojos de un profundo azul marino y la postura desgarbada. También tiene todas las papeletas para seguirlo en su faceta atlética, ya que nada como un pez desde los seis meses. Y, también como su padre, está siempre de buen humor y le sobra la confianza en sí mismo, a diferencia de Sarah y de mí.

Soy incapaz de concebir una vida tan apacible, sin sombras, pero eso es lo que me gusta de ellos.

—Siento decirlo, pero se parece a su madre. ¿Te lanzaron un maleficio cuando eras pequeña y por eso tienes ese mal carácter?

Me río.

—La gracia del siglo. —Le doy una palmadita en la mano que tiene apoyada en el asiento. Hasta con los ojos tapados sé perfectamente dónde está—. Aunque algunos dirían que todavía estoy maldita.

—Yo no. Eres perfecta. —Me aprieta la mano y gira el coche con brusquedad, chocando contra lo que creo que es un disco. El vehículo recorre una buena distancia inclinado hacia arriba y luego se detiene—. Ya puedes quitarte la venda.

—Menos mal.

Me la arranco. Luego me sacudo el pelo y lo aliso con una mano.

Pero la vista revela muy poco. Estamos en un túnel de arbustos silvestres, formado por helechos arbóreos y enredaderas.

A un guayabo sobrecargado se le han caído decenas de frutas de color verde oscuro al suelo.

—¿Dónde narices estamos?

Simon levanta una ceja poblada, y una sonrisilla le baila en los labios carnosos.

—¿Estás preparada?

El corazón me da un vuelco.

—Sí.

Durante uno o dos minutos más, continúa hacia adelante y cuesta arriba, y más arriba todavía, por una carretera descuidada y llena de baches hasta que, de repente, emergemos de entre la espesa vegetación y nos encontramos en una rotonda frente a una elegante casa de los años treinta, erigida contra un cielo del salvaje color azul del mar.

Me quedo sin aire, y antes de que Simon detenga el coche, ya estoy saliendo de él con la boca abierta.

«Casa Zafiro».

Es una mansión *art déco* de dos plantas, con vistas al puerto y a las islas que asoman a lo lejos. Recorro el lugar mientras la ciudad se extiende debajo de mí y brilla con la luz del sol de la mañana. Tres de los sietes volcanes de la ciudad se ven desde aquí. Cuando me doy la vuelta para volver a mirar la casa, siento un nudo en el pecho. Me enamoré de ella la primera vez que la vi, en parte por la trágica historia con la que se la vincula, pero, sobre todo, porque está situada en esta colina, tan elegante y apartada. Inalcanzable, como Veronica Parker, la actriz asesinada que mandó construir la casa en los años treinta.

—¿La vemos por dentro?

Simon me ofrece una llave.

La cojo y le rodeo el cuello con los brazos.

—¡Eres el hombre más maravilloso del mundo!

Coloca las manos en mi trasero.

—Lo sé. —Entrelaza sus dedos con los míos—. Vamos a echar un vistazo.

—¿Murió?

—El mes pasado. Deberías hacer los honores. —Se detiene frente a la puerta—. Después de todo, es tuya.

Se me hiela la sangre.

—¿A qué te refieres?

Inclina la cabeza hacia atrás y mira la silueta del tejado con aire pensativo.

—La he comprado. —Baja el mentón—. Para ti.

Tiene los ojos del color del océano Pacífico en un día de tormenta; un gris profundo. En este momento, brillan felices por la sorpresa que acaba de darme y el amor sin reservas que siente hacia mí. Me viene a la cabeza una frase de Shakespeare que aprendí en una de las pocas asignaturas a las que asistí con asiduidad en el instituto: «Duda de que las estrellas sean de fuego, duda de que el sol se mueva, duda de que la verdad sea mentira, mas nunca dudes de mi amor».

Me dejo caer contra él, apoyo la cabeza en su pecho y le rodeo la cintura con los brazos.

—Dios, Simon…

—Eh, venga… —Me acaricia el pelo—. Todo irá bien.

Huele a suavizante, a nuestra cama y a un leve toque de las hojas de otoño. Tiene un cuerpo fuerte y ancho, un bastión en el que refugiarse de los males del mundo.

—Gracias.

—Viene con una pequeña trampa.

Me echo hacia atrás para mirarlo.

—¿Sí?

—Helen, la hermana de Veronica, tiene dos perros. La condición que puso para venderla fue que los perros estuvieran incluidos en el trato y que una asociación se encargara de comprobar su estado cada cierto tiempo.

Me río.

—Muero de amor… ¿Qué tipo de perros?

—No estoy seguro. Uno grande y uno pequeño; eso fue lo que me dijo el de la inmobiliaria.

Los perros no son un problema. A los dos nos encantan y nuestro *golden* estará muy contento de tener compañía.

Simon me da un codazo.

—Venga, entremos.

Se me acelera el pulso. Meto la llave y empujo la puerta.

Se abre a un vestíbulo de dos pisos de altura y a la amplia galería que lo rodea. El tragaluz vierte al interior los rayos de sol del día despejado.

Las habitaciones, cuyas puertas están abiertas, se abren en círculo. Desde donde estoy se ven las ventanas. Contra la pared de lo que parece ser el gran salón, una fila de puertas francesas revela unas asombrosas vistas al mar azul verdoso, brillante y ondulante. A lo lejos navega un velero.

Pero el interior es todavía más impresionante. Las pinturas, la decoración, las alfombras y los muebles son todos de época, la mayoría *art déco*, con líneas limpias y claras, mezcladas con algunas obras de arte y piezas de artesanía. En un armario lacado en negro y rojo hay un jarrón labrado que contiene tallos secos y, junto a él, hay una silla redonda en la que no parece que nadie se haya sentado nunca. La alfombra es roja y dorada, decorada con un delicado patrón de enredaderas.

—¿Toda la casa está así? Tan… ¿intacta? —pregunto en voz muy baja.

—No lo sé. Nunca había entrado.

—¿La has comprado sin verla?

Me tira de la mano.

—Vamos a verla.

Es un paseo mágico, prácticamente un museo de cómo era el mundo en 1932: los muebles, la ropa de cama, las paredes y las obras de arte. Los tres baños están recubiertos de azulejos y, uno en particular, el baño principal, es tan bonito que no puedo evitar ponerme a bailar de la emoción en medio del espacio. Recorro con los dedos los sencillos azulejos azules y verdes que cubren las paredes, el techo y el rincón para la bañera.

El diseño de la casa sería un espectáculo aunque fuera *art déco* clásico, pero esta mansión se construyó con una estética oceánica soberbia. Las escaleras son de madera *kauri* pulida, y la barandilla, de madera negra australiana. Tanto los muebles como la ebanistería y los baldosines comparten una temática de kiwis y helechos estilizados y, a medida que avanzamos por los pasillos y las habitaciones, voy delineando las precisas tallas e incrustaciones con los dedos mientras me pregunto quién sería el carpintero. Las puertas francesas de cortes elegantes conducen de una sala a otra hasta un amplio patio con vistas al mar.

Solo tres de las veintidós habitaciones se han reformado; un dormitorio y un salón de la parte trasera de la casa, que son una oda a los desangelados años setenta, y algunas partes de la cocina, como la hornilla y el frigorífico, ambos con aspecto de tener, mínimo, una década. Los electrodomésticos de acero inoxidable contrastan con el resto del espacio, que fue diseñado para un hogar lleno de sirvientes y es bastante amplio. Aquí, los azulejos son menos espectaculares, pero la hornilla se encuentra en un hueco alicatado e intuyo que podría haber más enterrados debajo de una desafortunada capa de pintura.

Simon y yo paseamos de regreso por la despensa del mayordomo, todavía llena de cuchillos de pescado, soperas y porcelana china de todas las formas y tamaños imaginables. Abro una de las puertas de cristal y saco un plato de porcelana blanca, para el pan y la mantequilla, con el borde azul oscuro y un dibujo de dos leones y elegantes flores doradas en un extremo.

—Esto es… increíble. Parece un museo. —Con cuidado, lo devuelvo a su sitio—. Quizá es eso lo que debería ser. Tal vez sea egoísta querer vivir aquí.

—No seas tonta, cariño. —Tira de mí por la estrecha habitación hasta el comedor a través de una de tantas puertas francesas—. Mira eso. —Señala con la mano hacia el horizonte, como si él mismo hubiera pintado las vistas—. Imagina a nuestros hijos creciendo aquí. Imagínate la casa llena de vida.

La brisa le revuelve el cabello y, como siempre, me atrae su visión optimista y enérgica del mundo.

—Tienes razón.

—Sí. —Me da unas palmaditas en el hombro y se coloca las gafas de sol sobre el rostro bronceado—. Voy a echar un vistazo al cobertizo y te dejaré que cotillees cuanto quieras. Comeremos en Marguerite's, ¿vale?

—Me gusta la idea —contesto.

Sin embargo, vuelvo por mi cuenta a la casa, ansiosa por ponerle las manos encima a todo, por tocar las jambas de las puertas, las paredes, las obras de arte y los jarrones. Presto atención en busca de cualquier sonido fantasmagórico o melancólico, pero las habitaciones permanecen en silencio. Calladas, como si estuvieran esperando algo. Dejo el dormitorio principal para el final, lo exploro todo y luego subo la escalera de caracol. La habitación ocupa una tercera parte de la segunda planta. Las puertas se abren a un balcón de la misma longitud y, en el lado opuesto, hay un armario, elegante y barnizado, que llega hasta el techo, con discretos galones incrustados en los extremos.

Movida por el morbo, observo el suelo de parqué cubierto con alfombras de color rosa y gris. Aquí es donde encontraron asesinada a la propietaria original de la casa, apuñalada hasta la muerte a la tierna edad de veintiocho años.

Veronica Parker, una voluptuosa belleza de cabello oscuro, era una chica de Nueva Zelanda que alcanzó el estrellato en Hollywood a mediados de los años veinte. En 1932, los Juegos Olímpicos se celebraron en Los Ángeles, y Veronica formó parte del comité de bienvenida de los atletas de su país. Ahí es donde conoció a George Brown, un nadador olímpico de Auckland, y donde comenzó su tormentosa historia de amor. Veronica ya había hecho construir Casa Zafiro, pero George estaba casado con su novia del instituto, quien se negó a darle el divorcio.

Aquello fue, según la prensa de la época, la ruina de Veronica.

El turbulento romance duró seis años. El 9 de abril de 1938, después de una fiesta en la colina, la encontraron muerta. Apuñalada. Interrogaron a decenas de sospechosos, pero todo el mundo estaba seguro de que el asesino no había sido otro que George. Con su mundo hecho pedazos, el amante se recluyó durante los tres últimos años de su vida. Algunos dijeron que murió de pena. Otros, consumido por la culpa.

Toco el suelo mientras me hago mil preguntas, pero no logro ver ningún signo de un asesinato. Claro que hará unos ochenta años que se limpió. Aun así, me parece intrigante que la hermana de Veronica viviera en la casa todo este tiempo y jamás llegara a dormir aquí.

O no. ¿Quién querría dormir en el lugar donde han asesinado a un familiar? ¿Por qué vivió aquí, sola, durante tanto tiempo? ¿Estaría tan afligida que solo pudo encontrar paz en la casa que había construido su hermana? ¿O, simplemente, le vino de perlas la oportunidad?

Oportuno no era. Podría haber hecho cientos de cosas. Vender la casa, o decorarla a su gusto. Y, en vez de eso, se limitó a vivir en esas tres habitaciones modestas y a dejar el resto casi exactamente como estaba cuando su hermana estaba viva.

Excepto esto.

Rodeo la habitación, abro los cajones y los encuentro vacíos. Los armarios también lo están. Tan solo el escritorio de la esquina cuenta con algunos objetos. En uno de los cajones hay papel amarillento y lacre seco. En otro, un bote de tinta seca y una pluma estilográfica.

Cojo la pluma, y una sensación de pérdida me anuda la garganta. La pluma es llamativa y tiene incrustados sutiles diseños geométricos en verde y amarillo. Le quito el capuchón y encuentro un plumín de plata tallada.

Retrocedo en el tiempo.

Tengo diez años y estoy practicando caligrafía con una estilográfica mientras una tormenta golpea las ventanas del dormitorio que comparto con mi hermana. La melena rizada le acaricia el rostro mientras se inclina sobre la página donde está dibujando meticulosamente una L, su letra favorita. Es mejor que la mía. Su caligrafía siempre es mejor que la mía.

Devuelvo la pluma al cajón del escritorio y me limpio las manos en el muslo.

Puede que la casa no esté maldita, pero, seguramente, yo sí lo esté.

Capítulo 3

Kit

Dos días después, embarco en un avión enorme de Air New Zealand. Y estoy nerviosa. Aparte de las pocas veces en las que he ido a México durante las vacaciones de primavera, no he viajado mucho, así que reservé un asiento con ventanilla en la clase *business*. Como no suelo comprarme nada que no sean tablas de surf y plumas estilográficas, esta vez he tirado la casa por la ventana y he alquilado un Airbnb en un edificio alto, en el centro de la ciudad, con vistas al mar. Así, si el viaje resulta ser un fracaso, al menos habré disfrutado de unas minivacaciones.

Envuelta en el ruido blanco de los motores y en el murmullo de las voces del avión, me quedo dormida casi al instante. Y, sin poder evitarlo, me sumerjo en el mismo sueño de siempre.

Estoy sentada en la cala, con Cinder a mi lado. Está recostado contra mí, y yo lo rodeo con un brazo. Contemplamos el mar inquieto y las gigantescas olas, que se dirigen con un estruendo hacia la orilla y chocan contra las rocas afiladas. El agua nos salpica, pero no nos movemos. A lo lejos, Dylan está surfeando. Ni siquiera lleva traje de neopreno, solo sus pantalones cortos de color amarillo y rojo. Sé que no debería estar ahí, pero sigo observándolo. La ola es demasiado grande como para montarla de forma segura, pero aun así lo hace. Se desliza por el centro del rizo con las manos extendidas y roza con los dedos el agua que tiene enfrente. Está contento, muy contento, y por eso no quiero advertirle de que la ola se está rompiendo.

Y, entonces, la ola lo derriba y el mar lo engulle. Cinder ladra una y otra vez, pero Dylan no sale a la superficie. Las aguas se calman, y lo único que se ve es un horizonte de océano plateado.

Me despierto de golpe, con la boca seca, y subo la persiana para contemplar la oscuridad del mar. Parece infinito. La luna llena crea un camino de luz sobre el agua, allá abajo, muy abajo. Arriba, las estrellas titilan y atenúan la negrura del cielo nocturno.

Durante un buen rato, siento un agujero enorme en el pecho, pero, como siempre, trato de calmarme y de concentrarme en algo ajeno a mí. Al cabo de un rato, la angustia termina por disiparse.

Si sobreviví a las pérdidas que marcaron mi juventud fue gracias a que aprendí a separar todo lo que me había ocurrido en distintos compartimentos, a pesar del consejo de mi madre de que buscara ayuda profesional. Estoy bien la mayor parte del tiempo. Pero esta noche, con el sueño todavía fresco en mi memoria, los recuerdos me inundan. Josie y yo entrando a hurtadillas en el restaurante, al despuntar la mañana, para cambiar el azúcar por la sal porque nos parecía tremendamente divertido, hasta que un día nuestro padre perdió los papeles y nos azotó a ambas. Las dos bailando en el patio del Eden, vestidas con los camisones desgastados de mi madre. Jugando a las sirenas en la playa, o a las hadas en los acantilados. Josie, Dylan y yo moviéndonos como un pequeño banco de peces, nadando en la cala; haciendo una hoguera o practicando caligrafía con las estilográficas que mi madre traía de alguno de los viajes que hacía con mi padre, en una de sus épocas felices, interés que se vio reforzado por la pasión de Dylan por todo lo chino. Como muchos de los chicos de la época, era fanático de Kwai Chang Caine, de la serie de televisión *Kung Fu*.

Yo los quería a los dos, pero mi hermana iba primero. Besaba el suelo que pisaba. Habría hecho cualquier cosa que me dijese, desde perseguir criminales a construir una escalera hasta la luna. Ella, por su parte, me traía galletas de mar para que las examinara y Pop-Tarts que robaba de la despensa de la cocina de casa, y me abrazaba toda la noche.

Fue Dylan el que nos metió el gusanillo del surf y nos enseñó a surfear cuando yo tenía siete años y Josie, nueve. Aquello nos brindó una sensación de poder y alivio, una forma de escapar de nuestra caótica vida familiar y salir a explorar el mar. Era, sin duda, lo que más nos unía a nuestro hermano.

Josie. Pensar en ella, en los tiempos en que todavía no se había convertido en la última versión de sí misma, en la adicta promiscua y distante que terminó siendo, hace que sienta una punzada de nostalgia en el pecho. La echo de menos con cada célula de mi ser.

Cambió en la adolescencia. Discutía constantemente con nuestro padre y se rebelaba contra cualquier norma, por nimia que fuera. Ni siquiera Dylan podía controlarla, aunque lo intentó. Por mucho que actuara como la figura de un tío o un padre, seguía siendo solo un adolescente. Josie empezó a ir a otra playa, al norte de la nuestra, con chicos más mayores. La llamaban «la muñeca Barbie», «la Barbie surfista». Por aquel entonces era incluso más guapa y menuda. Tenía un intenso bronceado de color café y el cabello rubio, aclarado por el sol, muy largo.

«Josie, Josie, Josie».

Por fin vuelvo a quedarme dormida y, esta vez, caigo en un sueño profundo del que no despierto hasta que un rayo de luz colorea mis párpados.

Debajo está Nueva Zelanda, azul y sinuosa en mitad de la inmensidad del océano, y salpicada de pequeñas islas por todos lados. Me sorprendo al poder contemplar el océano Pacífico y el mar de Tasmania a la vez. Este último brilla con un azul más intenso.

El avión se inclina e inicia el descenso. Ahora veo las calas y los acantilados que bordean la costa. El corazón me da un vuelco. ¿Josie está por alguna parte, ahí abajo, o me he embarcado en una misión absurda?

Apoyo la frente en el cristal, incapaz de dejar de admirar las vistas. La luz roza la cresta de las olas y eso me recuerda a cuando mi hermana y yo pensábamos que había joyas en el mar, flotando sobre la marea.

Una mañana, cuando éramos pequeñas, mi madre nos despertó entre susurros en la tienda de campaña donde ambas dormíamos abrazadas a Cinder.

—Chicas —dijo con dulzura mientras me apretaba un pie—. ¡Despertad! ¡He encontrado algo!

La niebla era densa, y la marea había bajado y aplanado la arena por completo. Mi madre nos guio por un camino hasta llegar a una pequeña cueva a la que solo se podía acceder en días como aquel.

—¡Mirad! —Señaló con el dedo.

En el interior de la cueva se distinguía lo que parecía una caja. Josie se inclinó, tratando de ver en la oscuridad.

—¿Qué es?

—Creo que podría ser un tesoro —dijo Suzanne—. Deberíais ir a mirar.

Josie se enderezó y cruzó los brazos.

—No pienso entrar ahí.

—Yo lo haré.

Aunque Josie era dos años mayor —ella tenía siete y yo cinco años, por aquel entonces—, la valiente siempre fui yo. Como no me daban miedo los bichos y me mataba la curiosidad, entré en la caverna, agachada para no golpearme la cabeza. Hasta en la oscuridad veía el brillo procedente del cofre. Su contenido se desbordaba por los lados, como si fuera un botín de dibujos animados.

—¡Un tesoro! —grité, justo antes de cogerlo para llevarlo a la playa.

Suzanne se puso de rodillas.

—Ya veo. ¿Crees que pertenecía a los piratas?

Asentí mientras hurgaba entre las perlas, los anillos, las pulseras y las monedas de chocolate.

—Puede que fuera de las sirenas.

Desenrolló una cadena de zafiros y los dejó caer alrededor de mi cuello.

—Tal vez —contestó—. Ahora llevas sus joyas.

Le adorné el brazo con pulseras y Josie le puso anillos en los dedos de los pies. Bebimos chocolate caliente y nos sentamos en la playa con nuestras mejores galas. Éramos dos sirenitas con su mamá sirena.

El asistente de vuelo me saca de mi ensimismamiento.

—Señorita, estamos a punto de aterrizar.

—Gracias.

Parpadeo en un intento de regresar al presente; aquel en el que esa misma madre está esperando las noticias de lo que averigüe acerca de la hija que perdió. Por enésima vez, me pregunto cómo encajar la parte buena con la mala de Suzanne en una misma pieza, pero es imposible. Fue la peor madre de todos los tiempos, pero también la mejor.

Abajo se ve la ciudad, que se extiende a lo largo de un paisaje vasto y montañoso repleto de calles y tejados. De repente, me siento idiota. Estoy convencida de que si buscas en el diccionario «idea de bombero», aparece una foto mía enrolada en esta aventura. ¿Cómo demonios voy a encontrar a una persona en un lugar tan grande y lleno de gente? Y eso contando con que verdaderamente sea ella la de las noticias.

Todo esto es absurdo.

Y, sin embargo, sé que no lo es, en realidad. La chica que salió en la tele era mi hermana. Rotunda y absolutamente, sin lugar a dudas. Y si ella está ahí, en esa ciudad bajo mis pies, la encontraré.

Para cuando llego al centro de Auckland, tengo un desfase horario tan espantoso que es como estar bajo los efectos de un embrujo. Soy consciente de haber llevado la maleta al vestíbulo de un edificio de apartamentos residenciales de gran altura, decorado con guiños a un pasado *art déco* del que nunca fue espectador. La maleta rueda por el suelo de mármol con un susurro y una joven maorí con uniforme me saluda, me entrega una llave y me dirige a los ascensores. Un par de chicas asiáticas bien vestidas y arregladas pasan por mi lado y, en comparación con ellas, parezco una giganta de dos metros con la melena rizada alborotada por el viaje. El maquillaje con el que salí de California desapareció hace muchas horas. Echo de menos la protección y las credenciales de mi bata blanca que le recuerdan al mundo que soy doctora.

Patético.

Cuando las puertas se abren, aparece una pareja de mediana edad con cámaras en la mano, y un hombre muy guapo me sujeta la puerta abierta. Asiento con la cabeza.

—*De nada*[*] —dice, encantador.

Sonrío levemente mientras las puertas se cierran, y apoyo la cabeza contra la pared hasta que me doy cuenta de que tengo que pulsar un botón.

Dieciocho.

Soy la única persona en el ascensor. Llego a mi planta, encuentro el apartamento y entro. Por un momento, me sobrecoge. Es amplio y bonito. Dispone de una cocina a la derecha, un baño a la izquierda, una zona de estar con una mesa y un sofá, y un dormitorio con balcón que da a los grandes edificios y a un puerto.

Y ni siquiera lo puedo inmortalizar. Tengo el teléfono casi muerto y necesito encontrar un cargador, pero, ahora mismo, lo que necesito es desnudarme, correr las cortinas y caer rendida en la cama.

Cuando por fin despierto, necesito unos instantes para recordar dónde estoy. Me encuentro acurrucada bajo las mantas, hecha un ovillo por el aire frío, pero no en mi cama.

Lentamente, lo voy rememorando todo. Nueva Zelanda, mi hermana, mi madre y el pobre Hobo. Cojo el teléfono y recuerdo que está sin batería y que no tengo cargador, por lo que no sé a ciencia cierta qué hora es. Sin salir de la cama, alcanzo las cortinas y las abro un poco.

* En español en el original. *(Todas las notas son de la traductora)*

Y allí, extendido como una tela titilante hecha de diamantes, está el puerto. El sol del atardecer se encuentra en todo su esplendor, y un velero corta limpiamente el agua. Un ferri navega en otra dirección y, a lo lejos, atisbo un puente largo. Me rodean edificios de oficinas. Veo a la gente a través de las ventanas: caminando rápidamente por un pasillo, reunidos en una sala de conferencias, de pie alrededor de una mesa, hablando... Es extrañamente relajante, por lo que me quedo donde estoy durante unos minutos y los observo sin más.

Es el hambre voraz la que me insta a levantarme. Para aliviar la tensión del vuelo, me meto en la cocina, donde me saluda un bol de fruta y un periódico francés con una bolsita de café. La leche está en el frigorífico —de tamaño excesivo para el espacio que hay—, y hay sobres de azúcar en la encimera. Un hervidor eléctrico de color rojo brillante me espera. Lo lleno de agua, lo pongo a hervir y me meto en la ducha, que es muy lujosa, enteramente de cristal, y contiene botes de champú y gel perfumados. El agua me revive más que nada y, al salir, me siento preparada para hacer frente a cualquier cosa. La prensa francesa es más quisquillosa de lo que me gustaría, pero el café es fantástico. Abro las cortinas para disfrutar de las vistas mientras engullo dos plátanos, dos manzanas y el café. Eso me servirá hasta que pueda comer algo de verdad.

Lo principal es el cargador. Intenté comprar uno antes de salir, pero no tuve mucho tiempo, y en la tienda solo los tenían con la clavija europea, británica o japonesa. En la recepción pido ayuda a un muchacho y este señala hacia la puerta trasera, que da a la calle principal.

En el exterior, el calor me envuelve como si fuera una manta húmeda y gruesa. Por un momento me quedo en la puerta, repentinamente consciente de que estoy sola en una ciudad abarrotada, a miles y miles de kilómetros de casa o de alguien conocido. Me asusta un poco el hecho de no tener el GPS del móvil para que me oriente. De golpe, mi cerebro vomita todo lo que podría salir mal: que me atropellen por olvidar mirar hacia el lado correcto al cruzar la calle, acabar sin querer en algún barrio peligroso, o toparme con una pelea por accidente.

«No todo es una tragedia acechante», me digo a mí misma. Aunque, lo confieso, no estoy tan segura de ello.

Pero no voy a permitir que eso me controle. Me fui a una universidad lejos de casa sin pensármelo dos veces y, por aquel entonces, nadie tenía mapas en los móviles. Echando un vistazo a mi alrededor, me oriento y busco los lugares de interés —una plaza grande y abierta con escaleras llenas de jóvenes asiáticos bien vestidos y turistas europeos sudorosos—. Oigo hablar en mandarín y coreano, algo de alemán y diferentes acentos de inglés.

La mezcla me calma. Me recuerda a San Francisco, donde pasé casi una década entre la universidad y el trabajo de postgrado. Auckland se le parece en algunos aspectos: es luminosa, está rodeada de agua, tiene mucha gente, y es cara y está muy bien valorada.

Miro sobre mi hombro al salir. Veo que el edificio en el que me hospedo, que parece residencial al menos en parte, destaca bastante por sus toques *art déco*. Será fácil de identificar. Aun así, tomo nota de la dirección y de la calle por la que camino.

El recepcionista me ha recomendado un centro comercial que me lleva por un laberinto de tiendecitas subterráneas y que desemboca, al fin, en la concurrida calle principal, Queen Street. Aquí, los voladizos cubren la acera, por lo que los viandantes pueden pasear bajo una amplia sombra que es de agradecer.

La tienda de productos electrónicos es exactamente igual que todas las que he visto en mi vida. Está llena de aparatos, carcasas y cables. Los mostradores están atendidos por dos chicos y una chica. Ella da un paso adelante.

—Hola, señora —dice, y me hace sentir vieja—. ¿En qué puedo ayudarla?

No tiene acento australiano, como esperaba, sino que habla completamente distinto, de una forma más cadenciosa.

—Sí. —Saco el teléfono—. Necesito un cargador.

—Americana, ¿no?

—Sí, pero se supone que no importa, ¿no? Un cargador de Nueva Zelanda también debería funcionar con mi teléfono.

—No se preocupe. —Sonríe. Tiene el rostro redondo y pálido—. Solo intentaba adivinar su procedencia. Me encantaría ir a América. —Me hace una señal con el dedo para que la siga—. Por aquí.

—¿A qué parte de América quieres ir? —pregunto por educación.

—A Nueva York —contesta—. ¿Ha estado allí alguna vez?

—Fui una vez para asistir a un congreso —contesto, pero mi recuerdo es bastante borroso—. Lo único que recuerdo bien es ver un cuadro que siempre me ha encantado.

—Allá vamos. —Saca un paquete de un estante, extiende la mano para coger mi teléfono y comprueba que ambos sean compatibles—. Sí, este es. ¿Algo más?

—No. —Sin embargo, al ver los cables, me doy cuenta de que necesitaré uno también para el portátil, y le digo la marca y el modelo. Nos dirigimos a la caja y le doy la tarjeta de crédito.

—¿Qué cuadro era? —pregunta.

—¿Cómo?

Me devuelve la tarjeta de crédito.

—¿Cuál era el cuadro que quería ver en Nueva York?

Sonrío y niego con la cabeza, no muy dispuesta a admitir que era una sirena prerrafaelita.

—Era un Waterhouse. ¿Conoces su obra?

—No, lo siento. —Me ofrece la bolsa—. Que disfrute de la visita.

El intercambio de palabras, o, para ser más exactos, el recuerdo del cuadro, me hace pensar en mi hermana, aunque lo cierto es que no he dejado de hacerlo ni un solo minuto desde que la vi en las noticias.

—La verdad es que estoy aquí por motivos tristes. ¿Sabes dónde ocurrió el incendio de la discoteca? Una conocida estaba allí.

—¡Oh! —Se cubre la boca con la mano—. Lo siento mucho. Qué pena. Para llegar allí tiene que seguir recto hasta el embarcadero y girar a la izquierda justo antes de la calle principal. —Se ruboriza—. Debe ir, de verdad. Les han hecho un monumento conmemorativo.

Asiento con la cabeza. Es un lugar tan bueno como cualquier otro para empezar la búsqueda.

Tiene razón. No es difícil de encontrar. El edificio hace esquina. Los tres accesos al local tienen el precinto policial. Las marcas del humo, negras y lúgubres, ascienden por las paredes hasta el techo, y me detengo un momento para coger fuerzas.

Después, giro en la esquina y veo el monumento conmemorativo: una pila de peluches, velas y flores; algunas, frescas, y otras, ya secas después de varios días allí. El aire huele a algo que yo asocio con pacientes quemados, tejidos y cabellos chamuscados y piel llena de ampollas. Nada agradable.

Había leído algo sobre el incendio antes de llegar, pero eso no lo hacía más fácil. No había sido terrorismo —este no es un problema en Nueva Zelanda, por difícil que resulte de comprender—, sino, simplemente, un dramático accidente. Una discoteca atestada de gente, una salida bloqueada y un sistema antiincendios defectuoso. La mezcla perfecta. Había sido noticia en Estados Unidos solo por la tragedia que había supuesto.

Los desastres siempre son peores cuando hay jóvenes implicados. Y los de este en particular eran muy jóvenes. Camino despacio en paralelo a las fotos pegadas con cinta adhesiva y unidas con clips a la cerca que han puesto para que nadie entre. La mayoría de ellos son asiáticos, y ninguno pasa de los treinta. Todos con los ojos brillantes de emoción por lo que está por venir y sin ningún indicio de haber vivido algo demasiado terrible. Ahora se quedarán congelados en esas fotos, para siempre.

Las pérdidas a gran escala me retuercen las entrañas. Esos padres que los querían, los amigos, los hermanos, los tenderos que disfrutaban con sus bromas. Cuando estoy en Urgencias no dejo de pensar en ello. Sobre todo, cuando ha ocurrido algo más espantoso de lo habitual, como estúpidos accidentes de coche, violencia de género y peleas o tiroteos en bares. Vidas destrozadas. Sesgadas. Me siento impotente.

Hace tiempo que me afecta. Siempre he odiado perder pacientes, claro, pero me compensaba la profesión cuando les salvaba, o cuando estaba ahí en el momento del trauma agudo y el terror y los ayudaba a salir del abismo en el que se encontraban. Como a la chica que llegó a Urgencias con una herida de bala en el estómago, la misma noche en la que vi a Josie en las noticias. Fue su novio el que la llevó al hospital. Tenía las manos manchadas de sangre de haber estado presionando la herida. Eso fue lo que la salvó.

Pero, últimamente, los que me persiguen son los que se fueron. La madre que se estrelló con el coche contra un árbol, el chico al que atacó un perro y la dulce carita del niño que se disparó con la pistola de su madre.

Aparto los fantasmas de mi mente y me centro en la colección de fotos que hay frente a mí; me tomo mi tiempo para mirarlas todas, de una en una. La chica con mechas moradas en el cabello y una paleta torcida. La diva de labios rojos y expresión cómplice. El chico que se está riendo con un perro.

¿Cuántas familias tendrán la satisfacción de obtener una identificación real de sus seres queridos? Una escena como esta, con tantas víctimas y daño físico, puede ser un desafío.

El vagón del tren donde se produjo la explosión principal que supuestamente acabó con la vida de Josie estaba hecho pedazos, derretido y volatilizado, e igual quedaron los humanos que estaban dentro. Encontraron su mochila y los restos de uno de sus acompañantes de viaje, un chico que había mencionado una o dos veces en los correos electrónicos que envió a casa desde algún cibercafé. Sabíamos que viajaba en grupo.

Me llamaron cuando me dirigía a casa a dormir, un poco después de un turno de treinta y seis horas agotadoras en obstetricia, en el SF General. Estaba subiendo la colina hacia el piso que compartía con otras cuatro residentes. Todas pasábamos tan poco tiempo en casa que a ninguna nos importaba ser tantas. El apartamento era una cueva, pero eso tampoco nos importaba a ninguna. Nos alimentábamos a base de comida rápida, al medio ambiente le podían ir dando y la cafetería que había en los bajos del edificio nos proveía de cafeína. Llevaba deseando darme una ducha caliente y larga desde que había dejado a mis compañeras de piso en el hospital. Solo quería lavarme el pelo y dormir unas cuantas horas, sola, en casa.

Sonó el teléfono. Era mi madre con un llanto desgarrador. Solo la había escuchado así una vez antes, después del terremoto, y todavía lo tengo grabado en mis huesos.

—Mamá, ¿qué ocurre?

Me dijo que Josie había muerto. Que una bomba terrorista que hacía unos días había hecho estallar un tren en Francia había acabado con su vida.

Las siguientes semanas fueron borrosas, las recuerdo como una mancha. Cuando no estaba al teléfono con mi madre, la funeraria o las autoridades, estaba trabajando. A menudo, cogía llamadas entre paciente y paciente y me metía en un almacén para tener algo de privacidad. Estaba demasiado cansada y abrumada como para llorar. Eso vino después.

A mi lado, en la calle de Auckland, hay una joven que solloza, por lo que me alejo para darle intimidad. Mi intención es la de hacerle el camino más fácil, aunque sé que solo hay una forma de recorrerlo: dando un maldito paso tras otro.

De repente, me siento tan profundamente enfadada que me tiemblan las manos. Tengo que detenerme para tomar aire y mirar hacia el edificio.

—¿Qué narices, Josie? —pregunto en voz alta—. ¿Cómo pudiste hacernos eso? ¿Cómo?

Es difícil de entender, incluso viniendo de mi hermana —la egoísta, la surfista, la perdedora.

Qué apropiado que esté en Auckland, tierra de volcanes, porque mi interior parece haberse convertido en magma ardiente, imposible de sofocar.

No sé qué voy a hacer cuando la encuentre. ¿Golpearla? ¿Escupirle? ¿Abrazarla?

No tengo ni idea.

Capítulo 4

Mari

Simon y yo tenemos tutoría con la maestra de Sarah antes de clase. Cada uno va en su coche para poder marcharnos después por separado; yo a Casa Zafiro a empezar a tomar notas, él a su imperio de gimnasios.

Estoy de muy buen humor gracias a la sesión de sexo matinal con mi enérgico y atlético marido. Tanto, que hasta he preparado unos *muffins* de arándanos para el desayuno que incluso Sarah ha devorado, después de algunos días en los que apenas ha picoteado la comida. La observo por el retrovisor; está mirando por la ventana. El cabello oscuro peinado hacia atrás revela un rostro lleno de pecas. Es tan diferente a mí que me resulta un poco extraño. Cuando estás embarazada, piensas que tu hija se parecerá a ti, pero Sarah es una mezcla entre mi hermana y mi padre.

Tal vez sea el castigo que merezco por mis pecados, aunque intento no pensar mucho en ello. Acepta las cosas que no puedes cambiar, y todo eso.

Lo que sí sé es que a Sarah no le gustará nada que las demás chicas dejen de crecer y ella no, como le pasó a mi hermana. Ya tiene las manos y los pies más grandes que las demás y una robustez que ni siquiera se acerca a la gordura, pero que ella terminará por ver como tal si no hacemos nada por contrarrestar las tonterías que escucha día tras día.

—¿Hoy toca natación, cariño?

—Sí —contesta con ese acento tan neozelandés suyo—. Ayer gané a Mara.

Su enemiga.

—Eso es fantástico. Eres mucho más fuerte que ella.

Se encoge de hombros y luego me mira a través del espejo.

—No tienes por qué ir a la escuela. Lo sabes, ¿no?

—Lo sé —contesto con suavidad—. Pero últimamente no parece muy contenta, y tu padre y yo queremos asegurarnos de que todo está bien.

—Los profesores no saben nada. —No lo dice en tono desdeñoso, sino objetivo.

El tráfico es denso y tengo que prestar atención a la carretera por unos instantes. En el siguiente semáforo, digo:

—¿Qué es lo que no saben?

Hace una mueca resignada con la boca y niega con la cabeza.

—Sarah, me será mucho más fácil ayudarte si me dices qué está pasando.

No contesta. Entro en el aparcamiento de la escuela. El Infiniti de Simon todavía no está aquí, así que apago el motor del coche, me desabrocho el cinturón y me doy la vuelta mientras pienso cuál será la pregunta, de las diez mil posibles, que pueda ayudarme a descifrar el secreto.

—¿Tienes problemas con alguna amiga?

—No.

—No sé por qué no me lo dices. Sabes que puedes confiar en mí.

—Puedo confiar en ti, pero si te lo digo será peor y no le caeré bien a nadie.

—¿Qué será peor?

—¡No quiero contártelo! —grita—. ¿No lo entiendes?

Alargo el brazo para llegar a los asientos de atrás, le rodeo el tobillo con la mano y me quedo así sentada, con la esperanza de que su secreto no sea tan espantoso como el que yo tenía cuando era un poco más mayor que ella. Ella está bien atendida y cuidada.

—Vale. Ahí está papá. Voy a entrar.

Me encuentro con Simon en la puerta y este me coge de la mano. Un frente unido.

La profesora es joven y guapa, y se ruboriza cuando Simon le estrecha la mano.

—Buenos días, señorita Kanawa.

—Buenos días, señor y señora Edwards. Siéntense, por favor. —Cruza las manos sobre el escritorio—. ¿En qué puedo ayudarles?

Resumimos el problema: que, de repente, Sarah quiere estudiar desde casa y tememos que pueda estar ocurriéndole algo. La señorita Kanawa reflexiona sobre ello y dice:

—Me pregunto si podría estar sufriendo algún tipo de acoso. Una de las chicas es un poco abeja reina y las demás la siguen como si fuera de la realeza.

—¿Emma Reed? —aventuro.

Es una muñeca de cabello rubio con lacitos y enormes ojos azules que esconde los instintos de una barracuda.

La señorita Kanawa asiente con la cabeza.

—Ella y Sarah nunca se han llevado bien.

—¿Por qué? —pregunta Simon.

—Las dos son… —Se detiene para elegir las palabras con cuidado—… obstinadas. Y en el colegio las ven como niñas de padres populares.

—¿Populares? —repito.

—Conocidos. La madre de Emma es presentadora en la TVNZ y usted, señor Edwards, es muy conocido por los gimnasios.

Simon es el portavoz de sus propios gimnasios, el anfitrión de película que invita a todo el mundo a llevar una vida saludable y a hacer ejercicio. También lleva a cabo actividades de recaudación de fondos todos los años para el proyecto «Nadar de forma segura» de Auckland, una campaña que tiene por objetivo que todos los niños de la ciudad sepan nadar.

—Ya veo.

Miro a Simon un instante. Tiene la expresión afable e ilegible de siempre, pero percibo su disgusto en la dura línea de su boca.

—Señorita Kanawa, ¿ha visto usted alguna actitud de acoso? —pregunta.

—Algunos motes, y cosas por el estilo. Las chicas en cuestión fueron reprendidas.

—¿Cómo la llaman? —pregunto.

—Oh, no creo que eso…

—¿Cómo la llaman? —repito.

Suspira.

—La llaman Sarah Shrek, por su altura.

Simon sigue callado como un muerto a mi lado.

—Y —Dirige una mirada a Simon— friki de la ciencia.

—¿Eso es un insulto?

Ella se encoge de hombros.

—Hablaré con la madre de Emma —digo—. Mientras tanto, ¿me informará si ocurre algo más?

—Por supuesto.

Simon contrae ligeramente la mandíbula.

—¿De qué modo se reprendió a las chicas?

—Oh, yo… No lo recuerdo.

—Creo que está mintiendo, señorita Kanawa, y no soporto las mentiras.

Ella se ruboriza y empieza a protestar.

—No, yo… Quiero decir…

Simon se pone en pie, cuan largo es. Con su metro ochenta de altura.

—Le sugeriría que se asegure de que cualquier tipo de acoso, por parte de cualquier niño, sea castigado al instante. No es justo, y no debe tolerarse.

—Sí, sí. Tiene toda la razón.

Tiene las mejillas al rojo vivo.

—No vuelva a mentirme.

Simon me coge de la mano mientras salimos, y camina tan deprisa que me cuesta seguirle el paso sin saltar. Finalmente, se da cuenta y se detiene.

—Lo siento. Odio a los matones.

—Lo sé. —Nunca me habían gustado los grandes deportistas hasta que lo conocí. Y una de las cosas por las que me gustó fue, precisamente, su concepto de la justicia y del honor, que lo diferenció de inmediato de los demás—. Y te quiero por ello.

Relaja los hombros y se inclina hasta rozar mi nariz con la suya.

—No solo por eso.

—Ni lo más mínimo.

—Mínimo no es…

—No, cariño. Te aseguro que no.

Después de la tutoría, me dirijo sola a Casa Zafiro para dar una vuelta por mi cuenta. Necesito sentir la energía, a falta de una palabra mejor; empezar a trazar un plan y decidir a quién contratar para hacer el trabajo.

Mientras conduzco por el camino lleno de baches y matorrales a ambos lados, voy haciendo planes para cada habitación y para todas las antigüedades que hay en la casa. Un guayabo raya el lateral del coche y hago una mueca al pensar en lo que le habrá hecho a la pintura plateada. Los neumáticos deben de haber aplastado algunas frutas en la carretera, porque el olor, dulce y espeso, entra por la ventanilla abierta. Por un antojo, detengo el coche, salgo y cojo una bolsa de lona del asiento trasero.

No sabía lo que era una guayaba antes de llegar a Nueva Zelanda, nunca había oído hablar de ellas. Es una fruta verde y pequeña que por fuera parece una mezcla de aguacate y lima, pero que, por dentro, tiene una carne amarilla y aromática, cuya textura es muy parecida a la de las peras maduras. Su sabor es un gusto adquirido —dulce y perfumado, y una combinación de una decena de cosas más—, pero, para mí, es simplemente, y de forma sublime, una guayaba.

Con una sensación de júbilo, meto decenas de ellas en la bolsa mientras me imagino las distintas formas en las que voy a usar la pulpa. También me imagino la expresión de Simon, a quien no le gustan tanto como a mí; me río para mis adentros y dejo la bolsa en el asiento del pasajero. Tarareando en voz baja, subo el resto de la colina hasta llegar a mi destino.

Cuando salgo de la maraña de arbustos a la luz del sol, las vistas vuelven a dejarme sin aliento. El cielo, el mar y la propia casa en lo alto de la colina, como si fuera una reina contemplando el paisaje. Tiene un nombre apropiado, Casa Zafiro, ya que tiene vistas a las joyas azules de la naturaleza. Un escalofrío me recorre la espalda, un placer tan delicioso que es casi sexual. ¿Cómo es posible que mi vida me haya traído hasta aquí, hasta esta casa que voy a compartir con mis hijos y su padre, un hombre que todavía no puedo creer que sea todo lo que parece?

Mientras estoy aquí, admirando el paisaje, una nube cubre el sol y ensombrece las vistas. Se me ponen los pelos de punta, como si de un presagio se tratara. Llevo mucho tiempo disfrutando del sol en mi vida. ¿Demasiado, tal vez?

Pero la nube se aleja, el sol vuelve a derramar su luz sobre el paisaje y yo me sacudo de encima esa sensación de alerta.

Tomo un puñado de guayabas y cojo la bolsa de lona en la que he metido cuadernos, bolis, cintas métricas y un iPad. Me da el sol en la coronilla y me pregunto si debería ponerme el sombrero. Como surfista de California que soy, creía que era una experta en lo que al sol se refiere, pero la primera vez que me quemé en Nueva Zelanda me di cuenta de que aquí es mucho más intenso. Nadie que viva aquí sale sin embadurnarse de protector solar.

Sin embargo, como hoy no voy a estar en el exterior, dejo el sombrero blanco de algodón en el asiento delantero y recorro la distancia que me separa de la puerta principal. Hay una humedad fuera de lo normal. Como el viento no empiece a soplar pronto, la tarde podría ser espantosa. Por el momento no se mueve una hoja, y me caen gotas de sudor desde el cabello hasta el cuello y las orejas.

Dentro, el ambiente es más fresco, aunque dudo que haya aire acondicionado. Sería muy raro, incluso en una casa tan lujosa como esta. Dejo el bolso en la cómoda junto a la puerta y me dirijo hacia las grandes puertas del salón. Estas dan al mar y, cuando las abro, una por una, una brisa suave y fresca ahuyenta el tenue pero inconfundible olor a moho. Las ventanas no disponen de ningún tipo de cubierta y eso me resulta un poco incómodo, incluso cuando lo único que hay al otro lado es el mar. Aun así, lo entiendo, porque la cristalería es espectacular. Entre cada juego de puertas hay un panel de vidrio emplomado transparente, con un diseño en forma de galones. Toco la punta de uno. Extraordinario.

Cada habitación y cada detalle son así. Me doy otra vuelta por la planta principal para mirar todo con atención y decidir lo que realmente vale la pena conservar y lo que no. Gran parte de lo que hay está descolorido y desgastado, pero su estado no es tan malo como cabría esperar. La hermana de Veronica, Helen, debe de haberlo mantenido en buenas condiciones durante todos estos años.

En un cuaderno de hojas amarillas anoto que habrá que volver a tapizar todas las sillas y los sofás, o, directamente, sacarlos de aquí. Algunos estilos son incómodos para las personas de hoy en día, y no me interesa vivir en un museo, así que pueden subastarse. Un par de sillas escondidas en una esquina son magníficas y, aunque están en mal estado, son idénticas, ambas con respaldos graduales que parecen escalones. Hay verdaderas joyas, como la mesa del comedor, los aparadores y un impresionante mueble para la radio con incrustaciones de abulones y de lo que parece ser teca. Gran parte de las obras de arte son anodinas reproducciones de paisajes y clásicos habituales, pero también hay una serie de obras de estilo modernista y paisajes típicos de Nueva Zelanda que podrían ser importantes. Reconozco una pintura del mar del estilo de Colin McCahon, con sus formas simples, pero data de una época demasiado anterior a la de las obras de este. Me pregunto si Veronica apoyaba a los artistas locales.

Mientras me desplazo de habitación en habitación tomando apuntes, advierto que, en realidad, hay muchas obras de arte: tanto pinturas como cerámicas, algunas de ellas encajadas en espacios pequeños, como el paisaje marino en tonos verde y turquesa que adorna la estrecha pared junto a la mesilla del teléfono. Este es un modelo clásico, negro y con dial giratorio cuyo auricular levanto con curiosidad. Un tono de marcación suena en mi oído y, desconcertada, vuelvo a dejarlo en su sitio, apoyando la mano en la forma curva durante unos segundos. Tendré que enseñárselo a las niñas. Me pregunto si sabrán siquiera lo que es.

Por un momento, tengo trece años y estoy fregando los platos en casa, con el teléfono sujeto entre la oreja y el hombro, y el cable balanceándose detrás de mí cada vez que me muevo. Se oye el sonido de los briosos tacones de mi madre y, casi al instante, esta aparece por la puerta.

—Cuelga el teléfono y ponte a trabajar. El comedor está abarrotado.

Una leve oleada de nostalgia me inunda; un anhelo por ese día en particular, antes de que todo se hiciera añicos. Yo, bajando al Eden con el uniforme para servir los platos sicilianos de mi padre que los clientes venían a probar. Rollitos de pez espada, alcachofas rellenas y *arancini*. Qué comida tan rica. Hoy en día, mi padre sería un aspirante a *Top Chef*. Por aquel entonces, todavía era una especie de rey en su mundo: el carismático y elegante centro del Eden, el hombre que se sabía los nombres de todos y que te daba tanto una palmadita en la espalda como los mejores abrazos del mundo. Todos lo adoraban, incluida yo… al menos, de niña.

Por un momento, estoy tan perdida en los recuerdos que el auricular se calienta bajo la palma de mi mano y el predecible caleidoscopio de emociones me atraviesa: anhelo, arrepentimiento, vergüenza, amor. Los echo de menos a todos: a Dylan, a mi padre, a mi madre y, sobre todo, a Kit.

Cojo el bolso de la puerta principal y lo llevo a la cocina. Es un lugar tranquilo y práctico, y, claramente, poco usado. Saco un cuchillo afilado y una cuchara de un cajón, y parto en dos las guayabas. Por dentro tienen un suave centro gelatinoso con semillas, cuya forma me recuerda a la de una cruz medieval. Un par de ellas están pasadas, pero las demás están dulces, frescas y deliciosas. Las sorbo, y me pringo bastante.

Qué felicidad.

También me he preparado el almuerzo. Lo mismo que a las niñas: una caja *bento* con tomates *cherry*, uvas verdes, rollitos de jamón y queso en brochetas, un poco de *brownie* y una clementina. Les encantan las cajas, y turnarse para proponer nuevas ideas sobre su contenido. Me recuerdan a los aperitivos y las brochetas que ayudaba a mi padre a preparar para la *happy hour* del Eden, años atrás.

A mi alrededor, la casa está en completo silencio y yo soy consciente de su tamaño, de su inmensidad. Podría decirse que es un poco inquietante. Imagino el fantasma de Veronica atrapado aquí, vagando por las habitaciones en busca de su amante perdido.

Se escucha un portazo en el piso de arriba y doy un salto del susto.

«Cálmate».

Si hubiera fantasmas en esta tierra, ya me habría encontrado con uno. Dios sabe que los he buscado con bastante frecuencia. Para explicarme, para arreglar las cosas.

Dejo de darle vueltas al asunto, me meto un tomate en la boca y me apoyo en la encimera. ¿Qué voy a hacer con este espacio? Es lo suficientemente amplio como para usarlo para comer, y casi seguro que desayunaremos aquí, pero no hay tanta luz como me gustaría, y no tiene vistas, solo las paredes de la cocina. ¿Valdría la pena poner ventanas? Le pediré opinión a Simon.

Abro la puerta trasera y tiro la piel de la clementina y las uvas pasadas para los pájaros. Estas aterrizan en un matojo de arbustos a lo largo de un camino seco y agrietado que aparentemente rodea la casa. Trato de seguirlo, pero termina en una maraña de enredaderas que parece un conjunto de rosas y lianas del bosque. Un helecho arbóreo se eleva por encima de todo ello. De repente, me doy cuenta de que podría haber ratas y me pregunto si he hecho bien al dejar la maldita fruta ahí fuera.

Qué más da.

Me lavo las manos y me dirijo a la principal zona de estar de esta planta, una habitación amplia y larga dividida con puertas corredizas y biombos con mosaicos espectaculares. Querremos tener una sala de ocio, y esta tiene que ser impresionante por la noche, con las puertas abiertas al mar y, tal vez, un piano en la esquina. Me quedo de pie en medio de la sala, con los brazos en jarra, mientras lo imagino. Colores turquesa claro, naranja y plateado. Los espejos del cuarto son fantásticos, con destellos geométricos escalonados a los lados, y pienso volver a bañarlos en plata.

Muchos muebles y artículos decorativos no merecen la pena. Hay una serie de imitaciones y copias, lo cual es extraño, porque los detalles de la casa son muy particulares. Cojo un cuenco que parece un auténtico Rookwood, verde y de estilo nativo americano, y me pregunto si alguien lo fabricó especialmente para Veronica. Era una actriz muy ocupada y solicitada y, aunque cuando se enamoró de George empezó a pasar más tiempo en Nueva Zelanda, siguió sin tener demasiado tiempo... o buen gusto.

El pensamiento hace que se me pongan las orejas coloradas de la vergüenza. ¿Quién soy yo para juzgar? A mí nadie me enseñó, aprendí por mí misma a reconocer las cosas buenas. Tal vez ella también. Tal vez, sencillamente, no tenía tiempo para supervisarlo todo.

Ahora siento curiosidad por ella y quiero entender lo que le sucedió, y por qué. Tendré que investigar mucho más. Solo sé algunas cosas sobre la planta superior, sobre su amor condenado, la casa y el asesinato. Pero ¿qué tipo de mujer era Veronica Parker? ¿De dónde era? ¿Cómo se convirtió en una gran estrella?

Y ¿qué hay de su amante, George?

Me parece importante saberlo todo, conocer los deseos y sueños de Veronica. Casa Zafiro era su hogar, su logro, su idea del lujo, y ahora es mía. Siento que es imprescindible honrarla. Al comprenderla, la restauración devolverá a la casa la gloria que merece.

Hoy no tengo mucho tiempo, pero al menos llego a explorar el estudio. Es una habitación ricamente decorada, con grandes ventanales que dan a la curva del puerto. A lo lejos, se ven colinas azules y onduladas que se elevan desde el agua, con algunas nubes alargadas sobre las cimas. Esta habitación sería una excelente oficina para Simon, si no fuera por el ruido. Mi marido es muy flexible para la mayoría de las cosas, pero cuando trabaja en sus cuentas, en el *marketing* de sus gimnasios o cualquier cosa que tenga que ver con el negocio, le gusta —necesita, más bien— el silencio total. Preferirá tener un espacio en la planta de arriba, lejos de todo. Tal vez la *suite* de la hermana.

Esta será para mí, entonces. Cojo aliento y exhalo, concentrándome en lo que veo. El escritorio de madera de cerezo, las estanterías, las lámparas de cristal con sus delicadas inserciones geométricas… No me gusta el escritorio en el centro de la habitación, pero eso se puede cambiar sin problema.

Recordando mi cometido de saber más acerca de Veronica, abro los cajones del escritorio y los encuentro todos vacíos. Y no es que los hayan vaciado, sino que están intactos, como si no se hubieran usado nunca. La estampa me rompe un poco el corazón. Puede que los libros también los colocara un decorador. Las estanterías cubren la longitud de una pared y hay varias que llaman la atención por su elegancia: las portadas de los libros que exhiben son de cuero impreso, y todos son obras clásicas.

Otros estantes ofrecen algo más de información. Aldous Huxley y Pearl Buck, junto con la amada escritora local, Katherine Mansfield. Poesía y cultura e historia maorí, muchos títulos intrigantes que me gustaría investigar. Los toco, uno a uno, para almacenarlos en mi memoria.

Al final del tercer estante hay una colección de libros con portadas brillantes, muchas de ellas cuarteadas, y cojo uno para ver cuál es. Una sirena adorna la portada. El pelo le cae recatadamente sobre el hombro, y yo me apresuro a dejarlo en su sitio. El siguiente libro también es sobre sirenas, y lo dejo también en su lugar, con la misma urgencia, pero no lo suficientemente rápido.

Cuando yo tenía ocho años y Kit, seis, quisimos disfrazarnos de sirenas para Halloween. No aceptamos otro disfraz, por mucho que mi madre nos dijera que era imposible llevar cola y, al mismo tiempo, caminar por los barrios de Santa Cruz, donde pretendíamos ir a pedir golosinas. Al final, nos consiguió unas faldas de tafetán turquesa, nos maquilló y, como guinda del pastel, nos pintó los brazos y las piernas meticulosamente con escamas de sirena.

Años después, Kit y yo nos fuimos juntas a un salón de tatuajes y, sentadas una al lado de la otra, ofrecimos a los tatuadores la parte interior de nuestros respectivos brazos izquierdos, donde nos tatuaron unas escamas de sirena.

Extiendo el brazo y paso las yemas de los dedos por el tatuaje. Después de todos estos años, sigue bonito y nada borroso, un testimonio de la calidad del trabajo. «HERMANA MAYOR», se lee sobre las escamas. En el de ella ponía «HERMANA PEQUEÑA», aunque nos reíamos de ello todo el tiempo ya que, por aquel entonces, Kit ya era más alta que yo. Medía más de un metro ochenta, mientras que yo apenas pasaba del metro sesenta.

No. El dolor que mantengo en la profundidad de una cueva comienza a asomar a la superficie.

Y eso sí que no.

Tras más de una década de práctica, dispongo de las herramientas necesarias para reprimir los recuerdos. Tengo un millón de recados por hacer antes de que las niñas salgan de la escuela y, a diferencia de mi madre, a mí sí me gusta estar ahí para ellas. Me pregunto si a Sarah le habrá ido mejor hoy. Cuando me doy la vuelta para irme, distingo una fila de libros de Agatha Christie, sonrío y cojo uno al azar. Nadie puede equivocarse con Christie.

Me asusto cuando suena la alarma del teléfono. Llevo aquí tres horas, perdida en el pasado. Recojo mis cosas y me aseguro de cerrarlo todo bien y de no dejar ninguna luz encendida.

Antes de salir, cambio de idea y enciendo la luz del estudio; un faro en la oscuridad. Una señal de que la casa no está desierta.

Me pone nerviosa que todo el mundo sepa que Helen murió y que la mansión está vacía. Para mi sorpresa y la de Simon, no dispone de alarma, cosa que cambiará la semana que viene.

Salgo al calor abrumador de las primeras horas de la tarde. Todo el peso del sol cae sobre mi coronilla, y tengo que tomar una profunda bocanada de ese aire tan húmedo que resulta denso. Cuando cierro la puerta detrás de mí, una zarpa de terror se cierra en torno a mi cuello.

Sirenas y plumas estilográficas. Me viene a la memoria la imagen de Kit y Dylan sentados a la robusta mesa llena de marcas, situada en una esquina de la cocina de la casa, inclinados sobre sendos papeles de renglones anchos y practicando letras con rabito —*g, p, q*—. Yo escribía un renglón de zetas, mayúsculas y minúsculas, como en «Zorro».

Una oleada de advertencia baña todo mi cuerpo. Levanto la cabeza para mirar a mi alrededor, y siento cómo mis fantasmas se congregan y susurran a mis espaldas. Mi padre, mi madre y Dylan. Mi hermana.

Pensé que podría alejarme. Que me acostumbraría a echarla de menos. Jamás he podido.

Ya de camino, colina abajo, me pregunto qué pasaría si la verdad de mi vida saliese a la luz. Pensar en todo lo que podría perder me deja sin aliento, y tengo que encender la radio y empezar a cantar para evitar un ataque de pánico.

—¡Contrólate! —me digo en voz alta.

Josie Bianci está muerta, y tengo la intención de que siga así.

Capítulo 5

Kit

Al salir de la discoteca donde se produjo el incendio miro a mi alrededor, hacia los demás negocios de la calle. Está claro que es una zona popular —tiendas de ropa y de sándwiches se intercalan con restaurantes y hoteles—; tal vez Josie haya estado en alguno de ellos. Tal vez alguien la recuerde.

Mientras camino, miro a través de cada ventana por la que paso, pero nada me llama la atención. Josie podría haber estado en cualquier lugar, haciendo cualquier cosa.

Subo por una calle y bajo por la siguiente, sin rumbo fijo, en busca de algo, lo que sea, que me dé una pista de mi hermana. Pero hay prácticamente de todo: una joyería de alta gama, una *boutique* que vende cortísimos vestidos de alta costura, una librería de dos plantas abarrotada hasta los topes. Al imaginarme preguntando por Josie en cualquiera de estos sitios siento que me falta el aire, y no soy capaz de detener los pies.

Hasta que el escaparate de una papelería lo consigue con una muestra de botes de tinta que parecen joyas, y me atrae hacia su interior. A día de hoy, tengo más plumas y tinta de las que podría usar en tres vidas, pero ese no es el punto. La tienda tiene una muestra de tintas Krishna, pequeños lotes de tintas de colores brillantes y arremolinados. Siento debilidad por la tinta brillante, aunque he dejado de usarla para las recetas. Ahora, para estas, utilizo la seria tinta negra de secado rápido.

Para todo lo demás, prefiero las llamativas tintas de dos tonos. Nunca he visto esta marca antes, y me quedo ahí, agitando los colores, un buen rato. La tinta *Pez dorado* es increíble, pero no uso nunca colores naranjas ni amarillos. Me llaman la atención una que se llama *Mar y tormenta*, y también otra, turquesa sin brillo, pero bonita, que se llama *Cielo del monzón*. Me recuerda a otra tinta turquesa que tuve a los diez u once años, cuando Dylan, Josie y yo descubrimos el arte de la caligrafía y nos aficionamos a ella de manera casi obsesiva. ¿Quién empezó? Es difícil acordarse ahora. No podría decir dónde y cómo se originó todo, lo único que recuerdo es que nos enamoramos de la caligrafía y que nos escribíamos notas formales con letra elegante, entre nosotros y para nuestros padres. A Dylan le encantaba la caligrafía china y la practicaba con las palabras «crisis», «amor» y «océano» que había encontrado en un libro de la biblioteca.

Llevo la tinta al mostrador con la intención de mirar después las plumas, pero me suenan las tripas y entonces recuerdo que lo único que he comido hoy han sido dos plátanos y un par de manzanas.

Me obligo a preguntarle a la chica que me atiende en la caja:

—¿Lleva usted trabajando aquí mucho tiempo?

—Un año, más o menos. —Sonríe mientras envuelve la tinta en papel de seda.

Estoy a punto de preguntarle si recuerda a alguien, a mi hermana, con su característica cicatriz, pero me ruborizo con la idea. Así que en vez de eso, me limito a pagar, cojo el paquete y me maldigo a mí misma mientras salgo.

¿Cómo se supone que voy a encontrarla, si no la busco?

Los pies me llevan a lo alto de la colina y, en una tienda de comestibles encajada en el sótano de un edificio, compro una botella de vino, pan recién horneado, fruta, media docena de huevos y un trozo de queso, y lo meto todo en la mochila. No pretendo cocinar mucho, todos estos restaurantes tienen buena pinta, pero siempre es útil tener algunas cosas a mano.

Vagando por un pequeño callejón, encuentro una hilera de restaurantes con mesas y sillas dispuestas de cara al crepúsculo que se avecina. Un restaurante italiano capta mi atención.

—Mesa para uno, por favor —le digo al camarero—. ¿Puedo sentarme fuera?

—Por supuesto. Por aquí.

Me coloca entre una joven pareja regordeta y un hombre de negocios, impecablemente vestido, que se levanta nada más sentarme y se marcha a toda prisa mientras habla irritado por teléfono. El camarero italiano chasquea la lengua, niega con la cabeza y retira lo que hay en la mesa y la limpia.

—Todos están muy ocupados —dice, y, de golpe, me hace evocar vivamente a mi padre, cuya voz grave estuvo entrelazada con su acento italiano hasta el día de su muerte—. ¿Desea tomar vino? —pregunta—. Diría que le gusta el vino tinto… ¿Tengo razón?

—Pues resulta que sí. Sírvame alguno que le guste a usted.

—Enseguida.

Me doy cuenta de que no llevo el móvil encima. Qué raro. No logro recordar cuándo fue la última vez en que sucedió esto. Probablemente, años. En lugar de darle vueltas, leo cada palabra del escueto menú, aunque me he decidido por los *gnocchi* casi al momento de verlos. Me reclino en la silla y pienso en lo mucho que a mi padre le hubiera gustado este sitio, con la mantelería y las flores blancas en diminutos jarrones azules, todo perfectamente dispuesto. Toco el clavel. Es real, no de plástico. Levanto el florero para aspirar su aroma, intenso y ligeramente picante.

El hombre regresa con el vino y lo presenta con una floritura. Tiene un espeso bigote y ojos brillantes.

—A ver si le gusta este.

Obediente, agito la copa, inhalo y pruebo el vino. Lo ha servido como es debido, en copa ancha, y al olerlo percibo toques intensos. En el paladar es afrutado, pero sin taninos pesados.

—Mmm —digo—. Sí, gracias.

Hace una leve reverencia. Un mechón de pelo le cae sobre los ojos.

—¿Y qué desea cenar?

—*Antipasti*. —Ahora que me he detenido, me doy cuenta de que estoy hambrienta—. Y los *gnocchi*.

—Muy bien.

El vino me ofrece algo con lo que distraerme, y me reclino en el respaldo para observar el desfile de gente que pasa ante mí. Muchos empresarios que se han reunido para tomar una copa después del trabajo; mujeres con tacones y hombres enfundados en trajes elegantes. Al lado, un bar con la fachada abierta se llena de jóvenes profesionales que se miran entre sí. Nadie parece fumar.

También hay turistas deambulando por el callejón. Puedo identificarlos por el calzado cómodo, las quemaduras solares y el cansancio con el que examinan los menús. Una vez más, una avalancha de idiomas, acentos y culturas.

El anfitrión sienta a un hombre a la mesa vacía de al lado. Mantengo la vista al frente para preservar nuestra intimidad, pero lo escucho pedir vino con acento español.

El camarero me trae mis *antipasti*. El plato está formado por una ración generosa de *mozzarella* fresca, húmeda y brillante; tajadas de salami y *prosciutto;* un variado de aceitunas, diminutos tomates frescos y pan blanco.

—Precioso —susurro.

Me sumerjo en el plato que me transporta a la infancia, cuando una de mis tareas de la tarde era hacer porciones de *mozzarella* y ponerles palillos a los diversos embutidos que se servían en la *happy hour* junto con los Harvey Wallbangers, los *white russians* y los interminables tés helados *Long Island,* los favoritos de mi madre.

—No quiero molestarla —me dice el hombre de al lado—. ¿También es usted turista?

Me tomo un momento para saborear la deliciosa loncha de *prosciutto* que tengo en la boca y luego la bajo con un sorbito de vino. Lo miro. Es un hombre alto con el cabello espeso y oscuro y barba de tres días. En la mesa, junto a él, hay un libro de bolsillo bastante manoseado, y al verlo me pregunto cuándo dejé de llevar libros conmigo.

—Sí. ¿Usted también?

Asiente con la cabeza.

—He venido a visitar a un amigo, pero esta noche tenía trabajo, así que me ha abandonado. —Levanta la copa. Junto al libro hay una botella de vino—. Salud.

—Salud.

Alzo mi copa, pero uso el cuerpo para decirle que en realidad no quiero participar.

Aunque no me escucha.

—Habría cruzado la calle para ir allí, a probar sus tapas, pero he vuelto a verla y tuve que pararme aquí.

—¿Ya me había visto antes?

—Esta mañana. Llegaba usted del aeropuerto, o eso me ha parecido.

Su voz es sonora y vibrante, como un instrumento musical. Me permito mirarle el rostro durante un buen rato y me fijo en que tiene rasgos fuertes —nariz romana, casi demasiado agresiva como para ser atractiva, y grandes ojos oscuros.

—Sí —admito—. Pero no le ubico.

Se coloca una mano en el pecho, sobre el corazón.

—Ya me ha olvidado. —Chasquea la lengua y luego inclina la cabeza con una sonrisa—. En el ascensor.

El momento regresa a mi mente.

—Oh, sí. El chico que dijo *de nada.*[*]

Se ríe. Es un sonido fuerte, lleno de vida. Doy un sorbo al vino mientras lo evalúo. No estaría mal un revolcón con él. Ha pasado mucho tiempo desde el último.

—Me llamo Kit —digo.

—Javier.

Cojo el plato de *antipasti* y se lo ofrezco.

—El salami está muy bueno.

Hace un gesto hacia el asiento que tiene enfrente.

—¿Te gustaría sentarte conmigo?

—No, gracias. Si nos quedamos donde estamos, podemos ver la calle.

* En español en el original.

—Ah. —Se sirve un trozo de *mozzarella* y otro de salami, y los coloca en el pan de su plato—. Ya te entiendo.

—Es como si estuviéramos en la misma mesa —digo, e indico el estrecho espacio que separa nuestras sillas.

Está lo suficientemente cerca como para que me llegue el olor de su colonia, que tiene un toque vagamente picante.

—¿Qué te trae por Nueva Zelanda? —pregunta.

Me encojo de hombros. Tendré que encontrar la forma de responder a esa pregunta. Es un viaje demasiado largo como para venir sin motivo alguno.

—Es un lugar especial, ¿no?

—Sí.

Le da un sorbo a su vino. De perfil tiene un rostro bastante llamativo. Hermoso. Tal vez cumpla demasiados de mis «ni de coña».

Ya veremos.

—¿Y qué hay de ti?

Se encoge de hombros en un gesto triste. Eso marca otro de mis «ni de coña». Hombres atormentados, no. Siempre desean la salvación y, después de la infancia llena de personas rotas que tuve, es un impulso contra el que tengo que luchar constantemente.

—Mi amigo me invitó. Pensé que era hora de un cambio. Tal vez me mude aquí.

—¿En serio? —Me llevo a la boca un poco de queso, parto un poco de pan sin levadura y vuelvo a ofrecerle el plato—. ¿Desde dónde?

—Madrid.

—Es un gran cambio.

Asiente con la cabeza y junta las manos, palma con palma.

—Estoy cansado de la política.

Suelto una carcajada y tengo que cubrirme la boca.

—Sí, han sido unos años raros.

—Décadas.

—Sí.

Observamos a la gente que pasa por nuestro lado. Parejas enamoradas, otras que llevan años casadas, la marabunta de la *happy hour* volviendo a casa... Tengo el cuerpo relajado y en calma por primera vez en años. Tal vez necesitaba poner distancia más de lo que pensaba. Busco con la mano de forma automática el fantasma del teléfono que no está y, acto seguido, apoyo la palma abierta sobre la mesa.

—¿Qué estás leyendo?

Levanta el libro para mostrármelo. *Cien años de soledad.* Está en español, por supuesto.

—Lo he leído muchas veces, pero me encanta releerlo.

Asiento con la cabeza. También le gusta la literatura. Eso no está en mi lista de los «ni de coña», pero sugiere que es inteligente, y eso sí lo está.

—¿Lo has leído? —pregunta.

—No. —Y me sorprendo al añadir—: La amante de la literatura era mi hermana.

—¿No te gusta leer?

—Sí, pero no leo libros «importantes». Los grandes poetas, escritores y dramaturgos eran la afición de ella.

—Ya veo. —Sonríe levemente—. ¿No podíais compartir?

El vino me está soltando la lengua.

—No. Yo soy la científica. Ella era la creativa.

—¿Era?

—Murió —contesto, aunque ya no sé si eso es cierto.

—Lo siento.

Entonces el camarero me trae los *gnocchi*, cuidadosamente presentados, con perejil y parmesano. Imagino a mi padre sentado al otro lado de la mesa, con los brazos cruzados y las muñecas velludas bajo las mangas de la camisa, con los gemelos que siempre usaba. Tomo un pequeño bocado.

—Oh, esto está buenísimo —digo.

Mi padre asiente con la cabeza.

—Bueno, bueno —dice el camarero.

—¿Podría servirme otra copa de vino?

—Oh, no, no —protesta Javier, negando con los dedos en el aire como para ilustrar sus palabras—. Permíteme compartir el mío. Nunca podría terminarlo yo solo.

—¿Nunca? —pregunto.

—Bueno, tal vez sí…, pero me gustaría compartirlo contigo.

Asiento con la cabeza. El camarero sonríe como si aquello fuera obra suya.

—Vuelvo enseguida con su cena, señor.

Doy otro bocado, disfrutando del aroma a ajo que emana el plato.

—Esta receta era una de las especialidades de mi padre —digo. Un comentario que se me escapa antes de darme cuenta de que lo voy a decir—. *Gnocchi* con guisantes y setas. Solía ayudarlo a cocinarlos.

—¿Tu padre era italiano? —Se inclina hacia delante para verter un poco de vino en mi copa vacía.

—Siciliano.

—¿Tu madre también?

Le lanzo una mirada.

—Eres bastante directo.

—Normalmente no.

—¿Y por qué ahora sí?

Se acerca un poco más y, por el brillo de sus ojos, veo que va a decir algo atrevido.

—Porque el corazón me ha dejado de latir cuando te he visto aquí sentada.

Me río, encantada por la extravagancia.

—Crees que bromeo —dice—, pero te juro que es cierto.

—No soy la clase de mujer que hace que a los hombres se les pare el corazón, pero gracias.

—No has conocido a los hombres adecuados.

Me quedo quieta, con el tenedor colgando de la mano y el codo apoyado en la mesa. Detrás de él, el cielo está casi oscuro y las risas que nos rodean son ahora más ruidosas. La forma de su boca hace que se me ponga la piel de gallina, y él, en conjunto, tiene un aire esquivo —ese aire esquivo— que me hace pensar que probablemente sea muy bueno en la cama.

—Puede que no.

Sonríe ante el comentario y un hoyuelo indecente aparece en su mejilla. Tiene que echarse hacia atrás para permitir que el camarero le sirva la comida. Es un plato humeante de *risotto* de langostinos y cangrejos de río. La elección de un buen comensal, como diría mi padre. Él no tenía paciencia con los quisquillosos, con los vegetarianos que ya por aquel entonces salpicaban el paisaje, o con los que no comían pescado, o ternera, o alguna verdura en concreto. «O te lo comes como está, o no te lo comes», diría, resoplando. Solo a Dylan le permitía ser tiquismiquis. Odiaba con toda su alma las alcaparras, los encurtidos, las aceitunas y el aguacate, y prefería pasar hambre antes que comer claras de huevo o almejas. De alguna forma, colmó el deseo de mi padre de tener un hijo varón y, durante mucho tiempo, este lo adoró.

Hasta que dejó de hacerlo.

—¿Tu padre cocinaba para ti a menudo? —pregunta mi acompañante.

—No exactamente. Cocinaba para su restaurante. Crecimos allí, comiendo el plato especial del día.

—Parece una infancia interesante. ¿Te gustaba?

—A veces. —Es fácil charlar con este desconocido, alguien que dentro de un mes no recordará nada de lo que he dicho. Vacío la copa y se la ofrezco. Él me sirve una cantidad generosa de vino—. No siempre. Podía llegar a ser un poco agotador. Además, mis padres siempre estaban más pendientes del restaurante que de sus hijas. —Le doy vueltas con delicadeza a un *gnocco* perfecto con el tenedor—. ¿Cómo fue la tuya?

Se da toquecitos en los labios con la servilleta.

—Crecí en la ciudad. Mi madre era maestra y mi padre era… —Frunce el ceño y se frota los dedos como si quisiera sacar la palabra del aire—. Un empleado del gobierno, ¿sabes lo que te quiero decir, no…? —Se le ilumina el rostro—. Un burócrata.

—¿Hijo único?

—No, no. Somos cuatro. Tres chicos y una chica. Yo soy el segundo.

El que necesita atención, como yo. A continuación, digo en voz alta:

—El mayor siempre lo consigue todo.

Inclina la cabeza levemente en desacuerdo.

—Tal vez. Mi hermana es la mayor y no es nada exigente. Es muy tímida, le da miedo el mundo.

Ahora me toca a mí ser atrevida; el vino me ha relajado. Somos dos extraños de vacaciones y no tengo el teléfono para entretenerme.

—¿Por qué?

Le cambia la cara y agacha la mirada. Después, niega con la cabeza.

—Lo siento —digo—. He ido demasiado lejos.

—No, no. —Extiende el brazo a través del espacio que nos separa y me acaricia el antebrazo—. La secuestraron cuando era pequeña, tan pequeña que nadie sabe lo que le ocurrió. Después de aquello, dejó de ser la misma.

—Pobrecita.

La noche es ahora un poco menos brillante, y pienso en Josie.

—Pssst —dice, apartando el recuerdo y cogiendo de nuevo la copa—. Las vacaciones son para olvidar, ¿no? *Salud.*[*]

Sonrío.

—*Salud.*[†]

Ambos empezamos a comer, y el silencio que se forma es cómodo. El intenso aroma a ajo de mi plato y del suyo perfuma el aire. Pasan ante nosotros dos chicos, hombro con hombro, uno maorí y el otro blanco, caminando en perfecta sincronía, y un grupo de adolescentes muy delgadas, a toda prisa y muy conscientes de sí mismas, parloteando en un lenguaje que no reconozco en ese momento. Todavía hace calor y sigue habiendo humedad, pero ya no es tan terrible.

Por una vez, me siento feliz siendo yo, simplemente sentada, comiendo.

---

[*] En español en el original.

[†] Ídem.

Javier dice:

—Mi amigo es un músico que toca en un local no muy lejos de aquí. ¿Te apetece venir conmigo a escucharlo?

Por un momento, me pregunto si no será mejor regresar a mi habitación y dormir un poco.

—Creo que no voy vestida para la ocasión —contesto—. Y tengo comida que guardar.

—Está muy cerca del apartamento. Podríamos ir allí primero y luego a la discoteca.

Eso es lo que realmente preferiría hacer.

—Vale.

Los relámpagos iluminan el horizonte mientras regreso a pie al apartamento con Javier. Es agradablemente más alto que yo, y tiene unos hombros y muslos tan fuertes que me hacen sentir pequeña mientras camino a su lado. Cosa, por cierto, nada común cuando mides casi un metro ochenta descalza.

Espera en el vestíbulo mientras corro escaleras arriba, conecto el teléfono al nuevo cargador con alivio y me pongo un vestido de verano con un suéter fino por encima. El gran espejo del baño refleja una maraña de rizos encrespados por la humedad, cosa contra la que no puedo hacer demasiado. Para contrarrestarla, me pinto un poco los labios. La boca es el mejor de mis rasgos: pertenece a mi rama italiana. Y con el pintalabios rojo mate le saco el máximo partido.

Cuando salgo del ascensor, Javier hace un gesto de admiración y me ofrece el codo. Lo agarro y volvemos a salir al aire denso.

—¿Viajas a menudo? —pregunta.

Esquivo a un trío de chicas vestidas con sus mejores galas y respondo al otro lado.

—Pues la verdad es que no mucho. Es difícil escaparse de mi trabajo. ¿Y tú?

—Todo lo contrario. Los últimos años he viajado demasiado.

—¿Por trabajo?

Hace un simple asentimiento con la cabeza, sin dar más detalles. Paseamos por unas cuantas calles en un silencio cómplice. Me llevaré de *souvenir* el brillo de las luces contra el cielo nocturno, el destello del agua en los edificios altos, el toque de música detrás de las ventanas. Nos desviamos por un callejón de ladrillos, Javier se detiene y levanta la vista.

—Ya hemos llegado.

Cuando abre la puerta, del interior se escapa una mezcla de sonidos y olores, alcohol y perfume, voces y risas y el punteo de alguien afinando una guitarra. Entro seguida de Javier, y mucha gente nos mira. Me cohíbo por un instante, hasta que me doy cuenta de que probablemente miren a todo el mundo.

También es posible que hagamos una pareja llamativa; yo con los labios rojos y la melena salvaje, y él con esos hombros.

Hay algunas mesas libres, y él me lleva hasta una ubicada cerca del fondo de la sala. Una chica con vaqueros ajustados y blusa campesina se nos acerca para tomarnos nota.

—Una cerveza —digo mientras me siento—. Cualquier cerveza negra que tengas.

—Lo mismo —pide él—. Y un tequila, el mejor que tenga, solo.

La mesa es bastante pequeña, y el espacio que tiene asignado nos obliga a sentarnos juntos. Él me roza la rodilla con el muslo y yo le rozo el brazo con el hombro. Huele a algo impreciso e intenso y, por un instante, trato de descifrarlo antes de dirigir mi atención al escenario, consciente de mis sentidos aguzados, de su codo y del grosor de sus cejas.

—¿Cuál de todos es tu amigo?

—En realidad todos son amigos míos, pero Miguel es al que he venido a visitar. El de la camiseta roja. El guapo.

Sonrío porque es cierto. Miguel tiene una expresión amable, pómulos altos y el cabello muy negro y brillante. Es el que está afinando el instrumento y asintiendo con la cabeza al acompañamiento.

—¿Hace mucho que os conocéis?

—Nos conocimos por una amiga en común. —Sonríe de forma irónica—. Es el hermano de mi exmujer.

La camarera nos trae las bebidas. La cerveza tiene un precioso tono caramelo cuando la luz la atraviesa. Me inclino para olerla. Prometedor. Alzo el vaso.

—Chinchín.

Por un instante, sostiene su vaso en alto mientras su mirada se desliza desde mi melena hasta mi boca.

—Por las nuevas aventuras.

Doy un sorbo a la cerveza. Está fría, refrescante y espectacular. Con un suspiro, vuelvo a dejarla en la mesa.

—Me encanta la cerveza.

Javier levanta el tequila.

—Yo prefiero esto. —Lo huele y le da un sorbo como si fuera vino—. Pero solo en pequeñas dosis.

Me río, como se supone que debo hacer, pero entonces me asalta un recuerdo: la imagen de un chico en Urgencias, el año pasado, que se inmoló en una hoguera como gesto de amor después de beberse una botella entera de tequila. No es exactamente la clase de anécdota que se comparte en una cita. Para apartar la imagen, pregunto:

—¿Ha sido el divorcio lo que te ha traído aquí?

—No, no. —Hace un gesto con la mano—. Hace tiempo que nos divorciamos, muchos años. —Me sostiene la mirada con sus oscuros ojos—. ¿Y tú? ¿Has estado casada?

Niego con la cabeza y giro un poco la copa.

—No está en mi lista.

Inclina la cabeza, sorprendido.

—¿El matrimonio no está en tu lista?

—No. Mis padres me dieron un ejemplo que no quiero emular jamás.

Si ni siquiera soporto una relación durante más de cinco minutos, como para pensar en el matrimonio.

—Ah. —Da un sorbo tan pequeño al tequila que me pregunto si podrá saborearlo, y me agrada por ello.

La música comienza con un repentino y emocionante rasgueo de guitarra. El guapo de Miguel se inclina hacia el micrófono e interrumpe nuestra charla. Javier y yo nos acomodamos en los asientos y es imposible que no nos toquemos un poco. Es una sensación agradable, y me vuelvo más consciente de su compañía a medida que la música llena el aire. La melodía es cálida y pasional, y algunas canciones son en español. Mi cuerpo se balancea y, de repente, recuerdo a un guitarrista que solía tocar en el patio del Eden cuando yo tenía ocho o nueve años; un hombre de caderas estrechas con el que mi madre flirteaba descaradamente. Josie y yo llevábamos nuestros vestidos de baile: dos de los vestidos más suaves de mi madre, viejos y desgastados, que ella había cortado por abajo para que no tropezáramos. Nos balanceábamos y girábamos bajo el cielo infinito y oscuro, con el corazón rebosante de amor y fascinación, y otras cosas que apenas sabíamos que existían.

Ahora que mi excitación aumenta, miro a Javier. Cuando siente mi mirada y me la devuelve, lo veo también en sus ojos. Desliza entonces la mano por mi muslo, justo por encima de la rodilla. Le sostengo la mirada y dejo que el placer de la anticipación se intensifique. Ambos somos adultos. Conocemos el baile. Bajo la guardia ligeramente para permitirme imaginar cómo será besar esa boca y tocar esos hombros sin el obstáculo de la tela, la promesa de…

—Y ahora, nos gustaría invitar a mi buen amigo Javier Vélez a que suba al escenario a tocar.

La multitud susurra y enseguida empieza a aplaudir. Javier me aprieta ligeramente la rodilla.

—Ahora vuelvo. Pide otra cerveza, si quieres.

Asiento con la cabeza y lo veo atravesar las mesas. Se mueve como si estuviera hecho de agua, fácil y con fluidez, como si solo hubiera una forma de recorrer el camino, sin detenerse nunca.

Ya sobre el escenario, le da un abrazo a Miguel y coge una guitarra, que recuesta contra su cuerpo como si de un niño se tratase. Relaja la postura y coloca las manos sobre las cuerdas.

Un torrente de advertencias cae sobre mi sistema sobre-calentado. La luz azul le ilumina el pelo mientras inclina la cabeza, acerca el micrófono y espera una señal interna con los ojos cerrados. Se hace el silencio en la sala; todos contienen la respiración, esperando.

Y yo espero con ellos.

Javier mira hacia la multitud; luego, de repente, inclina el mentón y rasguea un acorde melancólico e, inmediatamente después, una compleja cascada de notas. Me hormiguean los brazos.

Se inclina hacia el micrófono y empieza a cantar en voz baja y profunda. Es una balada, una canción de amor, algo evidente aunque no entienda las palabras. Acaricia cada sílaba con su voz, murmura y susurra mientras marca el ritmo con los dedos en las cuerdas.

Es músico. Y no un aficionado. Ha atrapado a la sala entera y a mí.

Sexy.

Alto.

Inteligente.

Irónico.

Y ahora músico.

Javier Vélez ha convertido mi muy corta lista de «ni de coña» en la lista de «ni muerta». Nunca. No. *Nada.* *

Mientras él sigue cantando, cojo el bolso y el suéter y salgo del bar a toda prisa para deshacer el hechizo que me ha lanza-do. El hechizo que yo he permitido que me lance.

Ya fuera, en la noche, mientras subo la colina a grandes zancadas en dirección a mi apartamento, soy consciente del cosquilleo que me recorre la columna vertebral y las palmas de las manos. Estoy decepcionada. Ha pasado mucho tiempo desde mi último rollo fallido: un surfista diez años menor que yo que se fue en busca de mejores olas. El sexo es una necesi-dad biológica, y mejora con la práctica. Masturbarte está bien

* En español en el original.

y puede quemar mucha energía negativa, pero el sexo en pareja es mucho más divertido. La piel con piel relaja al ser humano.

Y eso es lo que había estado esperando.

Ya han dejado de preguntarme si voy a sentar cabeza y encontrar marido. No me interesa, aunque hubo un tiempo en que sí lo hizo. Me duele un poco el hecho de que no podré tener hijos a menos que decida qué hacer muy pronto —congelé algunos óvulos justo después de cumplir los treinta, así que tengo ese respaldo—, pero siento que mi vida es tan impredecible y frenética que necesito trazar un plan antes de añadir un bebé a la ecuación.

No me arrepiento de no haber tenido una relación duradera en mi vida. Es sorprendentemente fácil encontrar hombres con los que estar durante un tiempo; como Tom, el surfista aficionado que me hizo compañía durante la mayor parte del verano y el otoño pasado. En algún momento, a medida que envejezca y sea menos atractiva sexualmente, puede que sea más difícil. Cruzaré ese puente cuando llegue a él.

Lo que no voy a hacer es permitirme tener sexo con un hombre que tiene el potencial de despertar, de un modo genuino, mis pasiones. Después de vivir la guerra que fue el matrimonio de mis padres y todo lo que mi hermana hizo, incluido el acabar muerta, aprendí a mantenerme alejada de las relaciones intensas.

De ahí mis normas, las que me han mantenido a salvo durante toda mi vida adulta y que no voy a empezar a saltarme ahora.

Ya en el edificio, pulso el botón del ascensor con irritación y espero mirando los números.

Pero, maldita sea…, era toda una promesa.

Capítulo 6

Mari

Después de cenar, Sarah me ayuda con los platos. Nuestra casa es una villa asentada en una colina que discurre en diagonal respecto al puerto y, mientras friego vasos y se los paso a mi hija, contemplo las iridiscentes parcelas de luz sobre las olas. Al otro lado del agua hay un acantilado alargado, que justo ahora comienza a centellear con las luces que se encienden por la noche.

Sarah lleva el cabello recogido en una trenza en un intento de domarlo, pero se le escapan algunos rizos salvajes alrededor de la cara y por la frente. Una mancha de hierba le estropea la camiseta y, hasta por encima del olor dulzón del lavavajillas, huele a sudor de niño y suciedad. Tiene miles de pequeños experimentos en el exterior —intenta cultivar brotes a partir de tallos de apio, un hueso de aguacate y restos de cebolla; comederos de pájaros de tres estilos distintos; un elegante barómetro que su abuelo le regaló para la pequeña estación meteorológica que también le ayudó a instalar—. A mi suegro, Richard, viudo desde hace años, le apasiona la navegación y el mundo natural tanto como a Sarah. Ella se pasa las tardes afuera, jugando y tarareando para sí misma; examinándolo todo, desde las plumas hasta las rocas.

Es un bicho raro, como mi hermana. Se le parece en cada gesto, en su serio interés por la ciencia y los detalles, en su visión racional del mundo.

Esta noche ha estado callada, pero me estoy obligando a no preguntarle de nuevo por la escuela, porque se pondrá nerviosa. Tal vez mañana. Hoy le daré todo mi amor en casa, para tratar de llenar el vacío que las sinvergüenzas del colegio le están dejando.

—Después de esto deberías ducharte; deja que te lave el pelo.

Ella se limita a asentir con la cabeza. El carnoso labio inferior le sobresale mientras seca un plato.

—¿En qué piensas?

Levanta la cabeza y parpadea.

—Quiero leer un libro esta noche.

—¿Uno actual? ¿*Harry Potter,* tal vez?

—No. —Frunce el ceño levemente—. Sabes que no me gustan las historias de ficción.

Lo sé. Desde el momento en que Sarah fue lo bastante mayor como para pensar por sí misma, empezó a cuestionar cosas. Si había hadas en los libros, ¿por qué no podía verlas en la vida real? Para mí, lectora acérrima desde siempre, aquello era lo más raro del mundo.

Cuando tenía tan solo dos años, empezó a coger bichos para examinarlos. Seguía a su abuelo en sus paseos por la naturaleza mientras él iba señalando distintas plantas y animales para ella. Así recorrieron todos los principales senderos que rodean la ciudad y luego fueron más lejos, al campo. Ahora él está enseñándole a observar el cielo y a leer el viento y las olas. Están muy unidos. Eso es algo que jamás le pasará con mi familia, lo cual es aún más doloroso, porque ella y Kit se adorarían.

—Vale, ¿qué libro?

—Uno que cogí en la biblioteca sobre botánica.

No voy a sonreír.

—Muy bien. —Le paso el último plato para que lo seque—. ¿Y si leemos *La sirenita,* después de ese? —Es el único cuento que le gusta. No el clásico de Disney, sino la versión más antigua y oscura de Hans Christian Andersen.

Se lo leí cuando tenía cinco años y se volvió loca por Ariel. La versión de Disney está bien, pero los cuentos de hadas son oscuros por una razón. Los niños saben que en la vida no todo es dulzura y luz. Lo saben.

—En la nueva casa que hemos comprado, hay un estante entero de libros de sirenas. Tal vez podamos cotillearlos juntas.

—Vale. Aunque las sirenas no son reales.

—Tú no crees en ellas, pero yo sí.

Pienso en Kit, en mi madre y en un cofre pirata con un botín en su interior. Pienso en Dylan, que parecía haber aparecido en nuestras vidas procedente del mar y que más tarde regresó a él.

¿Por qué de repente estoy pensando en todas estas cosas?

—Mamá, qué tontería.

Señalo, en mi antebrazo, el lugar donde las escamas de sirena brillan contra mi piel.

—Yo siempre he sido medio sirena.

Niega con la cabeza.

—Los tatuajes no hacen que las cosas sean reales.

—No sé a qué te refieres.

—Yo sí. —Saca un par de tenedores del escurridor—. Papá dijo que viviremos en esa casa.

—Sí. Llevará un tiempo arreglarla, pero ese es el plan. Puedes tener tu propio laboratorio. —Pronuncio la palabra con acento neozelandés, con el énfasis en «bor»—. Y hay un invernadero.

—¿En serio? —Se le ilumina la mirada, como haría cualquier otra chica si le regalaran unos zapatos nuevos—. ¿Cuándo podremos verla?

—Pronto. —Le quito el paño de cocina de las manos—. Ve a ducharte.

—¿Me vas a lavar el pelo?

—Sí. —Lleva solo un par de meses lavándoselo sola, y los resultados no son precisamente buenos—. Pega un grito cuando estés lista.

Mientras guardo la vajilla en el armario, suena el teléfono que llevo en el bolsillo trasero. En la pantalla aparece el nombre de mi amiga Gweneth.

—Hola, ¿qué hay? No vas a dejarme plantada, ¿verdad?

Salimos a caminar juntas todos los lunes, miércoles y viernes, justo después de dejar a las niñas en la escuela. Es una madre ama de casa con un entusiasta blog sobre y para mamás, por lo que es tan dueña de su tiempo como yo.

—No, pero JoAnn no puede venir. ¿Quieres ir de senderismo al Takarunga?

JoAnn no dispone de tanto tiempo como nosotras dos, por lo que reservamos las escaladas más difíciles para cuando ella entra temprano a trabajar. Tenemos que coordinarnos con tiempo porque me gusta llevar una CamelBak para ello, que, de lo contrario, dejo en casa.

—Me encanta la idea.

Se escucha un perro que ladra furiosamente de fondo, y añade:

—¡Nos vemos a las siete y media! Hasta luego.

—Hasta luego.

Cuando termino de recoger la cocina, los perros se acercan. Los dos que quedaron huérfanos al morir Helen y Ty, abreviatura de Tiranosaurio Rex, un perro al que le di un hogar. Se le puso el nombre cuando Leo estaba obsesionado con los dinosaurios. Es un chucho con mezcla de *golden retriever*, y está encantado de tener amigos con los que jugar.

—¿Vamos fuera, chicos? —pregunto.

Todos mueven la cola. Paris y Toby están un poco perdidos. La primera es un pastor alemán negro, demasiado delgada y con los ojos más tristes que he visto en mi vida. Es una perra grande, de pelaje largo y bonito. Me inclino para acariciarla mientras pasa por mi lado. Se deja, pero creo que está deprimida. Tomo nota mental de buscar formas de ayudar a sanar a un perro en duelo.

El otro, Toby, es mucho más pequeño, tal vez una mezcla de *shih tzu* o *lhasa apso*. Necesita un corte de pelo, pero, por lo demás, está bastante bien. Es blanco y marrón, con alegres ojos negros y, para mi sorpresa, Simon está loco con él. Toby ya sabe que puede saltar en su regazo cuando está sentado en su butaca.

Un sinfín de relámpagos ilumina el horizonte cuando abro la puerta. Huele a la lluvia que se nos acerca desde el mar y que trae consigo el perfume del océano y del cielo.

—Será mejor que os deis prisa, chicos.

Me quedo en la puerta y lleno los pulmones de ese olor, con un crepúsculo que se acerca lentamente y el canto de un par de tuis de fondo. Una gaviota parece navegar en el viento, valiéndose de las corrientes de aire. En el mar, el agua se ondula en tonos de ópalo y verde, con ligeros tonos de púrpura en la superficie. Es indudable que se acerca una tormenta, y miro el barómetro de la pequeña estantería de Sarah, pero no sé cómo leer las burbujas y los pesos.

Paris hace sus necesidades y luego se acerca a mí y se sienta en posición de alerta junto a mi pierna.

—Eres un amor, ¿a que sí?

Le acaricio las largas orejas y ella lo permite mientras escanea el perímetro en busca de invasores.

Podría enamorarme de esta perra. Me recuerda a Cinder, la mezcla de *retriever* que teníamos cuando era niña. Fue Cinder el que nos advirtió del desconocido que estaba en la puerta, la noche en que Dylan llegó al Eden arrastrado por la corriente.

También esa noche una tormenta había azotado las ventanas y convertido el mar en un monstruo salvaje que Kit y yo observamos desde la ventana del salón de la casita que tan precariamente se elevaba sobre el acantilado. En los días claros, veíamos cientos de kilómetros de mar perderse en la lejanía, o al menos eso decía mi padre. El mar que cambiaba a cada minuto, el mar que cambiaba de color, de textura, de sonido y de humor. Podías mirar hacia el mar mil veces al día desde el mismo lugar exacto y nunca parecía el mismo.

Pero esa noche el mar estaba salvaje, y Kit y yo nos contamos historias sobre naufragios.

—Por la mañana, deberíamos bajar a ver si el mar ha arrastrado algo de los barcos —dije.

—¡Un botín! —gritó Kit, golpeando el aire con su puño de niñita de cinco años.

Detrás de nosotras, Cinder se levantó de un salto y lanzó un potente ladrido de advertencia. Mi madre salió de la cocina mientras se secaba las manos. Era mala noche en el Eden debido al clima, así que, por una vez, estábamos en casa, aunque ella no estaba cocinando. ¿Por qué iba a hacerlo, si teníamos el calamar relleno de mi padre? Un miembro del personal de cocina, una chica llamada Marie, había traído un bol de pasta con pan y aceite de oliva, y nos habíamos sentado juntas a comerlo.

Cuando mi madre abrió la puerta, había un chico allí, empapado y temblando, con el pelo largo pegado al cuello y a la frente. También se le adherían al cuerpo la camisa de cambray y los vaqueros, y tenía la cara amoratada y sangrando, como si se hubiera arrojado por la borda durante un naufragio, o como si fuera el fantasma de un marinero que se hubiera ahogado sin saberlo.

Kit y yo leíamos muchos cuentos así. Yo leía libros muy avanzados para mi edad, y me encantaba leerle a Kit un ejemplar maltrecho de *El gran libro de los piratas,* lleno de historias de naufragios, fantasmas y sirenas que seducían a marineros para matarlos. Muchas de aquellas fábulas nos pululaban por la mente, y alimentaron nuestra imaginación durante años.

Mi madre lo hizo entrar y fue en busca de toallas y una taza de té. Kit y yo lo miramos, cautivadas por su belleza. Aunque en aquel momento mintió diciendo que tenía quince años, apenas era un adolescente, y su piel, estirada sobre unos pómulos y una mandíbula elegantes, todavía tenía el brillo húmedo de la infancia. Tenía los ojos del color de la concha del abulón, plateados y azules y con tonos violeta, como si hubiera nacido en el mar.

Le susurré a Kit:

—Quizá sea un tritón.

Mi madre no era conocida por aceptar callejeros; ni gatos, ni perros, ni personas, pero acogió a Dylan como si fuera su propio hijo. Trasladó a Kit a mi dormitorio para que él tuviera un lugar donde dormir y le dio trabajo en el restaurante como friegaplatos.

—Chicas, tenéis que ser amables con él —dijo al arroparnos esa noche—. Ha pasado por muchas cosas.

—¿Es un tritón? —preguntó Kit.

Mi madre se pasó los dedos por la frente.

—No, cariño. Solo es un niño.

Un niño al que acogió y cuidó desde ese momento como si fuera un gato perdido, sin explicación alguna.

«Solo es un niño». Durante un largo instante, de pie bajo el cielo de Auckland iluminado por los rayos, pienso en lo pequeña que se queda esa frase. Cuánta verdad y cuánta mentira al mismo tiempo.

Un dolor sordo me presiona el esternón. ¿Y si mi madre hubiera llamado a la policía para denunciar una fuga? ¿Y si lo hubieran enviado a un hogar de acogida en vez de permitirle echar raíces en nuestra familia como hizo?

No; en lugar de eso, mi madre mintió a todo el mundo, sin más, y dijo que era su sobrino de Los Ángeles. Nadie la cuestionó nunca y, por aquel entonces, mi padre la dejaba salirse con la suya con casi todo.

Los perros, impacientes con mi ensoñación, corretean alrededor de mis piernas y me lamen los dedos. Los llevo dentro y luego voy a lavarle el pelo a mi hija.

Más tarde, Simon está viendo una película; una de aventuras en la selva, con mucho barro y cosas que pican y cortan, y un hombre fuerte que lidera el camino. Lo que más le gusta. No le gusta demasiado leer, pero ve todas las películas de acción y ciencia ficción habidas y por haber y, cuando se le acaban, se pone a ver vídeos de YouTube del mismo estilo.

Me siento junto a él con el portátil y una colcha sobre las piernas, porque hace bastante frío. Bebe una cerveza de jengibre y se mete cacahuetes en la boca a cada poco rato; yo, mientras, sostengo una taza de té verde que probablemente ya esté frío. En realidad, la tengo solo como compañía.

He estado buscando ideas para Casa Zafiro en Pinterest, después he encontrado un montón de recetas con guayabas y, ahora, estoy tratando de averiguar más sobre Veronica.

Mi amiga Gwen está fascinada con ella y, a menudo, nos ha confiado a nuestra amiga Nan y a mí historias sobre la leyenda de Auckland. Hace tiempo que me intriga su ascenso al estrellato y su trágico final. Siento una extraña conexión con ella, con su deseo de renovarse y de convertirse en otra persona, y con la forma en que lo logró.

Pero, como un Ícaro en femenino, fue castigada por su arrojo y murió joven.

Me descargo la película que catapultó su carrera. Estuvo en Hollywood varios años e interpretó muchos papeles, la mayoría de ellos de chica de la selva. Pero cuando el sonido llegó a escena, Veronica fue elegida para el papel de arpía, ambiciosa y hermosa, y saltaron chispas entre el coprotagonista y ella. Quedaron para el recuerdo un beso entre ambos y un vestido tan transparente y ceñido que parecía que iba desnuda.

Viendo la película, me sorprende el tono liberal del guion y la forma descarada y burlona en la que Veronica interpretó el personaje. Su cuerpo enfundado en el famoso vestido —un corpiño con encajes que ofrecen la ilusión de los pezones (¿o son los pezones los que ofrecen la ilusión del encaje?)— es incendiario; las caderas, generosas, y los brazos y la cintura, esbeltas.

Sorprende la inteligencia del guion y de la actriz, además del hecho de que es la arpía descarada la que al final gana. Es como si alguien le hubiera dado la vuelta a las normas del momento.

Al indagar en la web, encuentro más información de esta breve época llamada Precódigo. Durante unos cinco años escasos, entre el establecimiento de la industria del cine sonoro y la aplicación del código Hays en 1934, no hubo pautas de moralidad, y los cineastas lo aprovecharon al máximo. Se hicieron decenas de películas, a menudo de temática abiertamente sexual y con mujeres en papeles que reconocían su sexualidad y ambición.

Me sorprende que, tantos años atrás, hubiera tanta libertad y poder en manos de mujeres. Durante unos segundos, me pregunto cómo habría sido la vida para todas nosotras si esas historias se hubieran permitido o abrazado. Incluso celebrado.

Veronica Parker, con su cuerpo estilizado y elegante y su voz sensual, se labró un nombre en esa época. En cinco años hizo trece películas, casi tres por año, y le pagaron generosamente por ello: ciento diez mil dólares anuales. Parece mucho dinero para los años treinta, los de la Gran Depresión. Busco el equivalente en la actualidad y es, aproximadamente, un millón y medio de dólares. Más que suficiente para construirse una hermosa casa en la que apenas tuvo la oportunidad de vivir.

Después de aquello, durante el Postcódigo, Veronica no pudo conseguir papeles en Hollywood con tanta libertad como antes y se trasladó a Nueva Zelanda, atraída por la promesa que le había hecho un director local de protagonizar un trágico romance. La película nunca llegó a rodarse.

Según Wikipedia, este director, Peter Voos, estuvo involucrado en decenas de escándalos relacionados con mujeres. Su foto muestra a un hombre rubio y apuesto, de cejas arrogantes. No soy capaz de encontrar el motivo por el cual no se rodó la película, aparte del de las «diferencias creativas». Veronica encontró trabajo interpretando papeles pequeños, siempre como «la otra», la peligrosa mujer fatal.

Acurrucada en la manta, me pregunto qué debió de sentir al subir tan alto para después caer en desgracia, siendo todavía tan joven y teniendo tanto que ofrecer. La melancolía me recorre el cuerpo entero, por debajo de la piel, y cierro el portátil.

—Me voy a la cama —le digo a Simon, y lo beso en la cabeza—. No te quedes hasta muy tarde.

—No, no. Enseguida subo.

Tomo nota mental de que debo encontrar y ver algunas películas más de ella. Tal vez Gweneth quiera verlas conmigo. Se va a caer redonda cuando sepa que hemos comprado Casa Zafiro.

Capítulo 7

Kit

El desfase horario me despierta a las cuatro de la madrugada y, durante un rato, intento volver a dormirme, pero es inútil.

Las cortinas están abiertas. Los edificios de oficinas se alzan entre mi balcón y el puerto, pero el agua se extiende como tinta negra desde el límite del centro de la ciudad hasta lo que parece ser una isla al otro lado. Algunas lucecitas brillan, silenciosas en medio de la noche. Me acuesto de lado e imagino a mi hermana en una casa, ahí afuera, profundamente dormida e iluminada por la misma luna que me ilumina a mí. Imagino que se levanta para ir al baño y se detiene en la ventana, atraída por la intensidad de mi mirada, y que contempla el exterior en dirección al distrito de negocios del centro y a mi ventana, invisible entre todas las demás. Que me siente. Que sabe que estoy aquí.

Cuando éramos muy pequeñas, antes de que llegara Dylan, cada una tenía su propia habitación. Aquello terminó cuando yo tenía cinco años y, desde aquel momento y hasta que me fui a la Universidad, Josie y yo compartimos dormitorio. Primero, la habitación que daba al mar. Solíamos dejar la ventana abierta para que el sonido de las olas nos arrullara hasta quedarnos dormidas. Más tarde, compartimos el dormitorio principal del apartamento de Salinas. Me llevó mucho tiempo acostumbrarme a dormir sola. Una de las cosas que me gustan de Hobo es que me hace compañía de noche. Se hace un ovillo en mis corvas o trepa hasta la almohada para apoyar la cara contra mi cabeza, como si fuéramos dos gatos. En estos momentos lo echo de menos y me pregunto adónde fue su madre, y por qué cosas terribles pasó antes de que yo me lo llevara a casa y le permitiera quedarse.

Pensar en mi gato me hace mirar la hora. En Santa Cruz son casi las ocho de la mañana. Mi madre ya estará despierta. Marco su número mientras me dirijo hacia la pequeña franja de cocina junto a la puerta y lleno el hervidor de agua. Al otro lado de la línea, el teléfono suena y suena, y asumo que no va a cogerlo. Me inunda una familiar sensación de decepción y preocupación, y doy por hecho que mi madre me ha dejado tirada y al final no se ha quedado con Hobo. Pienso en mi pobre gato, tan maltratado por el mundo y que solo confía en mí, solo en casa…

En el último instante coge el teléfono, casi sin aliento.

—¡Kit! ¡Estoy aquí!

—¿Estás ahí? ¿En mi casa?

Un momento de silencio. Sabe que no confío en ella.

—Sí, Kit. Estaba fuera, en el patio, regando las plantas, y se me ha olvidado el móvil dentro.

—¿Hobo ha salido contigo?

—Oh, no. Ni siquiera ha salido de debajo de la cama.

Se me hace un nudo en el estómago. Puedo ver su cara negra con total claridad, sus deditos peludos.

—¿Has dormido ahí?

—Sí. Te lo juro. Come y usa el arenero cuando me voy, aunque creo que se ha meado en tus zapatillas de deporte. Las dejaste junto a la puerta.

—Probablemente me esté reclamando. Deja tus cosas en el armario.

—Eso he hecho. Estamos bien, Kitten.* —El apodo es raro y dulce—. De verdad. He tenido uno o dos gatos en mi vida.

—Vale.

—Solo han pasado un par de días. Estará bien.

—Simplemente asegúrate por completo de que no salga fuera. No quiero que se vaya a buscarme.

* 'Gatita'.

—Lo prometo —dice en un tono de voz muy razonable, y me doy cuenta de que estoy asustada porque no puedo controlar la situación.

Impactante.

Respiro profundamente y exhalo.

—Vale. Te creo.

—Gracias. Ahora cuéntamelo todo. ¿Cómo es? ¿Es bonito?

Regreso a la puerta corredera, la abro para que entre una ráfaga de aire húmedo y salgo al balcón de hormigón a dieciocho plantas de altura.

—Es increíble. El mar, las colinas y esos árboles extraños… Es precioso. Te mandaré algunas fotos más tarde.

—Me encantaría.

En lugar de apresurarse con preguntas o comentarios, espera a que siga hablando, un truco de escucha que aprendió en Alcohólicos Anónimos y que habría hecho mi infancia diez mil veces mejor.

—Fui a la discoteca —digo—. La verdad, no consigo imaginar qué podría haber estado haciendo ahí. Parece una discoteca frecuentada por asiáticos jóvenes, no por blancas de mediana edad.

—Oh, difícilmente se la podría considerar de mediana edad.

Levanto las cejas.

—Si realmente está viva, tiene casi cuarenta y tres. Una vez cruzas la línea de los cuarenta, creo que tienes que admitir que eres de mediana edad.

Emite un ruido despectivo y la oigo encender un cigarrillo. Los que ella cree que no sé que fuma.

—Bueno, ¿cuál es el siguiente paso?

—Sinceramente, no tengo ni idea.

—Tal vez podrías visitar los negocios de la zona con una foto suya. Preguntar si alguien la conoce.

—No es mala idea.

—Crime TV tiene su utilidad.

Me río.

—Bueno, si se te ocurren más ideas, mándame un mensaje. Esto no se me da muy bien.

—Si alguien puede encontrarla, eres tú —dice.

—¿Y si no la encuentro?

—Pues no la encuentras —dice con firmeza—. Lo único que puedes hacer es intentarlo.

Oigo el graznido de un arrendajo azul a muchos kilómetros de distancia, en mi patio trasero de California. Eso me hace aún más consciente de que estoy muy, pero que muy lejos de casa, sin nadie que me haga compañía. Esta soledad, lejos de mi pequeño rincón, sin el gato y —vale, lo admito— sin la madre a la que estoy acostumbrada a ver todos los días, me aguijonea la tripa.

—Haré todo lo que pueda —digo—. Y, por favor, no ignores a Hobo. Necesita amor.

—Se lo daré. Anoche le compré atún y asomó el hocico para comer un poco.

Vuelvo a reír.

—Buena idea. Gracias, mamá. Te llamaré pronto.

Me siento en la cama con las piernas cruzadas y una taza de té en una bandeja. Las tazas del apartamento son muy pequeñas, así que necesitaré comprar una hoy. Vi un Starbucks durante mis paseos, pero es un poco patético ir a una tienda conocida cuando estoy a doce mil kilómetros de casa.

Abro el portátil y estudio un mapa de la zona de la discoteca para quedarme con los nombres de las tiendas y los edificios cercanos. Ya vi que era una zona muy turística, con cafeterías y restaurantes de todo tipo, y tiendas llenas de postales y camisetas. Pero, a un lado, hay una zona comercial que parece más elegante, el Britomart, y parece tener restaurantes, cafeterías, *boutiques* y esas cosas de alto nivel. ¿Sería ese el tipo de lugar de Josie?

Es difícil imaginar cómo sería ella ahora. Cuando la emoción —ira, miedo y una extraña sensación de esperanza— empieza a gorgotear en mis entrañas, me pongo en modo científica. ¿Cómo puedes saber cómo es una persona que ha fingido su propia muerte y ha comenzado una nueva vida en un lugar remoto? ¿Por qué lo hizo? ¿Qué ha hecho en su nueva vida? ¿Cómo podría haber pasado la última década y media?

Doy un sorbo al té y miro a un equipo de limpieza que pasa la aspiradora en una planta llena de oficinas, en el edificio del otro lado de la calle. Sopeso las posibilidades.

Una de las últimas veces que vi a Josie fue cuando vino a visitarme a San Francisco. Yo estaba en la Facultad de Medicina, estudiando día y noche, y apareció de repente en la ciudad, como hacía siempre, llamándome desde un teléfono público en algún lugar cercano a la playa.

—¿Podemos vernos?

Cerré los ojos. Habían pasado, por lo menos, seis u ocho meses desde la última vez que había venido a la ciudad, pero yo no tenía tiempo. Querría irse de fiesta toda la noche, comerse lo poco que hubiera en mi nevera y luego salir a por más comida rápida que esperaría pagar con mi dinero, aunque yo no tenía ni un céntimo y me alimentaba a base de toneladas de fideos ramen y patatas asadas con cualquier verdura que encontrara de oferta en el supermercado.

—Estoy de turno, Josie.

—¿Ni siquiera para un café, o algo...? Ha pasado mucho tiempo, Kit. Te echo de menos.

—Sí, yo también —le dije por decir, pero no lo sentía. La había extrañado muchísimo cientos de veces en mi vida, pero en esos largos y solitarios días en Salinas, después del terremoto, cuando se entregó por completo a sus dos adicciones (las drogas y el surf), por fin me di cuenta de que, realmente, jamás volvería a mí—. Pero tengo mucho que estudiar.

—Lo pillo. La facultad de Medicina, tía. Es genial. Estoy muy orgullosa de ti.

Aquellas palabras me tocaron la fibra sensible y liberaron miles de imágenes que me recordaron lo mucho que la quería. Suspiré.

—Va, nos vemos en algún lugar. ¿Dónde estás?

—No pasa nada, hermanita. En serio, lo entiendo. Si no tienes tiempo, no tienes tiempo. Solo quería saludarte.

—¿Dónde vas a ir después?

—Um. No estoy segura. Las olas son geniales en Baja, pero creo que voy a decantarme por México. O tal vez Oz. Algunos hemos estado hablando de pillar sitio en un carguero, o algo así.

Cuanto más escuchaba su preciosa voz ronca, más deseaba abrazarla.

—Mira, ¿sabes qué? Puedo tomarme un par de horas.

—¿De verdad? No quiero molestar.

—No lo haces. Pueden pasar siglos antes de que vuelvas a San Francisco. Voy a por ti. ¿Dónde estás?

Quedamos en una hamburguesería no muy lejos de Ocean Beach. Un chico con el pelo rubio enmarañado y al menos tres pulseras de cuero en el brazo la dejó allí. Josie salió del camión con el aspecto de una criatura de las novelas de Charles de Lint; parecía un hada o un duende urbano entre los mortales. Tenía la piel muy bronceada de surfear durante todo el año, y el cabello, de un largo imposible, le caía en cascada sobre los brazos delgados hasta más abajo de la cintura. Llevaba una blusa campesina de algodón de la India, unos *shorts* vaqueros y sandalias, y todos los hombres de entre seis y noventa y seis años se detenían a admirarla. Una mochila, desgastada pero resistente, le colgaba del hombro izquierdo.

Cuando me vio, echó a correr con los brazos abiertos, y yo me encontré dirigiéndome hacia ella y permitiéndole que arrojara su cuerpo delgado y fibroso a los míos. Nos abrazamos con fuerza. El pelo le olía a brisa fresca, un olor que me hizo querer ir a surfear, dejar la rutina en la que yo misma me había metido y salir corriendo hacia la playa con ella.

—Oh, Dios mío —me susurró al oído, con los brazos alrededor de mi cuello—. Te echo tantísimo de menos…

Las lágrimas hacían que me escocieran los ojos. Para entonces ya estaba en guardia con ella, pero en veinte segundos me arrastró a su reino.

—Yo también —admití, y esta vez era cierto. Durante uno o dos minutos la abracé, mareada de amor y sin pensar en nada que no fuera su cuerpo esbelto contra el mío y su cabello en mi cara. Di un paso atrás—. Estás muy guapa.

—Aire fresco —bromeó, y luego me acarició la cara—. Tú pareces cansada.

—Facultad de Medicina.

Ya en el interior del restaurante, todavía en contacto con los años setenta a través de los reservados de cuero rojo y los detalles cromados, nos sentamos junto a la ventana y pedimos hamburguesas con queso.

—Cuéntamelo todo —dijo, sorbiendo su Cherry Coke con una pajita.

—Emm… —Me quedé sin palabras, tratando de pensar en algo que no fuera una rutina de libros, turnos y notas. Estaba en tercer año, en la bolsa de trabajo por primera vez, y era, al mismo tiempo, estimulante y devastadoramente agotador—. No sé qué decir. Trabajo duro.

Asintió con la cabeza con entusiasmo y me di cuenta de que tenía los ojos muy rojos. Iba colocada, como siempre.

—Bueno, ¿qué hiciste ayer?

—Ayer. —Tomé aliento, intentando recordar—. Me levanté a las cuatro para llegar al hospital a tiempo de hacer las primeras rondas. Después hicimos rondas con el equipo, que es quirúrgico, así que estoy trabajando con cirujanos y residentes. Me preparé para participar en una extracción de vesícula biliar y una apendicectomía de urgencia. —Me detuve, sintiendo cómo el sueño me hacía hablar a cámara lenta. Parpadeé con dificultad y sacudí la cabeza—. ¿Qué más? Me reuní con un grupo de estudio antes de cenar, cené, y luego me fui a casa a leer para las rondas de esta mañana.

Levantó las cejas.

—Colega, ¿duermes en algún momento?

Asentí con la cabeza.

—¿A veces…?

—No puedo creer que vayas a ser doctora. Siempre presumo de ti.

—Gracias. —Nos sirvieron las hamburguesas, y toda aquella sal y aquella grasa olían tan bien que me incliné sobre la mía para inspirar profundamente—. Me muero de hambre.

—Tampoco tienes mucho tiempo para comer. ¿Haces surf?

—A veces. No mucho, pero no pasa nada. En algún momento, esta etapa de mi vida acabará y seré como los demás.

Me señaló con una patata.

—Con la diferencia de que serás la doctora Bianci.

Sonreí.

—Me encanta cómo suena. —Coloqué los pepinillos y tomates encima del queso y luego añadí un poco de mostaza—. ¿Qué hay de ti? Cuéntame lo que hiciste la semana pasada.

Ella rio, con aquella risa lenta y rasgada que hacía que todo el mundo se le acercara.

—Esa es buena. —Dio un mordisco a su hamburguesa y asintió con la cabeza mientras masticaba, como si estuviera pensando en todas las cosas que podía contarme. Se colocó la servilleta en el regazo recatadamente y, de repente, vi a mi madre en ella—. Apuesto a que haces más cosas en un día de las que yo hago en un mes. —Se secó los labios con educación, asegurándose de que quedaran libres de kétchup o grasa—. Pero la verdad es que la semana pasada fue cojonuda, porque estuvimos persiguiendo un huracán por la costa, desde Florida hasta Long Island.

—Guau. —Siento una oleada de envidia—. ¿Dónde estaban las olas más grandes?

—En Montauk. Te habría encantado.

—Vale, lo has conseguido: ahora estoy celosa.

—Sí.

Sonrió con esa sonrisa impía, envolvente y con encanto. Tenía los dientes blancos, aunque no perfectamente derechos porque debería haber usado aparato, pero mis padres nunca llegaron a ponérselo. Ninguna de las dos habíamos ido al dentista hasta el instituto, y si fuimos entonces solo fue porque Josie tenía una muela muy mal y Dylan había insistido en que la llevaran a que la viera alguien.

—¿Alguna vez has pensado en surfear de forma profesional? —pregunté.

Removió el hielo con la pajita y me ofreció una media sonrisa.

—*Nah*. No soy tan buena.

—Tonterías. Solo tienes que centrarte, enfocarte en ello.

Encogió un solo hombro lentamente y torció la boca en un gesto de irónico rechazo.

—Eso no es divertido. No tengo tu constancia.

Durante un rato me dediqué a comerme la hamburguesa, centrándome en eso y nada más. En la comida que no había salido de una bolsa o una caja.

—Estoy muy orgullosa de ti, Kit —volvió a decir Josie.

—Gracias.

—¿Cómo está mamá?

—Bien. Deberías ir a verla.

—Tal vez. —Otro encogimiento desdeñoso de un hombro—. No voy a quedarme mucho tiempo.

Puede que estuviera celosa; puede que la echara de menos. Tal vez fuera una combinación de ambas, pero dije:

—¿Vas a ir de un lado para otro durante toda la vida?

Nuestras miradas se encontraron.

—¿Qué habría de malo en eso?

—Necesitas un trabajo, una profesión, algo que puedas hacer para mantenerte cuando…

—¿Cuando sea vieja y fea?

—No. —Fruncí el ceño.

—No tengo tu cerebro, Kit. Fui mala estudiante y ninguna universidad va a dejarme entrar, así que tengo dos opciones: o pasarlo mal en algún colegio comunitario de mierda, o ir haciendo trabajos esporádicos, surfear y amar mi vida.

—¿Te gusta tu vida?

Parpadeó antes de bajar la mirada.

—Por supuesto.

No quería discutir.

—Bueno. Yo también estoy orgullosa de ti.

—No digas cosas que en realidad no piensas.

Agaché la cabeza y el resto del encuentro discurrió educadamente. Ella se comió toda la comida del plato, hasta la hoja de la lechuga, y luego se limpió la boca. Una luz imprecisa entraba a través de la ventana y le caía sobre el cabello y las puntas de las pestañas. De pronto, una parte de mí tenía tres años y estaba apoyada en mi hermana, mientras ella me leía en voz alta. Luego, cinco años, y estaba metida en un saco de dormir junto al suyo, ambos al abrigo de una tienda de campaña. Los recuerdos dolían. ¡Cuánto la extrañé cuando me abandonó! Cuánto la seguía extrañando. Miré hacia otro lado y pensé en mi examen de inmunología. Hechos y cifras, hechos y cifras.

—¿Alguna vez pensaste en lo que podría haber pasado si Dylan no hubiera aparecido? —dijo de repente—. ¿O si el terremoto nunca hubiera destruido el restaurante?

Sus palabras se estrellaron contra una caja fuertemente fortificada en mi corazón.

—Trato de mirar hacia adelante.

—Pero ¿y si…? ¿Y si papá estuviera todavía allí, en el Eden, cocinando, y mamá hiciera las cosas bien, y fuéramos todos a casa los fines de semana y las vacaciones, y papá nos contara chistes, y…?

—Para. —Cerré los ojos; un profundo dolor me oprimía los pulmones—. Por favor, no puedo.

Josie tenía el rostro angustiado, y aquello añadía luminosidad a sus pómulos y oscuridad a sus ojos.

—¿Qué nos habría ocurrido sin él? —Negó con la cabeza y dirigió su mirada torturada hacia mí—. Nuestros padres fueron horribles, Kit. ¿Por qué nos descuidaron así?

—No lo sé. —Mis palabras eran duras, pues trataba de erigir con ellas un muro contra el pasado—. Tengo que centrarme en el presente.

Volvió a ignorarme.

—¿Por qué no pudimos salvar a Dylan? —Cuando volvió a mirarme, reparé en que le afloraban las lágrimas, aunque no llegó a derramarlas—. ¿No lo echas de menos?

Apreté la mandíbula y me tragué el dolor.

—Claro que sí. Todo el tiempo. —Tuve que detenerme e inclinar la cabeza—. Pero era imposible salvarlo. Ya estaba perdido cuando apareció.

—Tal vez. —Se le quebró levemente la voz, casi afónica ahora—. Pero ¿y si ocurrió algo que lo empujó a dar ese último paso? Es decir…

—¿El qué, Josie? —Estaba impaciente y cansada al mismo tiempo. Había sacado el tema un millón de veces cuando éramos adolescentes—. Estaba destinado a morir joven. Nada lo empujó al precipicio, excepto sus propios demonios.

Asintió con la cabeza, se secó la única lágrima que se atrevió a caer y miró por la ventana.

—Fue feliz durante mucho tiempo, ¿no?

Extiendo el brazo para cogerle la mano.

—Sí, creo que sí.

Ella apretó mi mano con fuerza, con la cabeza inclinada y el cabello formando una cortina alrededor del rostro. Las oscuras brumas de emoción se desvanecieron y entonces pude verla de forma objetiva, como si fuera una desconocida que llegara a Urgencias: una mujer joven demasiado delgada, con la piel seca y los labios agrietados. Deshidratados, más bien; probablemente una adicta. De repente deseaba cuidarla.

—Echo de menos todo eso —dije—. A papá, a Dylan y a Cinder. —Se me puso la voz ronca—. Juro por Dios que echo en falta a ese perro como si me hubieran arrancado una extremidad.

—Fue el mejor perro de todos los tiempos.

Asentí.

—Sí lo fue. —Me aparté el pelo de la cara—. Extraño el restaurante. El patio, el refugio. Nuestro cuarto. —Tomé aliento—. Dormir en la playa, en la tienda de campaña. Eso era lo mejor.

—Ya ves.

Se recorrió la cicatriz que tenía en la frente con un dedo.

—El terremoto lo destruyó todo.

—Supongo. —Una nueva punzada de impaciencia me recorrió la columna—. Y Dylan y Cinder ya se habían ido.

—Lo sé. ¿Por qué tienes que hablar de esa forma con un tema así?

—No estoy hablando de ninguna forma. Solo digo la verdad. Hechos y cifras.

—Sí, bueno, la realidad no siempre es lo que crees que es. Algunas cosas van más allá.

Como nuestros padres, como nuestra infancia, como el terremoto.

—Tú ni siquiera estabas ahí ese día —le reproché, en un extraño momento de furiosa honestidad—. Tuve que sentarme ahí, al borde del acantilado, sola durante horas, con la certeza de que papá estaba muerto bajo los escombros. Y lo único de lo que tú te acuerdas es de que te hiciste un corte en la cabeza.

—¡Ay, Kit! —Me cogió las dos manos—. Dios mío, lo siento. Tienes razón. Tuvo que ser terrible.

No aparté las manos, pero cerré los ojos para no tener que mirarla.

—Sé que el terremoto también afectó mucho a Santa Cruz, pero…

Salió de su lado del reservado, se metió en el mío y me rodeó con su cuerpo.

—Lo siento. Soy tan egoísta a veces…

Su olor, la esencia de Josie, distinto a cualquier otro aroma del mundo, me envolvió, y me perdí en mi amor por ella, en mi adoración y mi furia. Las células famélicas y solitarias de mi cuerpo se embebieron de él durante largos minutos. Y entonces, me aparté.

—La vida siempre es una mezcla de cosas.

—Supongo.

—Pero no logro imaginar quiénes habríamos sido sin Dylan. ¿Y tú?

Yo ni siquiera quería intentarlo.

—Da igual. Las cosas son como son.

Miré hacia otro lado, a través de la ventana, a la promesa del océano en el horizonte azul despejado.

—La verdad es que me vendría bien un paseo por la playa después de esto —le dije—. Y, tal vez, encontrar algunas monedas de sirena.

—Eso sería tener mucha suerte —respondió.

Ese fue el día en el que nos hicimos los tatuajes por impulso, sentadas una al lado de la otra en un salón de tatuajes cerca de Ocean Beach, mientras afuera se ponía el sol.

Recorro el dibujo con los dedos. Está delineado con elegancia y delicadeza, y nunca me he arrepentido de habérmelo hecho, a pesar de que jamás había hecho nada tan impulsivo ni lo he vuelto a hacer después. Tal vez solo quería volver a estar cerca de ella.

«Suerte», pienso ahora, sentada en mi cama de Auckland, contemplando la franja de luz que se filtra por el horizonte. No es que ella hubiera tenido mucha, pero yo siempre había sido demasiado moralista para verlo.

Josie, tan hermosa, tan perdida, tan lista, tan condenada.

¿En quién se habrá convertido la mujer que vi aquel día en San Francisco? ¿Encontraré a una fiestera, alguien que todavía surfea por el mundo? Ya estará demasiado mayor para eso, pero tampoco lo descartaría. Quizá haya encontrado una forma de estar conectada a su pasión y trabajar de ello, como las chicas que abrieron una tienda de surf para mujeres en Santa Cruz. O, tal vez, simplemente sea una fumeta, y se esté fumando su propia vida.

Le doy un sorbo al té, que se está enfriando. Descartaría lo último. En algún momento tuvo que cambiar, o no habría sobrevivido. Su adicción había empeorado tanto la última vez que la vi que solo un milagro la habría salvado.

En el portátil, abro su imagen de las noticias. La foto es muy nítida y no hay ni rastro de cansancio ni de demacración en su cara. Lleva un corte de pelo caro, elegante, o tal vez solo reciente. No tiene esa cara hinchada que se les pone a los alcohólicos y, de hecho, no parece mucho mayor que hace quince años, algo típico en ella. Todavía es preciosa. Todavía es esbelta. Todavía es ella.

¿Dónde voy a encontrarla?

Me dirijo al fregadero y desecho el té frío. Lleno de nuevo el hervidor de agua y me apoyo en la encimera con los brazos cruzados mientras hierve.

A la hora de resolver rompecabezas médicos he aprendido a siempre, siempre, regresar a los hechos reales conocidos. Una paciente se presenta con unos síntomas misteriosos. Empieza por ahí: dolor de estómago y sarpullido. ¿Qué ha comido? ¿Qué ha hecho las últimas veinticuatro horas? ¿Qué edad tiene? ¿Vive sola? ¿Come con amigos o familiares? ¿Se ducha?

Así pues, con Josie comienzo desde donde estoy.

No, borra eso.

Empiezo con un hecho: hace cinco noches, grabaron a una mujer rubia con una cicatriz, exactamente igual que la de mi hermana, en la discoteca donde hubo un incendio.

El hervidor se apaga y vierto el agua en la pequeña taza con la bolsita de té. Ojalá la taza fuera más grande y me durara algo más que el recorrido desde la cocina al ordenador que he dejado en la cama.

¿A qué hora grabaron a la mujer rubia? Tengo que buscar eso y encontrar la marca de la hora: las diez de la noche, hora de Nueva Zelanda, que serían las dos de la mañana para mí, más o menos. Debí de haber visto las noticias cuando se emitieron por primera vez.

Vale, ¿qué podía haber estado abierto un viernes a las diez de la noche en aquella zona? Prácticamente todo, descubro. Todos los restaurantes, todas las discotecas y todos los bares.

Pero, de nuevo, ciñámonos a los hechos. Es una mujer de recursos, a juzgar por el corte de pelo y el suéter caro. Quizá había quedado con amigos... Me desplazo por el mapa, en busca de posibilidades que añadir a la lista. Un establecimiento me llama la atención, un restaurante italiano en Britomart, la zona comercial de lujo junto al puerto. Envío la dirección a mi teléfono. Iré allí y mostraré la foto. Tal vez alguien la haya visto. Incluso tal vez la conozcan. Tal vez sea clienta habitual.

Pero todavía falta mucho para que todo abra. Solo son las siete y ya estoy inquieta. El edificio tiene piscina. Iré allí a hacer unos largos y luego regresaré para vestirme y salir.

Capítulo 8

Mari

Estoy friendo huevos de las gallinas de Sarah cuando llega el terremoto. Empieza poco a poco, con esa ligera desorientación parecida a la que se siente cuando te das la vuelta demasiado rápido o pierdes el equilibrio. Luego está el sonido, el tintineo de las copas del aparador. Rápidamente, apago el gas y llamo a mi familia a gritos, mientras corro hacia la puerta y la abro para que los perros salgan. Los pájaros callan cuando salgo escopetada.

Por un momento, pienso que esta vez no va a pasar nada. No es ninguna sacudida violenta, sino un lento y ligero temblor, más una réplica que un terremoto.

Los niños siguen dentro. Oigo un traqueteo y el ruido sordo de algo que cae en el cobertizo, y sé que debería ir a comprobarlo, pero estoy pegada al tronco de la palmera, con la mejilla contra la corteza y los brazos tensos.

Mido la intensidad del terremoto con el conocimiento que otorga la experiencia. No es de seis, pero tal vez sí de cuatro y mucho, o cinco y poco. Lo suficiente como para hacer caer cosas de los estantes de los supermercados y herramientas de las estanterías del cobertizo. Me pregunto dónde está el epicentro, quién lo está recibiendo ahora. Tal vez está en alta mar y el daño sea mínimo. Ha habido algunos terremotos importantes en el país desde que llegué; los peores fueron los dos consecutivos que casi destruyeron Christchurch y otro, hace solo un par de años, en South Island, cerca de una pequeña ciudad turística. Simon se sintió apenado por Kaikoura, un lugar que había

95

visitado muchas veces de niño. Yo nunca había estado allí, pero Simon dijo que la destrucción había sido muy importante. La ciudad por fin se está recuperando, pero le ha llevado mucho tiempo.

En Auckland se sienten los terremotos, pero el epicentro siempre está en otro sitio. En lugar de eso, predicen alegremente que alguno de los volcanes reducirá la ciudad a cenizas algún día, pero ese es el tipo de cosas que nunca crees que vayan a ocurrir de verdad.

Los terremotos son distintos; nos recuerdan, una y otra vez, que pueden hacer lo que quieran y cuando quieran. Al fin deja de moverse la tierra, pero todavía sigo pegada al tronco como si tuviera cinco años.

—¡Mari! —grita Simon. Lo oigo correr. Me toca la espalda con esa mano grande y fuerte, pero no me suelto; no hasta que él me aparta un brazo del árbol y luego el otro, y los coloca alrededor de su cintura—. Todo está bien —dice. Una frase típica de Nueva Zelanda—. No pasa nada.

Huelo el algodón limpio de su camisa y su piel. Su pecho es tan fuerte como un muro, su cuerpo siempre será lo que me salve. Sarah y Leo también están, de repente, a mi lado, acariciándome las manos y el pelo.

—Todo está bien, mamá. Vas a estar bien.

Logro respirar profundamente, envuelta en su amor. No me meten prisa.

—Lo siento, chicos. Ojalá pudiera superarlo. Es algo tan tonto…

—No te preocupes, mamá —dice Leo.

—Todos le tenemos miedo a algo —añade Sarah.

Resoplo y la miro por encima del hombro.

—Tú no.

—Bueno, yo no, pero casi todo el mundo.

La risa alivia la rigidez de mi cuerpo y me obligo a enderezarme, soltar a mi marido y besar a mis niños en la cabeza. Uno, dos.

—Gracias. Estoy bien.

La mano de Simon sigue en mi espalda.

—Prepárate una taza de té. Yo terminaré de hacer el desayuno.

Antes solía protestar, pero un terapeuta me dijo que cuanto más reprimiera las emociones de mi trastorno de estrés postraumático, más empeoraría. Tengo que tenerlo presente, si quiero superarlo. Así que me dirijo al interior para servirme una taza de té recién hecho. La memoria me devuelve algunas imágenes, *flashes*, del terremoto que me dejó la cicatriz en la cara. El ruido, los gritos, la sangre por todas partes de la herida de la cabeza y la herida del vientre. Todo.

Miro la taza de té con leche. En la superficie se refleja la ventana de la cocina, un rectángulo blanco interrumpido por la línea de macetas del fondo. Me obligo a respirar lentamente. Inhalar, exhalar. Un, dos, tres, inhalo. Un, dos, tres, exhalo. Poco a poco, dejo de temblar. Las voces de los niños, que vienen y van, suavizan la piel de gallina de mis brazos. Suspiro, y me relajo.

Simon, envuelto en un delantal con pechera, me sonríe mientras fríe beicon.

—¿Mejor?

—Sí, gracias.

Comemos con normalidad y, después de meter a los niños en el coche, se vuelve hacia mí. Sus ojos grises me miran con preocupación mientras me aparta el pelo de la cara. Sabe que viví un gran terremoto, aunque le mentí sobre cuál fue realmente.

—Tómate el día de descanso.

—Voy a hacer senderismo con Gweneth, y luego he quedado con Rose en Casa Zafiro para tomar algunas notas.

—La caminata te vendrá bien. —Ahueca una mano en mi mejilla—. Ve a la cafetería de gatos del distrito financiero, o algo.

Le sonrío.

—Puede. Pero creo que ya estoy bien, de verdad.

Me besa en la frente durante un segundo más de lo habitual y luego me da un apretón en el hombro.

—Esta noche tengo el evento de recaudación de fondos para la natación, no lo olvides. Los niños y yo llegaremos tarde.

Nos dividimos el trabajo de manera que yo no tenga que participar en lo de la natación, algo que encuentro agobiante. Largas y largas horas; tener que ir a distintos lugares; la charla con los demás padres… Sé que las mujeres tejen y leen, y todo eso, y yo asisto a los grandes encuentros, pero aunque a Simon le encanta, a mí no. A cambio, hago una parte mucho mayor de las tareas de casa, la lavandería y la compra, cosa que él detesta.

Pero había olvidado lo de la reunión de esta noche, y se me hace un nudo en la garganta al levantar la mano para despedirlos; los tres en un solo coche, lo único en el mundo que de verdad me importa. Tal vez llame a mi amiga Nan para ver si quiere ir a cenar al distrito financiero.

Un buen plan.

Conocí a Gweneth en el ferri. Yo estaba embarazada de Leo, irritable por el calor estival, cansada de las Navidades en verano y de repente añorando una familia, ahora que iba a formar la mía propia. Extrañamente, echaba de menos a mi padre, después de tanto tiempo. A veces me sorprendía a mí misma imaginando cómo se verían los ojos de mi madre o la boca de mi hermana en un bebé, si veía a mi familia en las manos o la risa de mi hijo. Incluso lamenté el hecho de que mi madre no fuera a estar allí cuando naciera, pero tal vez todas las mujeres se sientan así. Me puse tan sensible con el embarazo que me asusté. Estaba constantemente preocupada por los horrores que suceden en el mundo y por todo lo que podría ocurrirle al niño al que ya amaba con intensidad, incluso antes de que naciera.

Simon me había recomendado que asistiera a una exposición en la ciudad, en el Bloomsbury Group, que me relajó y a la vez me estimuló, tal y como él había previsto.

Gweneth se sentó junto a mí en el ferri; una mujer alta y delgada, con un aire elegante, que me ofreció un helado.

—*Hockeypokey** —dijo—. Nunca falla.

—Hasta donde yo sé, ningún helado falla nunca. —Callo un momento—. Excepto el de café.

—¡Eres americana!

—Canadiense, en realidad.

Entrecerró los ojos.

—Eso es lo que decís todos, ¿no?

Me reí y me aferré a la historia inventada.

—Crecí en la costa oeste de la Columbia Británica. En la isla de Vancouver.

—Difícil sacar la isla de dentro de las mujeres —dijo, asintiendo con la cabeza—. Te he visto en la exposición. ¿Cuál es tu favorito?

—Vanessa, sin lugar a dudas. Esa energía de la naturaleza, estilo madre Tierra. Quiero vivir en su granja. ¿Y la tuya?

—Duncan. Estoy locamente enamorada de él, sin dudarlo. Entiendo perfectamente por qué lo amaba Vanessa. —Dio un lametón a su helado—. He estado en esa granja. Puedes sentirla en cada habitación. Escribí una tesis sobre ella, como referente de diseño.

Caí bajo su hechizo. Hablamos sobre obras de arte y artistas, y luego de libros y escritores, durante todo el camino de vuelta a nuestras respectivas casas. La suya está a solo cuatro calles de la mía y, desde entonces, hemos sido grandes amigas.

Esta mañana me espera en nuestro lugar habitual, cerca del mar. Su cabello, largo y rubio, está recogido en una coleta alta. Además, lleva una camiseta sin mangas y unas mallas NorShore que evidencian su figura estilizada.

—Ha habido un terremoto esta mañana. ¿Lo has sentido? —pregunta.

Asiento con la cabeza brevemente. Nadie excepto mi familia sabe lo mal que reacciono a los temblores.

—¿Tienes idea de dónde ha sido el epicentro?

* Sabor de helado muy popular en Nueva Zelanda, hecho a base de caramelo o *toffee*.

—En alta mar. —Hace un gesto hacia el agua, que una y otra vez rompe contra las rocas y salpica la orilla de espuma.

—Bien.

—Ajá.

Andamos a paso rápido, balanceando las manos. A veces podemos caminar durante mucho rato sin hablar, pero tengo una noticia tan trascendental que no puedo esperar.

—Nos hemos comprado una casa nueva.

—¡¿Ya?! El último proyecto terminó la semana pasada.

—Sí, pero un pajarito le dijo a Simon que la hermana de Veronica Parker había muerto.

Se queda congelada, con la boca abierta.

—No.

Levanto las cejas.

—Sí. Tienes ante ti a la nueva propietaria de Casa Zafiro.

—Me tomas el pelo. —Tiene la cara blanca y roja al mismo tiempo.

—No. Es verdad. La compró de inmediato.

—Dios mío. Es más rico aún de lo que pensaba.

La agarro del brazo y la dirijo hacia el sendero que rodea una montaña en la punta norte de esta lengua de tierra.

—Su padre sigue siendo propietario de grandes extensiones.

—¡Dios mío! —grita—. Sabes que la adoro. ¡Tienes que llevarme a verla por dentro!

—Por supuesto. Quiero que me ayudes.

—¿Cuándo podemos ir? Hoy no. Tengo un montón de trabajo acumulado, pero ¿qué tal este fin de semana?

—Sí, por supuesto. También le dije a los niños de ir. Puedes venirte con nosotros.

—¿Vas a revenderla?

—No. —Me detengo mientras empezamos a subir la colina. El sol brilla y me calienta los hombros—. Vamos a vivir allí.

—¡No, no puedes! —Gweneth levanta los brazos—. Te necesito aquí.

—No me voy a ir ya, nos llevará un tiempo arreglarla.

—Oh, pero entonces vivirás en Mount Eden y nunca volveré a verte.

—No. Quedaremos en alguna cafetería fabulosa de cualquier barrio de Auckland una vez al mes.

Da un sorbo de agua a su botella.

—De acuerdo. Y tendrás que hacer fiestones en esa casa.

—Los haré. Lo prometo.

Empezamos a subir en serio y nos centramos en respirar mientras nos aclimatamos.

—Oye, oye, ¿podemos ir un poco más lento? —jadeo.

—Lo siento. —Frena—. Deberíamos hacer una fiesta de bienvenida o algo.

Doy un trago largo de la CamelBak.

—Suena divertido. No estoy segura de cuándo podremos hacerla, pero se intentará.

—¡Lo sé! —Me mira con los ojos muy abiertos—. ¿Cuándo empezamos a estar tan ocupadas? Tengo menos tiempo ahora que cuando trabajaba.

—No tenías niños. Cada niño necesita, aproximadamente, cuarenta y ocho horas al día.

—Ah, así es. Nadie me avisó de eso.

Caminamos en silencio durante un rato. A nuestra derecha se extiende el puerto y la línea irregular de la costa de la ciudad. Al norte está Rangitoto, una isla volcánica deshabitada, muy popular entre los turistas. A lo lejos se extiende una línea de montañas que se fusionan con el mar, el paisaje entero en distintos tonos de azul —el agua, las montañas y el cielo—. Nunca pensé que encontraría un lugar más hermoso que la costa norte de California, pero esto es increíble.

—Impresionante. Nunca me canso de estas vistas.

—Esa es la razón por la que nunca me voy. Quise hacerlo cuando era adolescente. Ir a París, a Nueva York y a todos esos lugares. Pero los visité y ninguno tenía esto.

No tengo palabras para expresar lo afortunada que soy por haber acabado aquí. Fue una suerte a ciegas, un momento ridículo, una buena decisión tomada en un momento de crisis. Se me hace un nudo en la garganta al pensar en todo lo que nunca habría conocido de no haber llegado hasta aquí.

Y, justo detrás de ese nudo, una sutil preocupación se desliza por mi garganta, cuello abajo. Aquella cámara de televisión. Aquella cámara de televisión justo enfrente de mi cara, la noche del incendio de la discoteca. Esa noche había estado en el distrito financiero con Nan, y me dirigía a tomar el ferri cuando vi al equipo del informativo. Antes de comprender lo que estaba ocurriendo, miré fijamente a la cámara durante tres latidos de mi corazón.

Fue un descuido, sí; pero, seamos lógicos, ¿cuántos sucesos ocurren en un día? Ni siquiera un incendio catastrófico en una discoteca puede ser el centro de atención durante mucho tiempo.

Nos detenemos brevemente en la cima del promontorio, donde nos apoyamos en un búnker construido durante la Segunda Guerra Mundial para recuperar el aliento. Es una de las mejores vistas que conozco: las islas, Rangitoto, los rascacielos del distrito financiero, la pintoresca hilera de villas en el paseo marítimo de Devonport...

—Tenemos mucha suerte —dice Gweneth.

—Sí. —Le doy una palmadita en el hombro—. Y nos tenemos la una a la otra.

—Hermanas —dice, rodeándome con un brazo—. Para siempre.

La única que será mi hermana para siempre es Kit, pero no soporto una vida sin buenas amigas.

—Hermanas —repito, antes de apoyar la cabeza en su hombro y mirar hacia el este, al otro lado del mar, donde vive la mía.

Por un instante, débil y absurdo, me pregunto si también ella estará mirando en mi dirección, a través del tiempo y del espacio, sintiendo de alguna manera que sigo viva.

Capítulo 9

Kit

Entro en el ascensor para bajar hasta la octava planta. Es viernes por la mañana, muy temprano, así que no hay demasiada gente —es ese vacío que se crea entre que desaparece la multitud que se dirige al trabajo, al amanecer, y el momento en el que empiezan a aparecer las madres que van con prisa después de dejar a los niños en la escuela—. La zona está casi vacía, solo hay una persona haciendo largos.

La piscina me llama a gritos; de medidas olímpicas, con el agua turquesa y unos tres carriles de ancho. Las ventanas dan al bosque de rascacielos, y, mientras me quito las chanclas, aumentan las ganas de zambullirme. El hombre de la piscina nada de forma vigorosa, poderosa, y sale a tomar aire en el extremo donde yo me encuentro de pie.

Mierda.

Por supuesto que es Javier.

—De todos los lugares del mundo… —digo.

—¿Perdón? —Le da a la palabra su entonación española, mientras se escurre el agua de la cara. Una cara, noto con cierta desesperación, tan increíble como la de ayer. Tal vez incluso mejor.

—Da igual —contesto, recogiendo la toalla—. No te molestaré.

Sale del agua con agilidad y se queda ahí, con la piel mojada, los hombros anchos y un bañador discreto que, aun así, muestra mucho.

—No, no, por favor. Casi he acabado. La piscina es toda tuya.

—Quédate. Hay espacio de sobra para los dos.

—¿Seguro?

Me siento como una idiota.

—Siento lo de anoche.

Se encoge de hombros y señala al agua.

—¿Una carrera?

—Eso no es justo. Tú ya has calentado.

—Bueno, calienta tú. —Se sienta en el borde de la piscina y cruza los brazos.

La luz le ilumina la piel y yo aparto la mirada, me quito el albornoz y me trenzo el pelo, consciente de que me está mirando de arriba abajo. El bañador está diseñado para contener el pecho y cubrir el trasero de forma modesta, pero no es precisamente una prenda que deje mucho a la imaginación. Después de anudarme la trenza, me meto en el agua.

—Ohhh —suspiro—. Ozono.

Buceo bajo la superficie sedosa y recorro la mitad de la piscina antes de salir a tomar aire. Nado con fuerza hasta el final y regreso al punto de partida.

Todavía está sentado en el bordillo. Tiene las piernas cubiertas de vello negro.

—Impresionante.

—No puedes quedarte ahí sentado, mirando sin más —protesto—. Tienes que nadar.

—Nademos, pues —conviene, antes de lanzarse de nuevo al agua y empezar a nadar sin previo aviso.

Así que nadamos. Hacemos largos, sobre todo. Soy consciente de su piel, a solo un brazo de distancia. Soy consciente de mi propia piel, abrazada por el agua. Y entonces, como siempre, dejo a un lado todo lo demás, y mis problemas, y me fusiono con el agua; me muevo con facilidad, rítmicamente, olvido el mundo. Ni siquiera recuerdo haber aprendido a nadar, como tampoco recuerdo haber aprendido a andar.

Javier se detiene a descansar y apoya los codos en el borde. Lleva el cabello peinado hacia atrás por el agua. Yo sigo nadando, pero me preocupa que se marche antes de que tengamos oportunidad de charlar… justo lo opuesto a lo que quería anoche. Pero, por una vez, voy a hacer lo que realmente siento en vez de lo que creo que debería hacer.

Cuando hago un largo de regreso, salgo a tomar aire y me detengo.

—¿Te marchas?

—¿Quieres que me vaya?

Niego con la cabeza.

—Hay un *jacuzzi* ahí —dice, señalando hacia una puerta que da al exterior—. Esperaré allí, si quieres.

—Sí, por favor.

No sonríe, ni yo tampoco. Vuelvo a las brazadas, doy unos cuantos largos más antes de ceder a la tentación, salgo y me anudo una toalla grande alrededor de la cintura. Cosa ridícula, pues me la voy a quitar en un momento.

El *jacuzzi* está resguardado, pero al aire libre, y tiene vistas a los edificios de oficinas que nos rodean. Dejo caer la toalla en la silla.

—¿Cómo está? —pregunto.

—Bastante bien.

Me meto en las burbujas de agua caliente y me siento hasta que me llegan al cuello. Él se sienta en el saliente más alto, y no puedo evitar admirar sus brazos tonificados y el vello negro del pecho. Tiene un ligero sobrepeso, sobre todo en la cintura. Pero eso hace que me guste más, pues es señal de que es un hombre que disfruta de la vida.

«O de que viaja mucho», pienso, al recordar que dijo haber estado demasiado en la carretera.

No habla, solo mete las manos en el agua.

Suficiente.

—Siento haber huido anoche —digo.

Sus ojos oscuros se detienen sobre mi cara, y levanta una ceja a modo de pregunta.

Soy incapaz de mantener el contacto visual, así que agacho la mirada y la centro en mis manos, que flotan en el agua azul. Niego con la cabeza.

—No sé.

—Mm.

—Mira, fue una estupidez, y lo siento. ¿Podemos empezar de nuevo?

Aprieta los labios; parece sopesarlo.

—Está bien. —Extiende una mano—. Me llamo Javier.

Me río.

—Tampoco hace falta volver al principio del todo.

—¿Te gustó mi canción?

—Tienes una voz bonita.

—Gracias. —Se sumerge más en el agua, dejando que los pies suban hasta que sobresalen los pulgares. Me resulta extrañamente revelador—. Tal vez algún día puedas escuchar más de una canción.

Le dirijo una sonrisa torcida.

—Tal vez.

—¿Cuánto tiempo te quedarás en Auckland?

—No lo sé. —Respiro profundamente y me encuentro diciendo la verdad—. Estoy en una especie de misión..., trato de encontrar a alguien.

—No a un amante, supongo.

Los pulgares desaparecen por debajo de la superficie.

—No, para nada. A mi hermana.

—¿Huyó?

Suspiro.

—Es una historia muy larga.

—¿Es la hermana que murió?

Había olvidado que le había contado eso.

—Sí. —La parquedad de mi respuesta transmite mi poca disposición a añadir nada más.

Javier asiente con la cabeza, con los ojos fijos en mi rostro mientras sus dedos se mueven con el agua, gráciles y fuertes. Unos dedos hermosos, de uñas cuadradas.

—¿Vas a buscarla hoy?

Un hilillo de agua se desliza desde su pómulo hasta la boca. Deseo posar las manos en sus hombros desnudos.

—Sí, encontré algunas pistas. Pero no creo que esté ocupada todo el día.

Al fin sonríe y, bajo el agua, me toca los pies con los suyos.

—¿Qué te parece si te ayudo a buscarla y luego tú me acompañas a hacer turismo?

Pienso en no tener que pasar todo el día sola.

—Está bien. Me gusta la idea.

—¿Quieres saber qué vamos a ver?

Me encojo de hombros con una sonrisa.

—Sea lo que sea, seguro que no lo he visto antes.

Me regala una sonrisa generosa.

—Ni yo.

De golpe, siento un balanceo, un chapoteo, y me siento un poco mareada. Pero no es cosa mía. Javier se inclina en mi dirección y pasa una mano por detrás de mí para alcanzar el borde del *jacuzzi*.

Levanto la cabeza para comprobar si hay algo que pueda caérsenos encima; luego, salgo de la bañera y me dirijo a un lugar abierto.

—Vamos.

—¿Qué...?

El movimiento, no muy fuerte pero inconfundible, vuelve de nuevo.

—Un terremoto —afirmo, extendiendo la mano.

Sin perder un segundo, ambos salimos al pasillo abierto que conduce de vuelta a la piscina.

—¿Es peligroso?

—No. —Apoyo las manos en el ancho saliente de piedra. La luz del sol ilumina la zona—. Es muy débil, pero es mejor no estar debajo de nada que pueda caerse con una sacudida.

Mira hacia arriba, pero no hay nada sobre nosotros, solo el cielo. El movimiento aquí, fuera del agua, se nota menos y desaparece pronto.

—Eso es todo —digo.

—¿Cómo has sabido que era un terremoto?

—Vivo en el norte de California. Allí son parte del paisaje.

—¿Alguna vez has vivido uno grande?

Pienso en la cala, con los restos de lo que una vez fue el Eden y nuestra casa esparcidos sobre la arena.

—Sí, por desgracia. El de Loma Prieta del 89. —Luego añado la forma en la que todo el mundo lo recuerda—. El de San Francisco.

—¿Qué edad tenías?

—Qué pregunta tan extraña. —Tiene una cadera apoyada en el saliente, y noto que el cabello se le ha empezado a secar en forma de ondas—. Doce, ¿por qué?

—Una cosa así marca, ¿no? Más o menos, dependiendo de la edad.

Aquel fue, casi con total certeza, el peor día de mi vida, pero el hecho de tener doce años no tuvo nada que ver con ello.

—Efectivamente. Pero ¿qué te dice el hecho de que yo tuviera doce años?

—Que fue terrible. Pero es tu cara la que lo dice.

Me toco la mandíbula y la boca.

—¿En serio?

Finalmente, me toca la mejilla con la yema de los dedos; luego se aleja.

—Sí.

Algunas cosas sobre las que jamás pienso, recuerdos que tengo guardados bajo llave, empiezan a salir sin que yo pueda evitarlo: el temblor retumbante, el sonido del cristal rompiéndose, mi urgencia por alcanzar la puerta. Estar tumbada en el suelo, al aire libre, contando los segundos.

Trago saliva, me acerco a él y le coloco una mano en el pecho. No se inclina para besarme, como había esperado, sino que presiona su mano sobre la mía y la sostiene ahí.

—La vida es caprichosa, ¿no?

Recuerdo ponerme en pie cuando la tierra dejó de temblar para encontrar que no quedaba nada. Que la casa estaba en ruinas. El silencio absoluto me confirmó lo que había intuido al instante. Aun así, grité el nombre de mi padre. Lo llamé hasta quedarme sin voz. Lo llamé hasta que cayó la noche.

Asiento con la cabeza.

Javier es el primero en echar a andar.

—¿Nos vamos?

Me ducho para quitarme el cloro de la piel y me echo producto en el cabello en un intento de domarlo; me lo aparto de la cara con la vana esperanza de que aguante así durante unas pocas horas. Para protegerme la piel del sol —Nueva Zelanda tiene una de las tasas de melanoma más altas del mundo—, llevo un sombrero de ala ancha. Hace demasiado calor para ir de manga larga, así que vuelvo a ponerme el vestido de verano y me embadurno de protector solar de factor alto. Antes de salir, cojo un bolso de mimbre y me dirijo al vestíbulo para encontrarme con Javier.

Esta vez soy yo la primera en llegar, así que lo espero junto a una hilera de ventanas que dan a la plaza. Veo algunos jóvenes allí, la mayoría con aspecto de estudiantes, sentados al sol, leyendo o charlando en grupos de dos o tres. Las chicas llevan el cabello teñido de una amplia gama de colores; algunas incluso plateado con puntas violeta y, otras, con tonos sandía o del color de las hojas. Una chica lleva mechas de todos los colores, gafas de sol enormes y pintalabios rojo brillante.

Parece que ha pasado mucho tiempo desde la última vez que me sentí así de joven y fresca. Si es que lo hice alguna vez. A los veinte, estaba enterrada entre los libros de texto y los dos trabajos que necesitaba para mantenerme a flote. No me quedaba demasiado tiempo para holgazanear al sol. Por un momento, la envidia me invade.

—Estás preciosa —dice Javier a mi lado.

Muevo la falda roja.

—Solo tengo una.

Se toca el pecho.

—Esta es una de las dos que tengo. —Es una camisa gris claro con rayas azules muy finas. Cara—. No soporto llevar más que el equipaje de mano.

—Yo no soy tan eficiente —admito, mientras nos dirigimos hacia los ascensores para bajar a la calle.

Una vez dentro, huelo su colonia: un toque continental al que no estoy acostumbrada.

—Me he vuelto así con los años. Dos buenas camisas, vaqueros, pantalones de vestir, un par de zapatos y, tal vez, un par de sandalias.

Las puertas se abren y salimos al bochorno de la mañana. Me bajo las gafas de sol hasta la nariz.

—Uff. No estoy acostumbrada al calor —digo—. En California no hace este calor, al menos no junto al mar.

—Me gusta California —comenta—. La gente es muy simpática.

—¿Has estado allí?

—Muchas veces. —Él también se baja las gafas de sol, negras y de estilo aviador, que le dan un aire de *glamour*—. Es bonita. ¿Dónde vives?

—En Santa Cruz.

Frunce el ceño ligeramente.

—¿Justo al sur de San Francisco…?

—Ah. Así que te quedaste allí, incluso después del terremoto.

—Nunca he vivido a más de noventa y seis kilómetros del hospital donde nací. Soy una nativa californiana.

—¿Tu familia está allí?

—Mi madre. Se está quedando en casa con mi gato.

—¿No se queda el gato con ella?

Me río suavemente.

—Le da miedo salir de casa, así que tuvo que irse ella con él.

—Muy amable por su parte.

Levanto la mirada hacia él, y reconozco la verdad.

—Sí, lo es.

Una señal me advierte de la zona comercial que esperaba encontrar.

—Creo que es aquí. ¿Cuánto tiempo tenemos?

—Todo el que necesites. No hay prisa.

—Solo voy a entrar y hacer unas preguntas.

—Por supuesto.

Me detengo en un lugar a la sombra para sacar el teléfono y buscar un fotograma que extraje del vídeo del incendio de la discoteca. Se lo muestro a Javier.

—¿Esta es tu hermana?

—Sí. —Agacho la vista en dirección a la foto y siento mariposas revoloteando por mis entrañas.

—Sois muy distintas.

Resoplo ligeramente, un sonido nada femenino que desearía no haber hecho jamás.

—Eso es quedarse muy corto.

Javier ladea la cabeza, y una franja de luz ilumina las ondas de su cabello.

—¿Y eso?

—Ella era pequeñita. Yo soy alta. A ella le encantaban... le encantan las metáforas, a mí los hechos. —Doy un vistazo a las distintas tiendas. *Boutiques* con pocos vestidos colgando en perchas. Es difícil imaginar a Josie comprando este tipo de ropa—. Era una *hippie* total, yo soy doctora. —Una floristería de lujo, varios restaurantes—. Ella era extrovertida; yo, introvertida. —Omito decir que ella era guapa y que yo no lo soy, pero sería una de las cosas más obvias de la lista. Josie, Dylan y mi madre eran guapos. Yo era la fuerte y sensata.

Francamente, no es que aquello me importara, excepto por aquel breve y fascinante período de tiempo durante el cual estuve enamorada de James en el instituto. Todo lo contrario, me solía sentir aliviada al verme libre de las exigencias de la belleza. Y tampoco a ninguno de ellos les sirvió demasiado, después de todo.

Por nuestro lado pasa un grupo de trabajadoras de oficina, vestidas con medias y faldas de lápiz. Las medias me sorprenden, especialmente en un día tan caluroso, y las miro mientras se alejan, tratando de recordar la última vez que me puse unas por cualquier motivo. ¿La gente sigue haciendo eso en Estados Unidos?

111

Vuelvo a examinar los escaparates. Javier espera.

Por un segundo, me siento ansiosa, y reticente, y abrumada. ¿Por qué me he metido en este lío absurdo? ¿Y qué voy a hacer si la encuentro? La sola idea me marea.

—¿Quieres mostrar su foto por aquí?

Respiro profundamente.

—Supongo que sí.

Saca su móvil y le hace una foto a mi pantalla.

—Probaré con las tiendas de enfrente, ¿vale?

—Perfecto.

Javier cruza la calle y yo me dedico a entrar y salir de las *boutiques* y las tiendas que se encuentran en mi lado. Al final de la hilera de locales nos volvemos a reunir, y juntos nos acercamos al restaurante italiano que he curioseado en Google Maps de madrugada. Me detengo, ligeramente nerviosa, para echar un vistazo a la carta expuesta en un elegante soporte. Se me hace la boca agua.

—Oh, tienen *cannoli* al estilo siciliano.

—¿Qué tienen de especial los sicilianos?

—Llevan *ricotta* por dentro, en vez de nata. Qué buenos.

Una mujer alta y arreglada, con una brillante melena cobriza, está en el puesto de azafata al aire libre preparando las cosas para el día. Cuando me acerco a ella, me ofrece una gran sonrisa.

—Todavía no estamos abiertos, pero sería un placer apuntarla en la lista.

—No, gracias. Estoy buscando a alguien.

—¿Oh? —Sus manos se detienen sobre las servilletas que está doblando.

Sostengo el teléfono con el rostro de mi hermana en la pantalla.

—¿Ha visto a esta mujer?

Suaviza la expresión.

—Sí. Es clienta habitual, pero no recuerdo haberla visto últimamente.

La conmoción me recorre el cuerpo como si fuera un rayo. Está viva.

—¿Por casualidad sabe cómo se llama? —Ladea la cabeza, y me doy cuenta, demasiado tarde, de que es raro tener una foto de alguien, pero no saber su nombre—. La conozco como Josie, pero creo que su nombre real es otro.

—Hmm. —Su cara se contrae ligeramente; si sabe cómo se llama, no lo va a decir—. Me temo que no lo sé.

—Vale. —Meto el móvil en el bolsillo, apartando tanto la decepción como el alivio—. ¿Puede decirme si sucedió algo por aquí la noche del incendio de la discoteca? ¿Algún evento, un concierto o algo?

Le palidecen los labios.

—¿Estaba en el incendio?

—No, no. Lo siento. Solo me preguntaba qué más se cocía aquella noche.

Mira a Javier y algo que no logro descifrar —admiración, reconocimiento, sobresalto— le cruza el rostro. Se pone todavía más tensa.

—No se me ocurre nada.

—Gracias. —Levanto la mirada hacia Javier y le hago un gesto—. Vamos a hacer turismo.

—¿Seguro? —Me toca la parte baja de la espalda mientras salimos y lo veo asentir con la cabeza a la mujer.

Nos dirigimos al muelle.

—¿Era como el restaurante de tu padre?

—Tiene algunas cosas en común. Los *cannoli* de postre, la *mozzarella* fresca, la pasta con tinta de calamar… y hay algo —miro por encima del hombro— en su aspecto. Creo que si mi hermana lo conociera, probablemente le gustaría.

Asiente y no me presiona para que le dé más información. Estamos a solo un par de calles del muelle y nos adentramos en el frescor relativo del edificio.

—¿Qué te gustaría hacer? —pregunta Javier mientras estamos de pie, uno al lado del otro, sopesando las posibilidades.

Me siento profundamente aliviada de tener algo en lo que centrarme aparte de mi hermana. Ninguno de los nombres significa nada para mí, así que me encojo de hombros levemente.

—No tengo ni idea.

—¿Lo hacemos todo?

Le sigo el juego y contesto:

—¿Por qué no?

Javier paga las entradas mientras yo compro unos cafés en vasos de cartón y un par de pasteles. Nos acomodamos en un banco blanco del edificio del ferri, doy un sorbo a la bebida y un mordisco al pastel danés de manzana, y miro cómo Javier hace un pulcro y metódico diorama en el banco con una servilleta extendida, el café a un lado y el pastel en el centro. Después de la sesión de natación y el paseo matutino, estoy hambrienta. Mientras como, observo a la gente pasear y hablar; a los niños enfadados, a los que sus padres tienen que arrastrar; a los turistas de todas partes. Hay un grupo de personas vestidas con buenos equipos de senderismo que están haciendo fila para embarcar e ir a visitar un volcán de la isla. El barco se mece suavemente.

—Me encantan los ferris —digo.

—¿Por qué?

Javier se ha colgado las gafas de sol de la solapa de la camisa y ahora admira los bordes escamosos de su pastel. Un rayo de luz le cae sobre el rostro y proyecta sobre el pómulo la sombra exageradamente larga de las pestañas en forma de abanico. Da un buen mordisco.

—No sé —admito, y pienso en ello nombrando las imágenes a medida que estas van apareciendo en mi mente—. Las escaleras, esas ordenadas filas de sillas, el aire libre en los días soleados... —Doy otro sorbo a mi café—. En realidad, es el simple hecho de estar en el agua. Eso siempre me gusta. En mi familia siempre decimos que no podemos dormir si no oímos el mar.

—Es un sonido muy relajante —coincide—. A mí me gustan los ferris porque te subes y el barco te lleva a donde quieres ir. No hay que preocuparse de mapas, ni coches, ni nada. Puedes leer.

—Creía que a todos los hombres os gustaba conducir.

Se encoge de hombros de forma expresiva. «No demasiado», viene a decir, «pero ¿qué le vamos a hacer?».

—Es una necesidad moderna, casi nunca lo hago por placer.

Inclino la cabeza tratando de adivinar qué coche tiene.

—Ah. Te imaginaba al volante de un descapotable, descendiendo por las curvas de alguna carretera sinuosa.

Una media sonrisa alza una de las comisuras de su boca.

—Muy romántico.

—*Sexy*, más bien. —Le sostengo la mirada—. Como una de esas películas de los sesenta en las que el chico recorre la costa de Mónaco.

Se ríe.

—Me temo que te decepcionaría.

Me echo hacia atrás.

—Entonces, ¿qué coche tienes?

—Un Volvo. —Un cuadradito traslúcido de azúcar le cae en el pulgar—. ¿Y tú? ¿O tengo que adivinarlo?

—Nunca lo harás.

—Hmm. —Coge el azúcar de la mano y se lo mete en la boca, entrecerrando los ojos—. No conozco demasiado los coches americanos. ¿Un Mini?

Me río.

—No, pero son monos. Tengo un Jeep.

—¿Un Jeep? ¿Como un SUV?

—No exactamente. Necesito espacio para llevar la tabla de surf a la playa, así que... —Miro hacia el horizonte—. Es práctico.

—Ah, surfeas. —Parece un poco perplejo.

—¿Qué?

—Tengo que pensar cómo decirlo.

Sonrío, sabiendo a qué se refiere.

—Tómate tu tiempo.

—Pensaba que solo surfeaban los adolescentes —dice, en vez de «¿no eres muy mayor para eso?».

—Bien resuelto. —Arrugo la servilleta y la dejo caer en la bolsa de papel que nos han dado. Luego se la ofrezco a Javier—. Empecé a surfear cuando tenía siete años. —Pienso en Dylan, detrás de mí en una tabla larga, con las manos en el aire, a mis costados, por si tenía que cogerme. Nunca tuvo que hacerlo—. Lo llevo en la sangre.

—¿Es peligroso?

—En realidad, no. Es decir, supongo que un poco, sobre todo si no sabes lo que estás haciendo, pero no es mi caso. ¿Lo has probado alguna vez?

—Nunca he tenido la oportunidad. —Se reclina en el banco, con un brazo en el respaldo y los cálidos dedos de la mano derecha detrás de mi omóplato—. ¿Qué te gusta de ello?

Cruzo las piernas, entrelazo los dedos de ambas manos alrededor de la rodilla y miro hacia el agua. Pienso en mis palmas rozando el agua, en el sabor de la sal en mis labios, en la tabla temblando bajo mis pies, en Dylan dándome ánimos —«Ahí vas, está genial, puedes hacerlo…».

—Es emocionante conseguir una ola perfecta y montarla durante un largo recorrido. No piensas en nada más, solo en eso.

Me mira en silencio unos instantes. Me recorre la columna vertebral con los dedos y eso hace saltar todas las alarmas de mi cuerpo; parpadean y se intensifican a cada segundo que pasa, y él sigue mirándome, sin más. Química absoluta.

—¿Qué? —pregunto al fin.

—Nada. —Sonríe—. Me gusta mirarte.

Me paso los dedos por el pelo. Me gusta su mirada, pero también me deja muda, y eso no es habitual en mí. Yo soy la que a menudo deja sin habla; la que toma la iniciativa, ya que los hombres suelen sentirse intimidados por mi profesión y mi estatura. Dejo caer la mano en mi regazo y vuelvo a mirarlo a él. Le miro la frente, la nariz poderosa y la apertura de la camisa, donde se asoma la garganta. A la luz del sol, recalculo su edad al alza. Al principio le eché cuarenta y pocos, pero ahora aparenta más. Cuarenta y cinco, tal vez incluso alguno más.

No importa. Mientras lo observo, la ligera caricia en mi espalda se combina con una mirada firme y clara para darme una sensación de expansión, como si mi campo energético se estuviera extendiendo, tratando de encontrar el límite del suyo. Eso me acalora, y entonces recuerdo ese estudio que dice que puedes enamorarte de alguien si lo miras a los ojos durante treinta segundos.

No me enamoro, pero creo que recordaré este momento durante muchos años. Él mueve la mano, con la palma abierta contra mi cuello y el pulgar contra el lóbulo de mi oreja.

Quién sabe cuánto tiempo estamos así, entrelazados. Una voz anuncia nuestro ferri por megafonía, pero no logra romper el hechizo, que persiste como una tela de araña adherida a los dedos. Javier me coge de la mano cuando embarcamos y el tacto me alegra, me mantiene en tierra, me conecta a él y a él lo conecta a mí.

—¿Vamos arriba? —pregunta.

Por un momento, pienso en lo mal que se me pondrá el pelo cuando el viento y la humedad se salgan con la suya, pero le digo que sí y tomamos asiento al aire libre, bajo la brillante luz del sol de Nueva Zelanda. Con tanta naturalidad como si lleváramos juntos cien años, Javier me coge de la mano y entrelaza sus dedos con los míos. Y, aunque está un poco sudada y yo no soy de esas a las que les gusta ir cogidas de la mano, se lo permito.

Capítulo 10

Mari

Rose y yo hemos revendido seis casas juntas. Es una *millennial* robusta y tetona, de cabello negro muy corto. Siempre viste camisetas con frases irónicas, vaqueros y unas Dr. Martens *vintage*. Su novio lleva el pelo rizado recogido en un moño, y luce una espesa barba que le oscurece lo que no tiene pinta de ser una cara particularmente interesante, pero es bueno con ella, y eso es lo único que realmente importa.

Quedamos en Casa Zafiro a media mañana. Al verla, chilla y aúlla igual que hice yo, pero ella está incluso más impresionada por la madera que yo. Su padre tiene un almacén de madera y desde pequeña conoce todos y cada uno de los tipos que existen en Nueva Zelanda, y algunos más. Recorre con los dedos las incrustaciones de las paredes del vestíbulo, impresionada, y nombra las distintas variedades empleadas en las escaleras, la barandilla, los marcos y las puertas.

—Mi padre se va a volver loco con esto.

Tiene un acento muy marcado, salpicado de jerga maorí, y cuando habla rápido me cuesta mucho descifrar sus palabras.

—Me acordé de él —digo—. Me pregunto si conoce a alguien que trabaje con azulejos.

—Creo que sí.

Después de tanto tiempo trabajando juntas, sabemos cómo proceder. Ella empieza por la primera sala a la izquierda de la puerta de entrada y sigue en el sentido de las agujas del reloj por la planta principal con una pila de *post-its* y cinta adhesiva de tres colores. Se mueve con seguridad por las habitaciones mientras lo etiqueta todo, siguiendo un patrón que hemos desarrollado con los años. Tiene un máster en diseño de interiores y puedo confiar en que sabe diferenciar lo que no tiene valor de las antigüedades que merecen la pena. Además, esta época en particular es su favorita. Se dedica a fabricar muebles en un estudio que comparte con otros artistas, y luego los venden en Napier, una ciudad que sufrió un importante terremoto en 1931. Durante la reconstrucción, la población necesitaba muebles, y todos se hicieron de estilo *art déco*, que era la última moda por aquel entonces. Sé que algún día se dedicará por completo a la fabricación de muebles y la perderé, pero, por ahora, es irreemplazable.

Mientras trabaja en la planta principal, me dirijo a la superior con un kit de los mismos materiales y comienzo por el dormitorio. Dejo la caja de cinta adhesiva y *post-its* sobre la cama, abro las puertas francesas que dan al balcón y salgo a admirar las vistas —mis vistas—. El mar está oscuro y hostil esta mañana, las olas golpean la orilla casi con petulancia, y huele a tormenta. Estoy tan cerca del mar como cuando vivía en la casa junto a la cala, donde la ventana del dormitorio que compartía con Kit prácticamente colgaba sobre el acantilado. Si asomabas la cabeza, veías las rocas de abajo, la calita con sus escaleras a la derecha, la dura costa rocosa curvándose hacia el infinito a la izquierda, hasta Big Sur y, más allá, Santa Bárbara y Los Ángeles.

Solía extrañar esa playa, mi playa, pero Nueva Zelanda me curó. No era parte del plan —no había plan, en realidad—, pero a veces siento como si el destino me hubiera traído de la mano aquí, a las montañas verdes y a la costa infinita de una isla, donde me enamoraría de un hombre totalmente distinto a cualquiera de los que había conocido hasta entonces y con el que me casaría y tendría hijos. Con ese hombre, mi Simon, que compró esta casa porque me encanta, dormiré en esta habitación con las puertas francesas abiertas, escuchando el mar.

Una réplica débil y leve sacude la tierra y mueve mi cuerpo de forma casi imperceptible. Mis manos se aferran a la baran-

119

dilla y me pregunto si la casa dispone de algún tipo de protección antisísmica.

De repente, me alcanza un recuerdo en forma de sonido: el pitido de las alarmas, el agua corriendo por donde no debería y la gente haciendo una especie de canción, a base de gritos de soprano, gemidos de tenor y llantos graves, de miedo y dolor. Huelo a humo, y a fuga de gas.

Todo eso se desvanece relativamente rápido; solo un *flash*, y desaparece. Después de todos estos años, cualquiera pensaría que ya he superado el trastorno de estrés postraumático, pero parece que la cosa no funciona así. Mi terapeuta dice que pasé tanto tiempo bebiendo y drogándome para acallar el trauma que me va a llevar mucho más superarlo.

Y ella solo conoce la punta del iceberg. Aquel día fui a hacer algo —un encargo— terrible y triste, embargada por una mezcla de vergüenza ardiente y rabia, emociones demasiado intensas para la niña que en realidad era, aunque por aquel entonces me considerara ya plenamente adulta.

Para el día del terremoto ya había perdido mucho, pero la forma en que este terminó de destrozarnos la vida —a Kit, a mi madre y a mí— nos marcó a todas irremediablemente. A veces las extraño más cuando quiero visitar esa realidad; las tres juntas aquel día, de pie al borde del acantilado, mirando hacia el montón de madera y hormigón en la playa y aullando de pena y dolor.

«Ya basta».

Me pongo a trabajar en el dormitorio. La cama está cubierta con una colcha de seda demasiado nueva para ser original. Le hago una foto y luego la aparto para ver bien el colchón, viejo y tremendamente polvoriento, y le saco otra a la cama.

Cojo un bloc de notas del kit y garabateo información mientras voy documentando con la cámara. Los armarios son de ensueño, enormes, como los que una estrella del cine necesitaría para todos sus vestidos. ¿Dónde habrán ido a parar? Escribo en otra página el recordatorio: «Indagar sobre la muerte de Veronica y la disposición de sus pertenencias». Tal vez la hermana las donó todas, o parte de ellas.

En el baño, tomo nota de la instalación lumínica, las bombillas y los colores de los azulejos, pero no hay mucho que hacer aquí. Todo está intacto, prácticamente nuevo. Alguien ha estado limpiándolo de forma regular, por lo que no hay polvo por ninguna parte. La luz entra por dos ventanas grandes, de paneles múltiples, que dan al mar, y las abro de par en par para que entre la brisa.

Un penetrante olor a algas y a sal desencadena un recuerdo visceral: Kit y yo, sentadas sobre una manta, comiendo sándwiches de atún y pastelitos que nuestra madre nos había metido en una cesta la noche anterior. La bajamos a la playa después de un desayuno a base de cereales con leche, como tomábamos a menudo. A mamá no le gustaban las mañanas.

Aquella mañana el cielo despertó nublado, olía a mar y a lluvia y hacía suficiente frío como para llevar sudadera con capucha y vaqueros. Cinder estaba sentado con nosotras, masticando un trozo de madera flotante que tenía entre las patas. Kit dijo:

—¿Es lunes?

Deseché una hoja de mi sándwich.

—Sabes que sí.

El restaurante cerraba los lunes. Nuestros padres dormían hasta tarde, y nosotras habíamos aprendido a no molestarlos.

—¿No se supone que tenemos que ir al colegio los lunes?

—No tienes por qué ir todos los días. Especialmente si estás en infantil.

Yo estaba en segundo de primaria y, aparte del almuerzo y los libros que nos permitían ojear, la escuela no me importaba demasiado. Había aprendido sola a leer antes de empezar el colegio, y ¿quién necesitaba más? Las demás niñas eran unas mocosas a las que les gustaban las muñecas, los vestidos y todo tipo de chorradas. A mí solo me gustaban los libros, Cinder, Kit y el mar.

Kit llevaba el pelo recogido en una trenza larga, pero había dormido con ella durante un par de días y ahora los rizos le enmarcaban la cara y la frente como si hubiera metido los dedos en un enchufe. Tenía la nariz y las mejillas cubiertas de pecas, que se oscurecían más con el sol del verano, y su piel era casi tan oscura como las paredes de madera del restaurante, de un profundo marrón rojizo. Éramos tan distintas que la gente se preguntaba cómo podíamos ser hermanas.

Pero Kit se parecía a mi padre. Había heredado de él la piel olivácea, el cabello oscuro y la boca amplia. También la altura: por aquel entonces ya era tan alta como yo, y eso que yo era la mayor.

Entonces, dijo:

—Pero a mí me gusta ir a clase. Aprendo cosas interesantes.

—Puaj. ¿Como qué?

—Ahora estamos haciendo un experimento con una planta en la ventana.

—¿Para qué?

Dio un bocado al sándwich y lo masticó pensativamente.

—Hemos plantado cinco semillas distintas para ver cuáles crecen más rápido.

—Qué tontería.

—A mí me gusta. Tienen hojitas distintas. Algunas son redondas y otras puntiagudas. Es interesante.

—Uh. —No quería decir «menudo rollazo», pero lo pensé.

—Es necesario ir al colegio.

—¡Ya tenemos bastante que hacer!

Se encogió de hombros.

—Podrías decirle a mamá que quieres ir a la escuela todos los días.

Bajó la mirada.

—Me gritará.

Le di un empujoncito en el pie.

—Entonces, yo se lo diré. No me importa si me grita.

—¿Lo harías?

—Supongo. —Me aparté el cabello de la cara—. Si quieres.

Asintió con la cabeza, con los grandes ojos verdes y dorados brillando como monedas.

—Quiero ir. De verdad, de verdad que sí.

En Auckland, décadas después, paso un dedo por el alféizar de azulejos de la ventana. No fue hasta la llegada de Dylan, un año más tarde, que Kit consiguió ir a la escuela cada día. Él se aseguró de que lo hiciera.

Después de tomar notas en el dormitorio, empiezo la segunda parte de mi día: recorrer la casa en busca de papeles, cartas, diarios o cualquier cosa que pueda ayudarme a desentrañar el pasado de Veronica. Como ya había comprobado, el dormitorio se había limpiado y no se había vuelto a usar, y en el estudio tampoco había nada de interés. En la *suite* de las habitaciones de Helen encuentro montones de revistas, algunas de los años sesenta, cuidadosamente guardadas en bolsas de plástico apiladas hasta el techo. Escribo «BASURA» con un rotulador. En uno de los armarios hay decenas de ovillos de todos los colores, variedades y tamaños, y anoto en el cuadernito que tendré que llevarlos a tiendas de segunda mano, junto con la mayoría de los libros de bolsillo. Gran parte de estos son folletines románticos muy pasados de moda y la clase de novelas densas sobre personajes de las clases altas de Inglaterra que parecen tener cierta acogida aquí, entre determinado tipo de lectores. Nunca las he visto en América, aunque las novelas glamurosas probablemente satisfagan la misma necesidad.

Estudio los libros con cuidado, título a título, pero después de unos cuantos montones me doy cuenta de que no voy a poder quedarme con nada. Es difícil darle la espalda a semejante número de obras, pero hace tiempo que aprendí que los libros no se revenden fácilmente. Mis propias lecturas ya amenazan con sepultarnos, así que no necesito acumular más. En el portapapeles apunto «vendedor de libros de segunda mano», quien a menudo me paga solo por la posibilidad de encontrar algo importante.

El resto de habitaciones tienen menos que ofrecer, incluso. Contienen las últimas humildes posesiones de una anciana solitaria. La televisión es de los noventa, y el ordenador de mesa de la esquina es un gigante de plástico amarillento. Lo enciendo solo por curiosidad, cosa que le lleva algún tiempo, pero al final la pantalla se enciende. No parece que tenga conexión a internet y cuenta con muy pocos programas, entre los cuales no faltan un procesador de textos que hacía mucho que no veía y algunos juegos de la vieja escuela. Sonrío al pensar en Helen, con sus vestidos de flores, jugando al solitario.

Hago clic en el procesador de texto y, mientras carga, leo un mensaje que me ha mandado Nan.

Recibí tu mensaje. ¿Quedamos para cenar temprano?

Doy un salto al darme cuenta de lo distraída que me ha tenido la casa vacía.

¡Sí! ¿Donde siempre? ¿A las cinco y media?
Sí.
Voy a reservar

Satisfecha con la cita, meto el móvil en el bolsillo trasero de los vaqueros y miro la lista de archivos del ordenador de Helen. Lo tiene todo muy organizado, por orden alfabético; veo uno para las tareas diarias —pronto descubro que es una lista imprimible— y uno que reza «Otros». Hago clic en ese.

Un diario. Abro un puñado de entradas, solo para ver si hay instrucciones o algo parecido en ellas, sin poder evitar sentirme culpable. Los diarios son cosas muy privadas, y nunca sabes, así en frío, lo que puedes encontrar.

En este caso, sin embargo, se trata de simples relatos del día. Tejió un par de calcetines para el niño de un vecino. Se comió una tostada con mermelada para el desayuno. Tenía que llevar una funda a la tintorería. Apago el ordenador, pero decido no deshacerme de él. Quiero preservar la privacidad de Helen.

Las habitaciones son soleadas, con buena luz y vistas al mar. Simon se sentirá muy cómodo usando esta como estudio. Además, tal vez podamos transformar otra en una pequeña cocina.

Como de costumbre, me quedo de pie y en silencio en el centro de la gran habitación, y dejo que esta me chive el color y el estilo que necesita. Aquí, como en todas partes de la casa, la estructura es excelente. Las ventanas son el elemento estrella: una fila de cuadrados, cada uno de los cuales enmarca las vistas de forma distinta. Las dejaré sin cubrir, pero tal vez en cada extremo cuelgue unas cortinas pesadas que se cierren tirando de unas anillas.

No. Mejor dejarlas así: sin nada, desnudas. Así es como le gustarán a Simon. La habitación pintada en un tono masculino de verde y la alfombra recogida. Estanterías para libros que Rose querrá elegir, los detalles de carpintería restaurados.

Al dirigirme escaleras abajo con las notas, se me ocurre que Helen debió de haber escrito diarios desde siempre. ¿Qué hacía antes de tener ordenadores? ¿Y dónde los escondió?

Deben de estar en el ático, u otro lugar similar. Recorro la galería superior abierta, mirando el techo que termina en un círculo. Echo un vistazo al reloj y me doy cuenta de que llevo horas aquí y de que, si quiero llegar a tiempo para cenar con Nan, tengo que salir ya hacia el distrito financiero. Si me organizo bien, podré ocupar la plaza de aparcamiento que deje algún empleado al salir de su oficina.

Rose está catalogando los artículos de la despensa.

—¿Encuentras algo interesante? —pregunto.

Asiente con la cabeza y señala con el boli los estantes con la puerta de cristal.

—Alguien coleccionaba tazas y salseras de Coalport. Son increíbles.

Saca una taza azul oscuro con el interior dorado y un diseño con motivos de estrellas o puntos en el exterior.

—Impresionante. ¿Tienen algún valor?

—Algunas sí, definitivamente. Otras, tal vez no. Aunque son bonitas.

Niega con la cabeza y vuelve a dejar la taza. A continuación, coge otra de fondo amplio y elaborado esmaltado de color rojo, rosa y amarillo.

Le encanta todo lo *vintage* y, aunque a mí no siempre me gusta, reconozco que estas tazas son increíbles.

—Son inspiradoras.

—Sí. ¿Te vas?

—Tengo una cita. He quedado con Nan en el distrito financiero. ¿Quieres quedarte?

—No. —Hace una mueca y mira hacia arriba—. Esta casa está más viva de lo que a mí me gusta.

Asiento con la cabeza.

—Lo entiendo. El otro día casi me muero del susto.

Coloca la taza en su sitio y cierra la puerta de la alacena.

—Tengo un montón de notas que luego pasaré al ordenador y te mandaré, pero ha sido un buen comienzo.

—Mañana o pasado mañana quiero subir al ático. Estoy buscando papeles o algo que pueda haber pertenecido a Veronica. Ropa, joyas, notas, guiones. Cualquier cosa. Puede que algún museo lo quiera.

—Seguro.

—¿Quieres guayabas? —pregunto al percibir su aroma en el aire al salir—. Hay montones por aquí.

—Oh, no. Mi madre tiene dos árboles y ya no sé dónde esconderme para que no me dé más.

Me río.

—Nos vemos mañana.

Capítulo 11

Kit

El *tour* en barco nos permite desembarcar en cualquier parada. Javier y yo deambulamos por un pequeño pueblo con árboles que dan buena sombra e hileras de casas de estilo victoriano. La brisa es cálida y suave, y el ambiente en las calles es muy tranquilo, sosegado. Javier señala algo de vez en cuando, pero parece contento solo con contemplar el paisaje. Me gusta que no sienta la necesidad de rellenar los silencios con palabras.

Una librería nos atrae hasta su interior y lo pierdo en dos minutos, cuando se adentra en un pasillo de libros de historia casi en descomposición. Deambulo sola, buscando una lectura ligera que llevarme, pero no hay mucho de ese estilo. Me conformo con hojear un libro de ilustraciones botánicas, y luego otro de historia de las flores. Recorro algunos pasillos más, de un lado a otro, hasta que me encuentro en lo más profundo del corazón del lugar, rodeada del susurro silencioso de los libros y de su tenue olor a polvo, justo enfrente de una enorme colección de libros infantiles.

Cojo un par y los abro por una página al azar. Nancy Drew y los chicos del vagón de carga, Harry Potter en distintos formatos y algunas obras de la zona que no reconozco y me intrigan. Tomo una foto de los lomos para buscarlos más tarde.

Y ahí, en medio de todos ellos, hay una copia maltrecha de *Charlie y la fábrica de chocolate*. Ahogo un pequeño grito, como si hubiera visto un fantasma, lo saco y sostengo el peso con cautela por un momento. Es la misma edición que teníamos nosotros, un libro que Dylan trajo a casa de un viaje a San

Francisco. Abro la cubierta, paso a la primera página y regreso al pasado.

A una fría tarde de hace mucho tiempo, en la que estábamos Josie y yo con Dylan en medio. Yo estaba apoyada en sus costillas, envuelta en el perfume del jabón que usaba para quitarse el olor a ajo y a cebolla de las manos.

—Me muero por leeros esto —dijo—. Es una historia buenísima.

—Yo puedo leerla sola —dijo Josie.

Era cierto. A sus ocho años, podía leer lo que quisiera.

—Pero si lo lees tú sola —replicó Dylan—, no podremos sentamos aquí, como ahora, los tres juntos. —Nos besó a cada una en la cabeza—. ¿No suena eso mejor? Podemos leer un capítulo al día, antes de iros a la ducha.

—¿Por qué tenemos que ducharnos todos los días? —pregunté, y me dejé caer sobre su regazo—. Mamá no nos obliga.

Me pellizcó el costado para hacerme cosquillas, y yo me reí y le aparté las manos con alegría.

—Porque oléis como cabritas después de haber estado ahí fuera todo el día, jugando en la arena.

—Nos duchamos en el mar —grité, y le puse un dedo en los labios sonrientes.

—Un chico de mi clase me dijo que tenía unos tobillos asquerosos —dijo Josie, levantando una pierna delgada para inspeccionarla.

—Sí que dan un poco de asco —dijo Dylan—. Frótala bien esta noche.

—Frotarla... ¿*cómo*? —preguntó Josie.

Entonces se chupó el dedo y rascó la mugre, que empezó a desaparecer.

—Déjalo. —Dylan le dio una palmada en la mano—. Espera a ducharte. Puedes usar jabón y una toallita.

Me gustaba recostarme sobre sus piernas y mirarle. Bajo su barbilla veía diminutos destellos de vello rubio que captaban la luz, y también la coleta que le colgaba sobre el hombro, brillante y enmarañada. Estaba a salvo con Dylan, en casa. Aunque me quejara de la ducha, me gustaba tener a alguien que supiera cuándo era necesario lavar nuestra ropa y que nos hiciera seguir una rutina —ducharnos, peinarnos y trenzarnos el pelo, cepillarnos los dientes y preparar la ropa para el día siguiente—. Mi estado de preocupación constante se había calmado mucho desde que él había llegado.

—Te veo la nariz —dije con una sonrisilla.

Dylan rio.

—Tú, monito, levántate. Vamos a leer.

Trepé por él para incorporarme. Josie cruzó las piernas y se inclinó, con el largo cabello cayéndole como paja sobre las piernas delgadas. Dylan tomó aire y pasó a la primera página.

—Había una vez dos ancianos...

Treinta y cuatro años después, en la librería polvorienta y con un ejemplar del mismo libro en mis manos, me quedo muy quieta para que los cactus en los que se han convertido mis pulmones dejen de pinchar. Sé por experiencia que irá a peor antes de mejorar; que no puedo moverme, sino solo respirar de la forma más superficial posible y que, incluso así, sentiré como si una mano agitara las espinas y estas me inundaran el pecho en oleadas de profundo dolor. Cada espina es un recuerdo —papá, Dylan, Josie, mamá, yo, ellos, el surf, malvaviscos—, y todos ellos duelen a la vez.

Mientras estoy ahí, sin apenas respirar, percibo cómo alguien se acerca por el pasillo. Sé que si me muevo el dolor tardará más en desaparecer, así que me quedo donde y como estoy, con la cabeza gacha, como si no conociera a la persona que se acerca. Tal vez se dé la vuelta y se vaya.

Pero no lo hace. Él no. Javier me toca el antebrazo con suavidad.

—¿Estás bien?

Asiento con firmeza. Levanto el libro para enseñarle lo que estaba mirando. Con una sensibilidad poco habitual, deposita una palma cálida en el centro de mi espalda y extiende la otra para que le dé el libro. Se lo entrego.

Cuando al fin soy capaz de hablar, digo:

—¿Has encontrado algo interesante?

Me dedica una sonrisa irónica, una que deja ver el hoyuelo en la mejilla.

—Muchas cosas, pero he aprendido a llevarme tan solo un libro porque, de lo contrario, la maleta pesa demasiado al volver. —Me muestra un libro de poesía de Pablo Neruda—. Este, por ahora.

—Pero tú ya tienes un libro.

—No, ya lo he terminado. Puedo dejárselo a otra persona.

El dolor se ha aliviado lo suficiente como para poder reírme un poco.

—Yo me llevo este, pero sé lo que quieres decir.

Me devuelve el libro.

—Tienes que hablarme de ello. ¿Vamos a comer?

—Por supuesto.

Deja el libro en el mostrador y detiene mi mano con la suya para evitar que saque dinero. Por un momento, pienso en decirle que puedo pagarlo yo, pero es un gesto amable y no quiero rechazarlo.

—Gracias.

Como suele ocurrir en zonas costeras, el pueblo está orientado a los turistas. Sé por experiencia que la ciudad tendrá casas, gente, escuelas y supermercados normales. Me sorprende que este pueblecito turístico se parezca tanto a mi propia ciudad, que en todos los lugares del mundo donde la tierra se une con el mar se utilicen prácticamente las mismas ideas, con alguna variación.

Hay un gran abanico de opciones gastronómicas, pero me decanto por un local de sándwiches y tés situado en un edificio antiguo, porque el aspecto me ha encantado. Al llegar allí, nos conducen hasta una mesa junto a la ventana que da al puerto, a las islas y a los acantilados. En algún lugar de ahí fuera está mi hermana. Ahora que lo sé con certeza, siento una renovada sensación de urgencia. ¿Cómo voy a encontrarla?

—¿Estás preocupada?

Asiento con la cabeza y encojo los hombros a medias; estoy tratando de deshacerme de las emociones que el libro ha desencadenado.

—Un poco. No sé cómo encontrarla. Quiero decir, ¿cómo voy a hacerlo en una ciudad tan grande?

—Podrías contratar a un detective. —Le insufla a la palabra cierto acento español.

Ya he pensado en eso.

—Tal vez lo haga si no lo logro de otra forma. —Entonces me enderezo. He aceptado esta excursión con Javier porque no quería estar sola, así que esta tarde le debo mi atención—. Es un lugar precioso —digo.

Javier sostiene el menú y admira las vistas conmigo.

—Mirarlo es relajante.

El tono de su voz hace que me pique la curiosidad.

—¿Necesitas descansar? —pregunto suavemente.

—Necesitaba tiempo para… —Hace un gesto que incluye la sala, la mesa, las vistas, a mí— disfrutar del mundo.

Un joven con el cabello rizado, negro y largo viene a tomarnos nota de las bebidas. Todavía no estoy segura de qué es lo típico aquí —¿qué es un L&P?—, así que pido agua con gas.

Javier pide una limonada amablemente. Examinamos la carta.

—En todos los menús veo *kumara*. ¿Es calabaza, o algo así?

—Boniato —contesta—. Me lo dijo Miguel.

Miro la sopa de boniato y el buñuelo de pez espada, así como los clásicos *fish and chips*, y opto por lanzarme a la aventura y pedir los dos primeros. Javier pide ostras.

Cuando le devuelve el menú al camarero, la luz que entra por la ventana lo ilumina por detrás y le enmarca el cabello y los hombros, fuertes y cuadrados, en una especie de halo que le acentúa el perfil —las cejas altas, la nariz prominente, los labios grandes—. Me gusta la elegancia de su camisa. Su carácter fácil, la tranquilidad que transmite.

Le da unos toquecitos al libro, envuelto en una bolsa de papel.

—Háblame de él.

—Oh, eso. —Vuelve a inundarme el dolor de los recuerdos—. ¿Alguna vez has visto *Charlie y la fábrica de chocolate*?

—La conozco.

—Está basada en una novela.

Asiente con la cabeza, con las manos entrelazadas frente a sí.

—¿Y?

Doy un sorbo de agua.

—Mis padres «adoptaron» a un chico que se había fugado de su casa y le dieron trabajo en el restaurante. Dylan. —¿Cuánto tiempo ha pasado desde que pronuncié su nombre por última vez? Un leve dolor me aprieta las costillas—. Vivió con nosotros durante muchos años. Y este —Paso una palma por la cubierta— era su libro favorito. Solía leérnoslo a mi hermana y a mí.

—¿De qué va?

—De un niño pobre de los suburbios de Londres que encuentra un billete dorado en una chocolatina y gana un *tour* por la fábrica de chocolate, cuyo dueño es un hombre excéntrico.

—¿Por qué le gustaba tanto a tu amigo?

Reflexiono sobre la pregunta. Hay muchísimas cosas que desconozco de Dylan. Cuál había sido su historia —aunque estaba claro que lo habían golpeado hasta casi matarlo, tal vez más de una vez—, quiénes habían sido su familia… Lo único que dijo de su madre fue que solían ir a Chinatown algunas veces. En voz alta, contesto:

—Charlie es un niño pobre que se encuentra un billete ganador. Hay cierta magia en una fábrica de dulces, ¿no?

—Lo echas de menos.

—No solo a él. —¿Cómo explicar semejante maraña de amor y sentimientos? Mi madre fumando en la cocina mientras Dylan leía en voz alta; el intenso olor a café en el ambiente; mi hermana mordiéndose las puntas del pelo; mi padre cantando en algún lugar, ocupado en alguna tarea…—. A todos, en realidad. Quizá hasta a mi yo de niña.

Extiende las grandes manos sobre la mesa para tomar una de las mías y la envuelve por completo.

—Háblame de ellos.

Oh, no quiero que me guste tanto. Lujuria sí, pero no quiero que me guste. No lo conozco en absoluto, pero con este gesto siento que tiene el corazón de un león, grande, comprensivo, sabio. Abre de par en par las puertas cerradas de mi vida.

Tomo aliento, pienso en aquellos días y, de nuevo, me encuentro contándole la verdad. Quizá tenga algo especial, o tal vez es que ya es hora de contárselo a alguien, sin más.

—Éramos niños salvajes, todos, hasta Dylan. Debía de haber escapado, porque apareció como un fantasma, una noche, cuando tenía unos trece años y, simplemente, se quedó. Mi madre lo tomó bajo su ala. —Niego con la cabeza. Los motivos por los que lo hizo todavía son un misterio, pero lo quiso tanto como nosotras desde el principio—. Probablemente, fue lo mejor que le pasara a Dylan en la vida.

—¿Por qué?

Recuerdo las cicatrices, algunas pequeñas y pálidas; otras, en forma de líneas, largas y delgadas; otras, gruesas y rojas.

—En aquel entonces no me di cuenta, pero, sabiendo lo que ahora sé, estoy segura de que lo maltrataron físicamente. —Me produce un intenso dolor pensar en ello, en su naturaleza amable y en ese cuerpo tan hermoso siendo golpeado, cortado o quemado. Su cuerpo era la evidencia de todo eso, y más. Por un momento, una oleada de pérdida y nostalgia amenaza con engullirme: por esa época, por Dylan, por las terribles cosas que debió de haber sufrido—. Él nos cuidó a Josie y a mí.

—¿Por qué tus padres no cuidaban de vosotras?

La respuesta es tan complicada y tan íntima que me siento aliviada cuando el camarero trae una cesta de pan y Javier libera mi mano. Me ofrece la cesta, cortés, y elijo un bollito redondo y marrón. Él escoge uno con semillas y se lo lleva a la nariz.

—Mmm. *Alcaravea** —dice.

* En español en el original.

Le hago un gesto y me ofrece el bollito para que lo pueda mirar.

—Alcaravea.

—Delicioso.

Cada gesto que hace, cada expresión, es tan suave y grácil como las otras. No hace nada con prisas, ni sobreactuado. Sus movimientos fluyen de una forma que no recuerdo haber visto en ningún ser humano antes. Sonrío y unto el pan con mantequilla.

Como si sintiera que he llegado a mi límite, cambia la conversación.

—Dime, ¿Kit viene de Katherine o algo parecido...? ¿Eras un paquete y por eso tu padre te puso el apodo?

Cuando habla, centra la mirada intensa en mi rostro, como si cualquier palabra que pudiera salir de mi boca fuera a ser algo increíblemente fascinante. Una vez tuve una profesora que me miraba así. Era monja y la conocí en mi tercer año de carrera. Florecí en su presencia. Ahora también estoy floreciendo.

—Fue cosa de mi padre —admito—. Cuando nací pensó que parecía un gatito,* y me puso ese apodo. Mi madre todavía me llama Kitten a veces, y Dylan también solía hacerlo. Pero todos los demás me llaman Kit. Era bastante marimacho.

—¿Marimacho?

—Que no era muy femenina. No me gustaban las muñecas ni los vestidos.

Tiene las manos juntas, una casi encima de la otra; los dedos, quietos.

—¿Qué te gustaba?

—Surfear, nadar. —Algo en mi columna se relaja. Me siento menos tensa y me inclino hacia adelante, sonriendo al recordar—. Buscar tesoros de piratas y sirenas.

—¿Los encontraste? —pregunta en voz baja, con los ojos oscuros fijos en mí.

Miro sus labios generosos y vuelvo a alzar la vista.

* *Kitten*, en inglés.

—A veces. No muy a menudo.

Asiente con la cabeza muy levemente. Ahora es él quien me mira la boca, los hombros y el trozo de piel que mi vestido deja a la vista.

—Entonces, ¿era Katherine, al principio, o Kitten?

—Katherine. Por la madre de mi padre. Y, por desgracia, me parezco mucho a ella.

—¿Por desgracia? ¿Por qué dices eso?

Me encojo de hombros y me echo hacia atrás para alejarme de esa especie de torbellino que se está formando en el aire, entre nosotros.

—No me afecta... Pero no era como mi hermana o mi madre.

Chasquea la lengua.

—Vi la foto de tu hermana. Parece pequeña, menuda.

—Sí. Pero no tiene importancia. No pretendía...

—Lo sé. —Sonríe de forma casi maliciosa.

Me río ligeramente.

—Me estás tomando el pelo.

—Tal vez un poco.

—Ahora te toca a ti. Cuéntame algo. ¿Por qué te llamas así?

—Mi nombre completo es Javier Matías Gutiérrez Vélez de Santos.

—Impresionante.

—Lo sé. —Inclina la cabeza, atenuando la arrogancia—. Mi padre se llama Matías, y el hermano de mi madre se llamaba Javier. Lo asesinó un marido celoso antes de que yo naciera.

Entrecierro los ojos.

—¿Lo dices en serio?

Levanta las manos con las palmas hacia afuera.

—Lo juro, pero nunca fui el chico al que nadie asesinaría así. Llevaba gafotas, ya sabes, de culo de vaso. —Se lleva las manos a los ojos para mostrarme la forma—. Y era gordito. Me llamaban Cerdito Ciego.

Me estoy riendo incluso antes de que acabe la frase, con un placer que emerge de alguna parte de mi cuerpo que había olvidado.

—No sé si creerte.

—Te juro que es cierto. Palabra por palabra. —Echa un vistazo por encima del hombro y se me acerca—. ¿Quieres saber el secreto de mi transformación?

—Sí, por favor —susurro.

—Aprendí a tocar la guitarra.

—Y a cantar.

Asiente con la cabeza.

—Y a cantar. Y eso fue como un hechizo. Sabía cantar y tocar, y nadie volvió a llamarme Cerdito Ciego.

—Esa historia sí me la creo. Tienes una voz muy bonita.

—Gracias. —Le brillan los ojos—. Por norma general, las mujeres no salen corriendo.

—No. Estoy segura.

Me toca el brazo.

—¿Volverás a escucharme algún día?

El torbellino se hace más grande, nos envuelve y quedamos encerrados en un mundo nuestro, propio, de los dos. Su pulgar reposa ahora en la cara interior de mi brazo, y me doy cuenta de que no tiene los ojos tan oscuros como parecía al principio, sino que tienen destellos de ámbar.

—Sí —contesto en voz baja, segura de que no quería decir eso.

—Bien.

Hacemos una última salida cuando el ferri se detiene en Rangitoto. Normalmente, sería una parada breve para el embarque o desembarque de pasajeros, pero otro ferri se ha retrasado y el nuestro va a hacer tarea doble. Tenemos que esperar una hora para que todos vuelvan de la montaña.

—Pueden bajar y hacer un poco de turismo, si lo desean —dice el sobrecargo por el altavoz—. Les informamos de que el ferri zarpará a las cuatro en punto de la tarde.

En vez de sentarnos al sol, optamos por explorar la zona. Llevo sandalias de paseo y Javier, unos vaqueros y zapatos caros, así que no llegamos muy lejos, solo a la oficina de turismo y a una pequeña laguna donde los pájaros brincan, pían y se reúnen en bandadas. Oigo largos y bonitos cantos, y leves graznidos, y a nuestro alrededor hay plantas que nunca he visto. A mi madre le encantaría este lugar, y probablemente sería capaz de identificar muchas de ellas. Me siento atraída por un camino que discurre a la sombra de distintas variedades de helechos y un precioso árbol en flor. Por encima de nuestras cabezas, un pájaro parece ocupado en una larga conversación a base de silbidos y yo sonrío, mirando hacia arriba con la esperanza de encontrarlo, pero me es imposible: solo soy capaz de ver helechos y más helechos, hojas varias y cosas de aspecto tropical.

De repente, el corazón me da un vuelco. Es increíble que esté aquí.

—¡Es impresionante!

El batir de alas nos alerta, y Javier me toca el brazo y señala hacia el pájaro que ha estado haciendo tanto ruido. Es uno negro con una mancha marrón en el hombro. Lo admiro maravillada dirigiéndole un «guau» a Javier, que asiente con la cabeza.

Deambulamos de vuelta a la zona principal del muelle, donde la gente, cubierta de polvo y quemada por el sol tras la jornada de senderismo, se reúne para el trayecto de regreso a la ciudad.

—¿Te gusta el senderismo? —le pregunto a Javier.

Aprieta los labios.

—No sé. Me gusta caminar. ¿Y a ti?

—Me encanta. Estar a la intemperie así, todo el día, solo con el paisaje, los pájaros y los árboles. Vivo junto a un bosque de secuoyas. Son unos árboles increíbles.

—Mm. ¿Te gustaría subir a ese pico? —Señala la cima del volcán.

No es una invitación de verdad, sino una pregunta por curiosidad.

Miro hacia la cima y me encojo de hombros.

—Sería genial.

Asiente y mide la altura.

—A mí no es algo que me interese.

Y, por primera vez, me doy cuenta de que hay algo en él que me gusta y no sé identificar. No surfea ni hace senderismo. Y yo estoy acostumbrada a hombres más activos.

Entonces recuerdo la forma en la que lo he visto nadar —con brazadas fuertes, seguras—, y comprendo que está lo suficientemente en forma. Quizá a la gente en Madrid no le interese tanto el senderismo ni el surf como a los que vivimos en California.

Paseamos hacia el muelle y nos apoyamos en la barandilla. Algunos adolescentes, parte de algún grupo de turistas, están saltando al agua desde los altos pilotes de hormigón, e incitando a los demás a hacer lo mismo.

—¿Has visto los árboles del otro lado de la calle desde el alto de allí? —pregunta.

—No. —Es difícil apartar la mirada de los chicos y su peligroso juego. Me pregunto quién los vigila; parece que nadie.

«Relájate», le digo a la doctora de Urgencias que llevo dentro. «No todo tiene por qué salir mal».

Mientras avanzamos por el muelle, Javier dice:

—Ayer fui hasta allí. Es una especie de miniparque, o algo así, y los árboles son viejos y con carácter. Como si fueran a salir andando cuando nadie los mira.

Lo observo, atrapada por la imagen de cuento de hadas.

—¿En serio?

Nos llaman la atención los gritos de dos de los chicos, y nos volvemos para ver cómo se encaraman a un pilote todavía más alto y saltan de él, aullando de adrenalina. Mi dedo índice da toquecitos sobre la barandilla que nos separa del agua. Debajo de nosotros, a nuestros pies, unos chicos emergen del agua y otros vuelven a encaramarse al pilote más alto. Turistas y senderistas descansan contra la barandilla, dan sorbos de agua a sus botellas, se embadurnan de protector solar, comen.

Un chico muy alto, al que el pelo negro y enredado le chorrea por la espalda, alcanza el tope del pilote entre bromas y risas con otros chicos de la pandilla.

Lo veo antes de que suceda: su pie resbalando sobre la superficie mojada, su cuerpo tambaleándose, los brazos en el aire.

Y su cabeza golpeando el borde del hormigón, partiéndose claramente frente a mí.

—¡Apártense! —grito mientras me quito los zapatos y el vestido casi antes de que el chico caiga al agua como un peso muerto.

Corro hasta el extremo del muelle, me lanzo al mar y buceo hasta el lugar en el que ha aterrizado. El agua está fría y turbia, pero el sol de la tarde ilumina la forma de su cuerpo. Hay otra persona bajo el agua conmigo, y entre los dos agarramos al chico y nadamos hacia la superficie tirando de él. La sangre que le brota de la cabeza forma una especie de nube oscura.

Salimos a la superficie. El otro rescatador es uno de los chavales del grupo, un nadador fuerte.

—¡Hacia la orilla! —grito.

Nadamos juntos y arrastramos a su amigo hacia el malecón. Allí, otros se acercan y tiran del chico herido hacia arriba.

—¡Ayudadme a subir! —grito—. ¡Soy doctora!

Y entonces unas manos tiran de mí hacia arriba también, y vuelvo a estar junto al chico, haciéndole el boca a boca hasta que se atraganta y empieza a escupir agua, sin que ello lo devuelva a la conciencia. Le sangra mucho la cabeza.

—Dame tu camisa —le ordeno al otro chico.

Este se la quita y me la pasa a toda prisa. La estrujo para escurrirle el agua y presiono el corte con ella, al tiempo que compruebo las constantes vitales y las pupilas del herido, pero tiene los ojos tan negros que es difícil de valorar. Necesita ir a un hospital, y rápido.

Un hombre del ferri aparece con otro chico de uniforme, tal vez un guardacostas.

—Gracias, señorita —dice—. Ha sido impresionante. Lo tenemos. —Dos especies de guardabosques corren por la playa con una camilla, y veo acercarse a toda prisa un barco con el dibujo de una cruz. La multitud se aparta para dejar pasar a los paramédicos, porque eso es lo que deben de ser. Mantengo las manos sobre el corte, y uno de ellos asiente con la cabeza.

—¿Es usted socorrista?

—Lo fui en el pasado. Ahora soy médico de urgencias, en Estados Unidos.

—Buen trabajo. Probablemente le haya salvado la vida.

—Se hace cargo de la presión de la herida mientras suben al chico a la camilla entre varios.

Me levanto, me sacudo la arena de las rodillas y un grupo de personas comienza a aplaudir. Niego con la cabeza, agito la mano con desdén y busco a Javier, que está de pie a un lado, con mi vestido y mis zapatos en la mano. Inspiro y exhalo con las manos en la cintura. Es una postura clásica para tranquilizarse. Cuando me alcanza, me miro el sujetador y las bragas.

—Menos mal que me he puesto la ropa interior buena.

Él sonríe y me ofrece el vestido.

—¿Estás bien?

—Sí. —Me paso la tela por encima de la cabeza, con la trenza mojada colgándome pesadamente a un lado.

—Desapareciste antes de que…

—Instinto. Fui socorrista durante una década. —Aliso el vestido con las manos. Las braguitas se secarán pronto, pero los aros del sostén van a ser una molestia considerable. Por un instante, me pregunto si debería ir al baño a quitármelo, aunque la playa entera ya me ha visto medio desnuda—. ¿Me puedes cubrir?

Todavía con mis sandalias en la mano, Javier mira por encima del hombro y se mueve para que no me vean. El malecón queda a mi espalda. Meto las manos por debajo del vestido, me desabrocho el sostén, me lo quito por los brazos y lo enrollo.

—¿Mi bolso está por ahí?

—Sí, aquí. —Se lo ha puesto en el hombro, por lo que le cuelga sobre la espalda y, ahora, se lo desliza por el brazo para dármelo.

Meto el sostén dentro; cojo un zapato, lo froto, deslizo un pie en su interior y hago lo mismo con el otro. Después, saco una botella de agua y doy un trago largo y tibio.

Solo entonces inhalo profundamente y dejo salir el aire despacio, muy despacio, mirando a Javier. Estoy acostumbrada a las emergencias, pero esta ha salido de la nada y estoy un poco mareada.

—¿Impresionado?

Levanta las gafas de aviador y se pasa la lengua por el labio inferior, extendiendo el brazo para rozarme la mejilla.

—Sí.

—Bien.

Ahora es él quien inhala y exhala, rodeándome los hombros con un brazo.

—Me has asustado. ¿Vamos a beber algo?

—Buena idea.

Volvemos a acomodarnos en lo alto del ferri; esta vez hacia la parte trasera, contra las barandillas, donde Javier me deja para bajar al bar. En su ausencia, miro el cielo. Las nubes se arremolinan en el horizonte, moviéndose como a cámara rápida y, antes de que vuelva, ya se han precipitado sobre el sol y regalan a la escena una hermosa luz gris perla.

Al regresar, Javier trae dos cervezas y, cuando me entrega la mía, hacemos un brindis. Estoy inquieta, intranquila y con plena consciencia de tener su cuerpo junto al mío. La cerveza está fría y deliciosa. Refrescante.

—Gracias.

—Eres doctora.

—Sí. De SU, en Santa Cruz.

—¿SU?

—Sala de Urgencias.

—Ah. —Da un sorbo a su cerveza y mira a una familia de turistas que se acomoda en una fila de asientos. Yo también los miro. La madre está molesta y manda a sus tres hijos que vuelvan a ponerse los sombreros, que dejen de lanzarse una pelota, que se sienten y que dejen de inclinarse sobre la barandilla. El padre está volcado en su teléfono—. Eso explicaría tu velocidad. —Emite un sonido suave, me mira—. Un segundo estabas de pie junto a mí y, al siguiente, ya estabas en el agua.

—En realidad no ha sido tan repentino. Llevaba rato preocupada por esos chicos, y ya estaba preparada cuando ese ha caído. —Me paso una mano por el muslo para relajarme—. Hago surf, fui socorrista y en Urgencias veo heridas continuamente… Así que, mientras todos estabais disfrutando del espectáculo de la juventud y la energía, yo me imaginaba todo lo que podía salir mal.

Por un momento me mira, con los ojos ocultos tras las gafas de sol.

—¿Se pondrá bien?

—No lo sé. Se ha dado un golpe muy fuerte en la cabeza.

—¿No te da miedo saber lo que sabes? ¿No te impide hacer cosas?

Me acomodo de lado para poder mirarlo mejor y apoyo la espalda contra la barandilla.

—No cosas físicas.

Le brillan los ojos.

—¿Qué cosas, entonces?

Miro hacia otro lado, por encima de su hombro, pensando en mis normas sobre los hombres, en lo poco que viajo, los vacíos de mi vida y, de repente, siento un nudo en la garganta nada propio de mí. Finjo indiferencia encogiendo un solo hombro.

—Ya sabía que podían pasar cosas malas.

—Ah, el terremoto, ¿no?

—Entre otras cosas.

—¿Por eso te convertiste en doctora?

—Tal vez. Probablemente. —Toco la etiqueta de mi cerveza—. Siempre quise estudiar algo relacionado con la ciencia, pero el terremoto fue algo muy grande.

Me toca el antebrazo con un dedo.

—¿Saliste herida?

—Arañazos y magulladuras. Poca cosa. —De golpe siento que me falta el aliento, por la presión de tantos recuerdos saliendo a la luz después de tanto tiempo. Mi hermana, Dylan, el terremoto. Levanto una mano—. Basta. Es tu turno, señor Vélez. Llevo todo el día hablando de mí.

Sonríe. El viento le mueve el cabello hacia la frente. Es un hombre muy masculino. Europeo, educado, pero muy masculino. Es de manos grandes, hombros anchos, nariz fuerte y expresión inteligente.

—No soy tan interesante como tú.

—Eso no es verdad. —Mi cuerpo empieza a relajarse después del torrente de adrenalina—. Dime por qué has venido realmente a Nueva Zelanda.

—¿No he venido solo de visita?

Niego con la cabeza. Tengo un presentimiento.

—No lo creo.

—Tienes razón. —Mira hacia el horizonte y luego vuelve a mirarme a mí—. Un muy buen amigo mío, uno de los más antiguos, se ha suicidado.

Mierda. El lago de mis recuerdos se agita, amenazando con desbordarse. Una imagen de la muerte de Dylan regresa a mi cabeza, pero soy una experta en deshacerme de esas imágenes. Me enderezo, refugiándome en el entrenamiento que me han brindado años de profesión.

—Javier, lo siento mucho. —Le envuelvo la mano con la mía—. No debería haberte presionado.

Gira la mano para cogerme la mía.

—Éramos amigos desde pequeños. Muy pequeños. Siento que debería haberme dado cuenta de que le pasaba algo. Haber hecho… algo, visto algo. —Se le oscurece el rostro al centrar la mirada en el horizonte—. Yo… —Suspira—. Después, me resultó difícil retomar el trabajo, y Miguel me invitó a venir aquí un tiempo. —Pasa el pulgar sobre mi uña.

—El suicidio es especialmente difícil para los que se quedan —contesto con una voz que me suena demasiado a doctora de Urgencias. Me obligo a ser más humana. A tratar el tema de forma más personal—. Debes de extrañarlo muchísimo.

—Sigo buscándole un sentido.

—No todo lo tiene.

—Supongo que lo ves a menudo, en el trabajo. —Me lanza una mirada de reojo, sin soltarme la mano.

Me trago otra confesión.

—Sí.

—¿Es difícil?

Es franco, y busca un consuelo que no existe, al menos no uno que yo pueda ofrecer.

—La muerte violenta de una persona siempre es un trastorno, sea como sea.

Él espera en silencio, y yo ya he abierto la caja. Esta caja pesada que arrastro conmigo adondequiera que vaya.

—Drogas y alcohol. Las cosas estúpidas que hace la gente. —Niego con la cabeza—. Muchos niños… y pandillas. Dios, a veces son tan jóvenes que ni siquiera saben besar, pero ya llevan armas encima.

—Mm.

Pasa el pulgar por encima del mío, y rompo el silencio diciendo algo que hasta ahora solo he pensado, pero que nunca he expresado en voz alta.

—Llevo un tiempo pensando en dejar Urgencias. Me está desgastando.

—¿Y a qué te dedicarías?

Me fijo en la forma de sus dedos, en la pulcritud de sus uñas. Son manos cuidadas.

—No tengo ni idea.

—Pero algo te está tentando.

—Tal vez. Cuando era adolescente me interesaban los animales marinos, pero puede que ya sea demasiado tarde para volver a eso. No sé. Quizá ni siquiera sea tanto el trabajo como el lugar. Tal vez sea hora de huir de Santa Cruz. —Me siento desanimada, como si hubiera perdido mucho tiempo—. Háblame de tu amigo. Si quieres.

Respira hondo y suelta el aire.

—Todavía estoy hecho un lío. No ha pasado demasiado tiempo, tan solo un mes. Estaba pasando una mala racha. Su mujer lo dejó, él bebía demasiado y… —Se encoge de hombros—. Hay temporadas de oscuridad, ¿no? Pérdida y tristeza por todas partes. —Aprieta los puños—. Pero, si tienes paciencia, la rueda sigue girando y la felicidad regresa, y todo va bien, y todo el mundo está contento. —Extiende una mano con la palma hacia arriba, como si esparciera purpurina—. Mi amigo simplemente olvidó que la felicidad también forma parte de la vida.

—Ese es un pensamiento precioso. —Sonrío con tristeza—. Pero voy a admitir algo horrible —Y sé que estoy haciendo esto para no contar otras cosas—: aparte de la infancia, no sé si he tenido épocas felices.

—¿Nunca?

Rememoro mi vida en un intento de encontrar alguna que fuera particularmente buena.

—No, no realmente. Quiero decir, me alegré al graduarme, terminar los estudios y empezar a trabajar, pero…

Frunce el ceño ligeramente.

—Puede que no estemos hablando de lo mismo. Yo me refiero a esas épocas en las que tu familia está bien, tú tienes un trabajo que te gusta y tal vez te enamoras y te sientes bien. Esas rachas.

—Ahora soy feliz. —Doy un sorbo a la cerveza y miro hacia el agua—. Estoy en este precioso lugar, disfrutando de la compañía de un hombre interesante y —Levanto una ceja— bastante guapo. No estoy lidiando con el trabajo ni con mi madre, ni con ninguno de mis problemas cotidianos. Eso es la felicidad, ¿no?

El ferri empieza a moverse. Una ráfaga de viento me hace cerrar los ojos y llevarme la mano al cabello. Cuando vuelvo a abrirlos, Javier se ha levantado las gafas para mirarme.

—Es algo de felicidad. Pero no una gran felicidad, no del tipo que te llena y te hace querer reír.

—Sí, no sé si he sentido eso alguna vez.

Es desconcertante darme cuenta de ello, y es desconcertante lo mucho que le he confesado a este hombre. Y, aun así, no puedo parar. Hay algo en él —su amabilidad, o su voz cálida, o algo que ni siquiera puedo identificar— que ablanda el caparazón que he llevado durante tanto tiempo.

Él pregunta:

—¿Cuando te enamoras, tal vez?

Me encojo de hombros. No quiero decir en voz alta que yo no hago eso, porque entonces podría pensar que soy un reto, y no lo soy. Es solo que no quiero todo ese drama.

Inclina la cabeza, desconcertado; después me coge un mechón de pelo y lo coloca detrás de mi oreja. Sonríe de medio lado, activando ese ridículamente encantador hoyuelo.

—Ahora estoy más convencido aún de que no has conocido a los hombres adecuados. —Deja la cerveza en el suelo y coge la mía—. He estado pensando en besarte, hoy.

—Yo también.

Me recorre el brazo con una mano y sigue el movimiento con la mirada.

—He pensado en ello en la librería, cuando parecías tan triste, pero no estaba del todo bien. —Su mano se desplaza por mi espalda, hacia mi cuello—. Y cuando hemos salido de la cafetería, cuando me has sonreído y tu cuello parecía tan largo y dorado. —Posa los dedos sobre mi garganta y los desliza por la clavícula. Todos los nervios de mi cuerpo cobran vida, y disfruto de la lenta caricia—. Cuando has saltado por encima de la barandilla se me ha encogido tanto el corazón que no podía respirar, porque ¿y si...? —Ahora me acaricia la oreja, la sien, el cabello mojado y me acerca a él—, ¿y si había perdido la oportunidad?

Levanto la cara, él ahueca las manos en mi cabeza y nuestros labios se unen. Y, entonces, me olvido de mantener la guardia alta o de protegerme con cinismo, porque su boca es tan deliciosa como una ciruela. Se mueve un poco para que encajemos mejor. Tengo la cabeza en su palma y la rodilla contra su muslo, y una especie de humo fragante nos rodea y me marea.

Veo el mundo levemente rosado. Extiendo una mano para sujetarme, la apoyo en su antebrazo y, como si le hubiera pedido permiso, abre los labios ligeramente para invitarme a entrar. Y entro. Entro, alcanzo su lengua y esta alcanza la mía, y entonces me pierdo en ello. Me pierdo en un beso tan perfecto que podría ser un poema, o un baile, o algo que haya soñado.

Me aparto con un gritito ahogado, cubriéndome la boca con la mano cuando lo miro a los ojos oscuros, que —reparo en ello— se arrugan un poco en los extremos. Me aparta el cabello de la frente.

—¿Eso también es felicidad?

Dejo escapar una risa suave.

—No lo sé. Déjame intentarlo de nuevo. —Y lo acerco más a mí, inclinándome hacia atrás e invitándolo a apretarme, mientras el ferri cruza el agua y la familia de al lado vocifera por las gotas de lluvia que comienzan a caer. Soy consciente de una gran gota que me cae en la frente y de un par más que se rompen contra mi mano, pero lo que siento sobre todo es la boca de Javier besándome; su cuerpo junto al mío; su lengua grácil, que quiero en cada parte de mi cuerpo; y su espalda, que quiero desnuda.

Y a ninguno nos importa que haya empezado a llover más. Apenas reparamos en la lluvia lenta y suave que tamborilea sobre la cubierta del barco y sobre nosotros, durante todo el trayecto hasta el distrito financiero. Tan solo nos apretamos y nos besamos más. Saboreo la sal del mar y la lluvia en sus labios, y ambos estamos empapados, y besándonos, y perdidos.

Y ni por un momento considero que esto pueda ser peligroso. Que pueda haber… He bajado la guardia por completo.

Solo lo beso. Bajo la lluvia. En un ferri en un rincón del mundo.

Lo beso, y lo beso, y lo beso.

Capítulo 12

Mari

Conocí a Nan hace años en Raglan, una ciudad de la costa central de North Island que es famosa por el surf. Por aquel entonces, yo servía mesas en Hamilton. Acababa de empezar a permitirme surfear de nuevo, y temía encontrarme con alguien que pudiera reconocerme. Raglan solo estaba a unos cuantos kilómetros de distancia, de modo que me dirigía allí entre semana, cuando no había más gente que los más aficionados, decidida a montar las olas que rompían a la izquierda.

Para entonces, habían pasado casi dos años y medio desde que había huido de Francia con el pasaporte de una chica muerta y desde que había desechado esa identidad, también, para convertirme en Mari Sanders, de Tofino, en la Columbia Británica. Encontré a un tío que me arregló los papeles que necesitaba e hice pedazos el pasaporte original; lo fui esparciendo por todo el camino, desde Queenstown —primer lugar al que llegué— hasta el norte.

No había consumido ni una sola sustancia que alterara mi mente, ni siquiera un simple trago de cerveza, en ochocientos doce días. Fue lo que hizo que el resto mereciera la pena, y lo único que creía que me salvaría: para estar sobria, tenía que dejar atrás el naufragio que había sido mi antigua vida y crear una nueva. Nunca mirar atrás.

El primer día en la playa conocí a Nan. Alta, delgada, de cabello negro. Era estudiante de Derecho de la Universidad de Waikato, en Hamilton, y había crecido surfeando, como yo. Conectamos enseguida, y cada una respetaba las habilidades

148

de la otra. Durante meses, vivimos juntas en Hamilton, y surfeábamos siempre que podíamos. Yo trabajaba en una cafetería y me inscribí en Wintec, el equivalente a un colegio universitario. Empecé cocina y hostelería como guiño al restaurante de mi familia, pero mis compañeros de grupo eran muy fiesteros y pronto me encontré luchando contra la ola de sus felices y constantes borracheras.

Me hice amiga de una mujer que estudiaba diseño y construcción de paisajes e hice el cambio. Para mi sorpresa, encajé a la perfección. Me gustaba trabajar en el exterior, me encantaba trabajar con mi cuerpo y, una vez que empecé a entender los conceptos básicos de la horticultura con una variedad de plantas que nunca antes había visto, me enamoré de la profesión.

Nan terminó su carrera un año después y se trasladó a Auckland, pero yo me quedé en Hamilton, surfeando en Raglan los fines de semana y viviendo mi vida. Seguíamos en contacto, y cuando Simon, oriundo de Auckland, me llevó hacia el norte, retomamos nuestra amistad donde la habíamos dejado.

Ahora quedamos una o dos veces al mes, para cenar cerca del bufete del distrito financiero en el que trabaja y ponernos al día.

Esta noche encuentro aparcamiento casi de inmediato. Camino hacia el Britomart y hasta nuestro restaurante especial, un italiano que a ambas nos trae recuerdos de la infancia. Nan está ahí de pie, elegante y delgada, con el cabello recogido en un moño francés que encaja a la perfección con sus pómulos.

—Tienen un evento especial —dice—. Tenemos que ir a otro sitio.

—Sin problema. ¿Alguna preferencia?

—¿Te importa andar unas cuantas calles? Hay un guitarrista español en el sitio de tapas. Todo el mundo habla de él.

—Suena genial. Vamos.

Da unos cuantos pasos y luego se detiene.

—Ay, espera. La chica quería hablar contigo.

—¿La chica?

—Sí. La que es guapa y tiene mucho pelo, ¿sabes? Dijo que quería verte cuando llegases.

—¿Y eso?

—No lo sé.

Ambas echamos un vistazo al concurrido interior del restaurante.

—Seguro que puede esperar —digo—. Estoy famélica.

—Yo también.

Entrecruza su brazo con el mío con energía y subimos la colina a grandes zancadas mientras nos ponemos al día. Un caso en el que ella estaba trabajando finalmente ha llegado a buen término. Ya sabe lo de la casa, y le cuento el día que he pasado con Rose comprobando la propiedad.

Nos sentamos en la terraza del bar de tapas, dispuesta en el callejón de ladrillo y lejos de la multitud que está de pie en la barra, formada en su mayor parte por *millennials* bien vestidos de las oficinas de la zona.

—Hay bastante gente —comento.

—Es viernes noche.

Nan pide un martini para ella y agua con gas y lima para mí, y comenzamos con unos pimientos de Padrón asados y unas aceitunas rellenas con algo de pan. Por encima de nuestras cabezas, el cielo que se ve entre los edificios derrama una luz dorada y brillante por la lluvia lejana. Me siento relajada.

—Oye —le digo—, ¿tienes alguna teoría sobre quién mató a Veronica Parker?

—¿La actriz maorí?

—La que construyó Casa Zafiro.

—Sí, era maorí. Es una de sus peculiaridades.

—Lo recuerdo.

—Es un personaje fascinante. —Nan se mete una aceituna en la boca mientras mira a un hombre vestido con un traje muy formal. Por norma general, aquí la gente viste bien para trabajar, nada que ver con el estilo informal típico de los Estados Unidos—. No sé por qué todavía nadie ha escrito un libro sobre su vida: la chica neozelandesa que conquista Hollywood, se enamora de otro neozelandés en los Juegos Olímpicos, tienen una aventura amorosa durante años y acaba asesinada.

—No olvides que él también murió.

—Es cierto. Solo uno o dos años después, ¿no?

—Sí. —Los pimientos son pequeños y de sabor suave, mis favoritos del mundo entero y, además, están asados y salpimentados a la perfección. Coloco uno sobre una rebanada de pan blando y doy un bocado—. ¿Es posible que fuera su mujer?

—La descartaron casi de inmediato. Estaba con su familia, o algo así. No lo recuerdo exactamente.

Gweneth es una fanática de la historia de Auckland, y las tres ya hemos especulado sobre el tema durante el aperitivo del club de lectura y en varias comidas. Tuve suerte de que ambas congeniaran. Son mis dos mejores amigas y, al mismo tiempo, lo más parecido a unas hermanas.

—La mujer no fue, ni la hermana de Veronica —dije, descartándolos—. Ni tampoco George. ¿Quién, entonces?

Nan levanta un hombro, escéptica.

—Yo sigo apostando por George. Nunca encontraron ninguna prueba, pero era muy celoso. En los casos de muerte violenta en el hogar, el culpable casi siempre es un ser querido.

—Pero la adoraba.

—Sí, pero estaba bajo mucha presión para...

—No, es que no lo veo. Nunca hubo denuncias de violencia de género, ni de otro tipo de violencia. —Apoyo los codos en la mesa, disfrutando de la discusión—. Mi padre era celoso, pero nunca habría asesinado a mi madre.

Inclina la cabeza.

—No recuerdo haberte oído hablar de esto antes.

Me doy cuenta de que he hablado de mi verdadero padre, no del que me inventé. Por un instante, un escalofrío me paraliza. ¡Nunca he sido tan descuidada!

Pero Nan me está mirando expectante. Tal vez, si cuento las partes de mi historia que se pueden contar, no me sienta tan sola.

—No pienso mucho en ello... —Mentira. Guardo los recuerdos en distintos compartimentos en mi mente y, aun así, me persiguen de todas formas—. Pero sí, lo era. Un hombre italiano tradicional, por supuesto, y mi madre era de todo menos tradicional. Tenían una relación volátil. Ella era bastante más joven que él, y muy guapa. Muy muy muy muy guapa. Tenía un cuerpazo, y a mi padre le gustaba verla con vestidos caros y ajustados.

—Sigue.

—Creo que a ella le gustaba que fuera celoso. —Tomo un sorbo del agua con sabor a lima, abriendo muy levemente la puerta a ese mundo. Soy cautelosa y me aterroriza la avalancha de cosas que están al acecho, pero siento como, al decir la verdad (o, mejor dicho, parte de ella), un minúsculo porcentaje de la tensión con la que convivo cede—. Así era como lo controlaba. Los hombres siempre estaban flirteando con ella, acercándosele... y ella lo alentaba.

En mi mente todavía la veo con un vestido rojo ceñido, de escote bajo y cuadrado que enseñaba demasiado, riéndose en el patio con vistas al mar. Mi padre fue a buscarla, la agarró por la muñeca y la arrastró hasta un hueco oscuro que había debajo de las glicinas que trepaban por la pérgola. La empujó contra el poste, contra las hojas y flores, y la besó. Vi sus lenguas, y la forma en la que el cuerpo de él presionaba el de ella. Mi madre rio y mi padre la dejó marchar, dándole una palmada en el culo mientras ella regresaba al patio con sus invitados.

Hechizada por su poder, corrí tras ella, imitando el balanceo de sus caderas y la forma en la que se atusaba el cabello. Llevaba una bata de gasa que ella me había cortado, y la tela negra transparente fluía alrededor de mi cuerpo de nueve años de un modo fascinante. Para exprimir la sensación, giré en círculos haciendo que se levantara la tela, sabiendo que los *shorts* y la parte de arriba del bikini quedaban ocultos. El aire me rozaba el vientre, los muslos. Cerca, una mujer rio y un hombre aplaudió ligeramente.

—Suzanne, tu hija es un fenómeno.

Me encantaba llamar la atención, así que seguí haciéndolo; seguí dando vueltas para su placer. Seguí bailando de la forma en la que mi madre lo hacía, balanceando las caderas y moviendo los hombros, y fui consciente del momento en el que los atrapé a todos, del instante exacto en el que se convirtieron en mi público. Vi un círculo de rostros, todos vueltos hacia mí, como si fuera el sol. Como si fuera una reina.

Un cuerpo se abalanzó sobre mí y me levantó. Era Dylan, que me cargó sobre su hombro.

—Mañana toca escuela, niña —dijo—. Despídete.

Arqueé la espalda como una bailarina sobre hielo, poniendo los pies de punta y levantando los hombros, mientras lanzaba besos con las dos manos. A los clientes les encantó, y aplaudieron y silbaron mientras Dylan me llevaba como a un saco de patatas.

—¿Ho-la? —dice Nan.

—Lo siento. Me ha venido a la mente algo que no recordaba desde hacía mucho tiempo. —Sonrío—. Me pregunto si Veronica trató de poner celoso a George. Tal vez no funcionara pero el otro se pusiera posesivo igualmente.

—En tal caso, debió de haberse puesto un poco más que simplemente posesivo. A Veronica la apuñalaron unas doce veces, ¿no?

—Mm.

—Eso es un arrebato pasional.

De nuevo, veo a mis padres en mi imaginación, pero esta vez, mucho después. Mi madre tirándole algo —¿un cenicero? ¿Un vaso de tubo?— a mi padre.

Nan añade:

—Estoy segura de que habrá artículos de sociedad sobre ellos. En aquella época siempre estaban de actualidad. Glamurosos, exóticos, pasionales.

—¿George vivió con ella?

—Eso tendrías que preguntárselo a Gweneth, pero estoy bastante segura de que sí. Su mujer les hizo la vida imposible, pero vivieron en Casa Zafiro.

Asiento con la cabeza, entrecerrando los ojos para reflexionar sobre ello. Y entonces, caminando al final de la calle, veo a una mujer con un vestido de verano rojo arrugado y una gruesa trenza que le cae por la espalda. Un hombre camina a su lado con el brazo sobre el hombro de ella, y se inclina para besarla, como si no pudiera resistirse, y hay algo en la inclinación de su cabeza que me electrifica. Me pongo en pie, preparada para correr tras ella, tras mi hermana.

Kit.

Desaparece por la esquina y me doy cuenta de que estoy siendo ridícula. Todos los recuerdos de infancia, el anhelo por comprender Casa Zafiro y a su dueña, me han hecho sentir un poco de nostalgia, eso es todo.

Pero, por un largo instante, deseo ferozmente que de verdad hubiera sido ella.

Mientras conduzco por el puente, regresa a mi mente el recuerdo de aquella noche en el patio, un poco antes de la época de las amargas peleas de mis padres. ¿Dónde estaba Kit aquella noche? Analizo el recuerdo una y otra vez y no la veo en ningún sitio. Tal vez estuviera leyendo en nuestra habitación.

No. Dylan me puso de pie junto a una banqueta que solía estar vacía, lejos de la acción. Cinder dormía en el suelo debajo de la mesa y, acurrucada en una esquina, estaba mi hermana, con el cabello salvaje de haber estado bailando conmigo antes. Se había quitado la bata azul que mi madre le había dado y se había quedado dormida con unos pantalones cortos y una camiseta sucia. Dylan se agachó, la levantó y ella se acurrucó contra el hombro de él. Como mi padre, él la quería más a ella que a mí, y eso me enfurecía. Salí bailando descalza, dirigiéndome hacia la pista de baile. Lo oí llamarme:

—¡Venga, Josie! Es hora de irse a la cama.

Mi madre me tomó la mano entre las suyas y dijo con su estúpida voz:

—No importa, Dylan. Está conmigo.

Le saqué la lengua a Dylan, segura de que vendría detrás de mí, pero él me lanzó una mirada enfadada y negó con la cabeza antes de llevarse a Kit a la parte trasera del restaurante.

Conocía la rutina. Se aseguraría de que se cepillara los dientes, la arroparía y, si se despertaba, le contaría un cuento. Estuve a punto de echar a correr tras ellos, pero entonces mi madre dijo:

—Baila con mamá, cariño. —Y me hizo girar.

Billy estaba allí esa noche. Había visto a mi madre tonteando con él, a pesar de que todavía era muy joven, prácticamente un adolescente: una joven estrella de la televisión que había empezado a visitar el restaurante con su agente. A mis padres les encantaba que apareciera por allí, porque estaban convencidos de que le daría algo de caché al lugar. Tenía el cabello negro y los ojos azules, y todos decían que iba a ser una gran estrella. Se acercó para bailar con mi madre, me ofreció una mano a mí y yo me olvidé de golpe de que mi hermana pequeña había acaparado toda la atención de Dylan.

La puerta al pasado se cierra de golpe. Toda una vida de secretos y mentiras más tarde, conduzco en la oscuridad de vuelta a mi barrio. Las lágrimas recorren mis mejillas y me pregunto por quién lloro exactamente. ¿Por mi hermana? ¿Por Dylan? ¿O tal vez por esa niña que bailaba salvajemente para diversión de los adultos borrachos?

No recuerdo si Dylan volvió para llevarme a la cama o no, pero sí recuerdo beber algunos sorbos de la cerveza de Billy, y la forma en la que me reí cuando él vertió un poco en una taza de café, para que nadie supiera que estaba bebiendo. La cerveza burbujeó en mi nariz y se llevó mi tristeza. Me hizo bailar más aún, mirando las estrellas, bailando con el mar, con el cielo nocturno, con Billy, y con la mujer que vino después a hacerme girar como a una muñeca. Recuerdo haber ido de puntillas hasta las mesas vacías y haber bebido, a escondidas, sorbos de los restos de todos los cócteles que quedaban en los vasos y en las copas. Recuerdo pensar que podía hacer cualquier cosa, ser cualquier cosa.

Cualquier cosa.

Capítulo 13

Kit

Caminamos juntos colina arriba, en silencio. Javier me rodea los hombros con el brazo. Esto es algo con lo que nunca me he sentido cómoda, pero esta vez, debido a nuestra altura y a nuestro modo de andar, me resulta agradable, por lo que no me aparto como haría normalmente. A decir verdad, me estoy quedando frita después de un día tan largo y agitado.

Él también está callado y, aunque de vez en cuando tararea por debajo de la nariz, la mayor parte del tiempo se limita a caminar a mi lado, sin decir nada. Me pregunto si pensará en su amigo cuando vuelva a Madrid. No me ha contado mucho sobre su vida en esa ciudad, pero tal vez está contento de no estar ahora allí.

Como yo. Trato de pensar en mi hermana, en cómo encontrarla, pero hoy no puedo hacer más. Volveré a buscarla mañana. Después de todo, lleva más de catorce años desaparecida. Probablemente no vaya a ir a ningún sitio.

Por una vez, mi cerebro hiperactivo está en silencio. Tras la lluvia, la noche es más fría, y se nota que es viernes. Las calles están llenas de estudiantes y trabajadores jóvenes. Hay música en cada uno de los establecimientos por los que pasamos.

Está oscureciendo. No tengo mucho que comer en el apartamento y mi vestido está hecho un asco. Además, tengo mucha hambre.

—¿Nos llevamos una *pizza*? En mi habitación no tengo nada, excepto café y huevos.

—¿Me estás invitando?

Podría haberme escapado antes, pero, esta noche, ya no. Asiento con la cabeza.

—Tengo comida —dice—. ¿Quieres venir?

—¿Cocinas?

—Soy buen cocinero. ¿Y tú?

—Mi padre no habría esperado menos. —Le sonrío. Es un lujo tener que levantar la mirada para dirigirme a él, pues es muy raro que alguien sea más alto que yo—. Pero, antes que nada, soy una excelente repostera.

—¿Cuál es tu especialidad?

—Las tartas.

—En España las tartas no son tan dulces como en otros sitios. ¿Conoces la tarta de Santiago?

—Sí. De almendras. Está deliciosa.

—¿Sabes cómo hacerla?

—Nunca la he hecho, pero me imagino que podría.

—Tal vez la hagas algún día. —Me guiña un ojo—. Para mí.

—Puede.

Como si nos quedara mucho más que un puñado de días para estar juntos.

Ya en el hotel, subimos en el ascensor y él se inclina para besarme.

—¿Me dejarás cocinar para ti?

—Sí.

Me bajo en mi planta para ducharme y cambiarme, y él continúa hasta la suya. En el pasillo que conduce a mi puerta, me doy cuenta de que es la primera vez que estoy sola en todo el día y, de repente, todo parece un sueño.

Vuelvo a mi cuerpo de golpe, de un plumazo. Todo regresa a su sitio, y es triste y agotador. Todos los problemas están amontonados, esperándome. La pregunta de por qué mi hermana fingió su propia muerte y dónde está; la conclusión, extrañamente clara —tal vez porque estoy lejos— de que mi trabajo en Urgencias ya no me hace feliz… Me pregunto cómo le estará yendo a Hobo sin mí. Me pregunto si debería volver a llamar a mamá, pero entonces recuerdo que hemos hablado esta mañana.

Parece que haya pasado mucho más tiempo.

Me meto en la ducha de lujo y me quito el salitre, la sangre y la lluvia del cuerpo y el cabello. El champú huele a mandarina. Cierro los ojos y me enjabono mientras disfruto del aroma. Estoy de nuevo en el ferri, apretada contra la barandilla, mientras Javier me besa. Me siento transportada por su boca exuberante, su habilidad exquisita y la forma tan delicada de sostenerme la cabeza.

Abro los ojos de golpe. ¿De verdad esto es una buena idea?

Veo mi reflejo borroso en el espejo, a través del cristal de la ducha cubierto de vaho. Recuerdo lo que le he dicho de que no he sido muy feliz en mi vida y, de repente, todo me parece ridículo. ¿A qué espero?

Tal vez, por una vez en mi vida, me gustaría serlo. Alcanzar un atisbo siquiera de lo que se siente. Parece que él sí sabe cómo acceder a la felicidad, dónde encontrarla. Si puedo arañar uno o dos días de felicidad, ¿por qué no?

Una suave voz de advertencia intenta decirme que es peligroso para mi equilibrio y mi salud mental. La acallo, ansiosa por disfrutar, por una vez, de algo un poco imprudente. Es solo durante unos días. Unos pocos días. Nada puede echar raíces profundas en tan poco tiempo.

Así que me seco el cabello, dejo los rizos sueltos, me pongo encima ropa sencilla que Javier pueda quitarme sin problemas cuando llegue el momento y subo a su apartamento.

Javier se aloja unas plantas más arriba, en una con menos apartamentos. Me detengo un momento ante la puerta y me toco el vientre. Se oye música de fondo al otro lado, y el ruido de una sartén o de un plato. El olor a cebollas doradas inunda el ambiente.

¿Qué estoy haciendo? Él es mucho más... todo... que las personas con las que normalmente me relaciono. No salgo con los hombres adecuados. Ni el cirujano que fue detrás de mí durante más de seis meses, antes de darse cuenta de que lo decía en serio. Ni el coronel que llegó con una muñeca rota y me engatusó con sus ojos color chocolate.

Los hombres con los que me acuesto —y vamos a dejar claro que estoy aquí plantada, en el pasillo, con el sexo en mente— son como el surfista del verano pasado, o el camarero del restaurante donde me gusta ir a cenar varias veces al mes, o incluso el compañero de trabajo de mi madre, corpulento, de piel oscura y encantador, que se demoraba un poco en su sueño de irrumpir en el mundo de la música.

Si comparo a Javier con Chris —el surfista—, ni siquiera parecen de la misma especie. Javier es un hombre maduro, tan seguro de sí mismo que hace que moverse en el mundo parezca algo sencillo. Cada centímetro de mi piel desea sus manos. Mis oídos desean su voz. Mi boca desea sus labios.

Y mi barriga, me recuerda, quiere comida. Levanto una mano y toco a la puerta. Javier abre y, con una floritura con un paño de cocina, me invita a entrar.

—Temía que cambiaras de idea —dice.

Pienso en el tiempo que he estado frente a la puerta.

—Me has prometido comida. Raramente rechazo eso.

Me aparta el cabello sobre el hombro y me acaricia el lateral del cuello.

—¿Vienes por la comida?

Lo miro. Niego con la cabeza.

Sus labios esbozan una sonrisa y, con una mano, me acaricia la mejilla.

—Bien. Por favor, siéntate. Deja que te sirva una copa de vino.

Entro en el apartamento. Es, por lo menos, el doble de grande que el mío. Tiene un dormitorio independiente y una cocina equipada y deslumbrante, hecha de vidrio color aguamarina y acero inoxidable, de un estilo muy distinto al que estoy acostumbrada. El gusto de los aucklandeses. Su apartamento hace esquina y dispone de un balcón con puertas de cristal que empieza en el salón y da la vuelta a la esquina hasta el dormitorio, con vistas al centro de la ciudad y al puerto.

—Me encanta este edificio. Es tan... extravagante, ¿no? Me siento rica.

—Puedes ver el edificio en postales y tazas de café.

—¿De verdad?

—Sí. —Me entrega una copa generosa de vino blanco—. Vino añejo local. A ver si te gusta.

—Gracias. —Bebo con cautela, consciente de que me tambaleo a orillas de un lago de tensión sexual, agotamiento y *jet lag*, pero el vino es como una brisa, fuerte y limpia, no demasiado dulce—. Buenísimo.

—Bien.

Vuelve a la cocina. Se ha cambiado de ropa y tiene las puntas del cabello húmedas. Lleva unos vaqueros con una camisa Henley azul jaspeado. La tela le queda como un guante, se le adhiere al torso a la perfección.

—¿Qué estás cocinando?

—Algo muy simple, *tortilla española.** ¿La has probado alguna vez?

Niego con la cabeza.

Con la camisa remangada y el paño de cocina sobre el hombro, inclina una sartén ancha y remueve las patatas y las cebollas. Las patatas están ligeramente crujientes por fuera y, las cebollas, traslúcidas. El estómago me gruñe mientras él le echa sal a la mezcla y, tras removerla de nuevo, la vierte en un bol de huevos batidos crudos.

—En Madrid hay en todas partes. Como los sándwiches en Estados Unidos.

—¿Hay muchos sándwiches? Ni siquiera me he dado cuenta.

Hace un resoplido.

—¡Muchísimos! ¡Por todos lados! Sándwiches de pavo, hamburguesas, sándwiches de queso a la plancha y submarinos.

Me río.

—Se llaman *subs*... Solo *subs*. El submarino es el barco que va por debajo del agua.

* En español en el original.

—Ah, sí. —Sonríe brevemente y le aparecen pequeñas arruguitas en el rostro—. Me gustan los *subs* con jamón, salami y todas esas verduras.

—A mí también. Y las hamburguesas. Las hamburguesas con queso, especialmente. Cuanto más guarras, mejor.

—Las hamburguesas con queso están increíbles. —Raspa la sartén, añade una nueva capa de aceite y la inclina hábilmente a un lado y a otro para extenderlo uniformemente. Coloca la mano unos centímetros por encima del fogón para comprobar el calor, coloca la sartén allí y vierte en ella la mezcla de patatas y huevo.

—Aquí viene lo difícil —dice algo serio—. Hay que tener paciencia y dejar que los huevos se cocinen lentamente.

Nos quedamos mirando la mezcla mientras los bordes y el centro se secan ligeramente. Entonces, cuando la textura llega a un determinado estado, Javier coge la sartén y, hábilmente, le da la vuelta con la ayuda de un plato; empieza a dorarse por el otro lado. Se apoya en el mostrador, levanta una ceja y me ofrece una media sonrisa.

—¿Impresionada?

Me río, recordando mis propias palabras en el muelle.

—Sí, mucho.

Cuando el huevo está hecho, nos sentamos juntos en el sofá.

—Hay una mesa, pero mira dónde está, contra la pared… y es muy estrecha.

Los huevos están en su punto, y la mezcla de estos con las patatas y la cebolla resulta en una comida hogareña y satisfactoria.

Los dos empezamos a comer como cachorros hambrientos.

—Qué rica —logro decir—. Necesito añadirla a mi breve lista de cosas que cocinar después del trabajo. —Doy un sorbo al vino—. Aunque siempre se me olvida comprar huevos.

Javier tiene el plato vacío.

—¿Quieres más?

—Sí. Si no es comer como un cerdo.

Se ríe y vuelve a llenarme el plato, y después se sienta a mi lado. Miramos hacia las luces del otro lado del puerto. La música ahora ha cambiado a una suave guitarra española. Un sonido que casi tiene color, un verde pálido que serpentea por la habitación y que hace que broten las flores. Pienso en él en el escenario, inclinándose para cantar una canción de amor.

—Seguramente —dice, después de un momento— haya un servicio de reparto a domicilio para mujeres ocupadas como tú. Yo mismo me moriría de hambre sin ellos.

Me encojo de hombros.

—Siempre me digo a mí misma que tengo que ir a comprar, y luego llego, compro comida de gato y leche, y me olvido de lo demás.

Incluso el segundo plato me lo he comido en un santiamén, y no sé si es anticipación o hambre de verdad, pero me froto los labios con cuidado. Javier me coge el plato y lo coloca encima del suyo sobre la mesa de centro. Después se me acerca y me aparta la melena del cuello.

—Háblame del gato.

—Se llama Hobo —digo, cerrando los ojos cuando su boca se posa en la curva que une el cuello con el hombro.

—Me gustan los gatos —dice en voz baja.

—Es negro. Lo recogí de la calle. —Me giro hacia él y ahueco las manos en su rostro para poder besarlo bien. Tiene la mandíbula exquisitamente suave, mucho más suave de lo que la tenía en el ferri. Acaricio la piel limpia—. Te has afeitado.

—Sí —murmura, y me devuelve el beso.

Como en el ferri, nos besamos durante mucho tiempo, y me maravilla ver que un solo beso puede satisfacer tanta necesidad.

Luego se pone en pie, me ofrece la mano y lo sigo al dormitorio. Me quito la camiseta, lo ayudo con la suya y entonces me doy cuenta de que el sostén ha desaparecido y estamos piel con piel, besándonos una y otra vez. El calor va en aumento. Respiro de forma entrecortada cuando él mete las manos por la cinturilla de mis pantalones y me ayuda a deshacerme de ellos. Extiendo la mano para hacer lo mismo con sus vaqueros, pero dice:

—Permíteme.

Y entonces estamos en la cama, desnudos, y estoy tan hambrienta que casi deseo morderle... Y eso hago, le muerdo el hombro. El tamaño de su cuerpo me excita. Su lengua me excita. Su boca, sus dientes mordiéndome, sus manos agarrándome tan fuerte. Es una unión muy física, casi brutal, y me gusta. Me gusta la energía con la que me penetra, el sentirlo dentro de mí, su urgencia y mi propio agarre violento. Loe rodeo fuertemente con las piernas y nos movemos una y otra vez. Mi voz suena gutural y tenemos la piel resbaladiza. Nos damos la vuelta y nos quedamos tumbados uno al lado del otro en la oscuridad, jadeantes.

—Dios mío —susurro contra su oreja, mordiéndole el lóbulo.

—Mm —asiente, y levanta la cabeza. Me mira durante un buen rato y luego me besa de una forma muy tierna—. Adorable.

Y entonces estamos uno junto al otro; mi cuerpo encajado contra el suyo, algo que no suele gustarme pero que ahora, tan lejos de casa y tan lejos de mis propios abismos, me resulta agradable. Javier es más grande que yo en todos los sentidos, y hace que me sienta segura y protegida. Estoy tan cansada que caigo en un sueño profundo, tranquilo y muy muy muy lejano.

Otra vez el mismo sueño.

Estoy sentada en una roca de la cala, con Cinder a mi lado. Estamos contemplando el mar inquieto y, a lo lejos, Dylan está montado en su tabla de surf. Ni siquiera lleva el traje de neopreno, solo unas bermudas de color amarillo y rojo. Está feliz, muy feliz, y esa es la razón por la que no quiero advertirle de que la ola se está rompiendo.

Y entonces la ola lo derriba y él desaparece en el mar. Cinder ladra una y otra vez, pero Dylan no sale a la superficie. El agua se calma y lo único que se ve es un horizonte de agua plateada.

Me despierto de golpe, contenta de que el peso de Javier me sostenga. El corazón me va a mil y tengo que respirar profundamente. «Cálmate. Cálmate. Solo es un sueño».

—¿Estás bien? —pregunta Javier.

—Sí. Solo era un sueño extraño.

Mi vejiga insiste en reclamar mi atención, por lo que aparto las sábanas y me meto desnuda en el baño. Tengo los dientes manchados de vino, así que me pongo un poco de su pasta de dientes en el dedo y me los froto; luego me enjuago la boca y regreso al dormitorio. Ahora que estoy despierta, probablemente debería volver a mi apartamento, pero Javier aparta las sábanas y me deslizo en la cama, feliz con la visión de su cadera desnuda y su ombligo. Tiene el cabello revuelto y salvaje, y eso me hace sonreír mientras me acomodo junto a él. Me rodea con el brazo y yo me dejo inundar por el confort y el consuelo de tenerlo a mi lado.

Cuando despierto de nuevo, está amaneciendo. La luz suave se extiende sobre el agua, más allá de las ventanas, y salpica los rascacielos que nos rodean. En la habitación, Javier duerme junto a mí, con los brazos extendidos frente a él y el rostro en calma. Está desnudo bajo la sábana, y la levanto para mirar. Tiene un cuerpo precioso.

—¿Te gusta? —pregunta con voz suave.

—Bastante —contesto. Lo miro, pero no bajo la sábana, sino a él directamente. Me excita y sé que a él también. Sonrío y dejo caer la sábana—. Buenos días.

Entrecierra los ojos.

—¿Tienes buen humor por las mañanas?

—Normalmente, no. Puedo ser muy gruñona. ¿Y tú?

—Hace mucho tiempo que trabajo por las noches, y eso en Madrid puede llegar a ser muy tarde.

—No me has contado a qué te dedicas —comento.

164

Levanta la sábana, me observa y emite un suave «¡Ufff!» antes de acercarse. La aparta con irritación y vuelve a su tarea. Yo se lo permito, disfrutando de la inclinación de su larga y musculosa espalda mientras él me examina.

—Tu cuerpo es una selva —dice suavemente.

Sus dedos me acarician las costillas, el vientre. Él se desliza entre mis muslos, me besa el ombligo y continúa hacia abajo. Tengo al alcance sus nalgas fuertes y, mientras él explora mis curvas, pongo mi palma sobre las suyas y me deslizo por la parte posterior de sus muslos, sumergiéndome entre sus piernas. Lo oigo gruñir. Me río suavemente y él se pone de rodillas, ofreciéndose a mí.

Extiendo una mano para alcanzarlo.

—Desnudez frontal total. Me gusta.

Y, ahora, hacemos el amor de forma más divertida, tomándonos tiempo para detenernos a contemplarnos y preguntarnos, con una mirada o un sonido, si es mejor esto o aquello, aquello o lo otro. Él se demora en mi cuerpo, acariciándome y besándome como había imaginado. Tengo su boca en todas partes, por todo mi cuerpo. Yo le devuelvo la exploración y, entonces, como si de un puzle se tratara, nos sumergimos el uno en el otro hasta que el sol penetra en la habitación a través de las puertas de cristal.

Acostada contra él en la franja de luz que cae sobre la cama, completa y profundamente saciada, me doy cuenta de que lo que nunca había entendido de los hombres maduros es lo mucho que han aprendido de los cuerpos de las mujeres a lo largo de su vida.

O tal vez este solo sea el caso de Javier, que levanta la cabeza, se apoya sobre los codos y, con una mano, me aparta el cabello de la cara para colocármelo por detrás de las orejas. Esto me provoca una punzada en el pecho, pero no me muevo. La luz cae en cascada por el puente de su nariz y le ilumina el cabello. Tiene algunas marcas de mis dientes en el hombro. Acaricio una de ellas.

—Lo siento. Me dejé llevar.

Parpadea lentamente y mueve el muslo contra el mío.

—No importa. Mantendrá a las mujeres a raya.

—¿Vienen a ti en manada? —pregunto con algo de diversión.

—No tanto como cuando era algo más joven, pero sí. Todavía me persiguen muchas.

Frunzo el ceño.

—¿Hablas en serio?

Levanta el dedo índice y rueda por la cama hasta alcanzar el teléfono. Abre una *app* y me enseña la pantalla. Se ve la portada de un álbum y una foto de un hombre inclinado sobre su guitarra. Una mujer lo observa desde las sombras. El título del álbum está en español, pero puedo leer el nombre, Javier Vélez, y reconozco esas manos.

—¿Este es el trabajo que te mantiene despierto hasta tan tarde?

Asiente con la cabeza, casi con tristeza.

Miro a mi alrededor y caigo lentamente en la cuenta. Es una *suite* muy cara.

—¿Eres famoso?

—Aquí no. —Se apoya en la mano, desnudo en todo su esplendor, y me pregunto si alguien del edificio de oficinas estará mirando hacia aquí y viendo su trasero bien formado.

Sonrío.

—¿Eres famoso en algún sitio?

—Puede que un poco. En el mundo latino conocen mis canciones.

Lo asimilo lentamente y, contra todo pronóstico, en vez de ponerme nerviosa, lo que acaba de contarme alivia mi preocupación. Si es una gran estrella, entonces solo soy una distracción para él, del mismo modo que él lo es para mí.

—Supongo que tendré que escuchar más que una canción la próxima vez.

Coloca un dedo sobre mi ombligo y dibuja un círculo a su alrededor.

—¿Vas a venir esta noche?

Me levanto, lo empujo hacia atrás y me tumbo sobre él como si fuera un pastel y yo su glaseado, con las manos en sus brazos.

—Puede que tenga que comprarme algún modelito más bonito.

Él permite que sea su glaseado, y me mira con los ojos brillantes y los labios ligeramente torcidos en una sonrisa.

—Me gusta el vestido rojo.

Le doy un beso en el cuello.

—Encontraré otro vestido rojo. —Me arrastro para besarlo largo y tendido, disfrutando de la tersura de sus labios y el aroma de su piel—. Hueles mejor que ningún otro hombre que haya conocido en la vida.

—¿Sí?

Entierro la cara en su cuello e inhalo profundamente.

—Hueles a mar, a rocío y a… algo más.

Trato de averiguarlo. Es algo picante, pero no logro descifrarlo. Entonces nos cambiamos de posición: ahora es él el glaseado del pastel de mi cuerpo, y tiene las manos en mi cabello.

—Eso es muy *sexy* —susurra.

Y se inclina sobre mi cuello, inhala y me lame la piel, una y otra, y otra, y otra vez. Y, no sé cómo, de algún modo estamos haciendo el amor de nuevo. Lentamente, sumergiéndonos una vez más el uno en el otro. En el placer.

Algo más tarde, estoy envuelta en una sábana mientras él se pone unos bóxeres. Nos tomamos el café que ha hecho en una cafetera francesa y los pastelillos de hojaldre que compró en algún lugar, junto con unas frutillas verdes que al principio pensé que eran limas.

—Son guayabas —dice, y abre una.

Es una fruta suave, parecida al kiwi, y con una especie de cruz medieval de semillas en el centro. Tiene una textura granulada y su sabor es dulce, parecido al de una pera.

—Qué rica.

Asiente con la cabeza, mientras se come la pulpa con una cucharita. Me acaricia con un dedo el discreto tatuaje que llevo en la parte interna del brazo, las escamas de sirena con la cita «HERMANA PEQUEÑA» en el exterior. Josie tiene uno a juego.

—¿Me vas a hablar de tu hermana?

Miro hacia el puerto, donde un velero aparece como un nítido triángulo blanco que se desliza hacia el mar.

—Es duro hablar de ella.

Está en silencio, dándome espacio para que decida si continuar o no. Pero estoy blanda y abierta de par en par después de haber hecho el amor, y el tsunami de caricias ha deshecho el caparazón. Respiro profundamente.

—Ella era... es dos años mayor que yo. La adoraba cuando éramos niñas. Mis padres no eran —suspiro— tan buenos como padres. Por eso, hasta que Dylan llegó, Josie cuidó de mí.

Asiente con la cabeza.

Doy un sorbo al café y sostengo la taza entre las manos.

—Era una niña feliz, de verdad. Traviesa, pero no mala. No le gustaba la escuela, pero, que yo recuerde, no se metía en problemas. Y entonces... —Me encojo de hombros.

—¿Entonces?

—Cambió. Es difícil recordar exactamente cuándo, pero empezó a meterse en líos, a beber de las copas de los clientes, especialmente de los hombres. Y luego, cuando nos hicimos un poco más mayores, robaba las cervezas del bar, y cosas así.

Mueve los dedos por mi tobillo.

—¿Tus padres no hicieron nada?

—Ni siquiera sé si se dieron cuenta. —El vientre me arde un poco y me lo froto mientras enderezo la espalda. Es increíble lo mucho que todavía me estresa esto—. Se dedicaban a pelearse; peleas muy pasionales en las que se gritaban, se lanzaban cosas y eso, y no prestaban ninguna atención a lo que pasaba con Josie.

—¿Y qué hay de ti? ¿Quién te cuidaba?

—Dylan —digo, sin más.

—El que escapó de casa. ¿Era como tu hermano?

—Sí.

—Y te leía *Charlie y la fábrica de chocolate*.

Sonrío.

—Sí. Y muchos otros libros.

—¿Cuidaba de ti y de tu hermana?

—Sí. Trabajaba como pinche de cocina en el restaurante y vivía con nosotros. —Me muerdo el labio mientras pienso en cómo hablar de Dylan—. Tenía algunos problemas, pero, sinceramente, no sé cómo nos las habríamos arreglado sin él. Él era el que nos levantaba para ir a la escuela, el que se aseguraba de que tuviéramos zapatos nuevos cuando los que teníamos se nos quedaban pequeños. Siempre me revisaba los deberes cuando llegaba a casa de la escuela; incluso si estaba con alguna novia, cosa que era habitual… —Me invade el fantasma de lo que sentía entonces, en aquellas tardes que pasaba sentada con Dylan y Josie, quien hacía los deberes solo porque él la obligaba, y alguna chica dando vueltas por allí al mismo tiempo. Sonrío—. Era muy guapo. El chico más guapo del mundo.

Javier sonríe.

—¿Estabas celosa?

—¡Pues claro! ¡Era nuestro!

—¿Cómo de mayor era?

—Era seis años mayor que Josie, ocho mayor que yo.

Inclino la cabeza, consciente de que lo ha vuelto a hacer: de nuevo, ha logrado que hable de mi pasado. Lo miro, perpleja, con el ceño fruncido.

—¿Qué pasa?

—Me seduces para que te hable de mí.

—Porque quiero saberlo todo —dice, y me acaricia la espinilla con la mano—. Y si me hablas de tu hermana, tal vez pueda ayudarte a encontrarla.

Por un momento, me pregunto si Javier podría ser demasiado. Demasiado emocional, demasiado intenso. Pero me siento un poco a la deriva tratando de resolver este problema sola. Otra mente podría ser de ayuda.

—Tal vez puedas. —Me enderezo—. Vale, déjame que lo suelte todo.

Apoya la cabeza en su mano.

—Adelante.

—Bueno, mi hermana estaba metida en problemas. Se negó a ir a la universidad y se pasaba el tiempo de fiesta y surfeando. La última vez que la vi, me robó prácticamente todo lo que tenía, incluido el ordenador y toda mi ropa, y lo vendió.

—Uf. Una traición terrible.

—Sí. Yo acababa de terminar mi primer año de residencia, así que estaba agotada y sin dinero, y no pude creer que me hubiera hecho algo así. —Vuelvo a frotarme el vientre; siento, de nuevo, toda la frustración y la furia de aquel día, cuando regresé al apartamento y descubrí lo que Josie había hecho—. Corté lazos con ella.

—Normal.

—Sí —suspiro—. Y, supuestamente, murió unos seis meses después en una gran explosión de un tren en Francia. No había vuelto a hablar con ella.

Miro hacia atrás en el tiempo, al momento concreto en el que estaba regresando a pie a mi apartamento y me llamó mi madre. El recuerdo del dolor de aquel día me eriza la piel. En aquellos minutos desgarradores, habría dado cualquier cosa por recuperarla.

Su mirada es amable, pero no dice nada.

—Durante todo este tiempo he pensado que estaba muerta. —Extiendo las manos y me miro las palmas como si la historia estuviera escrita ahí—. Y entonces, la vi en las noticias del incendio de la discoteca. Estaba aquí, en el distrito financiero, cuando sucedió.

—¿Pensabas que estaba muerta hasta que la viste en la televisión? ¿Todo este tiempo?

—Sí.

Sopesa mis palabras durante un rato.

—Debes de estar muy enfadada.

—Eso es un eufemismo. —La lava de mis entrañas gorgotea a fuego lento—. Mi madre quiso que cogiera el primer avión. De no ser por ella, tal vez no lo habría hecho.

Me sostiene la mirada con esos grandes ojos oscuros.

—Me alegro de que lo hicieras, por la parte que me toca.

Le dedico una media sonrisa.

—Oh, habrías encontrado a alguien que te calentara la cama, estoy segura.

—No habrías sido tú.

—No tienes que conquistarme, Javier. —Niego con la cabeza para evitar cualquier posible protesta—. En fin, supongo que debería intentar encontrar a mi hermana. Mi madre querrá un informe.

—¿Qué has hecho hasta ahora?

—No mucho. He tratado de encontrarla por su nombre, pero es un callejón sin salida. Creo que la mujer del restaurante sabía algo, así que podría volver allí. Pero, por otro lado... —Levanto una ceja—. Miro hacia el mar y lo único que quiero es surfear.

Inclina la cabeza.

—¿Y no buscar a tu hermana?

—Cuando surfeo pienso mejor, y tal vez así se me ocurran algunas ideas. —Una inquietud inesperada me oprime los pulmones y, por un momento, me es difícil respirar. Enderezo los hombros para hacer más espacio—. ¿Quieres aprender a surfear?

Levanta las manos.

—No, no. Hoy voy a ir a ver a Miguel.

—De acuerdo. —Me como el último trozo de pastelito y me limpio los dedos—. Voy a marcharme y a dejar que hagas tus cosas.

Me toma de la mano.

—¿Vendrás esta noche al concierto?

Asiento con la cabeza, le toco la suya y acaricio su cabello, denso y ondulado.

—¿Quién, si no, te protegerá de todas esas mujeres?

—Tienes razón. Lo necesitaré.

Levanta la mano que antes me ha cogido y besa la palma.

—Nos vemos luego.

Capítulo 14

Mari

Cuando llego a casa tras la cena con Nan, Simon ya ha metido a los niños en la cama. Entro de puntillas en sus habitaciones para darles un beso en la cabeza y después vuelvo con Simon, que está en el salón. Está estirado en su butaca, con el perro pequeño en el regazo y los demás durmiendo profundamente en la alfombra. Parece agotado.

—¿Cómo te ha ido el día? —pregunto, recorriéndole el cabello con los dedos.

Él se inclina, moviendo la cabeza hacia mis manos, y se la acaricio con más intensidad.

—Bien. Sarah ha ganado en los cincuenta metros de estilo libre.

—¡No me digas! Eso es fantástico. ¿Y Leo?

—Ha perdido contra Trevor. —Vuelve a dirigir la mirada a la película que tiene detenida—. Creo que el chico podría tener talento olímpico.

—¿Trevor?

Asiente, y un bostezo se apodera de él. Sonrío y le beso la frente.

—Sigue con la película. Voy a darme un baño.

—¿Cómo estaba Nan?

—Bien. —Pienso en el extraño chorreo de confesiones que le he hecho a mi amiga y siento un pequeño escalofrío en la nuca. ¿Y si lo menciona delante de Simon? ¿O si…?

La única forma en la que puedo seguir viviendo como lo hago es dividiéndolo todo en distintos compartimentos.

—Hemos ido de tapas.

—Vamos a llevar a los niños a la casa por la mañana, ¿verdad?

—Los llevaré yo. Tú duerme hasta tarde. —Le acaricio la coronilla, las sienes—. Has trabajado mucho toda la semana.

—Gracias —dice, y me besa la palma de la mano—, pero quiero estar ahí cuando la vean.

—Como quieras. No te quedes hasta muy tarde.

Mientras abro el grifo de la bañera y me desnudo, afuera llueve a cántaros. Cuando me mudé a Auckland para vivir con Simon, vivíamos en otro barrio, en una casa con el techo de chapa, y el sonido de la lluvia a veces era ensordecedor. Aquí es hipnótico.

Pero, tres horas más tarde, sigo despierta. Al fin, me levanto de la cama y me dirijo a la planta de abajo para hacerme una infusión. Mientras dejo que la manzanilla repose, abro el ordenador y me permito buscar a mi hermana. No es muy activa en Facebook, pero a veces veo fotos en el muro de mi madre, quien no lo tiene privado, ni cerrado, ni nada por el estilo.

Tiene muy buen aspecto, mi madre. Todavía lleva el pelo largo. Tiene el rostro muy arrugado, y apuesto a que todavía fuma. Sé que ya no bebe por la multitud de referencias que hace al hecho de estar sobria y a Alcohólicos Anónimos.

Pero, por muy sobria o guapa que esté, sigo resentida con ella. Criar a mis hijos me ha hecho comprender lo terribles que fueron mis padres.

Una chica sin una madre que la proteja es una chica a merced del mundo. ¿Cómo pudo haber estado tan ciega como para no darse cuenta del alcohol que consumía con nueve, doce o catorce años? ¿Cómo pudo no haber visto el abuso que sufrí justo delante de sus narices? A Sarah no le permitimos pasear sola por la playa, y mucho menos pasar la noche por ahí sola.

A veces me ablando, pensando en lo difícil que también era su vida en aquella época. Mi padre era un hombre duro, nacido en Sicilia durante la guerra y, aunque amaba a mi madre de forma posesiva y protectora, también se desfogaba con otras mujeres por capricho. Pensaba que todas éramos unas privilegiadas y que estábamos consentidas, tanto mi madre como sus propias hijas.

Y, Dios, ¡cómo bebían y cuánto les gustaba la fiesta a esos dos!

La mañana de Navidad, después del décimo cumpleaños de Kit, bajamos las escaleras para encontrar una escena de devastación que muy poco tenía que ver con los regalos de Papá Noel. Las luces del árbol de Navidad parpadeaban como testigos mudos de un caos de muebles volcados, cristales rotos y escombros esparcidos por toda la alfombra. Kit estaba de pie, en silencio, junto a mí, observando el desastre con los ojos como platos.

Dylan se nos acercó por detrás.

—Guau.

Nos quedamos ahí paralizados durante largos minutos, completamente mudos. Se me cayó el alma a los pies desde algún lugar del pecho, pasando por las entrañas, hasta llegar al suelo.

—¿Por qué han hecho esto? —susurré—. ¿Por qué tenían que hacerlo en Navidad?

Kit no dijo nada.

Dylan le tocó el hombro y luego me lo tocó a mí.

—Tengo una idea. Id a vestiros, las dos. Poneos algo bonito.

Ambas lo miramos. Ni siquiera Dylan podía arreglar esto.

—¡Venga! —insistió, y nos dio un empujoncito—. Vestíos, cepillaos los dientes y el pelo. Nos vemos fuera en diez minutos.

Kit y yo intercambiamos una mirada. Ella se encogió de hombros.

Nos apresuramos a asearnos y corrimos escaleras abajo hasta la puerta de entrada. Dylan también se había cambiado. Llevaba unos vaqueros y una camisa de manga larga con tres botones en el cuello. Tenía el cabello limpio y brillante, recogido cuidadosamente en una coleta. Estaba esperando junto al Chevy de mi madre, y nos abrió la puerta cuando llegamos.

—Kit irá en el asiento delantero en el camino de ida, y Josie en el de vuelta.

La sonrisa de Kit brilló un instante al reclamar el preciado lugar.

—¿Dónde vamos?

—Ya lo verás.

Me acarició la cabeza al pasar por mi lado y, apaciguada tras la pérdida del asiento delantero, me abroché el cinturón.

—¿Mamá te ha dado permiso para tomar prestado el coche? —preguntó Kit.

Dylan arrancó y se dirigió hacia el norte por la autopista.

—¿Tú qué crees, Kitten?

Kit negó con la cabeza.

—Correcto. Así que no hablemos más de eso.

Nos llevó a San Francisco. Primero al muelle —que, salvo por los mendigos, estaba prácticamente vacío—, y luego a nuestro verdadero destino, Chinatown. Aparcó, salimos del coche y paseamos. Desde el primer momento me fascinaron las bolas rojas colgando de los techos, la multitud de escaparates y letreros. Un olor extraño y no del todo agradable inundaba el aire, pero yo estaba entusiasmada con aquel mundo tan distinto al nuestro. Salté a un lado de Dylan, y él cogió de la mano a Kit.

—¿Cómo supiste de este lugar? —pregunté.

—Mi madre solía traerme aquí.

—¿Tienes madre?

Negó con la cabeza.

—Murió.

Kit preguntó:

—¿Qué edad tenías?

—Ocho —contestó.

Lo miré, intrigada por esta nueva información.

—¿La echas de menos?

Se quedó en silencio durante un buen rato.

—Una pregunta difícil. A veces estaba bien, pero la mayor parte del tiempo no lo estaba. Aunque me gustaba venir a Chinatown. Veníamos en Navidad casi todos los años.

—¿En serio? —Analicé sus palabras, y comparé la idea de la cena de Navidad tal y como la preparaba mi padre con el atractivo de algo tan exótico—. ¿Te gustaba?

Me dedicó su sonrisa de soslayo, la que hacía que le brillasen los ojos.

—Sí, Saltamontes.

Paseamos durante un rato, mirando a través de escaparates atestados de gente y esquivando el tráfico peatonal. En los callejones, la gente charlaba en un idioma que me sonaba a música, arriba y abajo en la partitura. Una mujer con un pijama rojo pasó por nuestro lado y sonrió, inclinando la cabeza hacia Dylan.

Yo estaba hechizada.

Dylan nos llevó a un restaurante escondido en el extremo de un callejón. El interior era limpio y luminoso, y el camarero nos señaló una mesa junto a la ventana, donde nos sentamos y miramos hacia la calle. Dylan hablaba con el camarero mientras Kit miraba por el cristal y yo trataba de catalogar todo en lo que se posaban mis ojos. Letras chinas que parecían casas; muñecos de nieve o enanos; pinturas de casas y campos en las paredes. Una estantería con teteras rojas.

Kit, simplemente, miraba por la ventana; ni siquiera balanceaba los pies como solía hacer. Mirarla me hacía sentir vacía, porque me recordaba al caos que habíamos encontrado en el salón, así que dirigí la vista hacia el fondo de la sala, a una ventanita por la que se veían dos cabezas en la cocina.

—Vamos a comer *dim sum* —dijo Dylan—. Y luego un montón de dulces.

Kit lo miró, pero solo asintió con la cabeza.

Él tiró de la silla de Kit para acercarla a la suya y la rodeó con los brazos. Luego le colocó la cabeza en su hombro.

—Todo irá bien, pequeña.

Los celos me atravesaron como un rayo. ¿Por qué siempre era ella la que acaparaba toda la atención? Los miré a ambos y recordé el desastre del salón, el cristal roto. Los dedos me hormigueaban de la necesidad que sentía de romper algo. Me ardían las puntas de las orejas y sentía una furia salvaje viajar de mi garganta a mi boca. Estaba a punto de abrir los labios para gritar cuando Kit rompió en lágrimas.

—¡Nuestros calcetines! —lloró y sollozó.

Dylan la abrazó aún más fuerte y le acarició el pelo en un murmullo de palabras suaves cerca del oído.

—Lo sé; lo siento; está bien; llora, Kitten.

Me deslicé de la silla y rodeé la mesa para poder abrazar a mi hermana pequeña por el otro lado. Lloraba tanto que su cuerpecillo se sacudía con espasmos. Me incliné sobre ella, con el vientre contra su costado, y respiré en su cabello.

—Está bien. Está bien. Te conseguiré un calcetín, uno mejor.

Kit siguió llorando. Al cabo de un rato, el camarero trajo la infusión y Dylan dijo:

—Oye, Kitten, mira esto. Es una infusión de crisantemo. Está hecha de flores.

—¿De verdad? —Levantó la cabeza y se secó las lágrimas casi con enfado.

Le di una servilleta y se inclinó hacia mí durante un minuto. Luego, respiró profundamente. Serena. Tranquila, al fin.

Cuando me liberó de su abrazo, regresé a mi sitio, perdida y dolida sin razón aparente. Entonces, Dylan extendió el brazo y me dio un apretón en el mío.

—Eres una buena hermana mayor.

El dolor se alivió un poco.

—Gracias.

—Voy a lavarme la cara —dijo Kit, apartándose la melena salvaje.

Dylan sirvió infusión en mi tacita.

—Es bueno para los nervios —dijo.

—No estoy nerviosa.

Asintió con la cabeza.

—Mejor. —Se sirvió en su propia taza, metió la mano en el bolsillo de su abrigo, sacó un paquete y lo colocó frente a mí—. Feliz Navidad.

—¡El tuyo está en casa! —grité, con el corazón henchido de todos modos—. ¿Puedo abrirlo?

—Espera a Kit. —Colocó otro paquete, uno más grande, en el sitio de mi hermana.

Miré la caja más grande, preguntándome si debería estar celosa, pero decidí no estarlo. Cuando regresó Kit, las dos los abrimos. Su regalo era un cubo de Rubik que, de todos modos, yo jamás hubiera querido.

El mío era un par de delicados pendientes de color turquesa, pero por aquel entonces yo no tenía las orejas perforadas. Los sostuve en alto con expresión interrogante.

—Tu madre me dijo que puedes hacerte los agujeros en las vacaciones de Navidad.

—¿Qué? ¿En serio?

—Sí. Puede que ella quiera llevarte, pero, si no lo hace, te llevaré yo.

—¿Y qué hay de mí? —Preguntó Kit—. Yo también quería hacerme los pendientes.

—Cuando tengas doce años —contestó él—. Tu hermana es mayor y tiene privilegios que tú todavía no tienes.

Me enderecé y me llevé los pendientes a las orejas.

—¿Qué os parece?

Kit asintió con la cabeza.

—Son muy bonitos.

—Sí lo son —coincidió Dylan.

Y yo me sumergí en el océano de su mirada.

El recuerdo me escala por la columna mientras miro a mi madre en las fotografías de Facebook.

La necesitaba. Todas las chicas necesitan una madre que las proteja con furia salvaje. La mía ni siquiera maulló para defenderme.

En su página, sin embargo, hay fotos de Kit. Hoy no hay nada nuevo, son las mismas que ya he visto antes. Kit con su bata de color verde pálido en Urgencias. Kit con un gato negro sentado en su hombro.

Una doctora que surfea y que parece no tener ni marido ni familia porque, de ser así, mi madre habría publicado fotos. Me entristece que Kit esté tan sola, y me pregunto cuánta culpa tengo yo de eso.

He renunciado al remordimiento por las cosas que hice, por las pérdidas que causé. Porque solo sé ahogarlo en el fondo de una gran botella de vodka con hielo. El arrepentimiento pide enmiendas, y ojalá pudiera ofrecerlas. Ojalá Kit pudiera verme ahora, sana y entera. ¿Me volvería a querer? ¿O seguiría mirándome con aquella expresión de resignación que se volvió tan habitual hacia el final?

La lluvia ha cesado, y la ha sustituido una quietud que resuena. Estos son los momentos en los que quiero beber y fumar, en los que todos mis demonios salen arrastrándose de los armarios y cajones para tentarme con los pecados del pasado. Y tengo muchos. Demasiados. Sentada en la oscuridad, mirando el rostro de la hermana que perdí, siento el corazón destrozado. La extraño muchísimo.

Estoy segura de que, en los últimos tiempos, terminó odiándome por todas las formas en las que la decepcioné. Le robé porque tenía hambre. Me alejé demasiado, pese a saber que, prácticamente, se estaba muriendo de soledad. Y yo también, pero lo único que sabía por aquel entonces era que tenía que pisotear el dolor. Tenía sexo con todo lo que se movía, me drogaba hasta el letargo. Era la única forma. No podía soportar contarle todo lo que había sucedido, las cosas que estaban fuera de mi control y las que no.

Las cosas que cambiaría si pudiera.

Es irónico que, incluso cuando estás sufriendo, no logres hacer lo que quisieras. Es más: si pudiera compensar o enmendar mis errores de algún modo, incluso si viviéramos la una al lado de la otra… ¿cómo podría?

Un pozo de dolor se me abre en el pecho y se derrama sobre mis entrañas. Más allá de las ventanas, el agua está inquieta, capta destellos de luz, retumba con intención.

Cierro el ordenador. Revolcarse en la pena no solo es una mala idea; sino que es peligroso. Tomé una decisión hace tiempo, y tengo que vivir con ella.

Por la mañana, mientras me visto, Simon inclina la cabeza.

—¿Vas a ponerte el vestido turquesa que te compré hace unas semanas?

Apenas pienso en él. A Simon le gusta vestirme de la mejor forma posible. El vestido al que se refiere es de algodón sencillo, sin mangas, y resalta mi tono de piel. Es una elección perfecta.

Cargamos a toda la familia en el coche y salimos a primera hora de la mañana. Leo está algo molesto al principio porque quería pasar el día con un amigo en un velero, pero Simon sofoca su rebelión con una única frase.

—Habrá otros días para navegar, amigo —dice—, pero nunca tendrás otra oportunidad de estar con la familia para la gran revelación.

Leo emite un bufido y juega a darle puñetazos a su padre en el estómago. Simon finge doblarse de dolor.

Así pasamos la mañana. Primero nos detenemos en la cafetería de Mount Eden a tomar un desayuno que roza la indecencia. Sarah está animada y contenta: es fin de semana, y no tiene que ir a la escuela hasta dentro de dos días. Leo está sentado junto a mí, hablando a mil por hora sobre sus compañeros, la natación, el deporte y el montañismo, que es su nueva obsesión. Ha estado leyendo sobre Sir Edmund Hillary, un héroe local y el primero en escalar el monte Everest.

—¿Cuánto tiempo tardaste en escalar el Golden Hinde, mamá? —pregunta mientras mastica un trozo de *bacon*.

Me he perdido imaginando la escalada al Everest y pensando en la continua necesidad que siente la gente de hacerlo, y respondo a la pregunta sin prestar mucha atención. Con indiferencia. Honestamente, ni siquiera recuerdo qué montaña es, solo que está en la isla de Vancouver, donde supuestamente crecí.

—No sé. Un día, supongo.

—El Hinde no —dice Simon con el ceño fruncido—. Lleva, por lo menos, un par de días ascender ese, ¿eh?

El corazón se me acelera y siento un golpeteo en los oídos. Estoy segura de que me he puesto roja.

—¡Claro! —exclamo, golpeándome las mejillas con las manos—. Dios mío, se me va la cabeza...

Simon me da un golpecito en el hombro.

—No pasa nada, cariño. Todavía no te vamos a meter en una residencia, ¿verdad, niños?

Sarah dice, muy seria:

—Yo nunca te meteré en una residencia, mamá. Jamás.

Extiendo el brazo sobre la mesa y le aprieto la mano.

—Gracias, cielo. Yo también te quiero.

—No vamos a meter al abuelo en la residencia, ¿no?

—¡Oh, no! De ninguna manera. —Le aprieto la mano más fuerte—. Tu abuelo está bien.

Pero levanto la vista hacia Simon y, como buena esposa, advierto el más sutil movimiento de sus labios. Le toco el muslo por debajo de la mesa. Él me cubre la mano con la suya.

En Casa Zafiro nos olvidamos de todo eso, y hago una escena dramática en la entrada.

—Chicos, sabéis que me ha encantado esta casa desde que vine aquí, ¿verdad? Está en lo alto de todo...

—¡Como un palacio! —exclama Leo.

—Sí, como un palacio. Por eso, cuando papá se enteró de que estaba a la venta, la compró para que vivamos en ella.

—Quiero ver el invernadero —dice Sarah.

—En un momento, amor. —Sonrío a Simon—. Primero, vamos a ver el interior, los balcones y todas las cosas fantásticas que hay aquí. —Abro la puerta de golpe y exclamo—: ¡Tachán!

Los dos entran corriendo y se detienen.

—¡Guau! —grita Leo, dando vueltas en círculos y mirando en todas direcciones.

Sarah es más moderada. Camina por la casa como si fuera una chica en una librería, contemplando el escenario de su nuevo capítulo. Echa un vistazo a la escalera, recorre la pared con los dedos y deja que la amplia hilera de ventanas del fondo la atraiga hacia las vistas al mar.

—¡Mami, mira! ¡Se ve el ciclón!

Ha estado tomando medidas y siguiendo con entusiasmo una página web de meteorología sobre noticias del ciclón que lleva un par de días soplando en nuestra dirección. Y tiene razón: aunque brilla el sol, se ve la tormenta oscura formarse en una línea a lo largo del horizonte.

—Vamos fuera a mirar —sugiero, y abro una de las puertas francesas.

Las vistas son absolutamente hermosas: el profundo aguamarina del océano, las montañas azul oscuro a lo lejos, la hierba esmeralda entre nosotros y el mar, el cielo azul brillante y esa manta fina y lejana de nubes berenjena. Las capas y capas de azul contra verde contra azul y contra verde son impresionantes, es imposible acostumbrarse a ellas.

—¿No es precioso? —pregunto, con una mano en la espalda de Sarah—. Podemos poner una mesa aquí. Algunas sillas.

Ella se inclina sobre mí de forma inesperada.

—¿Los ciclones no nos afectarán aquí?

—No lo sé, cielo, pero la casa lleva aquí ochenta años. Estoy segura de que en todo este tiempo ha habido ciclones de todos los tamaños. —Le acaricio el cabello rizado—. ¿Te dan miedo los ciclones?

—No. Los fuertes son poco frecuentes.

—Eso es cierto. Así que no tienes que preocuparte.

—En realidad no quiero mudarme. Me gusta nuestra casa. Además, ¿cómo voy a traer todos los experimentos hasta aquí?

—Estoy segura de que podremos solucionar eso, cariño. A tu abuelo se le ocurrirá algo.

Recuerdo el teléfono antiguo.

—Ven, cielo. Quiero enseñarte una cosa; luego podemos subir y ver los dormitorios.

—Vale.

Me sigue a la casa y nos dirigimos a la alcoba.

—¿Sabes qué es esto?

—Claro. Un teléfono.

Estoy ligeramente decepcionada, pero hay más. Cojo el auricular, escucho y se lo ofrezco.

—¿Sabes qué es eso?

—No. ¿Por qué hace ruido?

—Es el tono de llamada. Es un fijo, cosa que significa que está conectado a la pared mediante un cable y el cable es lo que lo conecta con otros teléfonos. Tienes que levantar el receptor para asegurarte de que haya tono de llamada y luego usar el marcador para seleccionar los números.

Se lo enseño marcando el número de mi móvil, que suena en mi mano.

Sarah asiente con la cabeza, pero se da la vuelta para dirigirse a las escaleras.

—Quiero ver los dormitorios.

Leo ya está allí.

—¡Mamá, tienes que ver esto! ¡Esta habitación tiene su propio baño pequeño, y hay azulejos por todas partes! ¿Puedo quedármela?

—¡No puedes elegir hasta que yo no la vea! —protesta Sarah, antes de salir corriendo hacia la planta de arriba.

Los sigo más lentamente, porque cuatro de los seis dormitorios tienen su propio baño y todos están cubiertos de azulejos preciosos. Leo corre hacia uno que sabía que le encantaría, que tiene una fila de ventanas como las del camarote del capitán en la proa de un barco. Dan al camino de entrada y a la ciudad.

Ambos corren de un lado a otro, abriendo cajones y puertas para mirar en su interior. La mayoría están vacíos. No he pasado tiempo en los dormitorios secundarios, todavía. Este en el que estoy no parece estar en buen estado. Tiene un mural descolorido en la parte superior de la pared, y las cortinas no me dicen nada. Saco un bloc del bolso y escribo unas notas con una pluma estilográfica que cogí ayer y llené con tinta magenta brillante. Los colores rojos y amarillos siempre fueron mis tonos, mientras que a Kit le encantaban el turquesa, el violeta y el verde.

A Dylan le gustaba la caligrafía con pincel de estilo chino y usaba la tinta más negra y más oscura que podía encontrar. Siempre pensé que Kit parecía una persona que preferiría las tintas serias, como los negros y los marrones oscuros, pero no. Le encantaban los colores con tonos vívidos, y prefería la punta fina para su precisa caligrafía. Mientras tomo apuntes de las cortinas y el papel de la pared, me complace la elegancia que la punta cortada da incluso a mis notas garabateadas.

—¿Y yo qué? —pregunta Sarah—. ¿Qué habitación me quedo?

—Ven aquí. —Guardo la pluma y el cuaderno en el bolso y la conduzco por el pasillo hasta una habitación muy parecida a las otras. Las paredes son de un tono de amarillo mugriento horrible y están descoloridas, y las estanterías están hundidas, pero todo eso se puede cambiar. Lo mejor de la habitación es lo que Sarah advierte de inmediato: un trío de ojos de buey que dan al mar. Corre hacia ellos y se pone de puntillas para mirar hacia el exterior. A cada lado de los ojos de buey hay dos ventanas que se abren hacia afuera, y yo abro una enérgicamente para que entre el aire—. Escucha —digo, y me pongo una mano en la oreja.

—Me gusta escuchar el mar —contesta, con una sonrisa—. Me ayuda a dormir.

El corazón me da una punzada. Es algo que siempre decíamos: las mujeres Bianci necesitan oír el mar para dormir. Por un instante, siento una tristeza insoportable, porque nunca sabrá que es una Bianci.

—Lo sé. —Me las arreglo para poner voz alegre—. Por eso pensé en esta habitación para ti.

—Gracias, mamá. —Me abraza por la cintura.

—Vamos a ver el invernadero, ¿de acuerdo?

Pero Simon me llama:

—Mari, cariño, ¿puedes bajar?

Tomo a Sarah de la mano y nos dirigimos escaleras abajo. Una mujer con una cámara de vídeo en el hombro y otra que lleva una cofia en el cabello y la chaqueta de reportera de televisión están de pie en el gran vestíbulo.

La cámara tiene una luz roja que parpadea. Está grabando. Se inclina hacia arriba, hacia Sarah y hacia mí, mientras bajamos las escaleras.

—¿Qué pasa?

Muy complacido consigo mismo, Simon nos las presenta.

—Estas son Hannah Gorton e Yvonne Partridge de la TVNZ. Están aquí para hacer un documental.

Se me congela tantísimo el corazón que pienso que se me va a hacer añicos.

—Encantada de conoceros —digo, dirigiéndome hacia ellas para estrecharles la mano. Después me vuelvo hacia Simon—. ¿Puedo hablar contigo un momento?

—Claro. —Me sigue a la despensa, fuera del alcance del resto de oídos.

—¿Qué hacen aquí?

—Les dije que podían venir.

—¿Por qué no me avisaste? Me habría maquillado mejor, ¡ya sabes...!

—Porque sabía que te resistirías, y esto es una publicidad magnífica.

—¿Por qué necesitamos publicidad? —Un terror frenético me golpea el pecho—. ¡No quiero que nuestra vida privada se haga pública!

—Solo son negocios. Queremos vender las demás parcelas al mejor precio posible, y esto generará expectación. —Habla con tal firmeza que sé que no cambiará de idea. Es un hombre maravilloso de mil y una formas, pero cuando decide algo, es tozudo como una mula—. Y solo es media hora.

—¿Qué otras parcelas?

—Ya te lo dije… Para que esto sea rentable, tendremos que hacer viviendas en el terreno más bajo.

—No recuerdo haber hablado de eso contigo. —Me paso los dedos por las sienes e intento calmarme. Es cierto que en los barrios necesitados de terreno las parcelas con viviendas harán una fortuna—. Pero ¿por qué tenemos que exponer nuestra vida en la televisión?

Me pone una mano en el hombro.

—Venga, todo irá bien.

Por un largo instante siento que las dos partes de mi vida entran en conflicto directo. Las siento una a cada lado de mi corazón, peleándose. Si permito que haga esto, mi rostro volverá a estar en internet, y el peligro de que alguien me reconozca aumentará. Pero no puedo discutir con Simon cuando se decide por algo. Es como hablarle a una pared. Y, si me resisto demasiado, terminará preguntándose por qué.

Reprimo mis miedos y digo con brusquedad:

—Está bien.

Me aparto su mano del hombro y vuelvo a la otra habitación con paso decidido. No sin esfuerzo, me obligo a sonreír tal y como aprendí a hacer, y permito a las dos mujeres que me graben en el salón y en la horrible cocina. Después de un rato breve, lo olvido todo. Les muestro la preciosa escalera hecha de madera kauri y las barandillas de madera negra australiana, el baño principal completamente alicatado al estilo *art déco* y las increíbles ventanas con vistas al puerto y a las islas desperdigadas a lo largo del horizonte.

Al realizar este nuevo recorrido me siento todavía más enamorada, y creo que Casa Zafiro podría ser lo que haga que todo valga la pena. Los niños corren de habitación en habitación, y eso es justo lo que siempre deseé.

Yo tengo que estar aquí. Estaba predestinada.

Miro a Simon, al otro lado del cuarto, tan cordial y alegre, y me pregunto qué pasaría si lo supiera todo. Mi terrible reputación de adolescente, mi comportamiento sumamente imprudente, mi…

Mi gigantesca mentira. Mirando a mi esposo, tan atractivo con la camisa impecable y los vaqueros, con un pie extendido frente a él y el hombro recostado en la pared, me pregunto qué pasaría si lo confesara todo. Si fuera completamente yo con el hombre al que amo más de lo que creía que era capaz de amar. Es solitario cargar con un secreto.

Pero cuando sonríe de esta forma —honesta, abierta y leal—, me doy cuenta: no puedo hacerlo. Me odiaría. No volvería a hablarme nunca. Jamás.

Así que hago la entrevista, con mi mejor sonrisa y mi acento no exactamente kiwi y no exactamente estadounidense, y les enseño Casa Zafiro.

Su historia vuelve a atraparme, igual que la trágica historia de amor del pasado y el extraordinario y apasionante hecho de que puedo restaurarla.

Al final, la reportera dice con una sonrisa:

—Gracias, Mari. Creo que ya está.

—Ha sido un placer —contesto, pero las palabras me arañan la garganta, como si tuvieran bordes cortantes.

Cuando esto se emita, mi cara estará por todo TVNZ. Estará en internet.

Cualquiera podría verlo.

Cualquiera.

Es el mayor peligro al que me he enfrentado desde que llegué, y lo pone todo —absolutamente todo— en juego.

Antes de marcharnos, me dirijo al ático para buscar cosas de Veronica. Todo está cubierto de telarañas que barro con una escoba que traje en previsión de esto mismo.

Sarah ha querido venir conmigo, y la pongo a abrir cajas mientras tomo nota del contenido de cada una. El ático está en su mayor parte yermo, con unas pocas bolsas de retazos y objetos varios, de los cuales ninguno parece especialmente interesante. Algunas contienen ropa; esas habrá que estudiarlas con mayor detenimiento, teniendo en cuenta la época a la que pertenecieron esas prendas. Por último, al fondo hay dos cajas más pequeñas que resultan contener los diarios encuadernados de Helen. Me inclino y elijo uno al azar. Es de 1952. Sigo buscando, y encuentro uno de 1945. La otra caja contiene entradas posteriores; no me interesan.

—Dame un minuto, cariño.

Me siento en el suelo junto a la caja y los saco todos. No están en orden: el de 1949 está al lado del de 1955, pero ese parece ser el último.

Para mi frustración, el más antiguo es de 1939.

—Me pregunto dónde estarán los demás.

—Hay más cajas aquí —dice Sarah—. ¡Y mira! Ropa de bebé.

Me pongo de pie de un salto con el ceño fruncido. La ropita está metida en una cuna de madera, cubierta con una sábana polvorienta. Son prendas de recién nacido o para un bebé un poco más mayor, y no parecen usadas. Alguien debió de haber sufrido un aborto espontáneo. El corazón me da una punzada al levantar jerséis y peleles pequeñitos.

Sarah ya ha perdido el interés por la ropa y ha abierto varias cajas más. Contienen cachivaches variados, pero nada que me sirva para obtener las respuestas que necesito. ¿Dónde están los demás diarios? Necesito los de los años treinta.

Tal vez Helen no empezó a escribir hasta que se mudó aquí. Marco las dos cajas de diarios y una tercera de álbumes de recortes con una X para que Simon las baje.

Y, entonces, recuerdo las pilas de cajas de plástico con revistas que encontré en la habitación de Helen. Tal vez haya algo allí.

—Ven conmigo, Sarah. Tengo una idea.

Capítulo 15

Kit

Cuando yo tenía siete años y Josie nueve, Dylan nos enseñó a surfear.

Recuerdo la primera clase con claridad porque, por una vez, tuve a Dylan solo para mí, algo muy raro. Me desperté en la tienda de campaña y Josie no estaba. Dylan estaba tumbado de espaldas con las manos cruzadas sobre el pecho, y Cinder roncaba a mi lado, pero el saco de dormir de Josie parecía intacto. Salí a hacer pipí. Era una mañana nublada, con una bruma espesa, y el mar estaba inquieto. Me acerqué a la orilla y dejé que el agua fría me bañara los empeines y los tobillos. Josie y yo nadábamos casi todos los días, y así me desperezaba. Entraba tan rápido como podía y luego salía corriendo, volvía a entrar y salía corriendo otra vez. Cinder debió de haberme oído, porque salió de la tienda y empezó a entrar y salir del agua conmigo, también. Encontró un trozo largo de madera y lo dejó caer a mis pies. Yo me reí, lo recogí y se lo lancé a la playa. Era un *retriever*, pero no le gustaba demasiado nadar, a menos que no le quedara más remedio. Cuando el agua le llegaba al pecho, corría de vuelta a la arena, ladrando.

Esa mañana hizo lo mismo. Yo entraba y salía del agua, y él entraba y salía en busca de su trozo de madera. Al cabo de un rato, Dylan salió de la tienda de campaña, parpadeando, con unas bermudas de estampado hawaiano y todas sus cicatrices a la vista: la rosa y arrugada que le recorría el bíceps, la constelación de círculos perfectos de su vientre y las marcas delgadas y alargadas, por aquí y allá, a lo largo de todo su cuerpo, que

189

nada tenían que ver con las cicatrices que cualquier persona pudiera tener. Nos contaba historias locas sobre cada una de ellas; como que había luchado contra un pirata, bailado sobre brasas, o que se había quedado atrapado en una lluvia de meteoritos en el espacio exterior...

—Oye, enana —dijo con voz ronca—. ¿Dónde está tu hermana? ¿Llegó a bajar?

—No, creo que no.

Frunció el ceño en dirección a las escaleras del restaurante. Se puso la camisa y se sentó en la arena para encenderse un porro a medio fumar que tenía en el bolsillo. Ese aroma dulzón se mezcló con el del mar y la niebla y formó un olor que ya siempre asociaría con él.

—¿Tienes hambre?

—Todavía no —mentí. El estómago me rugía un poco, pero nunca había tenido a Dylan solo para mí, y decidí disfrutarlo todo lo que pudiera—. ¿Vas a surfear hoy?

—Sí.

—¿Nos enseñarás algún día?

Me miró.

—¿De verdad quieres aprender?

—¡Claro! —Señalé las olas con la mano—. Llevas siglos diciéndonos que podríamos.

Dio una larga calada, retuvo el humo. Ya tenía los ojos rojos de haber bebido la noche anterior, y ahora se le dilataron las pupilas en medio de aquellos iris del color de la concha del abulón. Soltó el humo, yo traté de atraparlo y él se rio.

—No quieras hacer esto nunca, enana.

—No —dije con seguridad—. Las drogas son malas. Fumar es muy muy malo.

—Tienes razón.

—Entonces, ¿por qué te drogas si sabes que no es bueno?

Llevaba el cabello largo recogido en una coleta, y extendió la mano para tirar de la goma; pasó los dedos entre los nudos. Yo me toqué la trenza para comprobar cómo estaba, pero todavía la tenía tirante y bien.

—No lo sé, Kitten —dijo, antes de quitarse un trozo de marihuana del labio—. Es estúpido, pero supongo que lo hago para no pensar.

—Pero ¿por qué? —Me incliné—. A mí me encanta pensar.

Sonrió.

—Porque piensas muy bien. Y esa es la razón por la que nunca, nunca jamás deberías probar las drogas: porque eres muy inteligente. —Me tocó la frente—. Tú eres la más inteligente de todos nosotros. Lo sabes, ¿verdad?

Me encogí de hombros.

—Sí.

—Bien. —Pellizcó el extremo del porro—. Prométemelo, ¿vale? Nunca, jamás, probarás las drogas.

Levanté el dedo meñique y lo entrelacé con el suyo.

—Te lo prometo.

Deseé que él tampoco tuviera que drogarse, pero sentía cómo la oscuridad de su interior se desvanecía al fumarse el porro. Era como si llevara consigo un monstruo mezquino que solo se callaba cuando Dylan bebía o fumaba.

—Surfear es mejor —dijo, y se levantó—. Va a hacer frío.

—Bah.

Me ofreció la mejor de sus sonrisas, la que le arrugaba los extremos de los ojos, y extendió la mano.

—De acuerdo, entonces. Vamos a hacerlo.

Puso la tabla en el agua; una tabla larga, con detalles rojos y amarillos en los bordes. Me colocó sobre ella, frente a él, y se adentró remando algo más de un metro. Las olas eran pequeñas y lentas, y hasta yo sabía que esas no eran condiciones apropiadas para surfear.

Estábamos sentados en la tabla, con los pies colgando a ambos lados, en el agua. Con su voz profunda y tranquila me explicó cómo sentir el movimiento, la energía de las olas. Yo caí hechizada por la ciencia de todo ello, sintiendo el vaivén bajo nuestros cuerpos, el mar de fondo.

Practicamos primero conmigo tumbada boca abajo sobre la tabla; luego me enseñó a levantarme con una sentadilla, cosa

191

que me resultó fácil. Me puso de pie con él, riendo cuando lograba mantener el equilibrio.

—¡Kit, lo estás haciendo genial! ¡Realmente increíble!

A mí no me sorprendía. Siempre se me daban bien las cosas físicas.

Rema, levántate, siéntelo. Rema, levántate. Me hizo levantarme y me puso una mano en la cintura para estabilizarme. Atrapó así una ola tan pequeña que apenas ondeó la superficie, pero la montamos a lo largo de la orilla y sentí la diferencia entre eso y una no ola.

Esa primera vez, esa única y fácil primera vez sobre una ola diminuta me hizo surfista. Detrás de mí, Dylan murmuraba alentador —«Ya lo tienes, mantente firme, flexiona las rodillas...»— y su aprobación me hizo crecer más de tres metros, y me convirtió en la princesa del surf. El cielo estaba encapotado sobre nuestras cabezas, nos rodeaba el océano con todos sus secretos; mis pies estaban sobre la tabla; el agua, fría; mis dedos, helados.

La olita murió en el otro extremo de la cala.

—¿Tienes hambre? —preguntó Dylan.

Habría podido capturar un pez y metérmelo crudo en la boca, pero no quería parar.

—Un poco.

—¿Estás cansada?

—Sí —admití.

—Parece que Josie ha traído comida.

Saludó con la mano hacia la cala, donde vi a mi hermana extendiendo una manta sobre la arena y fijándola con una cesta y con lo que hubiera sacado de la cocina. Devolvió el saludo y se puso las manos en las caderas.

Remamos hacia ella y salí del agua. Cogí un trozo de queso y lo engullí antes incluso de volver a la tienda de campaña a por la sudadera. Entré en la relativa calidez de la tienda, encontré la prenda, me la puse para dejar de temblar y me apresuré a salir. Josie estaba de pie con los brazos firmemente cruzados sobre el pecho, mirando a Dylan.

—¿Le has enseñado a ella y a mí no?

Él se acomodó en la manta y cogió algunas uvas, pan y queso de la cesta que había traído Josie.

—No estabas aquí. ¿Has dormido en tu habitación?

Se encogió de hombros de una forma muy rígida.

—No os encontraba y estaba oscuro, así que me fui a mi cama.

—Oye, oye —dijo Dylan—, no pretendíamos herir tus sentimientos.

Se puso de rodillas para acariciarle la espalda, pero ella se apartó con violencia.

Él retrocedió, con las manos en alto.

—¿Estás bien?

—Sí. —Dejó caer en la manta su cuerpo delgado, todo rodillas y codos—. Solo estoy enfadada. Yo también quiero aprender a surfear.

Dylan la miró durante un minuto. Yo me senté cerca, y él me rodeó con un brazo.

—Come, enana.

No tuvo que decírmelo dos veces. Sentía una especie de agujero vacío y enorme en la tripa, y masticaba tan rápido como podía. Josie irradiaba una energía punzante dirigida, sobre todo, hacia mí, pero la ignoré; sentía mi sangre balancearse al ritmo de las olas. Miré el mar, atenta a cómo se formaban. Pequeña, pequeña, pequeña, grande. Pequeña, pequeña, grande. Pequeña, pequeña, pequeña, grande. Grande. Muy grande.

—Es divertido, Josie —dije, sintiéndome en paz—. Te va a gustar.

—Si hubiera sabido que iba a dar clases de surf, habría estado aquí. —Casi sonó como si fuera a echarse a llorar—. Nadie me ha avisado.

Y entonces rompió a llorar. Se dobló sobre sí misma, dejándose caer de rodillas y envolviéndose la cabeza con los brazos delgados, la larguísima melena cubriéndola como una sábana.

—Está bien, Saltamontes —dijo Dylan, y le acarició la cabeza—. Tenemos todo el día. Surfearemos los tres, ¿vale?

Josie no levantó la cabeza, simplemente se quedó donde estaba, llorando con suavidad, y con la mano de Dylan en su pelo.

Décadas más tarde, estoy de pie en la playa de Piha, Nueva Zelanda, vestida con un traje de neopreno de manga corta, alquilado, sosteniendo una tabla, también alquilada. Pienso en Dylan, y en lo mucho que fumaba hierba y bebía delante de nosotras. Por aquel entonces lo idolatrábamos, pero ahora, como adulta, me siento horrorizada.

Al medir las olas desde la orilla, siento los fantasmas de Dylan y Josie conmigo. Mirando la marea y el cielo, los tres juntos y en silencio, mientras el mar pasaba sus dedos por nuestro cabello. Me encuentro tarareando *La canción de la sirena*: «Allí espiamos a una hermosa doncella, con un peine y una copa en la mano, la mano, la mano. Con un peine y una copa en la mano».

No ha sido fácil llegar a esta playa, pero cuantos más problemas he ido encontrando, más ansiosa me he sentido por surfear. El surf es, a menudo, mi único recurso para pensar con claridad.

O tal vez sea mi droga.

Sea como sea, al final he contratado a una conductora para que me llevara a la costa oeste de la isla, a cuarenta kilómetros de Auckland, y en la misma carretera he alquilado la tabla y el traje. Una vez en la tienda, dado que hablaban mi idioma —aunque no fuera exactamente el mismo, por al acento—, ha sido pan comido. El tipo que dirige el local ha visto que sabía de lo que hablaba y, al hacerle yo las preguntas correctas, me ha conseguido el equipo adecuado. La conductora, una mujer maorí regordeta, se ha comprado un sombrero para la playa, contenta de poder sentarse y contemplar el mar; le he pagado para que se quede y así evitarme tener que llamar a nadie más cuando termine.

El chico de la tienda me ha dicho que hay un ciclón al norte que está levantando olas mejores de las que normalmente suele haber en este punto y a esta hora del día, y ahora me encuentro mirando hacia la línea del horizonte con expectación. De ella llegan sucesivas secuencias de olas, algunas de casi dos metros, y no hay demasiada gente. Remo hacia adentro y ocupo mi posición educadamente, levantando la barbilla cuando un chico me saluda.

Uno a uno, los surfistas montan las olas, y veo que no es un grupo profesional. Hay algunos decentes, pero solo hay una a la que podría considerar experta: una mujer morena y robusta, con el cabello negro peinado en una trenza y un traje de neopreno con rayas rojas. Surfea perfectamente, de forma relajada, hasta que la ola la lleva de camino a casa.

Cuando llega mi turno, las olas casi superan los dos metros y mantienen la forma como si estuvieran esculpidas por el viento que las empuja hacia la orilla. Alcanzo una, encuentro el centro y surfeo. El aire es cálido, el agua está fría. Las vistas son completamente distintas de las de Santa Cruz.

La ola se ondula hacia abajo, y más abajo, y me deslizo hacia la orilla, consciente de tener la mente en blanco por completo. Justo lo que quería.

Con Dylan y Josie a mi lado, me dirijo de vuelta a la cola para meditar algo más, bajo los rayos del sol y sobre el agua.

Después del terremoto, mi madre, Josie y yo vivimos en Salinas. Mi padre había muerto, el terremoto había reducido a escombros el restaurante y la casa, y todo ello nos arrojó a un mundo pequeño y frío en el que solo estábamos las tres. Mi madre trabajaba en restaurantes —lo único que conocía—, y el resto del tiempo lo pasaba bebiendo en la calle, donde se quedaba hasta tarde. Josie y yo quedábamos a nuestra suerte. Como siempre. Solo que entonces fue peor. La ciudad era conocida por las bandas callejeras, que al principio asustaban hasta a Josie. La verdad es que no sé por qué mi madre nos llevó allí. Cuando pienso en algunas de sus decisiones, me doy cuenta de que muchas de ellas fueron una locura, pero ¿Salinas? ¿Qué fue lo que la poseyó? Se lo preguntaría, pero ya tiene suficientes cicatrices como para añadir una más.

El terremoto había causado muchos daños, por lo que las viviendas en alquiler eran un bien escaso. Tal vez aquel fuera el único lugar que encontró. El único trabajo, el único apartamento. Estaba en un barrio decente al extremo norte de la ciudad, pero, en comparación con la joyita de casa que teníamos en la colina, con toques españoles y vistas al océano salvaje, era una caja de cartón. Triste, con luz pésima y una alfombra peluda de los años setenta. Josie y yo teníamos que compartir habitación y, aunque mi madre nos había dejado la principal, odiaba compartirla con ella. Era una vaga, dejaba la ropa y los libros tirados por todas partes. Escondía la marihuana por toda la habitación y, sobre todo, en mi lado, y eso me enfurecía.

Aunque, por otra parte, no estaba mucho en casa. Mi madre trabajaba por las noches, y Josie se iba con uno u otro. No tenía muchas amigas. Decía que la única amiga que necesitaba era yo, pero yo sabía que la verdadera razón era que se acostaba con los chicos a voluntad, tuvieran novia o no, y ¿quién iba a querer como amiga a una chica así?

Echaba de menos a mi verdadera hermana, la que susurraba conmigo, la que solía estar en mi equipo, pero no sabía cómo recuperarla. Había desaparecido en otra vida, y yo no sabía cómo seguirla hasta allí.

¿Sabía mi madre que Josie estaba en la calle todo el tiempo? No lo sé. Aquel primer año fue desastroso para las tres: lo pasamos lamentando la pérdida de todo. De todo lo que habíamos conocido, de las personas a las que habíamos amado. En cierto modo, fue un movimiento inteligente por parte de mi madre, el de alejarnos de todo lo que conocíamos. Un nuevo comienzo. Eso fue lo que dijo, «un nuevo comienzo». Al principio, trabajó de camarera en un asador de lujo, del estilo de los que estaban de moda por aquel entonces. Bistec, patatas, vino servido en copas diminutas y luces «ambientales» parpadeantes. Era una gran camarera, ataviada con los vestidos *sexys* que todavía conservaba. No había podido salvarlos todos, pero había recuperado buena parte. Los suficientes como para avanzar y ganarse la vida.

O algo parecido. Resultó que el trabajo de camarera no estaba tan bien pagado como el de atender en barra, así que decidió bajar un escalón en la jerarquía del restaurante para conseguir una mayor ganancia en la barra.

Lo único bueno era que el apartamento estaba cerca del centro comercial, que nos encantaba. Teníamos una piscina, en la que Josie y mi madre conquistaban corazones con solo tumbarse al sol, tostándose la piel hasta alcanzar aquel tono café moka. No estaba tan lejos de la playa, pero como —por supuesto— no teníamos coche, a menos que lográramos convencer a mi madre de que nos llevara, nos veíamos obligadas a coger el autobús. Y estaba bien, solo que tardaba mucho y tenías que asegurarte de coger el de vuelta a tiempo, cosa que era un inconveniente cuando no querías marcharte pronto.

Nunca, en toda mi vida, había estado tan sola como cuando nos mudamos allí. En el Eden siempre había alguien cerca —mi hermana, Dylan, mi madre o mi padre—. E incluso, a falta de ellos, había cocineros, camareros, músicos y repartidores. Tenía a Cinder, y a la colonia de gatos callejeros que vivía en los arbustos.

Cinder había muerto de viejo tan solo unos meses antes del terremoto. Dylan, Josie y yo celebramos un funeral solemne y cargado de sollozos, y esparcimos sus cenizas en el mar. Luego lloramos juntos hasta que no nos quedaron más lágrimas. Tenía dieciséis años, pero, pese a que nos decíamos a nosotros mismos que esa edad en un perro equivalía a ciento doce años humanos, aquello no nos consolaba. Nunca había conocido un mundo sin su presencia constante, y lo lloré amargamente. Nuestros padres nos habían prometido que podríamos tener un cachorro nuevo, pero nadie nos llevó a buscar uno.

Resultó ser lo mejor.

En Salinas, estaba sola en aquel apartamento insípido. Cuando llegaba de la escuela, mi madre o estaba terminando de prepararse para ir al trabajo, o se había marchado ya. Josie ya se había convertido en una fiestera antes del terremoto, pero aquello se cuadruplicó en Salinas. Yo tenía el carné de la biblioteca y lo usaba siempre que lograba encontrar a quien me llevara, pero era difícil motivar a mi madre. Josie y yo salíamos al centro comercial algunas veces, pero no era algo que sucediera a menudo.

Así que estaba sola. Leía y veía mucho la tele. Probablemente vi todas las series de la tele por cable que estaban en emisión por aquel entonces. Necesitaba el ruido de fondo. Aprendí repostería mientras la televisión de la sala de estar emitía *Aquellos maravillosos años*, *El Príncipe de Bel-Air*, y la que era mi telenovela de sobremesa favorita, *Santa Barbara*. Josie también había visto esta última en el pasado, pero ahora no se dignaba a hacerlo. No me importaba. Mi vida y mi familia habían saltado por los aires, pero en la telenovela todo seguía igual: Eden y Cruz seguían viviendo una vida de altibajos. Yo hacía pasteles. Cocinaba. Sacaba libros de cocina de la biblioteca y aprendía todas las técnicas que podía encontrar, y preparaba la cena para las tres todos los días. La mayoría de las veces las sobras terminaban en la basura después de comer sola, pero me gustaba preparar la comida de todas formas.

La repostería aliviaba mi soledad de una forma en que nada más lo hizo. No, al menos, hasta que pude ahorrar el dinero suficiente como para comprar un módem y un ordenador barato, cosa que no sucedió hasta un poco más tarde.

Vivimos allí cerca de cinco años. Mamá ganó bastante dinero en el bar. Yo hice de niñera para las madres solteras del barrio, hasta que fui lo suficientemente mayor como para conseguir un trabajo de verdad. Josie siempre tenía dinero, pero nadie la vigilaba tan de cerca como para saber de dónde lo sacaba. Básicamente, se dedicó a convertirse en la puta del condado de Monterrey, follándose a casi todos los tíos que se le antojaron, que fueron todos. En concreto, a los chicos malos, a los macarras. A los líderes del lado oscuro.

Y si Josie decidía que quería a alguien, no importaba si este tenía novia, si no le interesaban las chicas blancas o lo que fuera. Chasqueaba los dedos y venían en manada. Era una chica increíble, una fantasía. Melena rubia que le llegaba hasta el culo pequeño, piel bronceada, cintura de avispa. No tenía mucho pecho, pero lo compensaba con todo lo demás.

A veces estaba con un chico durante algún tiempo, unos pocos meses o un par de estaciones, y luego pasaba al siguiente. A decir verdad, creo que esa era la razón por la que les gustaba a tantos. Nadie podía quedarse con Josie Bianci.

Yo no tenía mucha vida social. En realidad, nunca la había necesitado y, ahora, como adolescente demasiado alta y desgarbada, con el cabello rizadísimo y encrespado, estaba demasiado cohibida como para hacer algo al respecto. Mi objetivo era largarme a toda costa de Salinas y entrar en la universidad; salir de aquel mundo y entrar en uno donde tuviera algo de influencia y acogida. Quería orden, claridad y educación. Quería hablar sobre cosas importantes, no de las gilipolleces sobre las que todas mis compañeras de clase parecían querer hablar: ropa, chicos, televisión.

Echaba de menos a mi padre. Echaba de menos a Dylan, que era la persona que mejor escuchaba del mundo. Cocinaba mucho, porque nadie más iba a hacerlo. No surfeaba mucho, y me puse un poco gorda.

Estaba profundamente sola.

Cuando al fin ahorré lo suficiente como para comprarme un ordenador y un módem, internet me salvó. Hice amigos en grupos de noticias, encontré a almas afines en Prodigy —un servicio *online* con foros de mensajes— y conecté con unos aspirantes a estudiantes de Medicina que fomentaron mi creciente interés por la materia y me ayudaron con el proceso de acceso a la universidad y a encontrar los fondos necesarios para ello.

Pienso en aquellos días mientras surfeo, y solo vuelvo a la orilla cuando la conductora me hace señales con la mano.

—La tormenta se acerca. Tenemos que volver.

Fuera ya de mi ensueño, sigo la dirección de su dedo y reparo en el gran banco de nubes feas y oscuras que se está formando en el horizonte.

—No tiene buena pinta —concedo.

Todos piensan lo mismo. Para cuando me he cambiado y lo he recogido todo, el sol ya ha sido devorado por el nubarrón y un fuerte viento sopla tierra adentro. Escuchamos la información sobre el ciclón de regreso al distrito financiero, y le pregunto a la conductora:

—¿Es algo de lo que preocuparse?

Se encoge de hombros.

—Tal vez. Puede que sí, esta vez. ¿Tienes agua y comida en el hotel?

—No mucha. ¿Podemos parar en algún sitio de camino?

Asiente con la cabeza y, un poco más tarde, se detiene frente a una tienda de comestibles llena de gente.

—Yo también voy —dice, y nos adentramos juntas en la locura.

Casi no queda agua, pero recuerdo algo sobre llenar bañeras, y la del apartamento es muy grande. Cojo todo lo que necesito para hornear y cocinar varios platos, y siento cómo se apodera de mí una extraña sensación de comodidad.

Sin embargo, podría ser peligroso: mi apartamento tiene una pared de cristal que da al puerto.

Le pago a la conductora y regreso al apartamento justo cuando empieza a llover. Solo entonces, mientras trato de encajar las provisiones en la nevera y en la minúscula cocina, me doy cuenta de que Josie no habría dejado de surfear ni en un millón de años. Debería haber preguntado en la tienda de surf si la conocían.

Al otro lado de la ventana, el viento ruge y la lluvia golpea el pequeño balcón. Cruzo los brazos; tiemblo un poco. Primero, una ducha y una taza de té, y luego puede que haga *brownies*, solo por placer. Me pregunto si Javier estará en casa de su amigo o si habrá podido regresar. No se me ocurrió intercambiarnos los números de teléfono.

No es que no sepa como apañármelas sola, precisamente. Todo irá bien.

Pero me encuentro mirando hacia el cristal con nerviosismo y preguntándome si debería cerrar las puertas que dan al dormitorio. ¿Es una tormenta de verdad o me sentiré una exagerada luego?

¿Cómo reacciona Josie en estos casos? ¿Tiene trastorno de estrés postraumático después del terremoto? ¿Se asusta en momentos como este?

¿Cómo voy a encontrarla?

Capítulo 16

Mari

Cuando llegamos a casa tras la visita a Casa Zafiro, empiezo a caminar de un lado a otro, nerviosa por la tormenta y la lluvia torrencial, pero también por el equipo de televisión y por todas las cosas que nunca he contado a nadie aquí. A ninguna de las personas que me quieren ahora como Mari.

Con la tormenta rugiendo afuera, todos se han replegado a sus respectivos rincones. Simon y Leo están viendo el canal de deportes, mientras Sarah está inmersa en la lectura de un nuevo libro sobre —¿qué otra cosa, si no?— ciclones. Solo Paris, el pastor solitario, me sigue hasta la cocina, donde saco el portátil y me sumerjo en Pinterest; salto de un tablero a otro, todos inspirados en los años veinte y treinta. Hay algunos tableros sobre Veronica, y también encuentro a George en uno de nadadores olímpicos, pero nada de esto me proporciona información nueva. En lugar de seguir con esto, empiezo a navegar por páginas y más páginas de mobiliario y estilismo *art déco,* en las que encuentro piezas muy parecidas al mobiliario del salón y muchos ejemplos de platos y elementos de iluminación.

Una vez saquemos todo lo que no sirva, habrá que renovar la instalación eléctrica de la casa, además de revisar y actualizar las tuberías, aunque espero conservar la mayor parte de los accesorios originales. Hemos tenido buena suerte restaurando solo las partes internas para mantener la autenticidad.

¿Y qué voy a hacer con esa cocina? Hago clic en las fotos de cocinas de los años treinta y no me gusta ninguna en particular. Cocinar es uno de mis grandes placeres, y quiero tener las herramientas adecuadas. Me pregunto qué habrá ahí fuera que parezca de la época, sin tener que renunciar a la comodidad de los electrodomésticos modernos.

Me llega la notificación de un nuevo correo electrónico y hago clic sobre ella. Se trata de Gweneth. Me ha enviado una serie de enlaces. «He pensado que podrían parecerte interesantes», escribe. «Todo lo que he encontrado sobre Veronica y George en la prensa local, y en algunos pocos artículos de Estados Unidos de cuando se conocieron».

Con una sonrisa, hago clic en «Responder»: «¿Habilidades de bloguera?».

Me contesta con un emoji ruborizado: «Se hace lo que se puede».

«Gracias, sin importar el motivo», respondo. Yo también necesito distraerme, así que hago clic en los *links* y empiezo por el material del *Hollywood Reporter*, que contiene un breve párrafo y una foto de George y Veronica acurrucados en algún lugar. Ella viste un abrigo de piel y lleva los labios pintados de un color oscuro, y George parece completamente enamorado.

Durante un buen rato, examino su cara y pienso en lo que debió de haber significado para él el hecho de ser escogido por una estrella del cine. De encontrar su vida patas arriba, no solo por la oportunidad de ser olímpico, sino también por enamorarse perdidamente de una mujer famosa.

Doy un sorbo a la infusión tibia. Además, estaba casado. Eso no pudo haber sido fácil. Hago clic en los distintos artículos, la mayoría de prensa rosa, con más fotos y más especulación sobre la pareja.

El último enlace conduce a un artículo sobre el asesinato, la mañana posterior al suceso. Es un titular llamativo y atrevido, con una foto de la mansión, en la que también aparece un George de rostro sombrío al que se llevan esposado. «El asesinato de una joven estrella deja aturdida a la ciudad», reza el titular. El texto que lo acompaña tiene el mismo tono de histerismo. Apuñalada en su propio dormitorio, varias veces. El amante es el principal sospechoso.

Lo cierto es que tiene sentido. Hasta los detalles del dormitorio y las múltiples puñaladas sugieren que el asesino fue un amante celoso. Y el sentido común dice que, en estos casos, siempre es el cónyuge.

De repente, el ordenador se queda bloqueado y, por más que lo intento, no vuelve a funcionar. En el exterior, la tormenta cobra fuerza y violencia, así que me retiro de las puertas de la cocina, de donde cojo una bolsa de lona llena de guayabas, un buen puñado de jengibre y un cuenco de limones. He ido recopilando frascos de conservas bonitos a lo largo de los años, y esta noche busco los de Kilner Vintage, con sus largas líneas que reflejan la luz y que harán que parezca que mi *chutney* está adornado con joyas.

La luz sobre la encimera es suave. Me acomodo en un taburete con una tabla de cortar y un afiladísimo cuchillo japonés y, mientras corto los limones y las guayabas con cuidado, siento que los fantasmas se congregan a mi alrededor. Mi padre se apoya en la encimera, fumando, con un *bourbon* en la mano. Dylan se sienta en el suelo con unos vaqueros andrajosos y la mano en el pelaje del perro. En algún lugar hay una bebé, pero algunas veces la veo y otras no. Tal vez encontró vida cuando nació Sarah; no lo sé.

Mi padre agita el hielo de la copa. Un hombre grande, robusto, con unas manos gigantes y mañosas, y espeso vello negro en los brazos. Siempre llevaba un reloj de oro que su padre le había regalado antes de marcharse de Sicilia. Solo se lo quitaba para cocinar, cuando lo metía, entonces, en el bolsillo de su camisa. La franja de piel más clara de la muñeca en la que lo llevaba jamás llegó a desaparecer.

Cuando era pequeña, besaba el suelo que él pisaba. Barría, tiraba restos de comida a la basura y hacía todo tipo de cosas para pasar tiempo con él en la cocina. Durante mucho tiempo, no le importó. Me subía a un taburete o a una caja puesta del revés y me envolvía tres veces con un delantal con pechera para enseñarme lo que él amaba. Cocinar. Aceitunas con *mozzarella* fresca, que hacíamos al estilo tradicional; calamares en su tinta y distintos tipos de sencilla pasta fresca.

Es gracias a mi padre que sé cortar con tanta precisión. Mis *chutneys* y mermeladas salen a la perfección. Lo echo de menos. Echo de menos a Kit. Echo de menos a Dylan. A veces, incluso, echo de menos a mi madre.

Cuando hui de Francia con un pasaporte robado, lo único que sabía era que debía cambiar mi vida. No me paré a considerar que me pasaría el resto de mis días mintiendo, que yo sería la única persona que conociese mis secretos.

Y es muy solitario. Sarah nunca conocerá mi verdadera historia, ni conocerá a su tía, ni siquiera sabrá de dónde soy realmente. Le he dicho a todo el mundo que soy de la Columbia Británica, que aprendí a surfear en Torfino y que era la única hija de unos padres que murieron en un terrible accidente de coche.

Una intensa salpicadura de lluvia golpea la ventana y me sobresalto; me he hecho un pequeño corte en la punta del dedo gordo con el cuchillo. Mientras lo chupo, me doy la vuelta para buscar una tirita. Simon entra en la habitación con el cabello revuelto, porque siempre se lo está tocando. Se lo aliso con cariño con la mano libre, y noto que tiene ojeras.

—¿Te encuentras bien?

Me coge la mano, me planta un beso en la muñeca y la deja caer para abrir el frigorífico y sacar una cerveza de jengibre.

—Solo son algunos problemas de trabajo, cariño, nada de lo que preocuparse.

—Tal vez deberías seguir y darme una palmadita en la cabeza, ya que estás en modo caballeresco.

Me dedica una media sonrisa.

—Preferiría darte una palmadita en el trasero —dice, y lo hace. Luego se inclina y encaja la barbilla en mi hombro—. Otra vez tenemos problemas con algunos instructores. Además, un hombre sufrió un infarto y murió la semana pasada mientras hacía bici. Y parece que hacer parcelas en el terreno que rodea Casa Zafiro podría ser un verdadero quebradero de cabeza.

Lo escucho, con su mejilla contra mi cuello y su cabello en mi sien, y levanto una mano para acariciarle la cara.

—Llevas mucha tralla.

—Y mi mujer ha estado actuando de forma un tanto extraña, últimamente.

—¿Extraña?

—Preocupada. Siempre está pensando en algo. —Me besa el hombro—. Me da miedo que tenga una aventura.

—¿Qué? —Me doy la vuelta—. ¿Eso es lo que estás pensando?

Mueve los hombros de manera ambigua. Sí/no.

—Estás muy rara.

—Oh, Simon. —Suspiro y me inclino hacia él. Todavía me sangra el dedo, y no puedo ir al botiquín a por una tirita cuando me acaba de revelar esas dudas—. Espera. —Me giro a la derecha y cojo una servilleta para envolver el dedo con fuerza y así poder colocar mis manos sobre él. Lo miro a los ojos. Con la mano libre, recorro suavemente el borde de esa mandíbula, dura y afilada, y le acaricio la amplia y preciosa boca—. Jamás en la vida te engañaría con otro. ¿Acaso no lo sabes?

Sus ojos grises buscan los míos.

—La mayor parte del tiempo.

—Te quiero tanto que es como si los demás hombres del mundo fueran de otra especie. Ratas, o tiburones, o algo así.

Deja caer la cabeza en mi frente.

—Bien. Eres lo mejor de mi vida.

Cierro los ojos y respiro el momento, el olor de su piel y la sensación de su cuerpo grande y fuerte alrededor del mío. Todo es perfecto. Y siento aún más terror, más miedo. Una sensación de fatalidad ineludible e imperiosa.

Como si lo percibiera, mueve con delicadeza las manos por mis costados.

—¿Ocurre algo más?

Cierro los ojos y veo un torbellino de imágenes: Dylan maltrecho después del accidente, mi madre bailando con una estrella del cine en el patio, la foto de Kit en internet con el gato en el hombro...

—Solo fantasmas —contesto.

Es la respuesta más cercana a la realidad que se me ocurre.

Y como piensa que mis padres murieron en un accidente de coche y yo hui de la realidad de mi dolor, lo acepta. Otra mentira apilada sobre el montón de las demás. Son muchas ya.

—Vamos a hacer palomitas y a buscar una película para ver con los niños —digo.

—¿Y qué pasa con la mermelada?

—Sé dónde conseguir más guayabas.

Pero incluso después de ver una película con mi familia acurrucada a mi alrededor y de tener sexo lento y maravilloso con Simon, sigo afligida. Maldita. Tumbada en mi lado de la cama, con la casa entera dormida a mi alrededor, escucho la tormenta y dejo que todo vuelva a mí. Todas las cosas de las que hui, todo lo que me persigue, sin importar el tiempo que ha pasado ni los miles y miles de kilómetros que he puesto de por medio.

Aquel verano tenía nueve años y un admirador. Billy era la estrella de una serie de televisión familiar. Venía a menudo al Eden, y cada vez traía a una chica distinta. Mi madre estaba enamorada de él y le encantaba bailar con él, pero pronto supe que, a Billy, la que le gustaba era yo. Me traía regalos —Chupa Chups y Nerds, un par de calcetines bonitos—. A veces nos traía cosas a Kit y a mí, como dos cometas con forma de carpas que trajo de Japón, libros para colorear y cajas grandes de ceras de colores.

Dylan lo odiaba, pero mis padres se burlaban de él y le decían que estaba celoso del único chico que era más guapo que él. Después de aquello, se quedaba enfurruñado en silencio.

Seguía vigilándonos, sin embargo. A Kit y a mí. A Billy.

Hasta que dejó de hacerlo. No sé cuánto tiempo estuvo en México.

Demasiado.

Lo suficiente.

Billy era muy hábil. Una noche pidió un daiquiri de fresa y bebió un poco, y luego me ofreció el resto. Todos bailaban al son de una especie de banda de *hard rock*, y el ambiente era intenso, loco y ruidoso. Mi madre estaba un poco fuera de sí, riéndose muy alto, y yo sabía que estaba enfadada con mi padre.

Me bebí el daiquiri y empecé a bailar. No recuerdo dónde estaba Kit. No recuerdo mucho, la verdad, ni siquiera cuando lo intento. Durante años pensé que me había inventado ciertas partes.

¿A dónde fuimos? A algún lugar fuera del restaurante. A algún lugar oscuro. Y, entonces, ya no fue amable. Recuerdo sentirme horrorizada cuando se agarró el pene, me puso la mano en la boca y dijo:

—Si se lo dices a alguien, le cortaré el cuello a Cinder.

Así que hice lo que me dijo. Le dejé que hiciera lo que quería, cosas en las que no podría soportar pensar después. A ratos oía a mi madre riéndose no muy lejos, o retazos de una conversación cualquiera. La música no dejaba de sonar, y cubría los sonidos que él hacía. Los míos estaban amortiguados.

Nunca se lo dije a nadie. Durante un verano entero contuve la respiración.

Y para cuando Billy me dejó en paz, ya era demasiado tarde para decírselo a nadie, incluso a Dylan. Creo que algo pudo imaginar, pero para entonces ya estaba sucia, tan sucia como una persona puede estar. Estaba tan avergonzada y me sentía tan inmunda que ni siquiera soportaba pensar en ello; mucho menos confesárselo a nadie. Ni siquiera a Kit.

Cuando pienso en ello ahora, desearía volver atrás en el tiempo y darle herramientas a esa niña. Desearía sacudir a mis padres inconscientes y partirle la cabeza de un martillazo a ese tío.

También desearía que esa pequeña se lo hubiera contado a su hermana, que le confesara a Kit esa cosa horrible que le había ocurrido. Kit lo habría matado. Lo habría matado.

A veces, todavía sale en la televisión, y cualquiera podría pensar que ahora luciría perdido y repugnante, pero, si por aquel entonces ya era una joven y atractiva estrella, lo cierto es que ha madurado hasta convertirse en un hombre objetivamente guapo. A veces me pregunto a cuántas chicas ha…

Si hubiera seguido siendo Josie, si me hubiera quedado en Estados Unidos, habría denunciado a Billy. Habría tomado parte en el movimiento #MeToo.

O no.

Nunca he sido especialmente valiente, ni buena, ni sabia. Ni indulgente.

El recuerdo de Billy vive en un nudo duro y frío en mi pecho, pero el tejido circundante arde de odio hacia mi madre. Pensaba que lo superaría, pero a medida que Sarah crece, veo con más claridad lo vulnerables que éramos y lo desprotegidas que nos dejó, y pienso: «¿Cómo *permitió* que me pasara eso?». ¿Qué pensaba que pasaría con dos niñas pequeñas vagando solas por el bosque de adultos que siempre llenaba el jardín del Eden? Adultos borrachos, como mínimo, o colocados, o hasta las cejas de cocaína. Mi padre también hacía todo eso, pero él estaba en la cocina todo el tiempo. Mi madre estaba fuera siempre, mezclándose con los clientes.

¿Qué pensaba que pasaría?

Poco antes del amanecer, la lluvia empieza a amainar para convertirse en un ruido de fondo sutil y relajante. Simon ronca suavemente, y su manaza reposa en mi cadera, me ancla a su lado. Al final del pasillo, mis hijos están a salvo en sus camas. Esta es la familia que tan desesperadamente deseaba de niña y que creé para mí. También he pasado de ser una vagabunda perdida y borracha a una mujer con un propósito, una empresaria de éxito.

Escapé. Escapé de la mujer en la que me convertí después de Billy. Me recuperé, me renové, me convertí en una mujer de la que estoy orgullosa.

Y lo volvería a hacer. Lo volvería a hacer mil veces.

Capítulo 17

Kit

Mientras la tormenta se desata, me las arreglo con un montón de utensilios —tamaño apartamento— para hacer *brownies*. El acto de remover la masa, de hacer el tipo de *brownie* que tanto me gusta con una antigua receta que saqué de la página web de Hershey, alivia la tensión de mi espalda. Estar tan lejos de todos y todo lo que conozco hace que me sienta desamparada, como si la tormenta pudiera enviarme volando al espacio exterior, como a Dorothy.

«Oh, Josie», pienso, «¿dónde narices estás?». Me siento mal por ir a surfear en vez de salir a buscarla, por evitar la búsqueda. Siento como si estuviera partida por la mitad. Quiero encontrarla, pero, si lo hago, tendré que enfrentarme a muchas cosas que hace tiempo que enterré.

¿De verdad quiero encontrarla? Tal vez sería mejor dejar las cosas como están.

Excepto porque tengo que admitir que mi vida es bastante pobre. Tal vez encontrar a Josie me ayude a hacer las paces con todo, tal vez me dé la oportunidad de…

¿De qué?

No lo sé. De cambiar las cosas.

Los *brownies* están listos. Los saco del horno e inclino la cabeza para inhalar el dulce aroma a chocolate mientras los coloco en la encimera para que se enfríen. Fuera, la tormenta ha desatado la locura; la misma locura que rige ahora mis pensamientos.

Cuando llaman a la puerta, prácticamente cruzo volando la habitación. Es Javier, con una botella de vino y una caja de comida.

—Estaba preocupado por ti —dice—. ¿Puedo pasar?

—Sí, claro.

Cojo la botella y la caja, las dejo en la encimera y le abrazo la cintura, apoyada en su cuerpo fuerte. Por un instante, lo noto sorprendido y me pregunto si me apartará, pero me he sentido tan perdida, torturada y… ¿joven? Que me aferro a él como si fuera un salvavidas.

Después de una levísima vacilación, me rodea con los brazos.

—¿Tienes miedo?

—No —contesto—. Por la tormenta no. —Levanto la cabeza—. No quería pasar por esto sola.

—Yo tampoco —murmura.

Me besa y luego me lleva hasta la cama, cerca de la ventana. Caemos juntos en ella y hacemos el amor mientras la tormenta arrecia, con el olor del chocolate y del ozono en el ambiente.

Esta vez es distinto. Me tomo mi tiempo para saborearlo, respirar el aroma de su piel y mirarlo con detenimiento. Su vientre es suave y muy sensible, por lo que me demoro allí, besándolo y probándolo. Tiene los muslos fuertes, cubiertos del vello hacia el que intenté no mirar cuando llevaba algo más de ropa encima.

Él también se toma su tiempo. Me acaricia con las manos lo que ven sus ojos: los pechos, los costados, el cuello que besa una y otra vez hasta que me retuerzo y me echo a reír… Entonces captura mi boca, desliza los dedos entre mis piernas y el orgasmo es casi instantáneo.

Después, nos quedamos tumbados y abiertos a la noche, sin nada que nos cubra. Es un momento delicioso e íntimo y, por ello, una oleada de advertencia me inunda el cuerpo.

Sin embargo, esta conexión tiene un límite implícito e inherente: vivimos en dos continentes distintos y nos hemos conocido en un tercero. Eso es suficiente salvaguardia como para sentirme cómoda en mi propia piel.

Después de un rato breve, nos levantamos para prepararnos unos platos y vierto un poco de vino en las copas que encuentro en el armario sobre el fregadero. Hace algo de frío, así que nos lo llevamos todo de vuelta a la cama, nos envolvemos en las mantas y nos apoyamos en las almohadas. Fuera, la tormenta continúa. Dentro, empezamos a comer.

—¿Dónde has comprado las tapas? —pregunto mientras me meto un pimiento asado y salpimentado en la boca.

—En La Olla, donde te llevé.

—¿Estabas ahí?

—Estábamos ensayando allí y, cuando el ciclón comenzó, nos dieron platos de comida a todos y nos mandaron para casa. —Coge una aceituna de su plato—. Miguel quería que fuera a su casa con él.

Me río y le acaricio un pie con el mío por debajo de las mantas.

—¿Qué le has dicho?

Se encoge de hombros.

—La verdad. Que me preocupaba que estuvieras aquí sola. —Coge un rollo de jamón con sus dedos largos—. Le he dicho que vendrías a escucharme cantar. Y que has prometido no salir corriendo esta vez.

—Tu rollete de vacaciones.

—¿Eso es lo que eres?

Ladea la cabeza y me mira con esos ojos tan oscuros. Con esta luz, veo algunas cicatrices de acné juvenil en las mejillas, y las líneas que el tiempo le ha tejido en los rabillos de los ojos. Por un instante me siento capturada, atrapada en un espacio bonito y perfumado que llena el aire que nos rodea y nos une.

Pero solo hasta que me incorporo para liberarme.

—¿Cuánto tiempo vas a quedarte en Nueva Zelanda?

—No lo sé. —Deja el plato a su lado, me coge la mano libre y abre los dedos, que están ligeramente apretados. Los desenrosca hasta dejar al descubierto el centro de la palma, que acaricia ligeramente antes de presionarla contra la suya. De alguna forma, siento que esta caricia es mil veces más íntima que todo lo que acabamos de hacer. Se me forma un nudo en la garganta—. Creo, *mi sirenita,** que aquí hay algo más que una aventura.

Mantengo la mirada fija en nuestras manos hasta que él me toca la zona sensible de debajo de la barbilla. Se lo permito. Me permito a mí misma sentir el anhelo, la sensación de posibilidad. Por un minuto, o tal vez dos, o tal vez por el tiempo que dure la tormenta. Al ver que me dejo llevar, sonríe amablemente.

—Dime algo que te encantara cuando eras pequeña.

—Mi hermana —contesto sin dudarlo—. Teníamos nuestro propio pequeño mundo, solo para las dos. Estaba lleno de cosas mágicas y bonitas.

—Mmm —dice, moviendo la palma ligeramente sobre la mía—. Cosas mágicas ¿cómo qué?

—El Mountain Dew era un auténtico elixir mágico. ¿Conoces el Mountain Dew?

Asiente con la cabeza.

—Había hadas en la cocina y sirenas que movían las cosas para que los mayores se volvieran locos.

—Suena divertido —dice.

—Esa parte sí —coincido.

—Y tu hermana, ¿cómo era?

Respiro profundamente.

—Preciosa. No solo guapa, sino realmente preciosa, con esa luz brillante e increíble a su alrededor siempre. Todos la querían, pero nadie la quería tanto como yo.

Se lleva nuestras manos hasta la boca y me besa los nudillos.

—Debes de echarla mucho de menos.

Asiento con la cabeza y retiro la mano con el pretexto de comer.

—Es tu turno. ¿Qué te encantaba cuando eras niño?

* En español en el original.

—Los libros —contesta entre risas—. Me encantaba leer, más que ninguna otra cosa. Mi padre se enfadaba conmigo, «¡Javier, tienes que correr! Necesitas jugar con otros niños. Sal a la calle». —Encoge un hombro—. Lo único que quería era tumbarme en el césped y pensar en otros mundos, en otros lugares.

—¿Qué leías?

—Cualquier cosa que encontrara. —Lo acompaña con un *psssh* y dibuja círculos en el aire con una mano—. Historias de aventuras, misterio y fantasmas. Cualquier cosa.

—Todavía te gusta leer, ¿no?

—¿A ti no?

—Me gusta leer, pero no me gusta leer cosas que me supongan un esfuerzo. Me gustan los libros que me lleven lejos, como lo hacen la televisión o las películas.

—¿Cómo qué?

Frunzo el ceño y alcanzo el móvil, donde tengo la lista de libros. Me desplazo por ella y digo:

—Vale, en los últimos meses he leído dos novelas sobre romances históricos, una de misterio de una autora que me gusta porque sé que no escribe historias demasiado oscuras, y un libro de cocina.

—¿Románticas? ¿Estás buscando el amor, *gatita?*[*]

—No —contesto con seguridad—. La pasión arruinó mi familia. Tengo por costumbre evitarlo.

—El amor no siempre es destructivo —dice en voz baja, antes de deslizar un dedo por mi rodilla—. A veces es creación.

Sin haberlo esperado, me siento atrapada por algo que hay en su voz, por una promesa que apenas logro advertir y que brilla débilmente en el horizonte. Eso me asusta tanto que adopto una actitud retadora.

—Dime una sola vez en la que el amor no haya destruido lo que una vez creó. —Está divorciado, y es evidente que no está con nadie—. En tu vida —añado.

---

[*] En español en el original, por el juego de palabras con el inglés ('kitten') y el nombre del personaje.

Asiente con la cabeza y se tumba de lado frente a mí. Está tan cerca que me toca la pierna. Podría colocarle la mano sobre el hombro o la cabeza, pero no lo hago. Dejo los brazos cruzados y sostengo el vino con una mano.

—Cuando tenía diecisiete años, llegó una chica nueva al barrio. Tenía el pelo más brillante que hubiera visto nunca, y unos tobillos muy bonitos. No me salía la voz cuando la tenía delante, pero un día nos encontramos en la biblioteca, en el mismo pasillo. Estaba buscando el mismo libro que yo.

Me siento tentada de apartarle el cabello de la frente, pero me contengo.

—¿Qué libro?

—*El resplandor,* de Stephen King —contesta, y me sonríe—. Pensabas que sería *Don Quijote,* ¿eh?

Sonrío.

—Tal vez.

—Pasamos mucho tiempo leyendo y hablando sobre literatura. Y pronto terminamos leyéndonos el uno al otro; ya sabes, los dos vírgenes…

Siento una punzada en el pecho con el recuerdo de mí misma a los diecisiete años; de cuando hice el amor por primera vez con un chico con el que trabajaba en el Orange Julius. James. ¡Cómo lo quería!

Javier continúa.

—Con ella aprendí lo fácil que puede llegar a ser el sexo.

Algo en mi expresión debe de delatarme, porque entonces dice:

—¿A ti quién te enseñó esa lección?

—Es curioso. Estaba pensando en él antes de que lo dijeras. Un chico del instituto.

—¿Ves? El amor te encontró.

—Pero me rompió el corazón.

—Seguro. —Se encoge de hombros—. A mí también. Pero no te mueres. Simplemente… empiezas de nuevo.

Coloca la mano en mi muslo.

Doy un sorbo al vino, consciente de la promesa que flota en el aire entre los dos. Parece peligrosa y enriquecedora a la vez.

—¿Cuántas veces?

—Tantas como te ofrezca la vida.

Siento una punzada aguda y fuerte en el corazón. Niego con la cabeza.

—Yo no me enamoro.

Arquea los labios, casi dibujando una sonrisa. Sus dedos me rozan la rodilla.

—Te estás enamorando un poquito de mí.

Sonrío.

—No.

—Ya veo. —Su mano se curva a lo largo de mi pantorrilla, alrededor del talón y luego del empeine. Por un instante, me pregunto si mis tobillos le parecen bonitos—. ¿Cuántas veces te has enamorado, Kit?

—Solo una vez.

—¿Qué edad tenías?

Resoplo, exasperada.

—Otra vez esa pregunta. Diecisiete.

—Diecisiete —repite—. A los diecisiete se es generoso y sincero.

Me viene a la cabeza un recuerdo de James y yo, haciendo el amor una y otra vez, riéndonos y comiendo en aquel piso vacío. Sus muslos largos, su lengua sobre mí, en todas partes.

—Sí —susurro.

Javier alcanza los botones de su camisa, que llevo puesta sobre el torso desnudo. Desabrocha el primero y yo se lo permito.

—¿Cómo se llamaba?

—James.

Desabrocha dos más y desliza la mano en su interior, entre mis pechos, dibujando una línea imaginaria con la caricia.

—¿Te hizo mucho daño?

Asiento con la cabeza, y lo olvido todo cuando desabrocha otros dos botones y aparta la tela a un lado para dejar mis senos a la vista. Inmediatamente, mi cuerpo cobra vida de la cabeza a los pies. Cada centímetro de mi piel lo desea.

—Tal vez sea hora de dejarlo marchar después de tantos años, ¿no?

Estoy hipnotizada por la mirada de admiración que me dedican sus ojos entrecerrados mientras me acaricia los hombros con la mano y desciende hacia el valle de entre mis pechos. Sus dedos ligeros se deslizan por las curvas y puntas de mi cuerpo, por el vientre, antes de volver de nuevo hacia arriba.

—Tal vez —susurro.

Entonces, su boca sustituye a sus manos. Y yo… estoy perdida.

Cuando la tormenta está en su apogeo, nos ponemos el traje de baño y nos dirigimos a la piscina cubierta. Es muy tarde, y la piscina espera vacía a que nos sumerjamos en su esplendor azul. Jugamos como delfines, zambulléndonos y chapoteando. Después hacemos largos de un extremo al otro, de forma relajada, sin prisas. Ante la necesidad de sentir el agua por todo el cuerpo, me quito el traje de baño. Él sonríe y hace lo mismo. Advertencia evidente para cualquiera que pueda venir.

Y nadamos desnudos, con la noche borrosa tras las ventanas salpicadas de lluvia. El viento silba y aúlla, pero dentro estamos seguros, templados. Cuando terminamos, nos envolvemos en las toallas y nos dirigimos a la sauna.

—El paraíso —digo.

El calor me abre los poros y flota en oleadas sobre mis pechos, mis rodillas, mi nariz.

—Me encantaría tener una piscina como esa, donde pudiera nadar cuando quisiera.

—Mm. En mi casa, en Madrid, tengo una sauna y —enfatiza— una ducha de vapor.

—Cuánto lujo. —Abro un ojo. Está apoyado contra la pared, con los brazos relajados y las manos descansando sobre los muslos. Tiene un cuerpo fuerte, bien formado, con esa ligera capa de grasa en la cintura que encuentro tan extrañamente atractiva. Al mirarlo, siento el deseo de montarlo una vez más. En vez de eso, cierro los ojos y digo—: Debes de ser rico.

—No soy pobre —concede—. Pero tú tampoco, eres doctora.

—No puedo quejarme. El precio de la vivienda es estratosférico en California, pero lo demás está bien. —Respiro el aire caliente y toso un poco—. Le compré un apartamento en la playa a mi madre, y yo tengo una casita. Tengo la playa a siete minutos a pie.

—Qué bonito.

—¿Tu casa es antigua? —pregunto—. Pienso en Madrid como si fuera medieval.

—Es antigua, pero por dentro es moderna. La cocina, los baños, las ventanas. Me gusta que tenga mucha luz.

—La mía es antigua. Estilo Mission.

—Española —dice con aprobación, y yo sonrío.

—Sí. La casa que teníamos cuando éramos niñas también era española, con azulejos de estilo *art déco*.

—Oh —dice—. Me gusta el *art déco*.

Las palabras, dichas con su voz, suenan a algún tipo de poesía; su lengua pronuncia las sílabas de la forma más suave. Un escalofrío me recorre la espalda, y vuelvo a abrir los ojos.

Me está mirando. Soy consciente de mis hombros y mis muslos.

—Quizá —dice— deberíamos regresar a tu habitación, ¿no?

Capítulo 18

Mari

El día se presenta caluroso y húmedo, y yo me despierto de mal humor por haber dormido tan poco. Y pese a que he abierto todas las ventanas, el aire es denso dentro de Casa Zafiro, y el ambiente está cargado. Apunto en mi bloc otro recordatorio: averiguar lo que costaría instalar aire acondicionado. Odio la idea de silenciar el mar, pero con el calentamiento global, ¿quién sabe lo que pasará dentro de treinta o cuarenta años?

Hoy estoy trabajando en la despensa, registrando el estilo y las variaciones de todos los platos de las estanterías. Siempre hago el inventario antes de invitar a alguien. Es una tarea tediosa, pero me da la oportunidad de sentir la casa, de establecer un vínculo íntimo con ella antes de empezar el duro trabajo de echar paredes abajo y destrozarla. Es extraño, pero siento que se lo debo a la casa, que debo honrarla por lo que fue, lo que le ofreció a otra persona.

No hay que ser psicólogo para comprender los motivos de esta costumbre. Nuestro hermoso y antiguo hogar de estilo español fue devorado por el terremoto; no solo las edificaciones —el restaurante y la casa—, sino también todo lo que había dentro.

Después de aquello, mi madre, Kit y yo recorrimos la playa durante semanas, con la intención de encontrar algunas pertenencias que poder salvar, pero no tuvimos demasiado éxito. Recuperamos parte de nuestra ropa, y algunas cosas maltrechas de la cocina. El mar y el clima terminaron lo que el terremoto había iniciado.

Todavía guardo tres cosas de las que conseguimos encontrar. Una es un anillo hecho a partir de una cucharilla de café, parte de la cubertería sencilla y pesada que mi padre escogió para resistir a los agresivos lavavajillas profesionales del Eden. Tiene un pequeño tallado del monte Etna en el extremo, que me parecía insoportablemente bonito de pequeña. Mi madre mandó hacer el anillo para mi duodécimo cumpleaños.

Las otras dos son una púa de guitarra astillada que perteneció a Dylan y una camiseta que también fue suya. La camiseta es ahora tan endeble y delicada como los pétalos de las flores, y la conservo enrollada y metida en un cajón. La llevé durante muchos años, y no hubo una sola vez que me la pusiera en la que no recordara una noche en la que los tres hicimos una gran hoguera en la playa.

Kit y yo debíamos de estar finalizando la primaria —yo tendría unos doce años, y ella, diez—, porque Dylan llevaba el cabello muy largo. Debía de tener diecisiete o dieciocho años. Empezó a dejárselo crecer cuando llegó al Eden, y cada año lo tenía más largo. En los últimos tiempos, podía trenzarlo en una cola que le llegaba hasta media espalda. Decía que era su *freak flag*, su carnet de rarito; su seña de identidad, en referencia a una canción que yo no conocía. Y no importaba cuánto lo regañara mi padre, o cuánto se burlara de él: se negaba a cortársela.

Así que yo también me dejé crecer el mío. Ya lo tenía bastante largo cuando Dylan llegó a vivir con nosotros, me llegaba a media espalda. Más tarde, en la época del terremoto, yo tenía quince años y ya era conocida por la melena larga y rubia que me llegaba a los muslos. Ninguno de los dos lo llevábamos suelto muy a menudo, porque se enredaba con una facilidad pasmosa.

Yo tenía el pelo más grueso que Dylan, pero el suyo era de una preciosa mezcla de colores —rubio plateado, trigo, un poco de rojo y algo de dorado brillante—. El mío solo era agua de fregar platos con reflejos dorados del sol, pero tenía poder.

Mucho poder. Les gustaba a los chicos e, incluso, a algunas chicas de la playa, que lo miraban maravilladas de lo largo que era.

En la noche de aquella hoguera de verano, me solté el pelo y empecé a cepillármelo. Kit me quitó el cepillo de las manos y se hundió en mi melena, cosa que, para mí, era una de las mejores sensaciones del mundo. Le encantaba cepillarme el cabello y trenzármelo, y lo hacía de forma amable y práctica.

—¿Lo quieres suelto?

—Sí.

Me gustaba la sensación del cabello sobre la espalda desnuda, que había liberado del bikini. Había hecho mucho calor y nos habíamos pasado el día nadando, y la arena sobre la que ahora estaba sentada todavía estaba templada. Dylan también llevaba el torso desnudo, y su camiseta reposaba sobre un montoncillo de arena. Casi nunca dejaba que nadie lo viera con el torso al aire —incluso surfeaba con la camiseta puesta—, pero confiaba en que nosotras no le mirásemos demasiado las cicatrices. Cinder estaba tumbado a su lado, con las patas embarradas y los ojos brillantes.

Dylan alimentó el fuego hasta que la hoguera hizo un chasquido y las llamas se tornaron de un tono naranja brillante. Luego sacó la bolsa de cosas que se había traído de la cocina de casa y lo alineó todo en una fila ordenada, frente a las tres ramas largas y gruesas que usábamos para nuestro sofá.

—Tenemos chocolatinas, malvaviscos, Graham crackers… —dijo—. Y también comida de verdad, de primero. *Arancini*, jamón cocido y melocotones.

De la bolsa también sacó Mountain Dews, nuestra bebida favorita, y Kit chilló:

—Mamá no me deja beber eso.

Le pellizqué el muslo, grueso y fuerte.

—No quiere que engordes.

Ella me apartó la mano de un tortazo.

—No estoy gorda, estoy atlética.

—Colega —dijo Dylan, y levantó la mano para chocarla con ella—, eres perfecta tal y como eres.

Kit chocó la mano con la de Dylan, sacudió la cabeza y se colocó a su lado. Todavía tenía las rodillas despellejadas y las uñas sucias; era una niña, en todos los sentidos, mientras que yo era ya una maestra en llamar la atención. Era algo que me encantaba, y me vestía y aseaba a conciencia para ello. Con aquel cabello salvaje y el cuerpo tonificado, nadie le prestaba demasiada atención a Kit.

Y, sin embargo, yo estaba celosa por la manera en la que ella se apoyaba en él. Por la facilidad con la que se trataban. Kit llevaba consigo un halo de tranquilidad que vertía en Dylan de una forma que yo jamás podría igualar. Casi veías el aura roja de él volverse de un azul claro cuando ella se le acercaba, como si conociera un hechizo mágico capaz de calmarlo, de ahuyentar sus demonios y mitigar su ansiedad.

Dylan llevaba el cabello recogido en una trenza.

—¿Quieres que te deshaga la trenza y te cepille el pelo? —pregunté.

—Vale.

Cogí el cepillo con entusiasmo y corrí sobre la arena para arrodillarme detrás de él. Kit me fulminó con la mirada: era tarea suya cepillarnos el cabello.

La ignoré. Le quité la goma del pelo y le deshice la trenza con los dedos. Tenía el pelo frío, suave y, en algunos lugares, todavía un poco húmedo. Me gustaba pasarle el cepillo por la melena y observar cómo se ondulaba bajo las cerdas y después se enderezaba. Le llegaba hasta la mitad de la espalda, donde tenía una cicatriz muy fea que se retorcía sobre la columna. La toqué con las yemas de los dedos.

—¿Cómo te hiciste esta?

—¿La del centro? —Rodeó las rodillas con los brazos. El cabello le rozaba los omóplatos y caía hacia delante, hacia los codos, en tirabuzones—. Me la hizo John Silver el Largo en un duelo con una espada.

Acaricié la cicatriz rosada en forma de gusano de extremo a extremo. Por primera vez me di cuenta de que le había ocurrido algo más.

—Dime la verdad.

Él se giró para mirarme con una expresión de dolor que jamás le había visto en los ojos. Era como haber abierto una ventana a un infierno que no debía visitarse.

—Es tan real como parece, Saltamontes.

De repente sentí como si alguien me hubiera atravesado el corazón con una espada. Puse mi palma en su rostro.

—Ojalá pudiera matarlos.

—No serviría de nada —dijo con voz ronca, pero, al mismo tiempo, me apretó la mano que tenía en su cara y, entonces, por primera vez, pensé que tal vez había alguien en el planeta que supiera lo que yo sabía: que una cara sonriente no siempre era sinónimo de alegría.

Alguien le había hecho daño, igual que alguien me había hecho daño a mí.

También sabía el momento exacto en el que se rompería si yo no cambiaba de tema, así que le cogí un mechón de pelo.

—Somos gemelos —dije, y até mi cabello al suyo.

Todos nos reímos antes de que el nudo se deshiciera.

Pero algo cambió. Dylan me pasó su camiseta.

—Te vas a enfriar.

Mientras me ponía la camiseta y el olor de Dylan me envolvía la piel, escuché vagamente decir a Kit:

—¿Y yo qué? ¡Yo también voy a enfriarme!

Fue entonces cuando sacó la guitarra y, mientras nosotras comíamos melocotones y malvaviscos, empezó a tocar canciones folk que nos había enseñado. Nos unimos a él: Kit con más entusiasmo que entonación, y yo, que me tenía por una buena cantante, intentando entrelazar mi voz con la melodía principal de la voz grave de Dylan. Él hablaba con voz ronca, y era muy agradable escucharlo; sin embargo, al cantar, su voz se tornaba profunda y clara, tan densa que casi podías beberla del aire como si fuera miel. Cantamos unas cuantas canciones de campamento, y después pasamos a las baladas.

Me encantaban las canciones tristes, violentas y deprimentes que nos había enseñado Dylan. A él le gustaba mucho tocar y cantar, y aquella noche había algo mágico en el ambiente, como si las chispas del fuego se estuvieran convirtiendo en hadas que bailaban a nuestro alrededor. Kit también lo sintió. Se acercó lo bastante como para tocarme con el brazo desnudo, y cantamos «Mary Hamilton», «La cruenta guerra» —una balada de la Guerra Civil que era la favorita de Kit— y una de mis favoritas, «Tam Lin», que pensaba que podría haber escrito el

223

propio Dylan. Su voz atravesó la mía y la de Kit, y envolvió el fuego a medida que nos calentábamos. Cantábamos como si estuviéramos en algún escenario. Las estrellas brillaban en el cielo, sobre nuestras cabezas, y las olas iban y venían eternamente. Si hubiéramos podido quedarnos allí para siempre, todo habría ido bien.

Kit dijo:

—Deberías ser cantante, Dylan. Nadie lo hace mejor que tú.

Él rio.

—Gracias, Kitten, pero prefiero estar aquí con vosotras.

A medida que el fuego se apagaba, extendimos una gran manta sobre la arena, sacamos las almohadas de la tienda de campaña y nos tendimos bajo el vasto cielo. La luz se derramaba colina abajo desde el Eden, junto con la música y el sonido de las voces. Tenía sueño cuando Kit y yo nos colocamos junto a Dylan, que extendió un brazo en cada dirección para que pudiéramos acurrucarnos junto a él.

Las dos nos metimos en un saco de dormir y nos acurrucamos, cada una con la cabeza en un hombro de Dylan.

Ese era nuestro ritual. Por aquel entonces, Dylan llevaba con nosotras cinco o seis años, y estaba completamente integrado en nuestras vidas. A menudo, los tres nos quedábamos dormidos, para después despertarnos y dirigirnos tambaleantes, uno tras otro, a la tienda de campaña.

Aquella noche, las perseidas atravesaban la galaxia. Durante un rato, Kit señaló una y luego otra, y nos habló sobre la distancia que recorrían las estrellas, cuántas eran y todo tipo de datos. Hasta que se cansó y se quedó dormida, sin más.

Dylan y yo nos quedamos boca arriba mirando el cielo. Era perfecto. Se movió para que Kit estuviera más cómoda en su almohada, pero cuando volvió a tumbarse, dio una palmadita en la zona que me gustaba sobre su hombro, y regresé a mi lugar feliz. Encendió un porro, y el humo blanquecino dibujó formas en la noche.

Habría sido imposible ser más feliz de lo que lo era allí, con Dylan y mi hermana cerca, las estrellas sobre nosotros y nada de lo que preocuparse. Dylan olía a sal y a sudor, con un toque de algo que tan solo le pertenecía a él.

Su voz, grave y tranquila, retumbó en la noche.

—Te hablaré de la cicatriz de John Silver el Largo si me cuentas algo.

Traté de fingir que no sabía lo que me iba a preguntar, pero mi cuerpo se convirtió en un palo.

—¿El qué?

—¿Te ocurrió algo hace un par de veranos?

—No. —Pronuncié la palabra en un tono que daba a entender que parecía estúpido por hacer semejante pregunta—. ¿Por qué lo preguntas?

—Mm. —Dio otra calada, exhaló y alcancé el humo que parecía flotar sobre las estrellas y cortar el cielo en dos partes. Igual que mi vida. Antes y después—. Puede que estuviera equivocado.

Traté de dejarlo ir, pero la pregunta me trajo de nuevo la sensación de acidez en el estómago, el sabor de sus manos en mi boca, el daño que me hizo Billy y la forma en la que lo hizo. Aun así, mentí.

—Pues sí.

—Vale —dijo Dylan suavemente, señalando hacia un trío de estrellas fugaces.

Lo miré.

—Yo te he contestado, ahora tú tienes que contármelo.

—Fue la hebilla de un cinturón.

No pude evitar que se me cortara la respiración.

—¡Tío…!

Me rascó la cabeza de una forma que me gustó.

—Fue hace mucho tiempo, Saltamontes.

Pero ahora me sentía mal porque él me había dicho la verdad, y yo a él, no. Traté de pensar en una forma de decírselo que no sonara asquerosa, pero no encontré ninguna. «Un hombre me hizo cosas. Este tío me obligó a quitarme la ropa. Dijo que mataría a Cinder si no hacía lo que quería».

—Sabes que puedes contarme cualquier cosa, ¿verdad?

Me encogí de hombros y me aparté de él para sentarme a mirar hacia el mar. A lo lejos, la luz brillante de la luna se derramaba sobre el horizonte.

—Supongo.

—¿Supones? —Él también se sentó, con los brazos colgando sobre las piernas—. Te juro que puedes decirme cualquier cosa. Lo que sea.

Lo miré, mordiéndome el labio. El cabello suelto se le estaba enredando, y se le salían pequeños rizos por aquí y por allá.

—Tienes que jurarme, pero de una forma total y completa, que no se lo dirás a nadie ni me harás decírselo a nadie.

Colocó una mano sobre su corazón.

—Lo prometo.

Pero ni siquiera así supe cómo decírselo. Una ráfaga de viento me hizo temblar, pero no pude decirlo.

Mientras luchaba por encontrar las palabras, Dylan dijo:

—¿Fue uno de los clientes?

Asentí con la cabeza, y entrelacé las manos con una sensación de pánico en el pecho.

—¿Te... tocó?

Asentí de nuevo, pero tenía una sensación extraña en los pulmones y, de golpe, sentí que no podía respirar. Traté de inhalar, pero no podía, y me volví hacia Dylan con los ojos desorbitados y la respiración atascada en el pecho, como si tuviera la garganta cortada por la mitad.

—Oye, oye. —Se acercó, dio una calada al porro y me hizo un gesto para que me acercara—. Inhala y exhala.

Me incliné mientras él exhalaba el humo, y su sabor acre me golpeó el fondo de la garganta.

—Bien —dijo, apartando el resto del humo de mi cara—. Aguanta la respiración todo el tiempo que puedas.

Pude volver a respirar de inmediato. Era como el alcohol que tomaba de las copas cuando nadie estaba mirando, o de los restos que quedaban antes de meterlas en el lavavajillas, o cuando alguien pensaba que era mono que tomara un sorbo de martini.

Solté el humo.

—¿Mejor?

—Sí. Otra vez.

Él vaciló, pero le lancé una mirada fría y acabó dando una calada, una realmente grande, mientras me sonreía. Me preparé para que me echara el humo de nuevo y, como probablemente ya me estaba colocando, me pareció que la espera duraba mil años. Miré su boca apretada y reparé en que era rosada y carnosa, y en que le estaba saliendo vello en la barbilla. El humo salió de su boca y lo succioné una y otra vez, de forma más profunda en cada ocasión. Entonces caí de lado, conteniendo la respiración lo mejor que pude y, solo cuando me fue completamente imposible mantenerla otro segundo más, exhalé con un gran suspiro.

—Buena chica —dijo en voz baja y aprobatoria.

Me puse boca arriba y me coloqué las manos en el abdomen. Las estrellas centelleaban, y parecían veinte veces más grandes que antes. Dylan se dejó caer a mi lado y, simplemente, nos quedamos tumbados ahí, el uno junto al otro, mirando el cielo y dejando que el viento soplara sobre nosotros, durante mucho, mucho rato.

—Tío, me has colocado.

—Estabas sufriendo un ataque de pánico —dijo suavemente—, así que ha sido con fines terapéuticos.

Solté una risilla.

—No estoy de broma. —Pero él rio también, aunque tan solo durante un momento—. Ahora tienes que contarme eso; puedes confiar en mí.

Volví la cabeza y me encontré con su mirada, pálida y brillante como la luz de la luna. Sus ojos no parecían los de un ser humano.

—Tienes ojos de sirena.

—Ojalá fuera un tritón. Eso sería muy guay. —Volvió a levantar la mirada hacia el cielo y dibujé con el dedo el contorno de su perfil en el aire.

—Estarías muy solo.

—Tal vez. —Esperó mucho rato antes de volver a hablar—. No vas a decírmelo, ¿no?

Le toqué las tres cicatrices del antebrazo. Las tres quemaduras.

—¿Te quemaron con un cigarro?

—Un puro —contestó—. ¿Qué tal si no dices nada y yo lo adivino?

—¿Por qué tienes tantas ganas de saberlo? Fue horrible, pero ya pasó. Estoy bien.

—No lo estás. —Me apartó el pelo de la frente—. Siempre estás triste, y haces cosas que no son apropiadas para tu edad.

—No sé a qué te refieres.

—Ya. Pero si te digo que te sentirías mejor contándoselo a alguien, tienes que creerme.

—¿Contárselo a alguien? ¿Como un terapeuta? —Miré hacia arriba, horrorizada.

—Puedes contármelo a mí.

Pero no podía. Sabía que él lo contaría. Nadie más que yo podría mantener un secreto así.

El recuerdo me desgarra en la gran despensa de Casa Zafiro. De repente, extraño tanto a Dylan que siento como si tuviera una herida abierta. Me hundo hasta el frío linóleo, me abrazo las rodillas y dejo que las lágrimas empiecen a caer.

Pienso ahora en mi yo preadolescente fumando marihuana para calmar los ataques de ansiedad, y vuelvo a preguntarme qué demonios pasó. ¿Por qué no se lo contó a mis padres, sin importarle cuánto me enfadara?

Pero también lo quería, mucho, muchísimo. Él se mantuvo fiel a la promesa que me hizo. A su manera —a su manera maltrecha y surcada de cicatrices—, tan solo trataba de protegerme.

Dylan, Dylan, Dylan. Tan perdido, tan equivocado, tan mal aconsejado. Las tres mujeres Bianci tratamos de salvarlo. Ninguna lo logró.

De hecho, yo hice exactamente lo contrario. Dylan murió por mi culpa.

Capítulo 19

Kit

Para las diez de la mañana siguiente, el ciclón ya ha pasado y ha dejado tras de sí un comienzo de día húmedo y brillante. Javier se apresura para marcharse.

—Tengo una entrevista —dice, y se inclina sobre la cama para darme un beso cuando todavía estoy tumbada—. ¿Estás libre esta noche?

Su cabello capta la luz del sol y, por primera vez, noto que no es negro, sino de un tono castaño muy cálido. Le paso los dedos por él y me digo a mí misma que debería decir que no, pero no logro contenerme.

Y, de todos modos, una de las cosas que caracterizan un buen romance de vacaciones es el hecho de intentar pasar juntos todo el tiempo posible.

—Tendré que mirar la agenda —bromeo—, pero imagino que estaré aquí.

—Bien. Me han dicho que hay un restaurante israelí muy bueno por aquí. ¿Te apetece ir?

—Por supuesto.

Se endereza y se pone la camisa.

—¿Qué vas a hacer hoy? ¿Surfear de nuevo?

—Voy a poner en práctica algunas ideas que tuve para encontrar a mi hermana.

Se abotona los puños de la camisa, y me encuentro preguntándome a mí misma si alguna vez me he acostado con un hombre que llevara una camisa Oxford con rayas de plancha en las mangas.

—¿Estás segura de que quieres encontrarla?

Me envuelvo con las mantas con más firmeza.

—No, pero tengo que ponerme a ello ya.

—Ayer la busqué.

Frunzo el ceño.

—¿Qué?

Inclina la cabeza.

—Miguel lleva mucho tiempo viviendo aquí. Tuvo buenas ideas.

Me siento.

—¿Le hablaste a Miguel de ella?

—No mucho. Solo le dije que estabas buscando a alguien.

—Javier, es mi problema. Solo lo compartí contigo porque estábamos… —Me esfuerzo por encontrar una razón, y doy un bufido de exasperación—. Eso ha sido muy invasivo por tu parte.

Parece indiferente.

—La buena noticia es que creyó reconocerla.

—No me importa. Es mi problema, no el tuyo.

Como si no me escuchara, coge mi móvil de la mesilla y me lo tiende.

—Guarda mi número de teléfono y mándame el tuyo.

Lo miro.

—¿Quién te crees que eres?

Finalmente, inclina la cabeza.

—¿Estás enfadada, *gatita?** Solo pretendía ayudarte.

Lo miro fijamente durante un rato. Me siento invadida, molesta y enfadada y, aun así, a la vez, todavía muy atraída por él.

—No soy el tipo de mujer a la que le gusta que los hombres la saquen de apuros.

—No era mi intención…

—Por favor, no te metas así en mis cosas.

Se sienta a mi lado y me coloca el cabello por detrás de la oreja.

* En español en el original.

—No te enfades.

—Ya lo estoy.

Le doy un manotazo en la mano, y eso lo hace reír. Intenta atraparme la mano y falla.

—Lo siento.

—No estoy bromeando. ¿Entiendes?

—Sí. Lo juro. —Levanta la mano mostrando la palma—. No te ayudaré más.

Levanto el móvil con tranquilidad, marco los números que me ha dado y llamo para que tenga mi número. Su teléfono suena en la mesa de la cocina.

—Ahí lo tienes.

Me sonríe, con una expresión lenta y agradecida.

—Hasta esta noche, pues.

Me tumbo sobre el costado para verlo marcharse. Tengo el cuerpo flojo de hacer el amor, una deliciosa pereza me recorre de arriba abajo. Cuando se detiene en la puerta, levanto una mano para despedirlo y él me tira un beso.

Ridículo. Y encantador. Sé que liarse con un galán y bajar la guardia no es lo mejor, pero puedo permitírmelo en este caso, por las circunstancias. Estoy bastante a salvo.

Me doy la vuelta para mirar hacia el puerto. El agua brilla de un llamativo azul opalescente. Esta mañana no hay veleros, pero una barcaza de aspecto robusto se dirige hacia mar abierto. Más cerca, las oficinas cobran vida y veo cómo una mujer con una falda lápiz azul oscuro sale de su despacho al pasillo y, un poco más adelante, aparece en otro despacho. Me pregunto cómo sería vivir su vida. La vida de una persona que trabaja en una oficina, en un despacho, siempre con ropa elegante, en Auckland.

No tiene nada que ver con mi vida. No extraño Urgencias, pero solo han pasado unos días. No he tenido mucho tiempo para considerar a qué otra cosa podría dedicarme, qué especialidad podría llamarme la atención. O si hay algo —cualquier cosa— que me llame la atención. Es posible que este viaje me esté dando la oportunidad de recargar las pilas.

Si no fuera por Hobo, me ofrecería como voluntaria en la Cruz Roja, Médicos sin Fronteras o el Cuerpo de Paz.

Pero no puedo dejar a Hobo.

Hablando de mi gato: tengo que llamar a mi madre. Aparto las mantas, me meto en la ducha y luego me visto y me preparo una taza de café. Mientras espero a la cafetera, le mando un mensaje para ver si puedo llamarla por FaceTime.

Me llama a la *tablet* casi de inmediato.

—¡Hola, cariño! —Dice, con la cámara en movimiento para mostrarme una carita negra que asoma por debajo de la cama—. Mira, Hobo. ¡Es mamá!

—¡Hola, chiqui! —digo, con un tono que solo utilizo con él.

Deja escapar un maullido lastimero y chirriante.

—Oh, no. No sé si es bueno que me oiga.

—Parpadea hacia él —aconseja Suzanne—. En el idioma gatuno significa «te quiero».

—Lo sé, pero ¿cómo lo has sabido?

—Lo busqué.

—¿En serio?

Me quedo impresionada, y me doy cuenta de que se lo está tomando muy en serio. El empeño que le está poniendo se cuela por debajo de mis defensas y me hace ver cuánto ha cambiado mi madre. Se lleva la *tablet* consigo a la cama, y Hobo se queda donde está, maullando de la misma forma en que lo ha hecho antes.

—Oye, Hobo —digo, parpadeando lentamente—, estás a salvo y te quiero, ¿vale?

Mira hacia la pantalla con recelo y al instante se desliza hacia atrás para volver a esconderse tras la colcha caída. La cara de Suzanne vuelve a aparecer en pantalla.

—Está bien, cielo; solo está asustado.

Hobo es la única criatura que ha dependido de mí, y lo estoy decepcionando.

—¿Está comiendo?

—No tanto como me gustaría. Debe de salir cuando yo no estoy en casa, porque está utilizando el arenero, pero no sale cuando estoy por aquí. Le pongo la comida junto a la cama y se la come cuando salgo, así que lleno un plato por la mañana y me voy a pasear.

Pobrecito.

—¡Dios, me siento fatal!

—No lo hagas —dice mi madre con firmeza—. Estoy cuidando bien de él. Está sano y salvo.

—¿Me prometes que está comiendo?

—Te lo prometo, Kit. —Levanta una mano de dedos largos a modo de juramento.

Trago saliva y siento una extraña oleada de gratitud y condescendencia.

—Gracias, mamá.

Agita una mano.

—Ahora cuéntame cómo te está yendo a ti. ¿Alguna pista?

—No, pero tengo algunas ideas.

—Bien. Tengo que decirte, cariño, que la escapada te está sentando bien. Tienes color en las mejillas.

Hago un esfuerzo considerable por no ruborizarme más de lo que se supone que ya estoy, y me obligo a sonreír de forma despreocupada.

—Ayer fui a surfear, y eso hizo que me preguntara por qué no he hecho más viajes como este, ¿sabes?… Quiero decir, ¿por qué no he viajado? ¿Por qué no?

—¡Deberías! Podría conseguirte habitación en cualquier hotel NorHall del mundo.

Trabaja como conserje en el de Santa Cruz.

—Tal vez tú también deberías hacerlo.

Encoge los hombros esbeltos.

—Creo que me siento más segura con mis rutinas.

Le da vueltas a la chapa más reciente de Alcohólicos Anónimos entre los dedos, una y otra vez.

—Mamá, llevas mucho tiempo sobria. Y, de todas formas, apuesto a que hoy en día incluso hay viajes para exalcohólicos.

—Sí, ya veremos —dice, aunque sé que lo hace para dejar el tema—. ¿Te está gustando todo eso?

—Es increíble. —Me llevo la *tablet* a la ventana—. Anoche hubo un ciclón y ahora está todo en calma, pero ¡mira qué vistas!

—Parece el tipo de lugar que le encantaría a tu hermana, ¿no crees?

Algo en ese comentario me irrita, y vuelvo a enfocarme la cara con la cámara.

—Supongo.

—¿Qué planes tienes para hoy?

—Voy a llamar a las tiendas de surf —digo—. No sé por qué no se me ocurrió antes. Es imposible que haya dejado de surfear.

—Si todavía es ella, estoy de acuerdo. Pero ¿y si tuviera amnesia, o algo así?

Frunzo el ceño.

—Bueno, supongo que es posible. Aunque no es muy probable.

—En los libros y en la series pasa cada dos por tres. ¿Por qué, si no, iba a dejarnos llorarla así?

—¿Porque era una egoísta? ¿Porque era una alcohólica y una adicta?

A miles de kilómetros, en mi casita, mi madre se sienta a la mesa y me mira con calma, firme, a través de la cámara. Así se verá Josie dentro de veinticinco años, con el cabello rubio canoso, los pómulos altos y los labios gruesos que tan solo se han estrechado un poco con la edad.

—O, tal vez —propone—, estaba perdida. Rota.

—Pobre Josie —digo con aspereza—. ¿Sabes? Estaba pensando en cómo bebía cuando solo tenía once o doce años, dándole sorbos a las copas de todo el mundo, emborrachándose. ¿Por qué no la parabas?

Suzanne tiene la elegancia de apartar la mirada. Su hermosa voz se rompe un poco cuando dice:

—Sinceramente, Kitten, ni siquiera me di cuenta. Por aquel entonces, yo también estaba borracha todo el tiempo.

Su franqueza pincha el globo de mi arrogancia.

—Lo sé. Lo siento. Es solo que sigo acordándome de cosas y preguntándome por qué se desvió tanto, tan joven. —Con una profunda sensación de pérdida, evoco todo lo que sentí cuando se alejó de mí, como si de verdad se hubiera convertido en una sirena y viviera la mayor parte del tiempo bajo las olas. Fue el comienzo de mi soledad, y el recuerdo es tan doloroso que incluso ahora tengo que apartarlo—. Estaba muy perdida.

—Sí —dice mi madre. Esta es su forma de escuchar, ahora, reconociendo las cosas sin medias tintas. Y, aun así, me irrita un poco—. El ambiente era terrible.

—Obviamente —espeto—. Pero también teníamos a Dylan; él nos cuidaba.

—Sí —dice con voz divertida—. Un niño y un adicto a la vez. —De repente, sus ojos muestran una pena terrible—. Siempre fue un chico perdido, nuestro Dylan. No le hice ningún favor.

—¿Qué le ocurrió, mamá? Antes de llegar a nuestras vidas.

—No lo sé. Está claro que lo maltrataron durante mucho tiempo, pero eso es todo lo que supe. Nunca lo quiso contar. —Mueve los dedos frente a la colcha, por donde asoma una pata negra peluda—. Debería haber…

Niega con la cabeza y me mira.

Siento una punzada en el corazón.

—Sí.

—Pero no podemos cambiar el pasado.

Respiro profundamente y sacudo los hombros.

—Tienes razón. Voy a llamar a las tiendas de surf y luego, tal vez, salga a hacer turismo. Hay un *tour* en autobús hacia el norte que suena genial.

—Bien. Disfruta.

—Dale un beso al gato cuando puedas, ¿vale? Y podrías comprar más atún, a ver si así come mejor.

—Estará bien, Kit. Te lo prometo.

—Gracias, mamá.

—Te quiero, cariño.

Asiento y me despido con la mano antes de colgar. Me enfado conmigo misma por no devolverle la muestra de afecto.

Lleva mucho tiempo haciéndolo bien, pero yo sigo con los mismos problemas de confianza. ¿Qué dice eso de mí?

∽

A las diez empiezo a llamar a las tiendas de surf y, a la tercera, doy en el clavo.

—Hola, me llamo Kit Bianci y estoy buscando a una amiga mía que se mudó aquí hace unos años.

—Claro, cariño.

—Es muy guapa, rubia, y surfea muy bien, aunque puede que lo más distintivo sea una gran cicatriz que tiene en la ceja.

—Oh, claro. Mari Edwards. Viene por aquí a menudo. Creo que la perderé, ahora que ha comprado Casa Zafiro, pero siempre ha sido demasiado rica como para venir por aquí.

Tardo dos largos segundos en asimilar las palabras y, entonces, trato de pronunciar el nombre.

—Mary, ¿escrito M-A-R-Y?

—No, se escribe con i latina, M-A-R-I.

—¿No tendrá su número de teléfono?

—No puedo dar esa información, pero puede encontrarla sin problemas. Está casada con Simon Edwards, el dueño de los clubes Phoenix.

—¿Se refiere a discotecas?

—Ja, no, no. Mari es abstemia, y Simon es conocido por ser el hombre más en forma de todo Auckland. Son gimnasios. Se anuncian en la tele.

—Guau, muchas gracias. Se lo agradezco mucho.

—De nada.

Cuelgo y tecleo el nombre en Google.

«Mari Edwards».

Tiene miles de resultados. La mayoría la mencionan solo en relación a Simon Edwards, pero hay un buen puñado de fotos de ella.

Mi hermana. Casi siempre fotografiada junto a un hombre alto y apuesto. Las escasas fotos de la familia al completo muestran también a un niño y a una niña, todos atléticos y sanos. En una de ellas, los cuatro llevan trajes de neopreno y sostienen sus respectivas tablas de surf a un lado.

Una ráfaga de frío y calor atraviesa mi cuerpo, me recorre de arriba abajo por debajo de la piel y me acelera el corazón.

Ha recreado la fantasía de Tofino.

Cuando teníamos diez u once años y las cosas se pusieron tan mal entre mis padres, Josie y yo nos inventamos una familia que vivía en la Columbia Británica. Habíamos visto un documental de la tele sobre Tofino, una ciudad en la costa oeste de la isla de Vancouver conocida por las enormes olas de enero, y los tres —Dylan incluido— estábamos como locos por ir allí. En nuestra fantasía, la madre era profesora y entrenadora de natación, y el padre trabajaba en una oficina. Todos los veranos se iban de vacaciones con el coche por la costa, cantaban canciones y comían en restaurantes. Tenían una autocaravana Airstream y a todos les encantaba surfear, por lo que siempre lo hacían juntos, fueran donde fuesen.

Decíamos que esa era nuestra familia real. Que solo nos quedábamos en el Eden porque nuestros padres eran espías y tenían que acabar el último trabajo. Volverían a por nosotros en cuanto terminasen.

Josie —Mari— y su familia son exactamente como la que inventamos.

Me invade una sensación de rabia. ¿Cómo logró mi hermana, la perdedora, drogadicta y alcohólica que me robó todo lo que tenía cuando yo apenas tenía para comer, salir adelante así? ¿Cómo pudo, cuando yo estoy...?

¿Qué?

Cuando yo estoy ¿qué?

Sola. Yo estoy sola. Sin familia. Sin hijos. Sin marido.

Salto de la mesa y empiezo a dar vueltas sin rumbo fijo, giro en círculos con una furia renovada. Quiero tirar algo, romper algo, gritar. Nos dejó creer que estaba muerta, y está bien. Mejor que bien.

Siento la lava arder y bullir en mis entrañas, el volcán amenazando con erupcionar.

«Contrólate».

Abro de un tirón la puerta corrediza de cristal que da al balcón, salgo y me aferro a la barandilla con los puños apretados. Respiro profundamente, saboreo el mar y la ciudad, la vegetación húmeda y el humo del tráfico.

La rabia disminuye, dejando tras de sí las más genuinas ganas de sollozar, pero, en su lugar, me limito a observarlas y las dejo ir. Abro los ojos y me centro en las vistas; me fijo en el destello de las ventanas de los coches que atraviesan el larguísimo Harbour Bridge y en la barcaza que pasa por debajo. La marabunta de gente se mueve por las calles bajo mis pies: personas en miniatura, vestidas con ropa en miniatura.

¿Habría deseado encontrarla en apuros? ¿Es que quiero que esté enferma? ¿Por qué estoy tan enfadada por la pequeña y preciosa familia que ha construido?

No lo sé, pero lo estoy.

Me aparto las lágrimas bruscamente, de una palmada, vuelvo al ordenador y deslizo el dedo sobre el panel táctil para volver a ver la foto. Tiene hijos. Mi sobrina y mi sobrino. Los nietos de mi madre. Parece sana. Feliz.

Inquieta, hago clic en «atrás» para ver los resultados de la búsqueda y veo un vídeo de las noticias locales, grabado hace tan solo un día. Lo selecciono, con el corazón en la garganta.

Y ahí está Josie, en el vestíbulo de una hermosa casa, dando una entrevista. Se me saltan las lágrimas, que se derraman sobre mi rostro sin permiso. Subo el volumen, y ahí está su voz olvidada hace tiempo, algo áspera, y ahora con un ligero acento que no es ni completamente neozelandés ni completamente americano. El sonido me quema, pero escucho el vídeo entero, hipnotizada por mi hermana mientras guía a la reportera por la casa y le muestra la madera, las vistas y el dormitorio en el que una estrella del cine de los años treinta fue asesinada.

Todavía es guapa. Tiene el pelo más corto que nunca, por los hombros, y la melena se le mece elegantemente con cada uno de sus movimientos. Al verla así, y no en foto, reparo en que la edad se le refleja en el rostro. Todos esos años al sol, al viento, surfeando, y todo ese alcohol, le han curtido la piel y le han tejido una maraña de patas de gallo alrededor de los ojos.

Entonces, aparece un hombre en pantalla. Es el mismo de las fotos, y le rodea los hombros con un brazo. Es increíblemente guapo, con el cabello espeso y castaño, y el tipo de bronceado que solo tienen los hombres que practican deporte al exterior. La mirada de adoración que le dedica me provoca dolor de estómago.

Detengo el vídeo de golpe.

En comparación con su vida, la mía parece insípida. Insulsa, desvaída y solitaria.

Capítulo 20

Mari

Le llevo una caja llena de tazas y platillos de Coalport a Gweneth; se volverá loca con ellos. Antes, le he mandado un mensaje para asegurarme de que no está ocupada con ningún proyecto, y paro en su casa de camino a la mía.

Me abre la puerta con un adorable peto de lino inspirado en los años treinta, a rayas blancas y negras. Lleva el cabello recogido en un moño desaliñado y no hay ni rastro de maquillaje en su rostro.

—¿Has ido de senderismo al Machu Picchu, o algo así? —pregunta mientras sostiene la puerta—. Estás hecha polvo.

—Gracias, cariño. Tú también estás increíble. —Dejo la caja sobre la mesa y le doy un beso en la mejilla—. Anoche no dormí mucho.

—Fue una tormenta brutal —comenta—. Laura se acostó conmigo.

Su casa, de estilo victoriano, está muy bien restaurada, con antigüedades y obras de arte de la época en las paredes. El ventilador de techo funciona a toda velocidad, pero, aun así, hace calor.

—¿Sigues en contra del aire acondicionado? Creo que debería ponerlo en Casa Zafiro.

—¡No, no! —Agita las manos como un limpiaparabrisas—. Romperás las líneas.

—Estoy segura de que tiene que haber una forma de hacerlo sin echar a perder la estética.

Gruñe.

—El aire acondicionado es una lacra.

—O uno de los mayores inventos de la humanidad.

—Ven a la cocina; voy a hacer limonada.

La cocina es bonita y luminosa. Me siento a la mesa con vistas al puerto mientras Gwen vierte hielo en los vasos. Sé que la limonada estará recién hecha, casi demasiado agria y absolutamente perfecta. Es una de sus especialidades. Trae dos vasos largos helados y coloca uno de ellos en la mesa, frente a mí.

—Entonces, ¿cómo va la casa? Siento no haber podido ir este fin de semana, pero supuse que querrías pasar tiempo con tu familia.

—Va bien. Te he traído unos artículos de porcelana para que les eches un vistazo. Pensé que te podrían gustar.

—Te vi en la tele. Buen trabajo.

El estómago me da un vuelco.

—¿Ya está en la tele? ¡Pero si lo acabamos de grabar!

—Bueno, tampoco se tarda tanto en subir un vídeo. Es una buena historia. La contaste bien.

Asiento con la cabeza y tomo un gran sorbo de la limonada. Está tan agria que casi duele al tragar.

—Tal vez alguien se presente con alguna pista sobre el asesinato.

—Sinceramente, lo dudo.

—No sé. Quizá hasta ahora hayan temido hacerle daño a alguien o que alguien se lo haga a ellos, o algo así.

Se encoge de hombros.

—Supongo que es posible.

—Sí. He encontrado algunos de los diarios de la hermana, incluso.

—Ohh, ¿puedo leerlos?

—Todavía no.

—Busqué en mis antiguas notas y recordé que se había hablado del carpintero que realizó todas las incrustaciones. Se rumoreaba que él y Veronica habían tenido algo.

—Muy buen trabajo, sí, señor —digo, alcanzando el bolso para sacar el bloc de notas que siempre llevo encima y mi estilográfica.

—Ohh, ¿es nueva?

Sonrío y la sostengo en alto.

—¿Te gusta?

Casi digo «Mi hermana y yo teníamos afición por las plumas», pero cierro la boca justo a tiempo.

—¿Qué ocurre? —pregunta Gweneth—. Parece que te hayas tragado una mosca.

—Es que me acabo de acordar de que se me ha olvidado comprar una cosa en el mercado. —Desenrosco la parte superior de la pluma y paso a una página en blanco—. Vale —digo—. Comprobaré lo de la aventura.

—¿Estás bien?

—Solo cansada. —Me froto las sienes doloridas—. Tal vez debería irme a casa y dormir un poco antes de que los demás vuelvan.

Gracias a Dios, la casa está fresca y vacía cuando llego. Los perros y yo trotamos al piso superior, donde corro las cortinas y me tumbo en la cama, con las especulaciones de Gweneth en la cabeza. Paris se coloca justo a mi lado, y extiendo el brazo para acariciarla. Le recorro el cuello con los dedos, justo por debajo de la barbilla, y esto la hace gemir suavemente.

Con el portátil encima, abro el archivo donde he estado recopilando información sobre el asesinato y la historia de la casa. En un archivo hay varias fotos que he sacado de internet: Veronica con el vestido provocativo que la catapultó a la fama; George con sus medallas, con un aspecto fuerte, musculoso y muy atractivo, como un joven Jason Momoa.

No tengo ninguna foto de Helen, así que la busco, pero solo aparecen tres. Con su hermana y George, justo después de que la casa estuviera terminada; de adolescente, en el monte, y con el cabello al natural ondeando al viento; y unos cuantos años antes de su muerte, en algún tipo de celebración para recaudar fondos.

Por aquel entonces, era refinada y majestuosa. Llevaba el cabello blanco peinado hacia atrás con un giro francés, y compensaba hermosamente el tono cálido de su piel con un vestido aguamarina.

No era una belleza como su hermana, pero era bastante guapa. En la foto en la que aparece con George y Veronica, él tiene un brazo alrededor de cada una, y ambas se recuestan contra él. Y, de golpe, me viene a la cabeza una imagen de Dylan, Kit y mía, y tengo que apartarla.

Helen, George y Veronica eran maoríes los tres. Semejante nivel de fama y riqueza era poco habitual entre la gente, pero quizá todavía más entre los maoríes, por aquel tiempo.

Ups. Tomo nota de leer más sobre ese romance. ¿Qué se decía? ¿Cómo hablaban de George y Veronica?

Pero también sobre las hermanas. Esa pudo ser una relación muy tensa, lo sé por experiencia. ¿Acaso Helen sintió algo por George, o él por ella? Menuda joya George, de ser así: primero traicionando a su esposa y, después, traicionando a su amante. Aunque, por lo que yo sé, quien engaña una vez, engaña siempre. Los hombres que han sido infieles jamás dejan de serlo.

Como mi padre.

Tenía ocho años cuando descubrí que una de las camareras se estaba acostando con él. Yo estaba en la playa, pero me corté el dedo gordo del pie con una piedra y corrí al Eden a ponerme una tirita. Mi padre estaba en el bar vacío liándose con Yolanda, la camarera de los fines de semana. Ambos saltaron del susto cuando entré en la sala, y yo simplemente los miré.

—Me he cortado el dedo.

Mi padre le pidió a Yolanda que me vendara el dedo, y yo habría jurado que ella no quería. Tenía el pintalabios corrido, lo que le daba aspecto de estúpida, y parecía a punto de echarse a llorar.

—No se lo digas a tu madre, ¿vale? —dijo—. Necesito este trabajo.

—Deja de hacer eso, entonces —contesté.

—No lo haré más, te lo prometo.

Atravesé la cocina de regreso al exterior. Mi padre era la única persona que estaba por allí, y dije:

—Se lo voy a decir a mamá.

—¿Sí? —preguntó, con aquella mirada perversa en el rostro—. Esto no es asunto tuyo, señorita. No sabes nada.

En general, aquella expresión bastaba para hacernos correr, pero en esta ocasión le sostuve la mirada, y me enfurecí cuando las lágrimas brotaron de mis ojos y se derramaron a traición.

—Eres idiota —dije.

Y eché a correr antes de que pudiera alcanzarme y azotarme por mi falta de respeto.

Hasta ese día había adorado a mi padre, habría hecho cualquier cosa por pasar tiempo con él. Después de aquello, casi siempre adivinaba quién era la chica del momento, y siempre tenía una. Siempre con pechos grandes, dientes grandes y pelo largo, siempre una década más joven que mamá —y eso que ella ya era diez años más joven que él—. Les hice la vida imposible a las chicas de un millón de formas, insignificantes todas ellas. Echaba sal en sus refrescos dietéticos, dejaba bolígrafos rotos en lugares estratégicos para que la tinta les arruinara la ropa, robaba cosas de los bolsos que dejaban en las taquillas de la parte trasera del restaurante... Nunca les quité dinero o, si lo hice, no fue a menudo. Eran cosas como pintalabios, tampones o, una vez, incluso, píldoras anticonceptivas. También derramaba cosas a propósito, para que tuvieran que limpiarlas. Cualquier cosa que se me ocurriera.

¿Cuánto sabía mi padre de todo esto? Ni idea. De todos modos, con apenas once o doce años, él ya me desaprobaba. Desaprobaba mi ropa, mi pelo y mis notas. Cuanto más mayor me hacía, más me criticaba. Así fue hasta que cumplí los trece años, momento a partir del cual empezamos a vivir en una guerra continua. Hacía tantas cosas para fastidiarlo a él como las que hacía para fastidiar a las mujeres con las que seguía engañando a mi madre, usándolas, una tras otra, como si no fueran nada. Como si cada una de ellas fuera un zapato que hubiera que desechar porque le había salido un agujero en la suela.

No sé si Kit lo sabía. Es probable que no. Cuando ella tenía diez años, ya estaba inmersa en sus estudios sobre la vida marina, el clima y el surf. Dios, ¡cómo le gustaba surfear…! Y, para mi disgusto, lo hacía mejor que yo. Con los brazos delgados, el pelo largo y los bikinis diminutos, mi apariencia era más llamativa —me llamaban la Barbie surfista—, pero Kit era, sencillamente, mejor. Leía las olas y el viento como si fueran el alfabeto. Todos la animaban a presentarse a campeonatos de surf, pero nada de aquello le interesaba. Decía que surfear era algo íntimo. Algo que hacía solo por y para sí misma.

Igual que Dylan. Para él también era algo íntimo. A veces, los dos metían las tablas en el Jeep maltrecho que conducía Dylan y se dirigían al norte o al sur por la costa, en busca de jornadas de surf míticas.

Nunca me uní a esos viajes. Para entonces, ya tenía mis propios intereses, cosas que no tenían nada que ver con Kit ni con Dylan. Me quedaba en casa para tener la habitación para mí, para leer, escribir en mi diario e imaginar el día en el que por fin pudiera escapar del Eden y de mis padres, y hacer mi propia vida.

No tenía ni idea de lo pronto que eso ocurriría.

Capítulo 21

Kit

Después de encontrar las fotos de Mari/Josie en internet, me paso una hora temblando y pasando de una imagen a otra; me cuesta digerir el ascenso de mi hermana hasta convertirse en una especie de eminencia como amada esposa de Simon Edwards. Él es una especie de miembro de la realeza local, un marinero y regatista que dirige una cadena de clubes de *fitness* y natación. Es un hombre grande y en forma, con una sonrisa de ganador. Me encanta la forma en la que mira a mi hermana. En todas las fotos tiene la mano entrelazada con la de ella, o bien le rodea el hombro con un brazo mientras con el otro rodea el hombro de un niño. Su hijo es exactamente como él, pero la hija…

Se parece a mí. Es casi igual que yo. Pecosa y robusta, y con el pelo oscuro y espeso. No es rubia como su madre.

Todavía tiritando, tremendamente emocionada, busco su dirección. En Devonport, que es el municipio que veo desde mi balcón, las luces que parecen guiñarme el ojo por la noche. Es posible que, cuando he estado mirando por la ventana, ella también haya estado mirando por la suya. Hacia el otro lado del mar. Hacia mi hotel.

El pensamiento me produce escalofríos.

Tengo que verla. Con la adrenalina por las nubes, me pongo el mismo vestido rojo que he llevado durante dos días, pero noto que huele a mar y a sol, y que la falda está ridículamente arrugada. Solo tengo limpios un par de vaqueros y una camiseta con la frase «EL LUGAR DE UNA MUJER ESTÁ EN LA

MEDICINA». Al mirarlos con desesperación, me doy cuenta de que me tiemblan las manos.

«Vale, respira».

Tendrán que servir. Me doy una ducha, me dejo el pelo suelto para que se seque al aire y de cualquier manera, me pinto un poco los labios y meto el pintalabios en el bolso. También me llevo el sombrero al muelle del ferri. Como la vez anterior nos tocó esperar, doy por hecho que lo tendré que hacer de nuevo, pero el transbordador de Devon opera de forma más regular y, para cuando me dirijo a la zona de espera, el ferri ya está embarcando.

Esta vez no subo a la parte superior, sino que me siento dentro y observo cómo el centro de la ciudad se desvanece en la distancia. Los comerciales leen la prensa, lo cual me desconcierta. Es algo muy ordinario como para hacerlo en un trayecto tan asombrosamente bonito. Un grupo de adolescentes habla demasiado alto. Turistas de todo el mundo abarrotan los asientos.

Y lo único en lo que puedo pensar es en Josie.

«Josie, Josie, Josie».

Estoy demasiado enfadada como para hacer nada. El mapa del teléfono me indica que la dirección que encontré está a solo unas calles al sur del paseo marítimo, pero estoy tan sobrepasada por las emociones que no es buena idea enfrentarme ahora a ella.

Para tranquilizarme, paseo por la calle principal de la localidad hacia un sendero que lleva a un volcán, y trato de captar el oxígeno suficiente para dejar de hiperventilar. La caminata me hace sudar, y el aire es húmedo y pesado por la tormenta del día anterior. Una manzana después, me siento tan acalorada con los vaqueros que tengo que quedarme de pie a la sombra durante unos minutos y dejar que la gente me adelante. Pensé que no habría problema con estos pantalones, pero voy a desmayarme de un golpe de calor.

Justo enfrente, hay una *boutique* con algunas prendas de ropa colgando en el exterior. La mayoría son camisetas turísticas con logos de Nueva Zelanda y kiwis estampados en la parte delantera, pero, para mi gran alivio, también hay algunas faldas cruzadas de algodón suave. Sin pensarlo, cojo una de las más largas y la sostengo por encima de mi cintura. Está bien, me llega justo a la rodilla. La saco de la percha, compruebo la longitud del cruce y parece que también me va bien, así que cojo otras tres con estampados floreados y las llevo al interior de la tienda.

—Me voy a llevar estas —digo mientras las dejo sobre el mostrador—. Y… supongo que necesito algunas camisetas.

La dependienta es una inglesa diminuta con los hombros de la anchura de una libélula, pero sabe muy bien lo que hace.

—Dese la vuelta —dice, y mide una camiseta contra mis hombros—. Mire en ese estante de allí.

—Gracias.

Echo un vistazo a los colores de las faldas: turquesa, rojo y amarillo la primera, amarillo y azul la segunda, y a rayas verdes y azules la tercera, realmente bonita. Busco entre las camisetas y, cuando encuentro algunas aceptables, las añado al montón.

—También querrá unas *jandalias* —dice.

—¿*Jandalias*?

Señala hacia una pared llena de chanclas.

—Sí. —Yo también las señalo—. *Jandalias* —repito—. ¿Como sandalias?

—Sandalias japonesas.

—Ah, ya lo pillo. —Elijo un par, me las pruebo y me están bien—. Genial.

Pago con tarjeta.

—Puede cambiarse allí, si lo desea. Pero si yo fuera usted, me dejaría puesta la camiseta de la Medicina. Las de Nueva Zelanda las tiene todo el mundo.

Sonrío.

—Gracias.

—¿Es usted médico?

—Sí. De urgencias.

—¿No será usted la que salvó a aquel chico?

Por un instante, me quedo tan sorprendida que lo único que acierto a decir es:

—Ah, ¿se refiere al que saltó desde los pilotes?

—Al mismo. Todo el mundo habla de usted. Ya sabe, fue una heroicidad saltar y salvarlo.

Vuelvo a meter la tarjeta en el bolso.

—Eso fueron los diez años como socorrista, no el trabajo en Urgencias —digo—. Espero que esté bien.

—No sería culpa suya si no lo está. Vaya irresponsable.

Me dirijo a los probadores. Quitarme los vaqueros es una de las mejores experiencias del día, junto con abrocharme la falda, después. Las sandalias son suaves y blanditas, y la puntera está cubierta de terciopelo sintético.

La charla trivial me ha calmado. Respiro profundamente y suelto el aire. El reflejo en el espejo parece el de otra persona: el cabello me cae de forma salvaje por la espalda, mis mejillas tienen un color intenso debido al sol y a las magníficas sesiones de sexo, y llevo las piernas desnudas, al aire.

Me enderezo, me despido de la mujer haciéndole un gesto con la mano y salgo a la calle con una bolsa de ropa en una mano y el bolso cruzado sobre el cuerpo. Ahora me siento fuerte. Puedo enfrentarme a ella.

Cruzo la calle y rodeo una higuera de Moreton Bay cuyas ramas se extienden entrelazadas. El tronco tiene muchas secciones, y parece un árbol habitado por hadas. Y, entonces, nos veo a mi hermana y a mí, de cuclillas en la playa, haciéndoles muebles diminutos a las hadas que vivían alrededor de la cala, robaban dulces y cambiaban el azúcar por la sal.

Siento una punzada en el corazón.

Pero solo estoy aquí por una razón. Haciendo gala de la concentración que desarrollé durante doce años de estudio, aparto las emociones y busco la dirección en el teléfono. Desde aquí hasta la casa de mi hermana, según la estimación de Google Maps, hay nueve minutos a pie, en línea recta por el paseo marítimo.

Las casas deben de ser de la misma época que las victorianas de San Francisco y, de nuevo, me acuerdo de esa ciudad. Los peatones pasean por la acera, los jubilados llevan camisetas de golf de colores pastel y pantalones blancos, y hay madres con niños, y...

Me detengo, segura de que me la estoy imaginando. Una mujer camina hacia mí con la característica y despreocupada forma de andar de mi hermana. Nunca andaba lo suficientemente rápido para mí, y eso me volvía loca.

Lleva un sencillo vestido de verano azul, ni rastro de sombrero en esta terrible tierra de cánceres de piel, y *jandalias* como las mías. Se me agolpan en la mente un millón de recuerdos: las dos durmiendo en la playa en nuestra pequeña tienda de campaña, aquel verano extraño en el que Josie se puso tan rara, el terremoto, la noticia de su muerte.

Está sola, inmersa en sus pensamientos. Creo que podría haber pasado justo por mi lado, tarareando en voz baja, sin reparar en mi presencia. Entonces, extiendo el brazo para tocarle el suyo.

—Josie.

Josie se gira, grita y se cubre la boca con la mano. Durante un largo instante, solo nos miramos, me agarra con fuerza y me abraza; está llorando.

—Oh, Dios mío —susurra, presionando su mano con fuerza contra mi oreja.

Solo cuando noto sus costillas moviéndose contra mí me doy cuenta de que yo también la estoy abrazando, igual de fuerte, y que las lágrimas recorren mis mejillas. Ella solloza, y tiembla de la cabeza a los pies. Cierro los ojos y la estrecho contra mí, y le huelo el cabello, la piel, su esencia. No sé cuánto tiempo estamos así, pero soy incapaz de soltarla y, a la vez, siento que ella me tiene atornillada contra su cuerpo delgado.

Está viva. Está viva. Está viva.

—Dios mío, Josie.

—Te he echado tantísimo de menos, joder... —susurra con intensidad—. Como si me faltara un pulmón. O el alma.

Al fin me aparto.

—¿Por qué...?

Josie mira por encima del hombro, me agarra la mano.

—Escúchame. Llámame Mari. Mi familia viene detrás. Se han parado a comprar algo y yo he querido continuar. —Me agarra más fuerte—. No saben nada. Dame la oportunidad de explicarte...

—¡Mamá!

La niñita corre por la acera hacia nosotras. Maravillada, digo:

—Es igualita a mí.

—Sí. Sígueme el juego.

Y, tal vez porque en realidad no sé qué otra cosa hacer, me doy la vuelta con mi hermana, que dice:

—¡Sarah! ¡Quiero presentarte a alguien!

La niña no me sonríe, simplemente vuelve la cara y mira hacia arriba, esperando mientras Josie/Mari dice:

—Esta es mi amiga de la infancia, Kit. Éramos mejores amigas.

—Como hermanas —contesto, ofreciéndole una mano que debería temblar, para acompañar el zumbido que retumba en mis oídos.

—Hola —dice Sarah. Y no tengo ni idea de por qué me sorprende tanto que tenga acento kiwi—. Encantada de conocerte. —Se fija en mi camiseta—. ¿Eres doctora?

—Sí. —Acaricio las palabras—. Sí, lo soy. Médico de urgencias. Creo que aquí se llama de otra forma.

—Yo soy científica. Tengo todo tipo de experimentos.

Se me derrite el corazón y me agacho para ponerme a su altura.

—¿Sí? ¿Qué tipo de experimentos?

—Tengo uno climatológico —dice, contando con el pulgar—, compuesto principalmente por un barómetro y grabaciones de las nubes. También hago experimentos con plantas y algunas cosas de cristal.

—Eso es increíble. Yo también hacía experimentos cuando tenía tu edad. Quería ser bióloga marina, pero terminé estudiando Medicina.

Inclina la cabeza.

—¿Te gusta?

—Sí. —Hago una pausa para tragar saliva. Es como yo, igualita. ¿Cómo ha podido Josie mantenerla en secreto todo este tiempo? ¿Cómo ha podido ser tan cruel como para esconder sus primeros años de vida? Un aullido de furia y dolor amenaza con acercarse desde la distancia, y tengo que echar mano de cada pizca del autocontrol del que dispongo para mantener a raya mis emociones—. Sí, la mayor parte del tiempo me gusta.

Los otros dos se acercan a nosotras, y me quedo de pie mientras mi hermana dice:

—Kit, este es mi marido, Simon.

Oigo el pellizco en su voz, el miedo a que yo lo arruine todo y, por un momento, eso es justo lo que deseo hacer. Soltarlo todo, dejar que cada una cargue con las consecuencias de sus actos.

Pero mi sobrinita, tan parecida a mí de niña, me detiene:

—¡Es doctora, papá!

Simon es incluso más guapo en persona, y su rostro refleja una amabilidad que no captan las fotos y un carisma tan grande como el parque en el que nos encontramos, entero. Le tiendo la mano y lo miro a los ojos. Por un instante fugaz, una oleada de sorpresa se apodera de su expresión.

—Hola, Simon.

Mari dice:

—Simon, esta es Kit Bianci. Fue mi mejor amiga. —Para darle peso a las palabras, se inclina sobre mí, con las manos en mi brazo y la cara contra mi hombro—. Me la acabo de encontrar. ¿No te parece increíble?

Le lanzo una mirada breve y conmocionada.

—¿De verdad? —dice él. Me estrecha la mano con firmeza y calidez—. Encantado de conocerte. —Se vuelve para poner a su hijo delante—. Este es Leo.

Leo. El nombre de nuestro padre. Me obligo a no mirar a Josie, Mari o como quiera que se llame ahora.

—Hola, Leo. Encantada de conocerte.

Es tan educado como su padre.

—Igualmente.

—Igual que en Tofino —le digo a Mari.

Ella me coge de la mano.

—Tuvimos suerte de crecer allí.

—Mm.

—Vamos a bajar a cenar —dice Simon—. Tienes que acompañarnos.

Durante un momento, lo sopeso. Considero sentarme con mi sobrina y escucharla hablar de sus experimentos. Pienso en lo que sentirá mi madre al saber que estos niños están en el mundo sin que ella tuviera la menor idea. Miro a Josie a la cara, tan familiar y, sin embargo, tan desconocida, y me doy cuenta de que no puedo sentarme con ellos esta noche y fingir.

No estoy preparada. Todavía no.

—Lo siento —contesto, y me vuelvo hacia Simon—, pero tengo planes. De verdad.

—Oh, ¿en serio? —exclama Mari—. ¡No puedes irte sin más! Tenemos que ponernos al día, contárnoslo todo.

Las manos me tiemblan de rabia cuando le tiendo mi teléfono. Ella se da cuenta y me coge una con fuerza. Tiene los ojos fijos en mi rostro, y veo en ellos el brillo tenue de las lágrimas. Por un largo segundo me sobrepasan la gratitud, el amor y el ansia de tocarle la cara, el pelo y los brazos para asegurarme de que no es ninguna versión robot de ella, sino que es Josie, mi Josie. Que está aquí. Viva.

—Dame tu número —digo—. Podemos quedar cuando tengas tiempo.

—A primera hora de la mañana —dice Mari.

Marca el número y llama, y le suena el móvil en el bolsillo. Como para mostrarme la prueba, lo saca mientras todavía está sonando. Me mira a los ojos con firmeza. Es una mirada más segura que todas las que recuerdo, y algo en eso suaviza un poco mi furia.

—Me alegra verte tan feliz —comento, y me inclino para abrazarla. Y en una voz tan baja que tan solo ella puede oír, añado—: Pero estoy muy enfadada contigo.

Ella me devuelve el abrazo, fuerte, fuerte, muy fuerte.

—Lo sé —susurra—. Te quiero, Kit.

La dejo marchar.

—Llámame.

Sarah se acerca.

—Espero que vengas a ver mis experimentos.

—Lo haré —digo—. Lo prometo.

Me obligo a seguir andando hacia la dirección que indica mi móvil. Camino hasta allí para no volver a encontrarme con ellos y, entonces, veo la casa: una preciosidad con porche y una segunda planta con vistas al mar.

Ninguna de las dos puede dormir si no oye el mar.

En el ferri de regreso al distrito financiero, mi mente vuelve a ser un torbellino que revuelve miles de imágenes, momentos y emociones. Oscilo entre la furia extrema, el sentimentalismo derretido y algo parecido a... a la esperanza. Eso me enfurece todavía más y, entonces, el círculo comienza de nuevo.

«Ya he terminado», escribe Javier. «¿Te recojo a las siete?»

«Sí. Genial».

Vacilo, y luego añado: «Ha sido un gran día».

«Estoy ansioso por que me lo cuentes».

Su rostro se interpone entre la pantalla y yo; sé que me escuchará. En silencio e intensamente. Lo veo tomando un bocado de su comida, con el cabello brillante bajo las luces del restaurante, y luego centrándose en mi parloteo. Porque eso es lo que haré. Si empiezo a hablar, saldrá todo de una vez, lo bueno y lo malo, lo bonito y lo feo.

¿Quiero que me conozca tan bien?

No. No quiero que nadie me conozca así.

Pero, al mismo tiempo, no me quedan defensas ahora mismo. He empleado todos los trucos y herramientas de los que disponía en esta aventura de rastrear a mi hermana.

No esperaba que mi sobrina me llegara tan adentro. No esperaba esa cara tan parecida a la mía; ni ese corazón, también tan similar al mío. «Tengo experimentos». Quiero saberlo todo de ella.

Y Josie le puso a su hijo el nombre de nuestro padre. Una elección extraña, teniendo en cuenta lo mal que se llevaron durante mucho tiempo. Cuando éramos pequeñas estaban muy unidos, pero, después, solo los recuerdo discutiendo. Constante, acalorada y violentamente. Todo el rato.

Me acuerdo de que, una vez, mi padre perdió los papeles y le dio un bofetón tan fuerte que le partió el labio. Se avergonzó al instante, pero ella se quedó ahí de pie, mirándolo, como una diosa guerrera, con el cabello como si fuera una larga capa alrededor de su cuerpo bronceado, con los ojos brillantes por las lágrimas que trataba de contener y el labio ensangrentado. Deseé gritarles a los dos, pero me acurruqué en mi rincón sin defender a ninguno.

Mi madre cortó:

—Josie, vete a tu habitación hasta que aprendas a hablar bien.

Dylan no estaba allí. Tal vez estuviera trabajando. O con su moto. O con una de sus múltiples novias.

Solo sé que más tarde se enteró, se enfrentó a mi padre y ambos tuvieron una pelea. Una verdadera pelea a puñetazos que nos puso histéricas a las tres mujeres Bianci, al intentar separarlos. Dylan era joven y ágil, y se limitó a tratar de esquivar los puños macizos de mi padre, pero este estaba cegado por la ira y contaba con un tamaño imponente, el poder y las enseñanzas de la edad. Le rompió la mandíbula a Dylan, cosa que ninguna de las tres supo hasta más tarde, y lo echó de casa.

Mi madre agarró a mi padre del brazo y lo arrastró fuera de la habitación, hasta la cocina, pero Dylan ya había cogido las llaves y salido como alma que lleva el diablo por la puerta. Josie y yo corrimos tras él, y gritamos su nombre.

—¡Dylan! No lo decía en serio. Vuelve… ¿A dónde vas a ir?

Josie saltó sobre la moto, detrás de él, y le rodeó la cintura con los brazos. Por un segundo, la odié. Ella había provocado todo ese lío. Siempre creaba problemas allá donde iba, y ahora yo iba a perderlos a los dos.

Pero, entonces, me di cuenta de lo parecidos que eran y de lo perdidos que estaban. En el rostro de Dylan se había formado un hematoma. El labio de Josie todavía estaba hinchado. Los dos eran tan hermosos… Parecían criaturas del mar; todo miembros, cabello rubio y ojos brillantes.

Dylan le ladró a mi hermana:

—¡Bájate!

Josie empezó a protestar.

—Por favor, papá me odia…

—¡Bájate de la moto!

Ni siquiera la miró; tenía los miembros rígidos de rabia. Josie obedeció y, en el instante en que sus pies tocaron el suelo, él desapareció.

Durante días.

Cuando regresó, lo hizo roto en tantos pedazos que la mandíbula fracturada había pasado a ser la menor de sus heridas.

Capítulo 22

Mari

Cuando tenía catorce años, robaba botellas de vodka y tequila del almacén y las compartía con chicos en la playa. No en la cala, nuestro lugar aislado y seguro, sino en la playa de verdad, a la que llegaba haciendo autostop por la carretera.

Aprendí a sorber, no a tragar. Aprendí a espaciar las copas para no terminar echando hasta las tripas detrás de alguna roca, desmayándome o acostándome con alguien. Nunca llegaba hasta el final, pero me liaba con cualquiera cuando empezaba con el vodka.

Aprendí muchas cosas.

Una de ellas era que había una grieta en la pared que separaba el dormitorio de Dylan del que yo compartía —cada vez más a regañadientes— con Kit. La casa ya se estaba deslizando acantilado abajo mucho antes del terremoto: las paredes tenían grietas por todas partes, y el suelo estaba tan desnivelado que los tropiezos eran habituales. Ahora siento vértigo al pensar que todas esas cosas no eran más que señales obvias de que la casa se iba a caer al mar en cualquier momento, pero mis inconscientes padres no hicieron nada. ¿Y si hubiera ocurrido mientras dormíamos?

Descubrí la grieta a lo largo de la puerta de nuestro armario, a lo largo de la pared que daba al dormitorio de Dylan. Quedaba algo por encima de nuestras cabezas, por lo que tenías que ponerte de pie en un extremo de la cama de Kit, acercar un ojo y cerrar el otro para ver bien, pero ofrecía una perspectiva perfecta de la cama de Dylan.

Donde tenía mucho sexo.

La primera vez que lo espié, me sentí culpable y algo tonta. Vi el trasero desnudo de la chica y la mariposa que tenía tatuada. Estaba encima de Dylan la primera vez, pero, en otra ocasión, lo vi a él tumbado en la cama, desnudo, mientras ella le tocaba; yo estaba fascinada y asqueada a la vez. Técnicamente, algunas de aquellas cosas eran las mismas que Billy me había hecho a mí, pero, de algún modo, era diferente con Dylan.

A Kit le habría dado un ataque si se hubiera enterado, así que solo espiaba cuando ella no estaba. Todos decían que Dylan era como nuestro hermano, y sabía que así lo veía Kit, pero yo nunca lo sentí de esa manera. Jamás.

Teníamos una conexión especial. Todos lo comentaban. La gente pensaba que de verdad éramos hermanos porque ambos teníamos el cabello rubio, las piernas largas y surfeábamos como si fuéramos hawaianos de verdad. Como pasábamos mucho tiempo al sol, teníamos un bronceado tan oscuro como el cedro barnizado, y si él era el chico más guapo de la playa, yo me estaba convirtiendo en la más bonita. El rey y la reina del océano.

El gran secreto que compartíamos era la marihuana. Me encantaba, desde aquella primera vez en la que Dylan la había usado para tranquilizarme. Calmaba a la chica destrozada y rabiosa que vivía dentro de mí, la que estaba gritando todo el tiempo. Me calmaba, igual que calmaba a Dylan. Los dos nos tumbábamos en la cala mucho después de que todos los demás se acostaran, cuando el restaurante ya llevaba rato cerrado. Y fumábamos. A menudo ni siquiera hablábamos, simplemente nos tumbábamos allí a ver las estrellas.

Pero a veces sí conversábamos. Una noche le pregunté cómo había sido su vida antes de aparecer en las nuestras, y él dejó escapar el suspiro más largo y triste que yo haya oído jamás.

—No quieres saber eso.

Al volver la cabeza hacia él, una suave oleada de felicidad y tranquilidad me recorrió el cuerpo entero, de la cabeza a los pies, resultado de la combinación de las cervezas que había robado y la hierba que él se había traído. Estaba muy colocada, y bastante segura de que no podría levantarme aunque lo intentara.

—Tal vez quiera saberlo. Tal vez necesites contárselo a alguien.

—¿Tú crees? —preguntó, con la voz ronca insegura en medio de la noche.

—Eso es lo que me dijiste.

—Así es. —Me tocó la mano con un dedo. Sus ojos eran dos estrellas caídas del cielo—. ¿Me lo vas a contar?

—Tú primero.

—Esta vez no.

Miré hacia el cielo.

—Ya sabes lo que ocurrió. Un hombre me hizo hacer cosas.

—¿Qué cosas?

Negué con la cabeza, tiritando. Sentía los lugares en los que Billy me había hecho daño, y se me formó un nudo en la garganta que no me dejó hablar.

—Sabes que no siempre va a ser así, ¿no?

Me vino a la mente una imagen de los pechos de su actual novia rebotando, y solté una risilla.

—Sí. Te espío.

—¿Qué? —Se sentó.

Tuve la leve sospecha de que terminaría arrepintiéndome y odiándome a mí misma si revelaba el secreto.

—Puedo verte por una grieta de la pared.

—¿Teniendo sexo? —No sonaba enfadado, solo confuso—. ¿Me miras mientras lo practico? ¿Desde cuándo?

—Oh, desde hace mucho. Desde Rita.

—Uh. —Se dejó caer de nuevo—. Sabes que no deberías.

—Claro. —Cerré los ojos y, al pensar en ello, en sus hombros y sus besos, una ola de calor se movió entre mis piernas—. Me hace sentir bien.

Cogió la botella de vodka y tomó un gran trago.

—Tampoco deberíamos estar haciendo esto. —Cayó hacia atrás en la arena—. Dios, estoy tan jodido…

Me reí.

—¡Yo también!

—Solo tienes catorce años —dijo con tristeza.

—*Sip*.

—No deberías saber nada de todo esto.

—Pero lo sé —contesté, mientras sentía como si abandonara mi propio cuerpo. En mi imaginación ocupé el lugar de su novia, y entonces fue a mí a quien Dylan besaba y tocaba, y fui yo la que le devolvía todos esos besos y caricias—. No es culpa tuya. Es de Billy.

—¿Billy Zondervan?

—¿Quién si no?

—Qué hijo de puta. Deberíamos decírselo a tus padres, Josie. Debería ir a la cárcel.

Me incorporé.

—¡No! Nunca.

—¿Por qué? ¿Por qué no quieres que pague por lo que hizo?

—Porque no lo hará —dije con fiereza—. Me echarán la culpa a mí y todos lo sabrán, y... —Solo veía la forma en la que me mirarían en el instituto y, ebria como estaba, rompí a llorar—. ¡Me lo prometiste!

—Oh, nena. —Me abrazó. Tuve la sensación de que estaba llorando—. Lo siento mucho. Debería haberte protegido mejor.

Enterré la cara en su hombro con una sensación de alivio y paz. Estaba muy muy cansada.

—No era tu obligación.

—Sí —dijo—. Sí lo era.

Nos tumbamos y me abrazó. Simplemente me abrazó mientras mirábamos las estrellas.

Después del impactante encuentro con Kit en el paseo marítimo de Devonport, intento pasar la cena familiar centrada en las historias que los demás tienen que contar. Si me dejo llevar, aunque sea lo más mínimo, terminaré perdiendo el control, y eso es lo único que en absoluto me puedo permitir. Así que soy la perfecta mamá y la perfecta Mari durante la cena.

Sin embargo, el esfuerzo de fingir me provoca un gran dolor de cabeza y, cuando vuelvo a casa y acuesto a los niños, me dirijo a la cocina a hacerme una infusión.

—¿Quieres una manzanilla? —le pregunto a Simon.

—No, gracias —dice mientras teclea algo en el ordenador que tiene sobre el regazo.

Tobi, el pequeño *komondor*, se ha encaramado al brazo del sillón, y en la tele emiten las noticias de la noche. Por un instante, veo todos los desastres que están sucediendo en el mundo y, entonces, mi problema parece nimio y ridículo, enteramente culpa mía. Algo que yo —y solo yo— he creado.

Pero no se trata de comparar, como solía decir mi terapeuta. Mi dolor es mi dolor.

Paris entra en la habitación cuando lleno la tetera, y me lleva hasta la puerta de atrás. Meto el té en ella, la enciendo y luego saco a la perra. Es una noche preciosa, suave y muy clara, con las estrellas brillando en el cielo como si fueran las hileras de luces de un patio.

La sensación del cuerpo de Kit en mis brazos me golpea de nuevo. Cierro los ojos para sentirla otra vez. Tan alta y fuerte, tan increíblemente en forma que sé que sigue surfeando a todas horas. Olía a ella, a ese toque tan característico de Kit, a hierba, a mar y a cielo. Ese olor me hace sentir una punzada en el corazón, como si algo lo presionara muy fuerte.

¿Qué he hecho?

Como si pudiera leer mis pensamientos, Paris trota hasta mí y se apoya en mis piernas; suspira.

—Echas de menos a Helen, ¿verdad, pequeña? —murmuro en voz baja, y sujeto una de sus orejas entre mis dedos—. Lo siento mucho. Lo haría mejor si pudiera, pero creo que tendrás que estar triste un tiempo.

Inclina la cabeza hacia atrás y me lame los dedos.

Simon sale y se queda de pie detrás de mí, con las manos en mis hombros.

—Una noche preciosa.

—Perfecta.

Nos quedamos ahí de pie, y todas las cosas no dichas flotan entre ambos hasta que, como hizo el otro día, dice:

—¿Quieres hablar de algo?

—¿De qué?

—De lo que sea que te está perturbando.

—Estoy sorprendida, eso es todo. Pensando en los viejos tiempos.

Se acerca más y cruza los brazos sobre mi pecho.

—Sabes que puedes contármelo todo, ¿no?

Cierro los ojos y me apoyo en él. Ojalá fuera verdad. Su cuerpo es cálido y fuerte, y reconocería su olor en un campo de fútbol lleno de hombres.

—Gracias, cariño —contesto, incapaz de forzarme a decir que no hay nada que contar.

—Invítala a cenar mañana.

—Sí, buena idea.

—Creo que a Sarah le encantó enseguida.

—Vio su camiseta. Es doctora.

—¿Sí? ¿Crees que podría ser la que salvó a aquel chaval en Rangitoto?

—¿De qué hablas?

—Una mujer, una turista que resultó ser doctora, se zambulló en el muelle de Rangitoto cuando un chico se partió la cabeza. Ha salido en todas las noticias.

—Podría ser —contesto, y encuentro, al fin, una razón para sonreír—. Fue socorrista durante años.

Un salvavidas, pienso, aunque no pudo salvarnos a ninguno.

—¿Surfea?

—En el pasado sí. Éramos bastante competitivas.

—¿Quién era mejor?

Sonrío para mí.

—Me niego a responder a esa pregunta.

Se ríe con una voz grave y profunda, y retumba en mi propio pecho. Me da un beso en la cabeza.

—Ya lo imaginaba. Está muy en forma, y tiene un aspecto tremendo.

Me aparto de su pecho para mirarlo, burlona.

—¿Piensas que está buena?

—Tal vez —contesta, y me besa en el cuello—. Pero no tanto como tú, mi único amor.

—Psssht.

Le aparto las manos, entre risas, pero él vuelve a capturarme en un beso. Vamos dentro —donde apago la tetera que ya ha empezado a hervir—, a seguir con lo que hemos empezado fuera. Si Kit viene a cenar mañana, tal vez esta sea la última noche que tenga con mi amado Simon. Para estar segura de que no lo olvido, beso cada centímetro de su cuerpo —el lugar en el que la mandíbula se une con el cuello, la curva de su codo, el ombligo, la rodilla…—, guardando su sabor en mi memoria.

Mientras nos unimos de una forma dulce y perfecta, como si nuestros cuerpos estuvieran tallados en una sola pieza de madera, me descubro a mí misma rezando.

«Por favor», le digo al universo. «Dame una oportunidad más para arreglar las cosas con todos. Solo una más».

Capítulo 23

Kit

Cuando llego al apartamento, al regresar de Devonport, ya es demasiado tarde para llamar a mi madre. Y, además, estoy tan agotada por todas las emociones del día que lo único que quiero hacer es dormir un rato. Dejo las llaves en la mesa y la bolsa de la ropa nueva en el suelo, me quito el sujetador por las mangas de la camiseta y caigo de bruces en la cama. En cuestión de segundos me quedo dormida, y se acalla todo, a mi alrededor y dentro de mí.

Dormir es mi superpoder. Quedó demostrado una y otra vez cuando era niña, durante mi solitaria época en Salinas, y cientos de veces cuando estaba en la facultad de Medicina, e incluso después de eso.

Y ahora tampoco me falla. Caigo profundamente dormida. Nada de sueños, ni sentimientos. Y sin que pueda decir por qué, me despierto casi exactamente una hora después. Son las seis y media. No tengo mucho tiempo para ducharme, pero es lo que hay. Entro en la ducha corriendo, me deshago de la humedad y el sudor de todo el día, y salgo igual de rápido. Tengo el pelo fatal por la humedad, está tan descontrolado que casi me da un ataque de risa al mirarme en el espejo. Dejo que la piel se me seque al aire mientras trato de domar los rizos salvajes y el encrespamiento con más agua y producto para el pelo, hasta dejarlos como los de una persona normal.

Pero eso es lo único que puedo controlar. De repente estoy hambrienta, y mordisqueo uno de los *brownies* mientras me visto con el último conjunto de ropa interior limpia, una de las faldas cruzadas y una camiseta aguamarina con un helecho de color cobre en la parte delantera. No tengo mano para el maquillaje, pero busco el pintalabios en el bolso.

Le abro la puerta a Javier, que aparece con ese estilo tan europeo de siempre. Está recién afeitado y huele a ese toque picante de su perfume que me hace querer hundirme en su cuello. De repente, me invaden los nervios.

—Lo siento. No voy vestida para la ocasión, pero esta tarde hacía tanto calor que he tenido que pararme en una tienda de recuerdos a comprar algo. Entra.

Lleva una botella de vino que deja en la encimera, y luego se gira para cogerme la mano y recorrerla con las callosas yemas de sus dedos.

—¿Estás bien?

—Oh, sí. —Me aparto y empiezo a buscar los zapatos, pero no los encuentro, y me detengo en el centro de la habitación con las manos en las caderas.

—Me he comprado unas *jandalias*. No las encuentro.

Se inclina.

—¿Estas?

—Sí, gracias. —Me las pongo—. ¿Listo?

—Espera. —Me toca la parte baja de la espalda con una mano, instándome de alguna forma a mirarlo—. ¿Qué ocurre?

—Tengo mucha hambre, Javier; me voy a convertir en un monstruo en cualquier segundo. Un monstruo real, con cuernos y todo.

—Mmm. —Me aparta el cabello de la cara—. Cuéntame.

Estoy tan cerca de la puerta que siento la brisa que entra por la rendija. Estoy ansiosa por huir de esos ojos oscuros y amables, de ese gesto tierno y de esos oídos dispuestos. Empiezo a negar con la cabeza —«Estoy bien»—, pero entonces, para mi horror, las lágrimas brotan de mis ojos sin parar en contra de mi voluntad. Me siento como si tuviera seis años y, sin embargo, no puedo hablar, solo mirarlo.

Saca un pañuelo del bolsillo y, sin decir palabra, lo coloca en mi mano y me conduce al sofá. Me siento y, cuando él se sienta a mi lado, me apoyo en el espacio que ha hecho para mí contra su hombro y me dejo llevar. Es un tsunami de emoción muda, aparentemente interminable, y no puedo hacer nada frente a él. Sale de mí y no está relacionado con ninguna cosa en concreto, sino con todo en general.

Javier se limita a sostenerme. Me alisa el cabello y me recorre la espalda con una mano, mientras con el peso de la otra, en mi rodilla, me ancla a la tierra. Decenas de imágenes pasan por mi mente: Dylan con dieciséis o diecisiete años, corriendo por la playa con Cinder y feliz cuando este lo derriba y le lame la cara. Yo corriendo detrás de él y lamiéndolos a los dos. Cinder lamiéndome a mí y, después, los tres corriendo hacia las olas… Mi padre enseñándome a cortar tomates de forma perfecta, siempre con un cuchillo muy afilado… Mis padres bailando mejilla con mejilla, tan enamorados, tan guapos… Josie trayéndome una tarta gigante en forma de sirena que ella y Dylan habían preparado para mí, con ocho velas, y más chuches de las que jamás podría comer…

Y hay más. Yo acurrucándome con Dylan, Josie y Cinder en mitad de una noche ventosa en la playa, oliéndolos como si sus cuerpos contuvieran el perfume de la felicidad. Yo sentada y muy quieta, para que mamá me maquillara para Halloween. El regazo de papá, mientras me acariciaba el pelo y le decía a alguien que yo era la viva imagen de su madre.

Y Josie. Josie en la playa con un bikini diminuto, que siempre se le resbalaba del cuerpo moreno y huesudo cuando era pequeña. Josie dando vueltas en la pista de baile del Eden, con la melena ondeando en el aire, a su alrededor. Josie en la puerta de mi casa, medio muerta de hambre e indispuesta, y yo dejándola pasar.

Al fin me quedo sin lágrimas. Por el momento, al menos.

—Voy a lavarme la cara.

Javier me ofrece un paño limpio, y reconozco las rayas verdes de los trapos de cocina. Me siento mortificada, pero lo cojo y empiezo a secarme las lágrimas.

—Lo siento.

Aprieta los labios y niega con la cabeza.

—No te disculpes. —Otra vez me alisa el cabello con esa mano amable y me aparta un rizo húmedo de la frente—. ¿Quieres contármelo?

Respiro profundamente.

—He encontrado a mi hermana, pero el asunto es que no he comido en todo el día. —No puedo contárselo a mi madre todavía, no hasta que sepa qué decirle. Él sabe escuchar. Siempre es más fácil hablar con un extraño o, en este caso, un amante pasajero—. Vamos al restaurante, y te lo contaré todo.

—Vale. —Me aprieta la mano con amabilidad—. Creo que vamos a necesitar mucho vino.

Resoplo, me limpio la nariz y me levanto.

—Amén a eso. —Tiene la camiseta húmeda en el hombro—. ¿Quieres cambiarte?

Le da una palmada con la mano.

—No. Son lágrimas bonitas.

Se me hace un nudo en la garganta. Me gusta, ese es el problema. Me gusta su naturaleza tranquila y apacible, la sencillez que transmite.

—¿Tienes algún defecto, amigo?

Se ríe y extiende las manos en un gesto de «qué puedo decir». Me hace sonreír.

—Gracias, Javier.

Me guiña un ojo.

—*De nada.**

El restaurante se llama Ima. Está empezando a llenarse, y nos sentamos al fondo, encajados en una esquina para poder acomodarnos en ángulo recto en el reservado. Huele tan bien que se me hace la boca agua. Javier pide vino y pan, y el camarero nos sirve una cesta de pan con aceite de oliva y una botella de *pinot noir*.

* En español en el original.

Javier está absorto en el menú, y le hace preguntas al camarero mientras este nos sirve agua. Está claro que conoce el tipo de comida, todo lo contrario que yo. Pide pollo asado y una variedad de verduras para cenar, y algo llamado *brik* como aperitivo.

—Un manjar, te lo prometo —dice mientras entrega los menús al camarero—. Hojaldre con huevo, atún y limones en conserva. Buenísimo.

—A mi padre le encantaban los limones en conserva —respondo—. No es típico de Sicilia, pero pasó mucho tiempo en Marruecos cuando era joven, y le encantaban. Los usaba mucho en sus platos.

—¿Recuerdas alguno?

Doy un sorbo al vino. Después de algunos tragos generosos, siento cómo su magia desciende desde la nuca, por la columna. Es entonces cuando siento que vuelvo a respirar.

—Hacía un pollo asado con aceitunas y limones en conserva que estaba para morirse. De mis cosas favoritas cuando era niña.

—A la mayoría de los niños les gusta la comida más insípida.

—No era partidario de dar a los niños comida distinta a la de los adultos. Aprendimos a que nos gustara todo desde muy pequeñas.

Es su turno de hacer una pausa.

—¿Había algo que no te gustara?

—En realidad, no. Josie era más delicada que yo. Había muchos tipos de pescado que no le gustaban, y solían discutir por ello. —De nuevo, vuelvo al Eden y recuerdo a la niña que trataba de ser el centro de atención de una familia ya de por sí dramática e intensa.

—Ahora se llama Mari, con «i» —repito—. Mari, con «i».

—¿Has hablado con ella?

Asiento con la cabeza de forma un tanto rígida y tomo otro pequeño sorbo de vino, súbitamente consciente de que el alcohol podría no ser mi aliado en semejante estado.

—Más que eso. Nos hemos topado. La he tocado. —El momento vuelve a mí de una forma visceral y más poderosa de lo que preveía—. Ha sido algo breve. Le va muy bien: es madre, esposa y emprendedora. Acaba de comprarse una mansión que perteneció a una famosa estrella del cine de los años treinta.

Asiente.

—La rastreé hasta su barrio y me la encontré en el paseo marítimo de Devonport por casualidad.

—Por casualidad, no —dice, antes de empujar el plato de pan hacia mí.

—No, tienes razón. —El momento del encuentro me atraviesa rápidamente—. ¡Se la ve tan bien! Esperaba otra cosa. No sé el qué. —Obedezco, y mojo el pan en el plato de aceite—. La última vez que la vi, yo estaba en la universidad. Apareció un día, sin avisar, y estaba… hecha un desastre. Como si no se hubiera duchado, con el pelo grasiento y con aspecto de vivir en la calle, cosa que creo que hacía. No iba borracha, pero estaba histérica. Verla de aquella forma me rompió el corazón, así que la dejé entrar. —Parto el pan y doy un bocado mientras rememoro—. Se quedó conmigo algunas semanas. Yo tenía un apartamento, y ella dormía en el sofá y me hacía la comida, cosa que agradecía tanto que ni siquiera ahora podría expresar con palabras. Y, entonces, un día, llegué a casa y todo había desaparecido. Todo. No quedaba nada. —Niego con la cabeza—. Todavía no puedo creer que me hiciera eso. —Tengo la garganta tan seca que la voz me sale ronca—. Me lo robó todo.

—¿Era adicta?

Asiento con la cabeza.

—Estoy segura de que con trece años ya era alcohólica, y de que bebía incluso desde mucho antes. —Un atisbo de horror cruza su cara, y hago un gesto con la mano—. Lo siento. Es una historia triste y terrible. No sé por qué te la estoy soltando.

—No me estás «soltando» nada. —Cubre mi mano con la suya, y el peso relaja mis nervios—. Estoy aquí para escuchar.

Y la verdad es que estoy demasiado cansada como para disimular.

—Cuando era pequeña, era la estrella de mi vida. El centro de todo. Mi mejor amiga, mi hermana, mi... —callo.

—¿Tu...?

—Mi amiga del alma —termino. Una cascada de lágrimas se vuelve a desbordar de mis ojos. Tengo que detenerme a tragar saliva para controlarlas—. Era como si nos conociéramos de otra vida.

—En español decimos *«alma gemela».*[*] Como hermanos de alma.

Siento una punzada en el corazón al escuchar esas palabras.

—Alma gemela —repito.

—Sí.

—Lo cierto es que mi alma gemela me abandonó una y otra vez. —Niego con la cabeza—. Después del terremoto estaba tan sola que lo sentía como una enfermedad. Como algo de lo que podría llegar a morir.

—Ah, *mi sirenita.*[†] —Me coge la mano, me da un beso en la muñeca y sostiene la palma contra su corazón. En voz baja, añade—: Eso pasa, la gente muere de soledad.

Siento un alivio indescriptible al hablar al fin de todo esto, al sentir el calor de su cuerpo cerca del mío y la firmeza de su mano.

—No sé qué pensar de todo esto.

—Quizá —dice con suavidad— es hora de dejar de pensar y empezar a sentir.

Pero la sola idea me marea, porque la lava que tengo dentro está empezando a hervir. Si dejo salir todos esos sentimientos, acabaremos calcinados.

Para mantenerla a buen recaudo, tomo aliento, me siento con la espalda recta y le ofrezco una pequeña sonrisa triste.

—Desde que te conocí, no he hecho otra cosa que hablar de mí misma.

Por un momento, se limita a mirarme.

* En español en el original.

† Ídem que la anterior.

—Tu búsqueda es importante. No tienes que disculparte por el tiempo que le dedicas, ni por todo lo que supone para ti. —Cubre la mano que sostiene con la otra—. Pero entiende que tú también eres importante. No solo tu hermana.

Trago saliva y aparto la mirada. Asiento.

Afortunadamente, el camarero nos trae el aperitivo justo entonces, lo cual relaja el ambiente de la mesa. Es una masa fina y crujiente que envuelve un relleno de atún y huevo cocido, cuya yema se derrama cuando la corto. Sabe a mar, a calidez y a confort. A consuelo.

—Oh, está increíble.

Javier sonríe y cierra los ojos.

—Está muy bueno. Sabía que te gustaría.

Clavo el tenedor en la yema de huevo y una pasta roja bastante picante y pruebo ambas cosas de forma separada de la masa. Mi lengua se regocija con la mezcla de calor y grasa.

—¿Qué es lo rojo?

—*Harissa*.

—Está buenísimo.

—Es un placer comer contigo —dice—. Creo que tu padre me gustaría, si es que heredaste de él esa pasión.

Asiento.

—Sí. Tú también le habrías gustado, creo.

—¿Ha muerto?

—Sí, murió en el terremoto.

Se queda en silencio, a la espera, y entonces me doy cuenta de que estoy tomando aliento, preparándome a mí misma.

—El restaurante y la casa estaban en un acantilado sobre una cala, a unos pocos kilómetros del epicentro del terremoto. Tanto la casa como el restaurante se desplomaron montaña abajo. Mi padre estaba en la cocina, lugar en el que probablemente hubiera deseado morir.

Maldice entre dientes.

—¿Estabas allí?

—Estaba en la casa, pero cuando la tierra empezó a temblar corrí hacia la puerta. Siempre te dicen que salgas, así que luego corrí hacia la carretera. La sacudida me hizo caer, y me quedé tumbada boca abajo con las manos sobre la cabeza, esperando la muerte.

—*Pobrecita.*[*] —Me acaricia la espalda—. Debiste de volverte loca de miedo.

—Sí y no. Estaba asustada, pero también sabía —me río sin mucha alegría—, porque era una completa friki, que el temblor no suele durar más de treinta segundos o así, de modo que me centré en la experiencia. Ya sabes, en pensar sobre el fascinante hecho de que la tierra estuviera moviéndose contra sí misma.

Sonríe brevemente.

—Me di cuenta de que era uno de los grandes, y empecé a tratar de estimar qué nivel tendría en la escala de Richter. Definitivamente…, un siete. Tal vez incluso un ocho, cosa que sería muy rara, por otra parte…

—¿Y te acercaste?

—Sí. —El camarero llega con nuestra comida, y me echo hacia atrás para permitir que la coloque frente a nosotros—. En realidad, solo duró quince segundos y, oficialmente, fue de seis con nueve, con setecientas cuarenta y cinco réplicas.

Los platos —un suculento pollo asado junto a un plato enorme de verduras, zanahorias con queso *feta,* una ensalada de tomate y arroz con lentejas y espinacas— desprenden un aroma a tierra y a especias. Huele a todo lo hogareño del mundo, y apenas reparo en el camarero cuando se lleva el plato vacío del aperitivo, nos rellena las copas y desaparece de nuevo.

—Permíteme —digo, y alcanzo el cuchillo para cortar y servir el pollo.

Un poco para Javier y un poco para mí. Pinchamos las verduras y, entonces, como si fuéramos marionetas con los mismos hilos, ponemos las manos en el regazo y nos detenemos. No es una oración, pero sí un momento de gratitud.

—Qué bonito —digo en voz baja.

* En español en el original.

—Sí —coincide Javier.

Al otro lado de la mesa, mi padre se sienta, coge un trozo de pollo del plato, lo prueba y asiente con alegría.

Todos empezamos a comer.

—Cuando era niño, me fascinaban las tragedias —dice—. Pompeya, la peste negra, la Inquisición.

—Temas alegres. —Saboreo un trozo de zanahoria—. ¿Te acuerdas de los detalles?

—Oh, claro. En el año setenta y nueve después de Cristo, el Vesubio explotó con una fuerza igual a cien mil veces la fuerza de Nagasaki...

—¿Cien mil? —repito con escepticismo.

Levanta una mano como juramento.

—De verdad. Las piedras y cenizas que expulsó llegaron a una distancia de treinta kilómetros, y la erupción mató a dos mil personas en el acto, sepultándolas bajo la lava tal y como estaban.

—¿Has estado allí?

—Sí. Es un lugar extraño e inquietante. —Se detiene a mirar los tomates—. Deliciosos. ¿Los has probado ya?

—Sí. ¿Tú has probado el arroz?

Asiente con la cabeza y mueve las distintas cosas que tiene en el plato con los dientes del tenedor. Le fascina todo.

—Miguel me dijo que este lugar era maravilloso, pero no esperaba que fuera tan... perfecto.

El cansancio emocional me golpea. Quiero dejar atrás todo el peso de haber encontrado a mi hermana, todo el peso del pasado, y mirar hacia adelante. Y, de golpe, deseo poder sentarme con él así muchas veces, durante muchos años. Casi veo una versión fantasmagórica de nosotros, sentados en este mismo lugar, dentro de una década o dos. Él con el cabello canoso, pero con esas largas pestañas todavía enmarcándole los preciosos ojos oscuros, y todavía comiendo así, de forma casi reverencial.

«Cálmate, Bianci», me digo a mí misma, y cambio el tema de conversación.

—¿Miguel es el hermano de tu exmujer?

—Ahora es mi hermano. Ha pasado mucho tiempo.

—¿Toca contigo a menudo?

—No. —Inclina la cabeza—. No estamos… en los mismos círculos.

Ahora me toca a mí sonreír.

—Estás siendo modesto, ¿no?

Encoge un hombro.

—Tal vez.

Me sirvo más zanahorias y le digo:

—Háblame de tu ex. ¿Estuvisteis casados mucho tiempo?

—No, no. Éramos jóvenes cuando nos conocimos, y nos iba muy bien en la cama, ¿sabes?

Una oleada de celos, verde y ardiente, me recorre la columna. Qué raro. No suelo ser celosa.

—Estoy segura de que todas las mujeres son buenas en la cama, contigo.

Lo he dicho con la intención de darle ligereza al asunto, pero, a medida que las palabras van saliendo de mi boca, me doy cuenta de que tienen justo el efecto contrario.

A Javier le brillan los ojos.

—Tomaré eso como un cumplido honesto —dice en voz muy baja—, pero, por desgracia, no es cierto. Debe haber la química adecuada entre los amantes, o si no… —Chasquea la lengua y extiende las manos.

Asiento con la cabeza, fingiendo que no siento el calor de las mejillas.

—Nos casamos, y estuvo bien durante un tiempo. Le gustaba viajar conmigo, las aglomeraciones y el famoseo.

Doy otro bocado al pollo, jugoso y exquisitamente sazonado.

—Mmm.

—Al final, creo que ella solo quería una vida normal. Hijos, un perro e ir a la plaza con los amigos las noches de verano.

—Una buena vida.

—Para algunos.

—No para ti.

—Por aquel entonces, no. Hace mucho tiempo de eso.

—¿Y ahora?

—¿Ahora? ¿Que si quiero esa vida ahora?

Encojo un hombro.

—Esa vida. Esa mujer.

Entorna levemente los párpados.

—A la mujer no. La vida… sí, puede que a veces. —Coge una rebanada de pan—. No te hacía una mujer celosa.

—No lo soy —contesto, y admito el resto—. Normalmente.

—Mi matrimonio terminó hace mucho. Para mí es como una historia que leí una vez.

Mi móvil vibra en la mesa, y lo miro alarmada.

—La única que me enviaría un mensaje es mi madre, y es medianoche allí.

—No te preocupes, atiéndela.

Doy la vuelta al teléfono. «Deberíamos decidir un sitio para vernos mañana». La lava burbujea en mi vientre, y pienso en Pompeya.

—Había olvidado que le he dado mi número a mi hermana —explico, y le muestro el teléfono.

—Contesta, si quieres.

Niego con la cabeza y cubro el teléfono con la palma, como si así pudiera mantener a Josie fuera de mi vida. Por una vez, va a ser ella la que espere.

—Puede esperar.

Capítulo 24

Kit

A la mañana siguiente, en el ferri de camino a Half Moon Bay, estoy tan tranquila como un cirujano. Cosa que, en honor a la verdad, no es más que un eufemismo para no decir «insensible». He conocido a algunos que tenían algo de sangre en las venas, pero tienes que ser —como mínimo— mitad robot para que tu vida funcione. Yo era un manojo de nervios en los turnos de cirugía. Prefiero mil veces Urgencias.

Sea como sea, ahora estoy tomándome un café en el ferri casi vacío. Al menos en este trayecto, pues sigo sin entender cómo han cabido aquí todos los que han desembarcado cuando ha atracado en el distrito financiero.

A diferencia de los que he cogido hasta ahora, este barco no está diseñado para el turismo, así que me siento junto a la ventana, contemplo el escenario de islas volcánicas esparcidas sobre el mar y pienso en cómo sería ver una erupción cien mil veces más fuerte que la bomba de Nagasaki. Cuesta incluso imaginarlo, en esa estampa de aguas azules en calma e islas más azules todavía. A petición mía, Javier no se quedó a pasar la noche conmigo, y he dormido tanto que hace un rato todavía tenía las marcas de la sábana por toda la cara.

Pero admito que he extrañado su compañía esta mañana. No me ha escrito. He estado a punto de hacerlo yo, pero lo he pensado mejor. Sabe que voy a reunirme con mi hermana, porque respondí a su mensaje de camino de vuelta al hotel y ella sugirió el lugar en el que vernos.

Cosa que deseo y temo a partes iguales.

Todavía no he hablado con mi madre; no sé qué decirle. «Sí, está viva. Sí, está bien. ¡Muy bien! Y tienes dos nietos, de nueve y siete años, que nunca has tenido la oportunidad de conocer».

Tal vez debería contarlo de otra forma, como sugirió Javier.

Así que voy a posponerlo un poco más, hasta después de nuestro encuentro de hoy.

Tras unos minutos de agradable vaivén, el agua hace su magia habitual. Miro hacia un chico en kayak que evita la estela de una lancha a motor y luego gira sobre ella con alegría, y eso me hace sonreír. Me estoy enamorando de este lugar. Hay tanta agua y tanto cielo… Me encanta el centro de los pueblos que parecen sacados de otro tiempo, con sus calles peatonales cubiertas y tiendas de todo tipo, y me encanta la forma tan integrada en la que el paisaje lo domina todo.

Como la forma en la que el ferri me lleva hasta una bahía que no había visto antes, escondida y rodeada de colinas. Hay un puerto deportivo con decenas de veleros y yates de varios tamaños, y la ladera de arriba está repleta de casas. Desembarco, y ahí está Josie: con el cabello recogido hacia atrás y unas gafas de sol que le ocultan los ojos. Lleva un sombrero en la mano y lo usa para saludarme.

Levanto una mano y, al hacerlo, me admiro y me odio por la indiferencia que muestro, ajena a cómo me siento en realidad. Estoy nerviosa, temblorosa y al borde de las lágrimas, pero nada me molestaría más que echarme a llorar ahora. Ni siquiera puedo expresar con palabras lo mucho que lo odiaría.

A medida que me acerco, veo que las lágrimas corren por su rostro, y eso me enfurece. Cuando estoy lo bastante cerca, avanza. Levanto una mano para detenerla y, con voz helada, digo:

—No. Ayer me pilló con la guardia baja, pero todo este tiempo has sabido cómo me sentía y me has dejado sufrir y pensar que estabas muerta. ¿Cómo has podido hacerme esto, Josie?

—Mari —dice, y oigo su voz desinflarse—. Ahora me llamo Mari.

—No… —Quiero golpearla.

Debe de verlo reflejado en mi cara, porque dice:

—Mira, podemos hacer todo eso. —Se coloca las gafas en lo alto de la cabeza y veo que tiene ojeras—. Tú me gritas y yo respondo a todas tus preguntas tan honestamente como pueda. Pero ¿podemos, por favor… empezar… de una forma mejor?

Tiene los ojos tan oscuros como botones, iguales que los de mi padre, y su profundidad me atrapa.

Me ablanda.

—Está bien —empiezo—. Estás guapa, Jo… Mari. Muy guapa.

—Gracias. Llevo sobria quince años.

—¿Desde que «moriste»?

Me mira a los ojos, con el mentón alzado. No se avergüenza de eso.

—Sí.

—Pues mamá también.

Parpadea ante esa afirmación.

—¿Lo dices en serio?

—Sí.

Me mira, me mira de verdad. El cabello, la cara y el cuerpo.

—Te has convertido en una belleza, Kit.

—Gracias.

—Te busco en Google cada dos por tres. Espío el Facebook de mamá.

—¿En serio?

Me choca darme cuenta de que ella tenía la posibilidad, pero yo no. Mientras yo la lloraba, buscando su cara entre la multitud, ella me veía en internet. Aparto la mirada y niego con la cabeza.

Me toca el brazo, la parte interior del brazo izquierdo, donde está el tatuaje. En voz baja, dice:

—Eres doctora. Y tienes un gato muy bonito.

Me ablando.

—Se llama Hobo.

Ella sonríe y, justo ahí, en ese gesto relajado, veo a mi hermana perdida. A Josie, la que me leía y tramaba planes conmigo. Estoy a punto de doblarme de dolor.

—Oye —dice suavemente, y me agarra por el antebrazo—, ¿estás bien?

—No, la verdad. Esto es duro.

—Lo sé. Lo es. Es duro para mí, y eso que lo he sabido todo este tiempo. —Me hace volverme hacia el aparcamiento con un gesto amable—. He traído unos tentempiés. Pensaba llevarte a un lugar que me gusta, donde podremos hablar tranquilas. Podría ser incómodo en un restaurante o algo del estilo.

Pienso en mí llorando sin parar en el hombro de Javier.

—Buena idea.

Nos dirigimos hasta su coche: un todoterreno negro, compacto pero lujoso. En el asiento trasero hay cosas que claramente pertenecen a los niños. Me dispongo a subir por el lado derecho y, entonces, veo el volante y rodeo el coche hacia la izquierda. El lado del pasajero.

—Lo siento, está hecho un desastre —dice—. Estoy empezando un nuevo proyecto y al final… No me da tiempo a todo.

—Nunca fuiste muy ordenada, precisamente.

Suelta una risita rápida y vivaz.

—Eso es cierto. Te ponía enferma.

—Sí, es verdad.

—¿De quién narices lo heredaste? No es que mamá fuera muy ordenada, que digamos.

Enciende el motor, que cobra vida sin hacer ruido. Es un híbrido, lo que, para mí, le da puntos.

—Nuestro destino está algo lejos, pero tampoco mucho. ¿Quieres agua?

—Vale.

Me ofrece una botella de metal muy fría.

—Sarah nos prohibió usar plástico hace tiempo. —En las palabras percibo el deje del acento neozelandés, las sílabas ligeramente acortadas—. Y ya no hay nada de plástico en casa.

Estoy en silencio mientras salimos, con las emociones comprimidas y contenidas. El camino es bastante montañoso. Subimos una cuesta empinada, damos vueltas y bajamos otra para volver a subir hasta el centro de un pueblo tan pintoresco como los que ya he visto.

—Esto es Howick —dice.

Las calles descienden en dirección al mar, con todas las casas perfectamente alineadas.

—Qué bonito. Todo el país es bonito.

—Sí, lo es. Me encanta. Siento que aquí puedo respirar.

—No podemos dormir si no escuchamos el mar.

Noto cómo se le corta la respiración. Me mira un momento, y luego vuelve a mirar hacia la carretera.

—Sí.

Imito su acento.

—*Síííí* —digo, arrastrando las letras—. Ya no tienes acento americano.

—¿He aprendido el acento? —pregunta, exagerando la entonación de las palabras.

—Un poco. Tal vez suenes australiana, aunque no sabría decirlo, en realidad.

—¿Has viajado, Kit?

—No —contesto. Y, por primera vez, me permito ser yo—. No lo he hecho, pero desde que llegué aquí me pregunto por qué.

—Supongo que trabajas mucho.

—Sí. Quiero decir… Es cierto, pero tengo un montón de vacaciones acumuladas. —Miro por la ventana hacia el mar que brilla al otro lado de la colina—. En serio, mira este lugar. ¿Por qué no lo había visto antes?

—Entonces, ¿qué sueles hacer?

—Surfear. —Hago una pausa, tratando de pensar en algo más—. Surfear, trabajar y pasar el rato con Hobo.

Suena patético, por lo que me irrita el doble oírla decir:

—¿No estás casada, entonces?

—No. —La lava me quema las entrañas y se vuelve más líquida cuando pienso en mi casa vacía y en la niña (mi sobrina) del paseo marítimo diciéndome que tenía experimentos—. ¿Cuánto tiempo llevas casada tú?

Sus manos, delgadas y bronceadas, se ven algo más pálidas en los nudillos y en las partes que aferran el volante. El anillo del dedo es discreto, pero tiene una bonita piedra de un color verde pálido.

—Once años. Llevamos trece juntos. Lo conocí surfeando en Raglan.

—Espera. Raglan... ¿ese Raglan? ¿El nuestro?

Era uno de los lugares con los que soñábamos los tres. Josie, Dylan y yo.

—El mismo —responde con una sonrisa—. Es precioso. No está muy lejos. Podemos ir allí a surfear otro día, si quieres.

—Tal vez.

Toda la conversación es surrealista..., pero normal. Es decir, ¿de qué hablas con alguien a quien no has visto en tantos años? ¿Por dónde empiezas? El surf es uno de nuestros idiomas.

Y, en el momento justo, ella pregunta:

—¿Has surfeado desde que llegaste?

—Fui a Piha. Eso me dio la idea de llamar a las tiendas de surf, y así es como averigüé dónde estabas.

—Inteligente.

Se instala el silencio entre nosotras; solo se oye la música suave de la radio. Entonces, pregunta:

—¿Cómo supiste que debías buscar en Auckland?

—Te vi en las noticias del incendio de la discoteca en el que murieron aquellos chavales.

Suspira.

—Lo sabía. —Hace una pausa—. Sí, fue una noche terrible. Estaba cenando con una amiga en el Britomart cuando sucedió.

—¿En el restaurante italiano?

Me mira.

—Sí. ¿Cómo lo sabes?

—Fui allí. Me dijeron que solías ir, pero que no sabían cómo te llamabas.

—Buenas chicas.

Siento cómo la rabia me enciende las mejillas ante semejante muestra de satisfacción con su mentira.

—Mamá también te vio en la tele. Fue ella la que me pidió que viniese a buscarte.

—Mmm. —Su tono es indescifrable.

—Ha cambiado, Josie.

—Mari.

—Claro. Porque si las cosas no te convienen, siempre puedes, sencillamente, dejarlas atrás.

Me mira.

—No fue así.

Miro por la ventana, preguntándome por qué me he molestado en venir siquiera. Tal vez habría sido más feliz si nunca hubiera sabido que seguía viva. De nuevo, las lágrimas —cuando nunca en la vida lloro— amenazan con desbordarse. Cuento mentalmente hacia atrás desde cien.

Salimos de la calle principal y enfilamos la cuesta hacia arriba bajo las espesas copas de los árboles de la zona. Helechos arbóreos con hojas extravagantes y alguna especie de arbusto en flor bordean el camino, lleno de baches y badenes. Este acaba frente a la casa que Josie enseñó en el programa de la televisión de Nueva Zelanda.

—La vi en las noticias. ¿Por qué me has traído aquí?

Apaga el motor y me mira.

—Porque necesito que veas la vida que he construido aquí.

De forma obstinada, me quedo donde estoy.

—¿Vas a contarme la verdad sobre lo que pasó? ¿O solo van a ser más mentiras?

—Te juro por lo más sagrado que jamás volveré a mentirte mientras viva.

Abro la puerta y salgo del coche. No estoy segura de querer saber toda la verdad; es más, la sola perspectiva me llena de ansiedad. Miro hacia arriba, hacia el vívido cielo azul y, de repente, siento un montón de cosas familiares acechando en la oscuridad gris de los rincones de mi mente. Se me eriza la piel mientras caminamos hacia la casa, a pesar de que solo corre una suave brisa. Me froto los brazos, tratando de calmarme.

—¿Qué es este lugar?

—Casa Zafiro. La construyó una actriz famosa de Nueva Zelanda de los años treinta, Veronica Parker. Aquí la asesinaron.

—Qué buen rollo. Nada espeluznante.

Mi hermana, cuyo nombre me resulta extraño en los labios, se detiene antes de llegar a la puerta y señala el camino por el que hemos venido. A lo lejos está el océano y, en medio, una vasta panorámica de la ciudad.

—Por la noche se encienden las luces, y todo brilla hasta la costa.

—Fantástico. Así que tienes una mansión, una familia y nada que te moleste.

—Merezco todas y cada una de las cosas que tengo. Pero ¿podemos hacer esto primero? ¿Puedo mostrarte la casa? ¿Por favor?

Tomo aliento. Hago un gesto de asentimiento.

Se vuelve hacia la puerta principal, la abre y la sigo al interior, que es bastante fresco e igual a lo que vi en la tele, con la única diferencia de que impresiona más en persona. El vestíbulo es redondo, y se abre a distintas habitaciones y a una escalera que conduce a la planta superior. Todo de estilo *art déco*.

—Guau.

—Lo sé. Vamos.

La sigo hasta una habitación larga que da al mar, un mar verde que se agita hasta el horizonte. Entre la casa y lo que probablemente sea un acantilado se extiende una amplia zona de césped, y salgo por las puertas de cristal que llevan al mismo. Sopla una brisa suave que susurra sobre mi piel y me revuelve el cabello. Lo sujeto y miro hacia la parte trasera de la casa; concretamente, hacia el segundo piso, donde los balcones se alinean a lo largo de todo el perímetro.

—Jo-der —digo—. Es preciosa.

—Llevo comprando casas y revendiéndolas desde 2004. Empecé en Hamilton. Cuando conocí a Simon, él vivía en

Auckland y me convenció para que me mudara con él. El mercado inmobiliario es una locura aquí, tan malo o peor que en la bahía de San Francisco, y me ha ido muy bien.

—¿Vas a revender esta casa?

—No exactamente. —Mete las manos en los bolsillos traseros. Está tan esbelta y tiene el pecho tan plano como siempre, y el cabello por los hombros le sienta bien—. Estoy enamorada de la casa y de su historia desde que llegué aquí. Antes vivíamos por allí y la veía desde la sala de estar, brillando aquí, en lo alto de la colina. Cuando sale el sol, el amanecer lo baña todo de rosa y parece la… —Calla de golpe, me mira y luego vuelve a mirar la casa—. La casa de una sirena.

Cruzo los brazos.

—La familia de Simon lleva mucho tiempo en Auckland. Vinieron con algunos de los primeros colonos, por lo que conoce a todo el mundo y sabe todo lo que se cuece por aquí. Llevan «incursionando» —Hace el gesto de entrecomillado con los dedos— en el sector inmobiliario desde hace un siglo. Cuando la propietaria murió, Simon la compró enseguida.

—Porque te encanta.

Se vuelve hacia mí y, con simpleza, dice:

—Sí.

Solo puedo mirarla durante un segundo; luego, vuelvo la vista hacia la casa.

—Vi fotos tuyas y de tu familia cuando averigüé tu nombre. Está claro que te adora.

—Tenemos una buena vida, Kit. Mucho mejor de la que merezco. Pero es real y de verdad. Hemos construido un mundo juntos. Tenemos hijos, y ahora voy a reformar esta casa para todos nosotros.

Miro hacia el mar, de vuelta al lugar en el que una línea alta de helechos forma una especie de festón en el cielo.

—Pero todo se basa en una mentira, ¿no?

Inclina la cabeza y asiente.

—¡No sé por qué pensabas que traerme aquí cambiaría cómo me siento ahora mismo! —Noto cómo las emociones cuidadosamente contenidas se agitan inquietas por debajo de mi piel, en lo más profundo de las tripas y en la base del cráneo—. Caíste de pie. ¡Genial! ¿Cómo cambia eso el hecho de que fingiste tu propia muerte? ¡Nos dejaste creer que estabas muerta!

—Lo sé, yo…

—No, no lo sabes, Josie. ¡Hicimos un funeral en tu memoria!

—¡Oh, apuesto a que fue muy concurrido! ¿Contratasteis a vagabundos para que fueran a llorar, o algo así? Porque las únicas personas que quedaban cuando supuestamente fallecí erais tú y mamá. Tú me odiabas a mí y yo la odiaba a ella, así que, ¿quién exactamente estaba allí para llorarme, Kit?

—¡Yo nunca te odié! ¡Tú te odiabas a ti misma! —Me niego a echarme a llorar, pero tengo un nudo enorme en la garganta—. Y, créeme, ¡te lloré!

—¿Ah, sí…? —dice con escepticismo—. ¿De verdad? ¿Incluso después de haberte vaciado el apartamento?

—Estaba furiosa, pero no te odiaba.

—Traté de llamarte. Nunca lo cogiste.

Eso me ha perseguido más de lo que estoy dispuesta a admitir.

—Tenía que mantener las distancias, Josie, pero eso no significaba que te odiara.

Y, por primera vez, veo a la Josie perdida de antaño.

—Siento mucho haberte hecho eso.

Niego con la cabeza.

—Te lloré. No quería —admito—, pero lo hice. Las dos lo hicimos. Durante meses y meses después de tu muerte, busqué en internet cualquier indicio de que hubieras sobrevivido. —Vuelvo a negar con la cabeza, sin aliento—. Durante años pensé que te veía entre la gente, y…

Ella cierra los ojos, y veo que las lágrimas se le acumulan en las pestañas de nuevo.

—Lo siento mucho.

—Eso no me sirve de gran cosa.

Da un paso en mi dirección.

—¿Es que no ves, Kit, que tenía que matarla? Tenía que empezar de nuevo.

Estamos de pie, cara a cara, las dos con los brazos cruzados. Soy mucho más alta que ella, ahora. Pienso en las cosas que creo que sé sobre ella, sobre lo que le ocurrió. Sobre lo que ha vivido esta mujer menuda que, en el pasado, fue para mí como un dragón.

—¿Cómo lo hiciste?

—Vamos dentro. Voy a preparar una infusión.

Me muestra los alrededores de la casa mientras la tetera hierve, y luego llevamos las tazas al salón, donde abre todas las puertas para que corra la brisa marina. Nos colocamos una frente a la otra en el sofá, ella sentada sobre sus piernas. La luz entra de tal forma que resalta su cicatriz, un zigzag desigual que le atraviesa la ceja mal curada.

—El doctor que te cosió hizo un trabajo horrible —digo—. Yo podría haberlo hecho mejor en mi primer año.

—Creo que fue porque tardaron mucho en atenderme. —Se toca la vieja herida—. Los demás estaban mucho peor.

—Triaje —comento.

—Es verdad. Eres doctora de Urgencias. —Sonríe—. Por cierto, ¿le salvaste la vida a un chico en Rangitoto?

Parpadeo.

—¿Qué? ¿Cómo te has enterado de eso?

—Simon me lo preguntó. Salió en las noticias. Historia de interés social y todo eso.

—No fue nada del otro mundo. —Va a interrumpirme y levanto una mano para detenerla—. ¿Te acuerdas de cómo saltaban siempre los chicos de los acantilados? ¿Y cómo cada año alguien se rompía la cabeza? Pues ahí estaba yo, en las rocas desde las que se tiraban, cuando uno se dio un golpe al caer. —Me encojo de hombros—. Creo que hasta llegué al agua antes que él.

Se ríe.

—Me encanta. Aun así es heroico.

—Da igual. —Me siento un poco mareada, y tomo un largo sorbo de la infusión—. Cuéntame la historia.

—Vale. —Toma aliento—. Estaba en Francia con algunas personas. Habíamos viajado por todas partes, surfeando y drogándonos mucho. —Agacha la mirada hacia la taza y veo el peso de sus actos sobre sus hombros—. Yo estaba... mal. —Encoge un hombro y me mira a los ojos—. Ya me viste cuando te robé las cosas. Siento muchísimo haberte hecho eso.

—Continúa.

Asiente con la cabeza.

—Nuestro plan era ir a París, y luego a Niza. No tenía mucho en aquel momento. Una mochila y la tabla. Eso es lo único que teníamos la mayoría. Tomamos el tren en Le Havre. Fui a buscar el baño, pero el primero estaba lleno, y seguí hacia el siguiente. Estaba bastante colocada y, cuando salí, lo hice en la dirección equivocada y, antes de darme cuenta, había llegado a la parte trasera del tren.

Siento una punzada en el estómago.

—La bomba explotó cuando yo estaba allí. Todos los vagones descarrilaron y salí despedida del tren. —Frunce el ceño con el recuerdo y mira por encima de mi hombro izquierdo—. Honestamente, no sé lo que sucedió después, solo que me desperté y estaba... bien.

Se detiene y me mira alarmada.

—¿Qué?

—Me acabo de dar cuenta de que nunca le he contado esta historia a nadie. Jamás.

Y, porque una vez la quise, extiendo el brazo y le toco la rodilla:

—Sigue.

Cierra los ojos.

—Fue horrible. Había personas muertas. Otras gritaban. Solo se veía humo y se oían sirenas y... ruido. Olores. Solo quería encontrar a mis amigos y mi mochila. No podía pensar más que en eso, en mi grupo.

Se detiene y mira hacia el mar. Da toquecitos con los dedos en la taza. Yo sigo callada, permitiéndole contar su historia.

—Cuanto más me acercaba al lugar en el que se suponía que estaban ellos, peor se ponía. No solo había cadáveres, sino… restos. Un brazo. Vi un brazo y vomité, pero no podía detenerme. No sé por qué. No sé en qué estaba pensando; solo estaba obsesionada con encontrarlos.

Asiento con la cabeza.

—Estabas en *shock*.

—Supongo. —Toma aliento—. Mi amiga Amy tenía una mochila ridícula de niña pequeña. Rosa, con flores; ella creía que era graciosa, pero solamente era estúpida. La encontré, la recogí y seguí buscando la mía. Pero… —Se detiene. El silencio se alarga durante treinta segundos, un minuto. No lo interrumpo y, al fin, sigue—: Encontré a Amy. Tenía la cara y las manos bien. Pero algo le había caído encima, en el resto del cuerpo. Estaba muerta. Vi otros cuerpos y una tabla de surf, y solo pude agarrar más fuerte su mochila y caminar. Me fui… Anduve hasta Paris. Tardé horas.

Fuera, en algún lugar, un pájaro emite un sonido robótico y el mar choca contra las rocas. Dentro hay calma.

Josie levanta la vista.

—Tenía un pasaporte de Nueva Zelanda y trescientos dólares. Logré viajar en un carguero y salí de allí hasta llegar aquí.

De golpe, me duele el corazón.

—Joder, Josie. ¿Cómo llegaste a ese estado?

Suelta una risa breve y triste.

—Cada cosa a su tiempo.

Inclino la cabeza.

—¿Por qué no nos lo dijiste? Es decir, te marchabas continuamente.

—Cuando estaba en el carguero me desintoxiqué. Fue horrible. Estuve hecha un trapo durante semanas y, cuando al fin me recuperé, tuve mucho tiempo para pensar. Un carguero tarda bastante tiempo en ir desde París hasta Nueva Zelanda, ¿sabes? —Aprieta los labios—. Tenía que empezar de cero.

Cierro los ojos.

—Me abandonaste.

Sabe que no hablo de cuando supuestamente murió.

—Lo sé. Lo siento.

—¿Simon no sabe nada de esto?

—No. —Sus labios palidecen levemente—. Me odiaría. —De pronto, cambia de tema—. Tienes que venir a conocer a los niños, Kit. Te encantará Sarah. Es igualita a ti.

Mi calma salta por los aires.

—¿De qué hablas? ¿Vamos a olvidarlo todo, sin más, y empezar de nuevo como si no hubiera ocurrido nada, como si no nos hubieras roto el corazón en un millón de pedazos?

—Eso querría —dice Mari.

Y suena tranquila. Clara.

Me hace preguntarme si puedo olvidarlo todo. Dejar la carga, dejar la ira y dejar de culpar a todo el mundo, incluida a mí misma.

Mari dice:

—Ven a cenar esta noche, a conocer a mi familia. A ver quién soy ahora.

—No quiero ser cómplice de tu mentira. —Aunque, si soy honesta, ansío pasar tiempo con mis sobrinos. También me siento extrañamente nerviosa, y mi mente piensa de inmediato en Javier. Pese a estar acostumbrada a la soledad, siento la necesidad de tener a alguien a mi lado—. ¿Puedo venir con alguien?

—¿Un novio?

—No exactamente.

—Claro. Venid a las siete. —Traga saliva—. Mi vida está en tus manos, Kit. No hay nada que pueda hacer para evitar que cuentes toda la historia, si eso es lo que decides. Pero te ruego que no lo hagas.

Me pongo en pie.

—Estaremos aquí a las siete. ¿Puedes llevarme de vuelta?

Asiente y veo que, de nuevo, empieza a llorar.

Y eso me enfurece.

—¡Para! No puedes llorar por esto. No eres tú a quien dejaron atrás, a quien mintieron. Si hay alguien que debería llorar, esa soy yo.

—No me digas lo que tengo que sentir —dice, levantando la barbilla.

—Tienes razón. —Mi voz suena cansada cuando digo—: Llévame de vuelta y ya.

Capítulo 25

Mari

Dejo a Kit en el ferri. Le he ofrecido llevarla al distrito financiero, pero ya tenía ganas de separarse de mí. Cuando me dirijo a casa por el puente, me veo atrapada en un atasco causado por un accidente más arriba. Bajo la ventanilla y subo un poco el volumen de la radio. Lorde, la heroína local, canta su canción «Royals», que versa sobre un grupo de niños obreros que imaginan lo que sería ser rico. En mi estado de ánimo actual, me trae muchos recuerdos y anhelos del pasado. Me pregunto qué sabe Kit de todo lo que ocurrió. De Billy. De Dylan. De mis adicciones, que empeoraron con la hierba que Dylan y yo compartíamos y se multiplicaron después del terremoto, cuando nos mudamos a Salinas. Me pregunto si sabrá que, por aquel entonces, vendía hierba para procurarme lo que necesitaba: bebida, marihuana y algunas pastillas, aunque nunca fui muy aficionada a estas últimas. Eran demasiado peligrosas.

El tráfico avanza ligeramente, y me doy cuenta de que son casi las tres y de que he invitado a Kit y a su acompañante a una cena que no he empezado ni a preparar. ¿Hay algo para cocinar en casa? Por un momento, sopeso la idea de comprar algo para llevar, pero la verdad es que quiero cocinar para ella. Prepararle algún plato de nuestra infancia, algo bonito y reconfortante para mostrarle que también he superado esto. Ella siempre cocinaba cuando nos mudamos a Salinas; comida que mi madre y yo a menudo ignorábamos o dábamos por sentada —guisos y sopas en invierno, ensaladas frescas y *pizzas* caseras en verano—. ¿Qué le gustaría? ¿Qué habría cocinado papá para una reunión familiar como esta?

Seguro que pasta. Considero un montón de opciones. Preparar ravioli lleva mucho tiempo, y la lasaña es demasiado vulgar. Los *bucatini* están muy bien, pero también requieren tiempo. La boca me pide berenjena, pimientos rojos, aceitunas y parmesano. Sí. *Vermicelli alla siracusana* con los limones en conserva favoritos de mi padre, que tengo a mano. Una ensalada de coliflor, y tarta. Tarta de chocolate. Puedo hacer todo eso incluso aunque tarde una hora o más en llegar a casa. Presiono el botón de llamada del volante y ordeno al teléfono que llame a Simon. No responde, pero le dejo un mensaje para que sepa que Kit y su amigo vienen a cenar, y que necesito que traiga vino. Casi nunca tenemos vino en casa.

Kit, en mi casa. Con los niños y mi marido. En la vida —frágil y sólida al mismo tiempo— que he construido aquí.

Se me revuelve el estómago. Esto es lo más aterrador que he hecho nunca, y una parte de mí se pregunta por qué lo estoy haciendo así, de la forma más peligrosa. Cualquier cosa podría salir mal. Un desliz, un lapsus por mi parte. O que Kit decida contarlo todo.

Pero siento que es la *única* manera, como si tuviera que cruzar un puente estrecho y desvencijado hacia la siguiente etapa de mi vida o permanecer aquí en el precipicio, a punto de caer, para siempre.

En realidad, no tengo por qué esperar a que nadie revele nada. Yo misma podría contárselo a Simon.

Pero imagino su cara convirtiéndose en piedra, y me falta valor. No puedo. No puedo y punto.

El tráfico no avanza, y mi mente regresa al pasado.

Sin poder hacer nada por evitarlo, la sigo.

Cuando mi padre y Dylan se pelearon en la cocina de casa, pasamos muchos días sin saber nada de Dylan. Por aquel entonces no había móviles, por lo que no pudimos llamarlo, solo esperar a que regresara.

Cosa que, hasta entonces, siempre había hecho.

Kit estaba furiosa conmigo por haber discutido con mi padre, por haber causado —supuestamente— la pelea entre Dylan y papá, pero no había sido culpa mía y no estaba dispuesta a asumirla. Mi padre y yo no nos hablábamos, y mi madre y mi padre tampoco se hablaban, excepto para pelearse. Entonces sí: ambos se gritaban a pleno pulmón y se lanzaban cosas.

Todo se estaba desmoronando.

Descubrimos dónde estaba Dylan cuando nos llamaron del hospital de Santa Bárbara. Había tenido un accidente brutal con la moto tan solo unos días después de marcharse, y las heridas eran tan graves que lo tenían en coma inducido.

—¿Cómo de grave? —preguntó mi madre a la persona que estaba al otro lado del teléfono.

La mano con la que sostenía su finísimo cigarrillo Virginia Slims le temblaba, y yo tenía el estómago en la boca. Kit estaba de pie, cerca, inmóvil como una piedra.

Las tres fuimos a verlo. En ese momento, estaba consciente, pero muy medicado; tenía la cara hinchada, de color rojo y negro, y la boca desgarrada y cosida. Se había roto el brazo derecho y la clavícula, y también se había fracturado el cráneo. Pero la peor parte se la había llevado la pierna derecha, destrozada también: estaba rota por cuatro partes e inmovilizada de forma precaria. Tardaría seis meses en volver a andar.

Los médicos le mostraron las radiografías a mi madre mientras yo estaba ahí sentada. Kit se había ido a por algo de comer, o algo así, y, no sé por qué, el doctor habló conmigo presente en la habitación. Tal vez pensó que no estaba escuchando, porque estaba leyéndole a Dylan *El principito,* aunque estuviera dormido.

—¿Es su hijo?

—No —contestó ella, sin añadir la justificación habitual de que era su sobrino—. Trabaja para nosotros, nos ayuda a cuidar de las niñas.

—¿Cuánto tiempo lleva con usted?

Estaba incómoda. Yo sabía que Dylan había mentido cuando dijo que tenía dieciséis años y en realidad solo tenía trece. Ella siguió con la mentira y la amplió.

—Tres años, tenía diecisiete.

Habían sido seis años, y ella lo sabía.

—Bueno, aquí puede ver las fracturas recientes; en la pierna, en el brazo y en la clavícula. El pómulo roto está casi curado.

Miré hacia las zonas de color blanco brillante en los huesos grises que el doctor señalaba con el puntero.

Mi madre asintió.

Luego, el doctor pasó a la otra pierna, donde se veía una línea gris irregular en el tobillo, y de ahí pasó a otra en la muñeca, y varias en las costillas. Dijo que eran fracturas antiguas.

—No estoy seguro de que llegara a recibir atención médica por esas heridas.

Mi madre se cubrió la boca.

—Santo cielo. ¿Quién podría haberle hecho algo así?

—Parece sorprendida —dijo el médico.

Yo me quedé de pie junto a la cama; con mi mano, le cubrí a Dylan la muñeca que le habían roto en el pasado y me incliné para colocar la cabeza sobre ella. Pensé en todas las cicatrices, en los puros y en la hebilla del cinturón, y deseé matar a alguien.

Muy despacio.

Fue una emoción brutal, poderosa.

Cuando Kit se enteró, lloró y lloró, pero yo nunca solté una sola lágrima.

Cuando Dylan salió del hospital, todavía le quedaba una larga recuperación por delante, con tres enfermeras ansiosas por ir a buscarlo, cargarlo, llevarle libros y jugar a las cartas y a juegos con él. Al principio estaba retraído y triste, se acurrucaba en su habitación y se negaba a salir, incluso cuando nos dimos cuenta de que podía bajar las escaleras de culo sin hacerse daño. No nos hablaba, solo miraba por la ventana con indiferencia. Apático.

Pero no había contado con las mujeres Bianci. Mi madre le aireaba la habitación todas las mañanas. Corría las cortinas y dejaba que entrara la brisa fresca del océano. Le cambiaba las sábanas y la ropa, y lo obligaba a soportar los lavados con esponja que le estuvo realizando de forma privada hasta que mejoró lo suficiente como para hacerlo por sí mismo.

Kit le llevaba conchas y plumas, y le hablaba del estado del mar para surfear y de quién había hecho qué sobre las olas.

Yo le leía, a veces durante horas. Iba a la biblioteca de la escuela específicamente a buscar historias de aventuras, y a una librería de segunda mano de Santa Cruz a por libros que pensaba que podrían tener una buena trama que lo enganchara. Él vetaba todo lo que era violento, cosa que dejó fuera todas las historias de terror y de aventura, pero lo entendí. Encontré algunos libros en la habitación de mi madre que resultaron ser densos cuentos históricos; no exactamente como los de Johanna Lindsey —que me gustaban mucho—, sino más enrevesados. *Verde oscuridad*, cosas de Taylor Caldwell, historias sobre el pasado. Le gustaron.

Mi padre estaba arrepentido —sabía que se había equivocado, tanto conmigo como con Dylan—, pero su única concesión fue dejar volver a Dylan y prometerle que tendría trabajo en cuanto se curara.

Sentada en el coche, todavía atrapada en el atasco del puente del puerto y sin apenas movernos, me pregunto por qué le leía yo en vez de hacerlo él mismo. Creo que había alguna razón, pero no recuerdo cuál. Le leí durante toda la primavera y parte del verano, cuando empezó a curarse.

Curarse de forma física, porque mentalmente no estaba bien. No hablaba demasiado, y tomaba muchas pastillas —por aquel entonces, nadie había oído hablar de las crisis de opioides, y los médicos recetaban Vicodin y Percocet como si fueran caramelos.

Aquel fue un verano caluroso. No teníamos aire acondicionado, así que tratamos de convencerle para que bajara a la planta inferior, donde podría sentarse en la terraza con vistas al mar y donde, de paso, le daría la luz del sol.

—Estás blanco como un fantasma —bromeé.

Se encogió de hombros.

Era verano. Yo me dedicaba a surfear y a pasar el rato con mis amigos en la playa que había al final de la carretera desde nuestra cala. Tenía catorce años, casi quince, y las hormonas disparadas. El cabello me llegaba hasta el culo, y cuando lo liberaba de la trenza, las ondas rubias contra mi piel morena volvían locos a los chicos. También los volvía locos el hecho de que surfeara mejor que ellos. Aunque no era como Kit, que, pese a ser dos años menor que yo, era mucho mejor surfista. También era demasiado alta y demasiado *hippie* como para que pudiera considerársela bonita, pero aquello parecía encajar con el respeto que los chicos le tenían en el agua.

En realidad, no me importaba que ella fuera mejor en eso. Yo era la reina de todo lo demás. Si quería un chico, lo tenía; incluso si era más mayor, aunque tuviera dieciocho años. Durante las noches que pasé en la playa, fumando droga y aprendiendo a esnifar cocaína con los vagabundos, también aprendí muchos trucos para complacer a los chicos. Masturbaciones, felaciones. Dejaba que me quitaran la camiseta, pero nadie podía tocarme la parte inferior. Me gustaban los besos, mucho. Me gustaba sentir esa presión y el poder que todo ello me daba.

Nunca llegaba hasta el final, y eso, de algún modo, me hacía pensar que no estaba mal. Era joven, vivía en la playa, surfeaba, me iba de fiesta y me enrollaba con tíos. ¿Qué más podía pedir?

Kit hizo las cosas de otra forma. Las heridas de Dylan, las antiguas y las presentes, centraron su atención en el cuerpo, en la Medicina, y se inscribió en una especie de campamento friki en Los Ángeles para aspirantes a médicos. Por supuesto, entró, y aquello redujo considerablemente mis fiestas, porque mis padres se marchaban a un congreso de hostelería en Hawái y también iban a estar fuera dos semanas. Ellos se lo tomaban como una segunda luna de miel, aunque, según mis cálculos, era, más bien, la quinta o la vigésima. Se peleaban con furia, una y otra vez, y luego volvían a quererse.

Esta vez, me quedé a cargo de Dylan. Al principio me cabreé por ello. Era tan aburrido que resultaba ridículo. Ni siquiera cuando le leía las partes realmente *sexys* de los libros me miraba o decía algo; simplemente seguía mirando por la ventana.

Pero él había estado ahí para nosotras, para Kit y para mí, y no podía dejarlo tirado en el piso de arriba, solo durante dos semanas. Los dos primeros días volví a instarlo a que saliera de la cama y bajara a la planta inferior, pero él solo usaba las muletas en la superior. No había bajado desde que había regresado a casa.

Le llevaba la comida y luego bajaba los platos. Le llevaba la ropa limpia y las medicinas, y lo ayudaba a llegar a la ducha.

—¡Esta vez lávate el puto pelo! —grité.

Un caluroso atardecer, tres o cuatro días después, me harté de su comportamiento.

—Venga, Dylan. Saca el culo de la cama y vamos fuera.

—Ve tú —dijo—, estaré bien.

Puse los ojos en blanco.

—Esto es absurdo. ¿Qué demonios te pasa?

Sus ojos aguamarina brillaron en el crepúsculo.

—No lo entenderías, Saltamontes.

—Oh, ¿por qué? ¿Porque eres la única persona a quien le han pasado cosas malas?

Volvió la cabeza.

—¡No! —Alcanzó mi mano y dejé que la cogiera—. Solo estoy agotado, joder.

—¿De qué?

Cerró los ojos, y las pestañas le formaron largas sombras sobre los pómulos. Su boca, tan maltratada, ya estaba curada, y el suave atardecer le iluminaba los labios con una luz rosada. Era como un hada que hubiera llegado a la tierra equivocada.

Sentí una punzada en el pecho al pensar que realmente podría suicidarse en cualquier momento. Llevada por un impulso salvaje, me incliné y lo besé en esos preciosos labios.

Fue electrizante. La boca me vibraba, y un rayo recorrió todos los nervios de mi cuerpo. Durante unos largos instantes —en realidad, no sé cuánto tiempo fue—, un minuto o tal vez dos, él respondió, como si fuera algo automático, o como si estuviera colocado. Probablemente fueran ambas. No me importó.

Cuando abrió los labios y nuestras lenguas se encontraron, mi cuerpo ardió con tanta fuerza que pensé que me desmayaría.

Entonces, me apartó.

—Josie, para. No.

Me eché hacia atrás, consciente de que tenía la cara roja como un tomate. Me coloqué el pelo sobre el hombro.

—Solo quería que te movieras. —Dejé caer su mano—. Supéralo, colega.

Cogí sus pastillas para el dolor de lo alto de la cómoda.

—Estaré abajo.

Pasaron dos días, pero al final rugió de frustración y bajó las escaleras de culo. Llevaba el pelo suelto, e iba vestido solo con unos bóxeres. Con la pierna como la tenía, incluso los pantalones cortos abiertos le resultaban incómodos.

—Dame las putas pastillas.

Sonreí, me acerqué y las dejé caer en sus manos.

—¿Quieres un poco de agua? ¿Comida?

Después de aquello, empezó a mejorar. Bajaba a jugar a las cartas y, un par de veces, sus amigos vinieron con ron y marihuana. Traían cogollos tan cristalizados con THC que parecía que los hubieran sumergido en diamantes. Tras solo un par de caladas del *bong,* yo ya estaba KO.

Y tal vez él no se hubiera dado cuenta de que yo había crecido, pero, desde luego, sus amigos sí. Uno me besó en el pasillo. Habíamos estado bebiendo ron y fumando tanto que no era capaz ni de formar una sola frase coherente. Lo aparté y negué con la cabeza. Él tendría veintitantos, y una buena cantidad de vello en el pecho. Estaba bastante segura de que no se iba a conformar con una mamada.

Dylan apareció por la esquina cuando el chico tenía la mano puesta en mi culo, y perdió los papeles.

—¿Qué cojones haces, tío? —Le apartó la mano de un tortazo—. Es una niña.

El tío se rio, borracho, y retrocedió con las manos en alto.

—Vale, vale. Pero, hermano, no es una niña. ¿No la has mirado últimamente?

Me pitaban los oídos del colocón que llevaba encima, pero, de repente, deseé que Dylan me viera así. Que me viera como una chica.

Y, cuando miré hacia arriba, vi que me estaba mirando. Allí estábamos los dos, borrachos y hasta el culo. Él no llevaba puesta la camiseta, solo un par de bermudas de mezclilla de talle bajo. Se apoyó en una muleta, sin apartar sus ojos de mí. Lo sentí en los hombros, en el pelo, en el vientre desnudo bajo mi camiseta. Estaba más morena que nunca, con la piel del color de las nueces pecanas, y la melena suelta me colgaba sobre los hombros, los brazos y los pechos. No llevaba sostén. Por un segundo, pensé en lo fácil que sería quitarme la camiseta y enseñarle mi cuerpo. Mostrárselo y ver esa expresión que tenía en la cara, y que no era distinta a la que había visto en los otros chicos.

—Eres muy bonita, Saltamontes, pero sigues siendo una niña. Debes tener cuidado con los tíos como ese.

Se dio la vuelta, salió del pasillo y me dejó con la absoluta certeza de que el único chico al que quería —el único al que siempre había querido— era él. Dylan. Siempre había sido así. Y siempre lo sería.

Y también supe, en lo más profundo de mi interior, que él sentía lo mismo.

Mis padres llegarían a casa en cinco días, así que no tenía mucho tiempo. Pensé en un millar de formas de seducirlo, algunas de las cuales ya había puesto en práctica sin éxito, como, por ejemplo, no anudarme la camiseta de cuello *halter* demasiado fuerte para que, al ayudarlo a meterse en la cama, se me viera buena parte del lateral del pecho. No pareció darse cuenta. Me puse una blusa fina sin sostén, y cuando me miré en el espejo comprobé que se me transparentaban los pezones, acentuados por el triángulo de piel blanca al que no le daba el sol. La llevé puesta todo el día y ni siquiera me miró.

Le leí a Johanna Lindsey, pero me detuvo cuando llegamos a la parte realmente jugosa y se cubrió las orejas con una carcajada.

Una noche, los grillos y el océano cantaban en la playa. En el cielo, las estrellas brillaban como diamantes.

—Vamos a la cala —dije—. Ya puedes andar con una sola muleta, ¿no?

Inclinó la cabeza y me pasó el *bong*.

—Tal vez. ¿Quieres pillar tequila del almacén?

—¡Sí! —Di una calada, le pasé el *bong* y dije—: Vuelvo enseguida.

Cogí una botella de tequila, limas y mi arma secreta —un diminuto paquete de celofán lleno de cocaína que había encontrado en la mesita de noche de mi madre—, y lo metí todo en la mochila, junto con una manta para extenderla sobre la arena y cuatro refrescos para no deshidratarnos por completo.

—Vamos.

Me dedicó una media sonrisa, y me alegré muchísimo de verlo casi como era antes.

—Guau, colega. Qué bueno verte así de nuevo.

Se rio y nos dirigimos hacia los precarios escalones de madera que llevaban a la cala. Yo me puse delante, por si él tropezaba. Cuando llegamos a la arena, di un grito de alegría.

Me rodeó los hombros con un brazo.

—¡Yuju! ¡Yuju!

Sacamos lo que llevábamos —el tequila, las limas y la sal, el *bong* y la bolsa de marihuana— y, entonces, le enseñé el diminuto sobre de cocaína y levanté una ceja.

—Estás de broma, ¿no? —replicó.

—No, es de verdad. Cocaína de mamá.

—Te matará cuando vea que ha desaparecido.

Puse los ojos en blanco.

—Nunca sabrá que he sido yo. —Le tendí el paquete ceremoniosamente—. Haz los honores.

—¿Lo has hecho antes alguna vez?

Mentí:

—Un par de veces, pero solo un poco.

Hizo las rayas y las esnifamos y, en diez segundos, cogí el mayor colocón de mi vida. Salté a la pata coja y empecé a bailar con la brisa marina, con los brazos sobre la cabeza.

—¡Guau! —grité, casi sin aliento—. Guau.

Él sonrió mientras me veía girar. Desaparecieron todas las inhibiciones. Me convertí en mi yo de niña, bailando para todos los clientes del bar, con el cabello ondeando a mi alrededor y la cabeza llena de canciones. La música del patio nos alcanzó y yo me entrelacé con ella. Llevaba una blusa con mangas colgantes y dobladillo, y sentía la brisa arremolinándose sobre mi cintura. Aquello me excitó. En una oleada de calor y deleite, me puse de rodillas, me quité la camiseta y besé a Dylan, todo en un movimiento.

Él cayó hacia atrás, impulsado por la fuerza de mi cuerpo, y sus manos se aferraron a mi espalda desnuda y a mis brazos. Durante un momento que me pareció eterno, me besó y nos restregamos el uno contra el otro. Lo sentía duro debajo de mí, y eso me envalentonó. Me senté con la entrepierna contra la suya y le coloqué las manos en mis pechos.

Empezó a resistirse, a protestar, pero me moví contra él.

—Enséñame cómo se supone que tiene que ser, Dylan. Solo una vez. Nunca se lo diremos a nadie.

—Josie...

Le cogí el rostro con las manos.

—Por favor —susurré sobre su boca—. Lo que tenemos es especial, real. Por favor. —Lo volví a besar.

Y en la oscuridad de la playa, hasta arriba de cocaína, Dylan cedió.

Antes de aquella noche, cuando fantaseaba con ese momento, todo era como en las películas: suave y con música romántica de fondo. La realidad fue, al mismo tiempo, mejor y peor. Tocarlo y besarlo fue un millón de veces más emotivo de lo que había esperado. Fue como si nos hubiéramos fundido en una sola persona. Yo me deslicé bajo su piel destrozada y llena de cicatrices, por la sangre que todavía fluía por su cuerpo. Él nadó por la mía, y por mi alma, y me convertí en algo más, en alguien más. Él me enseñó, con suavidad y paciencia, qué se siente cuando alguien que te ama te toca de la forma adecuada. Tuve un orgasmo por primera vez: exploté en mil pedazos que llegaron hasta las estrellas y que, al asentarse de nuevo en mi carne, trajeron de vuelta la luz de todas ellas. También aprendí a complacerlo, aunque en aquello ya tenía algo de práctica.

Pero el sexo duele. Mucho. Fingí que no, pero no fue fácil, y se tomó su tiempo para que todo fuera bien. Al final lo consiguió y fingí que me gustó, pero no fue así. En absoluto. Sangré mucho después, y eso también se lo oculté.

Nos quedamos dormidos en la playa, borrachos y drogados, y también saciados, acurrucados el uno junto al otro como cachorros.

Una noche. Esa noche.

El fin de todo.

Capítulo 26

Kit

Cuando me bajo del ferri después del encuentro con Mari, me detengo a tomarme un helado y me siento en un banco a contemplar la gente pasar. El helado es mi debilidad, la dulzura cremosa, el frío, la profunda satisfacción. Cuando era niña, comía todo el helado que mis padres me permitían —boles gigantes, cucuruchos de tres bolas y tres sabores—. Hoy he elegido vainilla y un sabor local muy afamado llamado *hokeypokey*, con pedacitos de un *toffee* de miel que está tan bueno que me arrepiento de no haber pedido las dos bolas de este sabor.

No obstante, con la edad adulta llega la disciplina, así que presto toda mi atención al helado, consciente de que estoy usando la comida para calmar mi corazón dolorido y sin que ello me importe ni un poco. El azúcar y la nata me calman los nervios, y el flujo de personas pasando junto a mí me recuerda que mis problemas, por grandes que parezcan en este momento, son rocío en el mar.

Pero, maldita sea, me siento a la deriva.

Después de que Josie «muriera», mi madre se tomó en serio lo de dejar el alcohol. Se desintoxicó en un programa residencial de treinta días, y luego se volcó en Alcohólicos Anónimos. Iba a reuniones todos los días, a veces hasta dos o tres veces al día. Trabajó los pasos, encontró un padrino y se convirtió en la madre que tanto deseé tener a los cinco, nueve y dieciséis años. Una madre presente y capaz de escuchar.

Y, sobre todo, me puso como prioridad en su vida.

Al principio me asusté. No sabía cómo manejar el cambio. Cómo hablar con ella, cuando lo único que le importaba era estar sobria y su hija. Honestamente, no tenía tiempo para eso. Estaba finalizando la beca de investigación y tenía mucho que escribir, además de las responsabilidades del trabajo, pero ella veía bien hasta eso. Me hizo saber que estaba disponible si la necesitaba. Me llamaba, sin falta, una vez a la semana o cada dos y, aunque casi siempre le saltaba el buzón de voz, no desistía, sino que me dejaba mensajes alegres —una breve historia sobre algo del trabajo o sobre sus largas caminatas diarias—. Por primera vez en toda su vida no tenía pareja y no la quería, y resultó que, sin la constante briega con los hombres y el alcohol, tenía mucho más tiempo. Se lanzó a las plantas de interior, cosa que me hizo reír —era una afición curiosa para la persona menos capacitada para cuidar de alguien que yo conociera—, pero cuando vi sus orquídeas, tuve que tragarme mis palabras.

Después de un tiempo, comencé a responder a sus llamadas. Regresé a Santa Cruz y acepté un puesto en Urgencias. Tras un par de años, me compré la casa. Dos años más tarde, me di cuenta de que mi madre iba a seguir sobria y de que podía confiar en su nueva versión y, aunque nunca he sido capaz de tratarla con mucho cariño —como suele ocurrir con los hijos de alcohólicos después de muchos años de abandono—, le compré un apartamento en la playa para que pudiera oír el mar por las noches.

Tomo un pequeño bocado de helado y pienso que debería llamarla. Allí es de noche. Podría darme noticias nuevas de Hobo.

Pero ¿qué le digo de Josie?

Mientras subo la colina de regreso a mi apartamento, caigo en que ya podría organizar el regreso a casa. Ya he encontrado a mi hermana. Pasaré el rato con los niños esta noche, y tal vez me tome uno o dos días extra para surfear y salir una o dos veces más con Javier. Todavía no he vuelto a escucharlo cantar.

Siento que algo me atraviesa el pecho, pero hago caso omiso. Lo hemos pasado bien. Claro que lo extrañaré. Podemos mantener el contacto por correo electrónico y, en unas semanas, olvidaremos la urgencia del ahora.

«Te estás enamorando un poco de mí», dijo.

Indago en lo que siento. ¿Será eso cierto?

Tal vez. O quizá es que estoy conmovida por todo lo que está sucediendo. La búsqueda, el lugar, el hecho de que hemos tenido un sexo muy, pero que muy bueno. Más que bueno. Fantástico. Pensar en ello me hace desear su cuerpo sólido en este momento. Desnudo.

Pero no es amor, pese a todo. No es una emoción en la que pueda confiar.

Los lujosos pasillos de mármol del rascacielos están vacíos a esta hora del día —media tarde—, cuando todos los residentes están trabajando y los viajeros se dedican a hacer turismo. Entonces, súbitamente, no quiero subir a mi habitación y volver a mirar el mar desde allí. En vez de eso, me doy la vuelta y cruzo la calle hacia un parque que sube por una colina empinada, un camino que serpentea en largos zigzags hacia la cima.

Me detengo al pie de la colina, me cruzo el bolso sobre el cuerpo y asciendo por el primer tramo de la ladera. Es un paisaje verde y denso. La luz del sol se intercala con las sombras que cubren la hierba gruesa. Esta exuberancia me hace reparar en lo seca que es California.

Mientras sigo el camino asfaltado hacia arriba, los árboles captan mi atención. Árboles gigantes y viejos, higueras de Moreton Bay de envergadura improbable y con ramas larguísimas que se extienden sobre el paisaje de una forma muy orgánica. Bajo el ritmo para tocar una, recorro la corteza con la mano y la sigo hasta el tronco, tan ancho como un coche pequeño y lleno de recovecos y rincones. Paso por encima de las raíces y entro en un hueco hecho por la propia corteza lo suficientemente grande como para vivir en él. Estoy segura de que alguien lo ha hecho alguna vez.

Es como si los árboles me hubieran lanzado un hechizo, pues me doy cuenta de que estoy en calma, de que la confusión que sentía se desvanece. Deambulo entre ellos, admirando las formas que adquieren las raíces y las ramas —aquí hay un hada tendida, durmiendo en la hierba con la melena cayendo a su alrededor; allí hay un niño pequeño que se asoma entre las ramas—, mientras a mi alrededor pasean estudiantes de la universidad cercana, caminando en parejas, o subiendo la cuesta penosamente con mochilas pesadas a la espalda. Un grupo de jóvenes ha atado una fina correa entre dos troncos y tratan de caminar por ella; el más versado hace trucos. Uno de ellos repara en mi fascinación y me invita a intentarlo. Sonrío, niego con la cabeza y sigo mi camino.

Al final, me detengo a descansar en la curva ahuecada del tronco de un árbol, que claramente otras personas han utilizado con el mismo fin. Me acuna a la perfección, y cuando me echo hacia atrás y estiro las piernas frente a mí, siento que toda la tristeza, la rabia y el desaliento me abandonan. Es como si el árbol vibrara muy levemente contra mi cuerpo, nutriéndome y estabilizándome. Tomo aliento y miro hacia las copas de los árboles mientras la brisa hace crujir las hojas y me acaricia la cara.

Es como estar en el mar esperando una ola. A veces, ni siquiera importa la ola. Hay tanta paz ahí fuera, en medio de su cuerpo ancestral, siendo parte de él y al mismo tiempo sin serlo…

Así es como me siento ahora. Parte del árbol, del parque, de la ciudad que ha capturado mi imaginación en tan poco tiempo. Me da espacio para pensar.

«¿Qué quiero?».

¿Qué quiero de mi hermana? ¿Qué pensaba encontrar?

Ya no lo sé. No sé lo que esperaba.

Cojo una ramita del suelo y le doy vueltas una y otra vez mientras mi mente se llena de imágenes. Josie trayéndome sopa de pollo cuando tuve gripe y sentándose conmigo para leerme en voz alta un libro de historias de sirenas. Josie bailando de forma salvaje en el patio que daba al mar, mientras los adultos observaban con aprobación. Josie saliendo en mi defensa como un gato salvaje cuando un chico de la escuela trató de atraparme en un rincón para tocarme. Lo golpeó con tanta fuerza que le dejó un moratón que duró semanas, y a raíz de aquello la expulsaron. El chico nunca volvió a molestarme.

Y más... Dylan leyéndonos cuando éramos pequeñas, trenzándome el cabello y esperando en la parada del autobús con nosotras... Y Dylan ese último verano, consumido por la adicción que lo había convertido en un espantapájaros. Pienso en las muchas cicatrices de su cuerpo, y cómo inventaba historias para cada una de ellas.

Por último, pienso en cómo quedaron la casa y el restaurante después del terremoto, esparcidos por el acantilado como una caja de juguetes volcada, con mi madre gritando y gritando, inconsolable.

Cierro los ojos y descanso contra el árbol. Lo que quiero es ir hacia atrás en el tiempo y arreglarlos a todos. Salvarlos a todos. A Josie, a Dylan y a mi madre.

No quiero arruinarle la vida a Mari. Esta noche iré a cenar, a disfrutar de los niños, y luego la dejaré. No sé qué hacer con mi madre, ya que querrá ser abuela desesperadamente. Estoy convencida de ello, y está claro que yo nunca voy a darle nietos. Mi madre. Ella también ha sufrido. ¿Por qué nunca le he dicho que estoy orgullosa de ella? ¿Que sé lo difícil que fue para ella cambiar su vida? Es... extraordinaria, de verdad. ¿Por qué todavía mantengo las distancias con la única persona que me ha demostrado estar a mi lado pase lo que pase?

La aceptación viene a mí como una ola suave. Ella está a mi lado.

La siguiente ola trae consigo la aceptación de que no tengo que ordenar todos mis sentimientos ahora mismo. Hay tiempo. Seré amable con Mari y su familia, y mantendré el secreto. También le diré la verdad a mi madre, y dejaré que Mari/Josie lo sepa. Y, a partir de ahí, tendrán que solucionarlo entre ellas.

Aliviada, acunada por un árbol maternal, me quedo dormida en medio del parque, en el centro de una ciudad densamente poblada. En paz.

Cuando llego a casa, lavo el vestido rojo que me he puesto tan a menudo. Con las *jandalias* que me compré en Devonport es pasable. Pienso en hacerme una trenza, pero cuando recuerdo a Sarah y su melena salvaje, me dejo el cabello suelto, a excepción de un par de trenzas en la parte delantera para evitar terminar el viaje en ferri con todos los rizos sobre la cara.

Antes le he mandado un mensaje a Javier para preguntarle si querría venir conmigo, y ha aceptado con solemnidad: «Sería un honor». Abre la puerta con el móvil en la oreja y me invita a entrar con un gesto mientras pronuncia un «Lo siento» silencioso y, a continuación, levanta un dedo. Un minuto.

Habla en español, obviamente, y me doy cuenta de que no lo he escuchado hacerlo antes. Eso me recuerda el hecho de que lo conozco desde hace tan solo un par de días. Suena como si estuviera solucionando un problema, yendo y viniendo con la persona del otro extremo de la línea, con un tono autoritario incluso al hacer preguntas. «Sí, sí», dice, y mueve la cabeza de un lado a otro mientras me mira, haciendo un gesto de bla, bla, bla con la mano. Más español. «Gracias, adiós».* Cuelga, y viene hacia mí con los brazos extendidos.

—Lo siento, era mi mánager. Estás preciosa.

—Gracias. Es el vestido.

Sonríe, se baja las mangas y las abotona.

—Cada vez que te vea con ese vestido, te imaginaré quitándotelo, arrojándomelo y lanzándote al agua. —Anima toda la frase con gestos y termina con un silbido y las manos apuntando hacia una bahía imaginaria. Lleva el cabello revuelto y, sin pensarlo, levanto una mano y se lo aparto de la frente. Rozo el calor de su piel con los dedos y le toco la punta de la oreja cuando ya estoy retirando la mano—. ¿Cómo estás?

Pienso en ello unos instantes.

—Bien.

—¿Has hablado con tu hermana?

* En español en el original.

Le aliso la parte delantera de la camisa y aplasto el bolsillo perfectamente planchado.

—Sí.

Inclina la cabeza.

—¿No más ira?

—Oh, estoy enfadada. —Tomo aliento—. Pero... No tiene sentido. Es agua pasada.

—Mm.

—¿Qué? ¿No me crees?

Me pone las manos en los hombros.

—Puede que no sea fácil hacerlo desaparecer todo tan rápido.

Hago un gesto hacia el parque.

—Me he quedado dormida en los brazos de un árbol de hadas. Probablemente se ha llevado mi enfado.

Sonríe y me da un beso en la nariz.

—Tal vez —dice, y me toma de la mano—. Vamos a ver a tu hermana regresada de entre los muertos.

De camino a casa de mi hermana, por el paseo marítimo en Devonport, en el suave atardecer de Nueva Zelanda, Javier sigue cogiéndome de la mano.

—¿Has llamado a tu madre?

—Todavía no. Esta tarde estará en el trabajo, seguramente.

—Debe de ser difícil pensar qué decirle.

Lo miro.

—Tal vez. —Me detengo—. Es aquí.

La iluminación interior de la casa la hace parecer una tarta con acabado de pan de jengibre. Todavía me marea pensar en lo lejos que llegó, y todo lo que hizo para aterrizar aquí, en este precioso y pequeño lugar donde vive ahora con sus hijos. Una decena de imágenes de Josie cruzan por mi mente: la niñita envuelta en joyas de sirena; la fiera preadolescente que nos defendía a ambas de las peleas de nuestros padres; la adolescente promiscua; la surfista drogata...

«¿Es que no ves, Kit, que tenía que matarla?», me ha dicho esta mañana.

Tal vez no tuviera otra forma, de verdad. Pero estoy demasiado cansada emocionalmente como para pensar en ello ahora mismo.

Un perro aparece en la ventana y empieza a ladrar. La niñita se asoma en la mosquitera. Sarah.

—Esa es mi sobrina. —Tiro de la mano de Javier.

Estoy ansiosa. Saludo con la mano mientras subimos los escalones, y ella abre la puerta. Un *golden retriever* se acerca meneándose, con la mitad del cuerpo acompañando a la cola. Otro perro, un sobrio pastor, se queda algo atrás.

—Hola, Sarah. ¿Te acuerdas de mí? Soy Kit.

—No voy a llamarla por su nombre de pila. ¿Es señorita?

—Sí, lo siento. Soy la doctora Bianci.

Se le iluminan los ojos.

—¡Doctora Bianci! —Ofrece la mano para estrecharme la mía. Su agarre es muy fuerte para ser una niña de siete años—. ¿Es el señor Bianci?

Javier da un paso al frente con solemnidad.

—Soy el señor Vélez, a su servicio.

Ella suelta una risita.

—Adelante.

La seguimos a una habitación con ventanas abatibles a ambos lados, reforzadas con contraventanas internas que —imagino— deben de ser para las tormentas. Las paredes son de un tono amarillo vivo, y los sofisticados diseños de los tejidos también son de colores primarios. Hay mucha luz en todo el lugar, y es acogedor y alegre, tan parecido a la Josie de la infancia que casi me mata allí mismo.

Sarah nos presenta a los perros: Ty, el *golden retriever;* un perrito peludo llamado Toby; y Paris, el tranquilo pastor negro. Justo cuando termina, Simon entra corriendo en la estancia mientras se seca las manos.

—Ah, lo siento. ¡Hola de nuevo! —Extiende la mano para estrechármela y me da un beso en la mejilla—. ¿Todos te llaman Kit o debería llamarte por otro nombre?

—Papá, es doctora. Deberías llamarla doctora Bianci.

Nuestras miradas se encuentran, y apruebo por completo el brillo de la suya.

—¿Te importa si te llamo Kit?

—Kit está genial.

Los hombres se presentan, y entonces padre e hija nos conducen a una galería que da a un jardín espectacular con un invernadero en el que hay puesta una mesa para seis. En el centro de la mesa hay velas encendidas. Aquí, los colores son más suaves, azules y verdes en los manteles individuales y los cojines de las sillas.

—Qué bonito.

Al fin aparece mi hermana, con un sencillo vestido azul de verano y un cárdigan blanco por encima. Tiene el pelo cubierto con una banda, del mismo tono azul que el mantel y las servilletas, que le destaca los pómulos y la línea del cuello y que, por otro lado y al mismo tiempo, no le esconde la cicatriz. Se ruboriza al saludarme, y algo en su abrazo tenso me molesta de nuevo.

—Estoy tan contenta de que estés aquí —dice.

Se detiene levemente cuando va a saludar a Javier. Él le estrecha la mano y le da un beso en la mejilla.

—Javier Vélez —se presenta—. Encantado de conocerte.

—¡Dios mío! —Se pone un poco nerviosa mientras sostiene la mano de Javier entre las suyas—. Es un honor que estés aquí. —Se vuelve hacia Simon, sonriente—. Es un cantante español muy famoso.

—¿De verdad?

Lanzo una mirada burlona a Javier. Se encoge ligeramente de hombros e inclina la cabeza, como si admitir su vida real pudiera considerarse una violación de la etiqueta.

—Puede que algo famoso en algunos lugares.

Simon se ríe.

—Ya veo.

Mari me mira y sacude la cabeza con suavidad.

—Podrías haberme dicho que tu amigo era un músico famoso, Kit.

—Oh —Lo miro; me siento en desventaja—, es que lo olvidé.

Los tres se ríen, pero Javier se lleva mi mano a los labios y me da un sonoro beso. No debería gustarme un gesto tan de novio como este, pero lo cierto es que ahora me anima.

—Cosa que me encanta de ti, *mi sirenita.*[*]

Es entonces cuando baja el niño, Leo. Es la viva imagen de su padre, y se muestra relajado, seguro de sí mismo. Ha estado jugando a los videojuegos, pero no monta ningún escándalo por tener que dejarlo.

Vuelvo a la cocina con Mari, y el olor me envuelve y me transporta a mi antiguo hogar.

—Dios mío, ¿qué has cocinado?

Me sonríe con orgullo, y la seriedad con la que presenta la comida me atraviesa.

—*Vermicelli alla siracusana.*

—Con limones en conserva. —Me inclino para inhalar la mezcla de aromas, y son tan embriagadores que me marean—. Qué bonito. Como los de... mi padre.

Me toca el brazo, el que tiene el tatuaje.

—Esta noche me he tapado el mío —dice en voz baja—, pero se darán cuenta, hermana pequeña.

Lo toco, escamas de sirena verdes y azules con una inscripción que parece hecha con una pluma estilográfica y que dice: HERMANA PEQUEÑA.

—Amigas —digo, y me encojo de hombros.

Ella asiente con la cabeza.

—Claro, pero es evidente que tú eres la hermana mayor.

—Ja. Ese es el chiste, ¿no?

—Sí. —Otra vez ese acento que la hace parecer otra persona. Me toca el brazo—. Esa fue la primera vez que intenté dejar mis adicciones de verdad. Después de verte y de comer juntas en aquel restaurante. Cuando nos hicimos los tatuajes.

—¿En serio? No lo sabía. ¿Por qué?

---

[*] En español en el original.

Niega con la cabeza mientras mira hacia el cielo purpúreo a través de la ventana.

—Estabas tan centrada en tu carrera… Era inspirador. No dejaste que… —Toma aliento y suelta el aire—… todo lo que sucedió se interpusiera en tu camino.

Pienso en lo triste que me he sentido esta misma tarde por no haberle dicho nunca a mi madre lo orgullosa que estoy de ella.

—Al final lo conseguiste —digo—. Estoy orgullosa de ti.

Traga saliva y se vuelve hacia la estufa.

—Gracias.

Sarah entra en la cocina.

—¿Quiere ver mis experimentos?

—Claro. ¿Tenemos tiempo antes de la cena?

—Solo un par de minutos, cariño —dice Mari—. No tardes.

—¡Bien! —Sarah me toma de la mano y me lleva hacia la puerta trasera—. ¿Le apetece?

Estoy tan feliz de tener su manita en la mía…

—Cuando yo era pequeña, siempre estaba haciendo experimentos.

—Tengo algunos experimentos de plantas en proceso —dice, apuntando al invernadero—. Mi abuelo me ayuda a prepararlos. Estamos cultivando tres semillas distintas para ver cuál crece mejor, y también hemos plantado semillas de aguacate en tres hábitats distintos. Y apio.

Me sorprende la madurez que muestra, sus descripciones articuladas.

—¿Has averiguado algo ya?

—Tuvimos que tirar la cuarta semilla de aguacate porque murió. No les gusta el agua salada.

Asiento con la cabeza, y dejo que me guíe a través del centro barométrico y sus medidas, grabadas con astucia en su letra infantil. Visitamos el centro de cristal de roca y el miniinvernadero para la semilla de aguacate número tres. Del cielo comienzan a caer gotas que golpean el techo de vidrio, y oigo a Mari decir:

—¡Vamos, vosotras dos, antes de que os empapéis…!

Las dos nos reímos y echamos a correr hasta la casa, mojándonos las piernas. En la puerta, dice:

—Tiene que quitarse los zapatos, o mi madre se enfadará.

Me agacho para desabrocharme las sandalias y, entonces, me toca los rizos.

—Tenemos el pelo exactamente igual.

Le sonrío.

—La verdad es que sí. ¿Te gusta?

—No —dice con tristeza—. Una niña de la escuela se burla de mí.

—Solo tiene envidia de ti por lo lista que eres.

—¡El abuelo dice exactamente lo mismo!

—El abuelo es el padre de Simon —dice Mari mientras nos sostiene la puerta—. ¿Quieres unos calcetines?

—No, gracias.

Vuelve a tocarme el brazo desnudo, como si fuera su hija. Me desarma.

—Estoy muy contenta de que estés aquí, Kit. No tienes ni idea de cuánto te he echado de menos.

—Creo que sí —contesto, y me aparto de su caricia.

Capítulo 27

Mari

Durante la cena, al fin, respiro tranquila. Kit es muy tierna con Sarah, y se ríe con las bromas que Leo hace para impresionarla. Está deslumbrante, cosa que no esperaba y debería haber hecho. Tiene los hombros esbeltos de mi madre y un buen escote, y la risa y la amplia sonrisa de mi padre. Todo eso con la confianza que le faltaba en su juventud: toda una joya. Tanto mi marido como mi hijo compiten por su atención, mientras que Sarah está absorta a su lado. Simplemente la adora.

Como también la adora Javier, que la mira como si fuera el sol, como si pudiera hacer que las flores florezcan y los pájaros canten. Está claro que trata de ocultarlo para hacerse el guay, pero está enamorado de ella.

Descifrar a Kit es más complicado. A lo largo de los años ha creado un caparazón amable y sofisticado que apenas muestra a su verdadero yo. Veo a la Kit real de vez en cuando, cuando escucha a Sarah y se inclina para acercarse. Cuando Javier le toca el brazo o el hombro, o le echa un poco más de agua de la jarra.

La veo, sobre todo, cuando habla con Simon. Es como si quisiera conocerlo y sentir simpatía por él. Eso me da esperanza.

Pero ahora es Simon quien me preocupa. De vez en cuando parece perplejo, o sorprendido. A su encantadora y delicada manera nutre la conversación, y le pregunta a Javier sobre su música y a Kit sobre su pasión por la Medicina. Pero, otras veces, me mira y frunce un poco el ceño. ¿Se ha percatado de su tatuaje?

Leo se da cuenta.

—Oye, ¡mi madre y tú tenéis el mismo *tattoo!*

Kit levanta el brazo.

—Excepto por una diferencia. ¿Puedes verla?

Él observa el tatuaje y arruga el entrecejo.

—¡Oh! El suyo dice hermana mayor. —Lo arruga más—. Pero tú eres más grande.

Ella me mira.

—No siempre fue así. Ella creció primero, y luego lo hice yo.

Entonces, para distraer la atención de los tatuajes —o eso parece—, Javier dice:

—Creo que algún día serás muy alto. ¿Practicas algún deporte?

—Sí. —Leo vuelve a sentarse y se sumerge en su pasta—. Muchos. El *lacrosse* es mi favorito, pero a mi padre le gusta que nademos porque tiene los clubes.

—¡Eh, ya vale! Menuda fama me estás dando… —protesta Simon, entre risas—. Eres libre de dejarlo cuando quieras, hijo. —Toma una rebanada de pan de ajo de un plato—. Pero eso garantizará que Trevor tome la delantera esta temporada.

Leo frunce el ceño.

—Nunca voy a ganarlo, lo sabes.

—Si crees en ti, podrás hacer cualquier cosa —dice Kit de forma serena.

—No sabes cómo nada ese niño. Todo el mundo dice que irá a las Olimpiadas algún día.

—Puede —dice Simon—. Y tú también puedes darte por vencido.

Leo le lanza una mirada maléfica y Simon se ríe.

—Ya decía yo.

Todo va increíblemente bien. Leo y Sarah limpian la mesa mientras preparo café. Los demás adultos pasan al salón, que es más cómodo, y Simon busca música en el teléfono —algo de *jazz* de mediados de siglo y también pop— para crear un ambiente agradable. Estos son nuestros hábitos, el baile que hemos creado. Cuando entra en la cocina, creo que todo fluye con normalidad hasta que pregunta en voz baja:

—¿Por qué parece todo tan forzado esta noche?

—¿Forzado? —Lo miro sin malicia—. No me he dado cuenta.

—Estás a la que salta, como un gato. Kit debe de saber muchos secretos sobre ti. Todos los esqueletos que tienes en el armario.

—No seas tonto. —Le hago señas para que se vaya—. Vuelve allí y entretenlos.

Sus dedos me rozan la parte superior de la espalda antes de marcharse. Se oyen risas procedentes del otro cuarto. Leo pregunta si puede jugar al Minecraft, y le digo que no. Sarah todavía no ha terminado de girar alrededor del sol que es su nuevo ídolo, y me ayuda a llevar un plato de *petits fours* al salón.

—No me digas que también los has hecho tú —dice Kit.

—Qué va. Simon los ha comprado en la pastelería, de camino a casa. —Sirvo y paso las tazas de café—. Es descafeinado.

Sarah se sienta junto a Kit, que dice con algo de humor:

—Tu madre era una cocinera horrible cuando éramos jóvenes.

—¿En serio?

Kit me lanza una mirada, y deja la taza sobre la mesa.

—De verdad. No sabía ni cocinar beicon.

—¿Por qué no lo ponía simplemente en el microondas?

—No teníamos —contesta Kit, y enseguida se da cuenta del desliz—. Nadie tenía.

—¿No teníais? —repite Sarah, arrugando la nariz.

Y en ese preciso instante, al mirar los rostros de mi hermana y de mi hija, que son reflejo el uno del otro, ambos con los mismos rizos color nuez moscada, la misma forma de ojos y las mismas pecas en la misma nariz, me doy cuenta de que no hay forma de guardar el secreto. Sarah es una versión en miniatura de Kit, hasta en los gestos y el color de los ojos.

En ese momento, Sarah dice:

—¡Oye, las dos tenemos los dedos de los pies iguales!

Kit mira el pie de Sarah, junto al suyo. Una pierna corta, una larga, los mismos dedos segundos y terceros, ese orden genético específico, dispuestos de la misma manera. Kit me mira y toca el cabello de su sobrina.

—Es cierto, qué casualidad.

Se me acelera el pulso y el sudor no deja de brotarme por debajo del cabello. Miro a Simon, que niega con la cabeza, anonadado. Extiende las manos. «¿Qué es todo esto?».

Y, sin embargo, le habla a Sarah:

—Cariño, es hora de irse arriba.

Ella suelta un bufido y creo que va a protestar, pero solo se vuelve hacia Kit y dice:

—Es la hora de los adultos. Tengo que irme. ¿Volverás?

—Lo intentaré.

Sarah la abraza, fuerte, y veo cómo eso derrumba a mi hermana. Lo noto en cómo aprieta los ojos, y en cómo rodea a mi hija con los brazos. Con firmeza.

—Me ha encantado conocerte.

—Adiós —dice Sarah en voz baja, y se dirige arriba.

Un silencio sepulcral se adueña de la estancia cuando Sarah desaparece, pese a la música que sigue sonando. Kit mira a Javier, y este le toma la mano de una forma protectora y se le acerca.

Al fin, Simon dice:

—No puede parecerse más a ti.

Kit inclina la cabeza y me mira.

Y aquí está, el momento que debería haber sabido que llegaría. Hace semanas que siento esta colisión entre mi antigua vida y la nueva. Respiro profundamente y miro a Simon a los ojos:

—Somos hermanas.

Está desconcertado.

—No lo entiendo… ¿Por qué no contarías algo así?

Tomo aliento, incapaz de reprimir las lágrimas que empañan mis ojos.

—Me dijiste que podía contártelo todo, pero… —Miro hacia arriba—. Es una historia muy larga.

Kit se levanta y se toca la falda, nerviosa.

—Deberíamos marcharnos. Esto es algo entre vosotros dos.

Simon le hace un gesto con la mano para que se siente.

—Por favor, no os vayáis. Me gustaría conocer la historia.

Ella vacila; primero me mira a mí y luego hacia las escaleras y, finalmente, asiente a Simon con la cabeza. Se remete la falda entre las piernas y se sienta en el borde del sofá, preparada para huir en cualquier momento.

El terror me hiela la piel.

—Sería mejor que hablásemos primero, Simon. En serio.

Niega con la cabeza.

Ya lo he perdido. Lo veo en la postura de los hombros, y en la forma laxa y aparentemente relajada en la que se coge las manos. Odia mentir. No tolera las mentiras en los empleados ni en los amigos, lo sé casi desde que lo conozco.

Pero no desde antes de enamorarme de él.

Tarde o temprano, tienes que enfrentarte a las cosas, a tu vida. Así es para todos. Y aquí está mi ajuste de cuentas.

—Vale. La versión corta es la siguiente: mi verdadero nombre es Josie Bianci. Crecí en las afueras de Santa Cruz. Mis padres regentaban un restaurante. Kit es mi hermana pequeña. Dylan era nuestro… —Miro a Kit.

—Tercero —dice—. No era exactamente un hermano, ni un pariente. Sino nuestro… —Mira a Javier—. Amigo del alma. Nuestra *alma gemela.**

—No lo entiendo. —Simon parpadea como si intentara ver a través de la niebla—. ¿Por qué mentir sobre algo tan normal?

—Porque —digo con cansancio— hasta hace unos días, Kit y mi madre pensaban que estaba muerta. —Trago saliva y lo miro—. Todos lo pensaban. Escapé por los pelos de un ataque terrorista en París y dejé que todos pensaran que estaba muerta.

Él palidece, hasta la piel que rodea sus ojos se pone blanca.

—¡Jesús! ¿Así es como te hiciste la cicatriz?

—Eso fue en el terremoto.

* En español en el original.

—Entonces eso sí es real. —Se pasa un dedo por la ceja, un gesto que significa que está luchando por mantener el control. Se me encoge el corazón, porque normalmente sería yo la que le ofrecería consuelo—. Jesús…

Kit se levanta.

—De verdad, tengo que irme.

Javier también se levanta y coloca la mano en la parte baja de su espalda.

Kit dice:

—Simon, me ha encantado conocerte. —Se vuelve hacia mí y veo que hay lágrimas en sus ojos—. Ya sabes cómo encontrarme.

Todo el dolor, la esperanza y el horror que he estado reprimiendo se precipitan al exterior y me levanto para arrojarme a sus brazos. Y, por primera vez, siento que me abraza de corazón, devolviéndome el amor. Si dejo que caiga una sola lágrima estaré perdida, así que, en vez de eso, me quedo temblando de la cabeza a los pies. Me abraza con fuerza durante mucho rato, luego me aparta y ahueca las manos a ambos lados de mi cara.

—Llámame mañana, ¿vale?

—No te preocupes, seguiré sobria.

—Eso no me preocupa lo más mínimo. —Es tan alta que me da un beso en la frente. En un momento de lucidez, me doy cuenta del mucho, del muchísimo tiempo que he perdido, de cuánto me he privado de ella. De cuánto nos he privado a ambas, a cada una de la otra—. ¿Puedo darle las buenas noches a Sarah?

—Sí —contesto antes de que Simon pueda intervenir, y me dirijo al pie de las escaleras para llamarla.

Baja tan rápido que me preocupa que lo haya escuchado todo, pero incluso si lo ha hecho, su padre y yo necesitamos tener una conversación bien larga antes de que todo salga a la luz. Se detiene a tres escalones del final para mirar a Kit a los ojos y dice:

—Estoy muy contenta de haberte conocido. ¿Me escribirás cuando vuelvas?

Kit emite un leve sonido agudo y ahogado.

—Haré algo mejor que eso. —Mete la mano en su bolso—. Esta es una de mis plumas favoritas. Es una estilográfica, y ahora mismo tiene mi tinta favorita, que se llama *Mar encantado*. Te enviaré un bote, y tu madre puede enseñarte a rellenarla.

—¡Oh, es preciosa! —Sostiene la pluma en las manos, más contenta y a la vez atemorizada de lo que yo nunca la haya visto—. Gracias.

—¿Cuál es tu color favorito?

—El verde —dice con decisión.

—Te mandaré también algunas tintas verdes, para que decidas cuáles te gustan más.

Sarah asiente con la cabeza.

—¿Puedo darte un abrazo? —pregunta Kit.

—Sí, por favor —contesta mi niñita educada.

Y se abrazan.

—Vuelve, por favor —ruega Sarah en voz baja.

Me conmueve lo mucho que mi hija deseaba una aliada, una persona a la que admirar. Alguien como ella.

¿Le habría ocurrido esto también a Kit?

Tanto ella como Javier me tocan el hombro al salir. Le doy un beso a Sarah en la cabeza y la envío arriba.

Tomo aliento y entro en el salón para enfrentarme a Simon.

Mi marido está sentado en el sofá con las manos entrelazadas frente a él. Normalmente me sentaría en la silla más cercana, pero esta noche elijo otra algo más alejada. Estoy temblando.

Durante un largo rato, no dice nada. La música todavía suena, un tranquilo Frank Sinatra que me hace pensar en mi padre, dato que antes habría omitido.

—A mi padre le encantaba Frank Sinatra.

—¿A cuál? ¿Al de verdad o al que te inventaste? Al que murió en un accidente, con fuego y todo, o…

—Tienes derecho a estar enfadado —le interrumpo—, pero no tienes derecho a ser cruel. —Levanto la barbilla—.

Mi verdadero padre murió en el terremoto de Loma Prieta. No hubo fuego, pero fue violento.

Deja caer la cabeza en las manos, un gesto de tanta angustia que me lleva a extender el brazo para acariciarlo antes de contenerme.

—Tengo mis motivos —digo en voz baja—. No espero que lo entiendas ni que me perdones en este momento, pero, dado que hemos construido un buen hogar y un buen matrimonio juntos, te pediría que, al menos, escuches la verdad antes de juzgarme.

—Me has mentido, Mari. —Levanta la cabeza, y veo que tiene los ojos rojos y brillantes con lágrimas no derramadas—. O... ¿Josie, era?

—Sigo siendo Mari. Sigo siendo la mujer a la que amabas esta tarde.

—¿De verdad? —Emite un leve sonido—. Empezaste mintiéndome y lo has seguido haciendo durante casi trece años. ¿Alguna vez ibas a decirme la verdad?

Niego despacio con la cabeza.

—No. Maté a la mujer que era antes por buenas razones, Simon. No te habría gustado en absoluto. —Me cuesta un mundo que la voz no me tiemble—. La odiaba. Me odiaba. Se presentó la oportunidad y, simplemente, la aproveché. Era matarla o morir.

—¿De verdad eras adicta, o eso también era mentira?

—Oh, no. Esa parte es absolutamente cierta. Eso fue lo que me hizo tan miserable. Mi madre también era adicta, pero Kit dice que ahora también está limpia. —Me miro las manos: la alianza de matrimonio y el anillo de compromiso brillan en el anular—. Lo dejó cuando pensó que estaba muerta. Así que supongo que eso hizo que las dos dejáramos la adicción.

No responde. Siento una punzada en el pecho por haberle hecho daño, pero no sé qué más decir.

—Lo cierto es que —interviene— somos la culminación de nuestros actos. No puedes ser Mari sin ser también Josie. —Me mira—. No puedes ser la madre de Sarah sin ser la hermana de Kit.

—Pero eso es exactamente lo que hice.

—¡Te lo inventaste todo! —grita—. ¡Nada es cierto! Ni Tofino, ni tus padres muertos. Todo es una mentira. ¿Cómo puedo siquiera saber quién eres?

Inclino la cabeza y encojo los dedos de los pies en la alfombra, en el lugar en el que una flor amarilla se enrosca alrededor de una pared azul.

—Sé que ahora mismo estás demasiado enfadado para escuchar la historia, pero me gustaría que me dieras una oportunidad para contártela.

Su mandíbula apretada muestra su inmovilidad, su lucha consigo mismo por mantener el control.

—No lo sé. —Su voz es totalmente fría cuando me mira a los ojos.

Ahora sé cómo deben de haberse sentido los que han caído en desgracia con él. Me siento como arrojada del paraíso a una tierra salvaje. Desterrada.

Y, sin embargo, también veo la tristeza en sus ojos, y sé cuánto valora el autocontrol. Se va a detestar si expresa cómo le he roto el corazón. Tomo una decisión.

—Voy a quedarme en casa de Nan, o en un hotel, o algo.

—¿Qué?

—Que voy a darte tiempo para… —Lucho por encontrar las palabras adecuadas—. Para poner las cosas en orden.

Aprieta la mandíbula.

—Me has decepcionado tanto, Mari…

Una oleada de ira se eleva incluso por encima del terror que siento.

—En la vida no todo es blanco o negro, Simon. Tu vida ha sido muy fácil. —Lucho contra el impulso de llorar, de pedirle misericordia—. Lo has tenido todo desde que naciste. Eres guapo y rico, y tus padres te han cuidado de verdad. Kit y yo… —La emoción invade mi voz—. Solo nos teníamos la una a la otra hasta que llegó Dylan. —No puedo evitar que las lágrimas se derramen por mi cara, pero no voy a ser débil. No ahora. No después de todo lo que he tenido que hacer para llegar hasta aquí... Para quedarme aquí—. No fue una buena infancia.

—Y, sin embargo, ahí está Kit, quien parece haberlo hecho bien.

Eso es justo e injusto al mismo tiempo.

—Sí —digo con calma—, Dylan y yo la protegimos tanto como pudimos. No siempre fue suficiente.

Tal vez esté oyendo la desesperación, la pérdida..., algún indicio de la realidad que fue mi vida de niña.

—Escucharé tu historia, pero no puedo hacerlo ahora mismo.

Está muy cerca de echarse a llorar. Veo el esfuerzo que le cuesta mantenerse de una pieza. Odiará que lo vea romperse.

—Te daré espacio. Déjame unos minutos para hacerme una bolsa.

Una de las cosas más difíciles que he hecho en toda mi vida —¿o debería decir «mis vidas»?— es entrar en la habitación que he compartido con mi amado esposo durante más de una década, coger una bolsa y llenarla, sabiendo que cabe la posibilidad de que no vuelva. Eso y obligarme a mantener la compostura por los niños. No puedo pensar en una posible separación, todavía no.

Entro en sus respectivos dormitorios. Sarah se ha acostado y está profundamente dormida, con la estilográfica en la mano. La beso con cariño en la cabeza para no despertarla; apago la lámpara y salgo de puntillas.

Leo todavía está jugando al Minecraft. Aparta la vista de la pantalla y me mira con culpabilidad.

—Pensé que no pasaría nada, como estabas hablando con...

Levanto las cejas.

Apaga el juego.

—Ya me voy a dormir.

—Espera, necesito hablar contigo un momento. —Me siento en el borde de la cama y doy una palmadita en el edredón a cuadros.

—Vale. —Se deja caer a mi lado, con los brazos delgados y bronceados de todo el sol que le ha dado este verano mientras practicaba natación.

—Voy a llevar a Kit a Raglan a surfear por la mañana, así que os quedáis solos unos días. Cuida de tu hermana.

Él asiente y aprieta los labios.

—Te he oído discutir con papá. Es tu hermana, ¿no?

—Sí. Te lo contaré todo cuando vuelva. ¿Puedes esperar?

—Sí. —Hace una bola apretada con una camiseta—. Papá está muy enfadado. ¿Os vais a divorciar?

Niego con la cabeza y le doy un beso en el pelo.

—Está enfadado. Pero solo tenemos que hablar de algunas cosas, ¿vale? A veces los adultos tienen conflictos.

—Vale.

—Te quiero, Leo León —digo—. Sé bueno.

—Pásalo bien surfeando.

—Colega.

Eso lo hace reír. Salgo de la habitación y bajo las escaleras hasta llegar a la cocina. Los perros están dormidos sobre las baldosas. Deseo llevarme uno conmigo, pero no sería justo para ellos. En vez de eso, me dirijo al garaje, meto la bolsa en el coche y me subo al asiento del conductor.

Y, en realidad, solo tengo un lugar al que ir.

Capítulo 28

Kit

De camino hacia el ferri, siento la huella de las manos de mi sobrina en los hombros. La noche es agradable, las estrellas titilan por encima del agua y las deslumbrantes luces de Auckland se debilitan a ambos lados a medida que el paisaje cambia. Veo la forma de las colinas sobre las que la ciudad está construida, cada una con su propio haz de luces.

—Este lugar es precioso —murmuro.

—Sí —dice Javier.

El silencio amortigua mis sentimientos, mis pensamientos, mis palabras. No tengo nada que decir cuando embarcamos en el ferri, nos sentamos dentro y vemos el agua oscura pasar. Él nunca presiona. No me toma de la mano, y eso es algo que agradezco, porque ahora mismo no lo soportaría. Solo se sienta en silencio a mi lado.

Cuando atracamos, pregunto:

—¿Vas a cantar esta noche?

—Puede.

Asiento.

—Eso me gustaría.

—Vale. —Por un momento, me busca con la mirada; no pregunta cómo estoy, simplemente me aparta un mechón de pelo de la sien—. Es una niña encantadora. Me hace desear haberte conocido a su edad.

Pienso en mi yo del pasado en la playa, con los pies enterrados en la arena mientras Dylan encendía el fuego, y siento hervir la lava en mi vientre. Aparto la imagen de inmediato. No soporto ni una pizca más de emoción.

—Sus experimentos son maravillosos. —Me toco el pecho a la altura del corazón—. Yo era así. Un poco rara. Muy apasionada para las cosas que me importaban. Siento la necesidad de protegerla.

Me mortifica pensar que mi búsqueda de la verdad pueda llevar a mi hermana a la miseria. Después de tanto tiempo y tanto esfuerzo, me parece terriblemente injusto. Sigue siendo horrible que fingiera su propia muerte, pero…

No lo sé.

Mi móvil suena en el bolso, y lo saco rápidamente, preocupada por lo que haya podido ocurrir desde que nos hemos marchado. Es un mensaje de Mari:

Estate lista para ir a surfear a las seis de la mañana. Estaremos fuera todo el día.

—Lo siento —le digo a Javier—. Es mi hermana. Escribo:

No tengo el equipo, así que tendré que alquilarlo.

Tengo acceso a todo. ¿Qué tabla usas ahora?

Una corta, no importa.

Te veo a las seis, frente al Metropolitan.

Vale.

Me detengo y luego añado:

¿Estás bien?

No. Pero nada de esto es culpa tuya. Te veo por la mañana.

Miro a Javier.

—Nos vamos a surfear por la mañana.

—Bien.

Cuando el ferri se detiene, me toma de la mano y tira de mí para ponerme en pie. Su agarre me reconforta; parece capaz de evitar que deje volar mis pensamientos, o que caiga en el caldero de mi burbujeante mezcla de emociones, donde podría abrasarme hasta quedar reducida a cenizas.

Cenizas... *Cinders,* en inglés. Sonrío pensando en mi antiguo perro.

—Cuando era niña, tenía un perro que se llamaba Cinder —digo—. Era un *retriever* negro, y estaba con nosotras a todas horas. ¿Tú tuviste mascotas?

—Sí, muchas. Perros, gatos, reptiles. Una vez, durante poco tiempo, tuve una serpiente, pero se escapó y no volví a verla nunca más.

—¿Qué tipo de serpiente?

—Una normal. Probablemente vivió en el jardín hasta el fin de sus días.

Subimos la colina hacia el restaurante español en el que toca Miguel, y me doy cuenta de que ya he memorizado algunas rutas: del ferri al apartamento y del apartamento al mercado. Me gustaría conocer más lugares, ver qué hay más allá del parque de los árboles mágicos. Ir al otro lado del puente y ver cuáles son las luces del norte, pero se me acaba el tiempo.

—Supongo que tengo que volver a mi vida real.

—¿Tan pronto?

Encojo un hombro.

—Mi madre se está quedando en mi casa, cuidando de mis cosas. Dejé mi trabajo casi sin previo aviso, de la noche a la mañana. Y ya he cumplido mi misión aquí.

Él asiente. Todavía me sostiene la mano. Por lo general, agarrar la mano de alguien me resulta sudoroso y claustrofóbico, pero la suya encaja con la mía mejor que la mayoría. Casi me aparto cuando pienso en ello, pero no tiene importancia. Voy a marcharme.

Antes de entrar al restaurante, se detiene frente a mí y me mira.

—Si te quedas unos cuantos días más, podríamos explorar un poco juntos. Podrías tener unas vacaciones de verdad, disfrutar de tu familia.

La luz de la puerta cae en cascada en el centro de su nariz, alcanza las curvas de su boca y le ilumina el cuello.

—Tal vez.

—Piénsatelo.

—Vale.

Cuando entramos, Miguel nos ve y corre a saludarnos. Esta vez lleva una camiseta turquesa, y este color resalta al máximo su cabello oscuro y su piel cálida.

—*¡Hola, hermano!* —Se dan un abrazo, palmadas en la espalda y luego se apartan—. Tú debes de ser Kit —dice, y me ofrece la mano.

Se la estrecho.

—Encantada de conocerte. —En mi mente veo los ojos de una niña que me atormentan. El dolor me inunda—. Javier me ha hablado mucho de ti.

Encierra mi mano entre las suyas.

—Lo mismo digo, aunque se ha quedado corto al hablar de tu belleza.

Me río por el cumplido pomposo. Javier chasquea la lengua con humor.

—¿Vas a cantar? —pregunta Miguel—. Te hemos echado de menos. Pero, claro, no queremos que tu cita salga corriendo otra vez. ¿Tan terrible fue que no lo soportaste?

—No le hagas caso —dice Javier con la mano en mi espalda—. Se cree muy gracioso.

—La última vez tenía asuntos que atender —contesto—. Fui una maleducada. Esta vez estoy deseando escuchar cada nota.

Javier me pasa el brazo por los hombros y me da un beso en la sien.

—Será un placer darte una serenata.

---

* En español en el original.

—¿Eso es lo que será, una serenata?

Entrecierra los ojos.

—Cada palabra será una palabra de amor —murmura, cerca de mi cuello—. Y todas estarán dedicadas a ti.

Otro comentario pomposo, pero como nuestro breve idilio está a punto de terminar, dejo que traspase mis barreras y que me caliente la sangre. Me inclino hacia él y dejo que me bese la frente, y cuando estoy acomodada en la pequeña mesa de cóctel cerca del escenario, veo que nos miran. Con envidia. Con curiosidad. Con entusiasmo.

—Todo el mundo nos mira —murmuro.

—Porque todos quieren saber quién es la atractiva desconocida que está con el *señor Vélez** —dice Miguel, que me guiña un ojo.

Suben al escenario y la multitud se vuelve loca. Silban y aplauden cuando Javier coge una guitarra. Él levanta una mano y se acomoda en una silla, ante un micrófono. Los dos empiezan a tocar, el sonido de sus guitarras se mezcla, sube y baja, e imagino que debe de ser flamenco.

Una mujer delgada de mediana edad se sienta a mi lado. Su perfume especiado impregna toda la cervecería. Se inclina y me ofrece una mano.

—Tú debes de ser Kit. Soy Sylvia, la mujer de Miguel.

Frunzo el ceño.

—¿Cómo sabes mi nombre?

Sonríe.

—Algo nos ha contado. Somos su familia.

—Ah. —Eso me hace sentir incómoda, pero acepto su mano y asiento en reconocimiento.

Una camarera se acerca con una cerveza y chupitos.

—¿Está bien? —pregunta, inclinándose—. ¿Cerveza y tequila?

Estoy sorprendida, pero me acerco lo suficiente para decir:

—Sí, gracias.

* En español en el original.

—¿Algo más?

—No, gracias.

Deja una copa de vino frente a Sylvia y un vaso de agua.

—Su trabajo es cuidar de los músicos y sus parejas —dice Sylvia—. Y Javier es... bueno, es él.

«Él». Miro hacia el escenario. Hacia la gente que lo mira con tanto entusiasmo.

La música cambia y se sumergen en otra pieza instrumental. Esta me resulta familiar. Es estimulante, cargada de golpes de guitarra y transiciones rápidas. No entiendo de música, pero es emocionante verlos.

Es emocionante ver a Javier en su hábitat natural. Tanto él como la guitarra están hechos de carne, madera, cuerdas y notas, todo junto para crear esta especie de embrujo. Sus dedos vuelan sobre las cuerdas, hacia arriba y hacia abajo, rasgueando, golpeando y rasgueando un poco más. El cabello le cae sobre la frente, y con el pie zapatea el suelo. Mira a Miguel para hacerle una señal, y los dos se sumergen en la siguiente sección. Es entonces cuando siento algo en mis entrañas. Algo salvaje y primitivo, en sintonía con el rasgueo de sus manos doloridas y pulsantes. Esa conexión toma color, un vivo tono amarillo, el color de la luz del sol, y empieza a extenderse por todo mi cuerpo. Cada parte de mí se convierte en un punto de luz que palpita al ritmo de las cuerdas. Me marea y, a la vez, me hace sentir viva.

—Guau —digo en voz alta.

Sylvia se ríe a mi lado.

—Sí, siempre es así.

La música va *in crescendo* y luego, de golpe, se hace el silencio. Javier se aparta el cabello de la frente y empieza a remangarse la camisa. Mira en mi dirección y levanta una ceja. Me toco el corazón con las manos y sonríe.

Y entonces, como la última vez, acerca un micrófono, ajusta la guitarra y se inclina. Tiene una voz rica y llena de matices. Acaricia las palabras una a una, las notas entran y salen. No entiendo qué dice, pero me encanta la forma en la que canta, con seriedad e intención. No me mira nunca, pero siento esa conexión por todo mi cuerpo, antes de un tono amarillo y ahora de color naranja.

Sylvia se inclina a mi lado.

—¿Hablas español?

Niego con la cabeza.

Ella traduce:

«En el susurro de las olas, oigo tu nombre.

En la caricia del sol, siento tus labios.

En la caricia del viento, siento tu piel.

Estás en todas partes, en todo.

No voy a olvidarte, amor».

Cierro los ojos; es demasiado. Su rostro y sus manos están sobre la guitarra. Pero incluso aunque no lo vea, su voz me atraviesa, y me atrapa el recuerdo de él inclinándose sobre mí cuando nos besamos la primera vez; la imagen de sus manos deslizándose por mi cuerpo; la forma en la que se ríe con mis bromas.

La canción acaba, coge una botella de agua y da un trago. La sala estalla en vítores y aplausos. Javier hace un gesto con la mano, me mira y asiente con la cabeza.

Y todo el espectáculo es así. Canciones preciosas de amor y de pérdida. La música me da tirones al corazón y me acuna el alma. Me permito caer en la cadencia de la melodía, me dejo llevar hacia un mundo más afable que este, en el que soy responsable del derrumbe de la vida de mi hermana; en el que tal vez haya privado a dos niños de una familia que, hasta mi llegada, era perfecta.

Cuando termina, me inclino sobre su cuello y digo:

—No tenemos mucho tiempo. ¿Prefieres que nos quedemos aquí o volver a mi habitación?

Elige mi habitación.

Es medianoche y estoy acostada bocabajo. Javier está tumbado a mi lado, recorriéndome la columna con dedos ligeros, arriba y abajo, arriba y abajo. Es hipnóticamente relajante.

—Háblame sobre la relación que te rompió el corazón —dice—. La que te ha mantenido y te mantendrá alejada del amor para el resto de tu vida.

—Oh, no es tan dramático. Es solo que no he tenido mucho tiempo para enamorarme.

—Psssht. El amor no necesita tiempo.

Giro la cabeza para mirarlo. Mi caparazón protector ha desaparecido, y ni siquiera sé dónde está en este momento.

—Se llamaba James. Lo conocí cuando estaba muy sola, después del terremoto.

Recorro la circunferencia de su hombro y le paso un dedo por el bíceps, con tranquilidad.

—Tenía novia, pero empezamos a trabajar juntos en el Orange Julius. —Me detengo para recordar—. Me enamoré perdidamente de él. Casi no podía respirar cuando estaba en la habitación.

—Estoy un poco celoso.

Sonrío.

—Rompió con su novia y, durante todo el verano, fuimos inseparables. Nos lo enseñamos todo, de verdad. En casa nunca había nadie, así que pasábamos el rato allí y nos explorábamos el uno al otro. —Ahora Javier mueve su palma por mi espalda arriba y abajo—. Estaba muy enamorada. Flotaba de amor. Y, en realidad, era la primera vez en mucho tiempo en que era feliz.

—¿Y?

—Y... Su exnovia empezó a amenazarme. Mi hermana se enteró y se peleó con la chica. Y le rompió la nariz.

—Oh. —Hay diversión en su voz.

—No fue gracioso. Era una de las chicas más guapas que he conocido, y...

Se ríe y se inclina para besarme el hombro.

—James se enfadó muchísimo con Josie y acabaron a puñetazos, también; y eso fue todo. Rompimos. Dejó el Orange Julius y, cuando empezó el instituto, volvió con su antigua novia y nunca más me volvió a hablar.

—Vaya cerdo.

—No, creo que ese eras tú, ¿no? —le tomo el pelo.

Vuelve a reír y me acaricia el costado.

—Pero nunca fui tan cruel.

—No —digo en voz baja. De repente, deseo poder quedarme en esta habitación para siempre. Le doy unas palmaditas en el abdomen—. Me gusta tu barriga.

Se ríe.

—En invierno crece. No te gustaría tanto en esa época.

—Creo que me seguiría gustando.

Suspira con tristeza y le da una palmadita.

—Ese niñito gordo siempre quiere volver. Podría ser un viejo gordo, algún día.

Paso la mano por la barriga y, suavemente, por el músculo de abajo.

—Aun así.

—Puedes verla en invierno, si quieres.

Aparto la mirada.

Me toca la barbilla y tira de ella hacia abajo para acercar mi cara a la suya. Y estamos tan cerca que veo cómo crece cada pestaña y las motas doradas de sus ojos oscuros.

—Así que te rompieron el corazón y no soportas que nadie se te acerque demasiado.

—No fue solo eso. Fue todo: el terremoto, mi padre y Dylan. Todo.

—Lo sé. —Se inclina para besarme con delicadeza y se aparta—. Necesito que me escuches un minuto sin decir nada.

Algo revolotea en mi pecho.

—Piensas que solo estoy flirteando cuando digo que eres la mujer más preciosa que he visto en mi vida, pero no es así. No es una frase hecha. No es una forma de llevarte a la cama… Aunque veo que ha funcionado.

—Tengo que recordarle que esta es mi cama, *señor.* *

—Bueno, como sea. —Me toca la boca—. Cuando te vi, te reconocí. Es como si todo este tiempo hubiera estado esperando a que aparecieras en mi vida. Y ahí estabas.

---

* En español en el original.

Siento una punzada en el corazón.

—Vivimos en continentes distintos.

—Sí. —Se inclina y me besa. Esta vez lo hace durante más tiempo, y me encuentro devolviéndole el beso—. Pero creo que tú también sientes algo por mí.

Respiro profundamente y, por una vez en mi vida, soy honesta.

—Así es. Puede que haya estado un poco enamorada.

—¿Hayas estado?

—Me voy en unos días.

—Mmm. Eso es verdad. —Me besa la garganta, y siento el revoloteo en todas partes—. A menos que te convenza para que te quedes más tiempo.

Entierro las manos en su cabello y lo acerco.

—Supongo que puedes intentarlo.

Memorizo la sensación de estar con él. De sus omóplatos y la punta de las orejas, de su voz en mi oído murmurando cosas en español. La sensación de sus muslos entre los míos y su sabor en mi boca.

Para recordarlo todo después.

Capítulo 29

Mari

Me dirijo hacia Casa Zafiro; me atrae como una sirena. Todavía no había estado aquí de noche, y las vistas son asombrosas, más mágicas incluso de lo que imaginaba. De pie en el acantilado, de cara a la brillante postal de la ciudad, recuerdo el día en que Simon me trajo aquí por primera vez.

Mi marido, cuando me adoraba tanto como para comprarme una casa legendaria. Se me desgarra el corazón con solo pensarlo.

Entro en las habitaciones vacías y oscuras. A medida que avanzo, enciendo las luces en un intento de darle calidez a la casa, pero está muy vacía. Y nunca estoy sola por la noche. Mi familia siempre está conmigo.

¿Este es mi futuro? La posibilidad es angustiosa. No tenía ni idea de lo mucho que necesitaba y deseaba una familia, ni de lo bien que se me daría tener una.

En la cocina, preparo la tetera para que hierva y me apoyo contra la encimera mientras espero. Aquí la luz es verde y desagradable. Una de las cosas que quiero cambiar es la iluminación por una más bonita y de mejor calidad. ¿No le importaba a Helen? Pienso en ella aquí, con Paris y Toby, sola en esta casa gigante durante décadas y décadas. ¿Por qué se quedó? ¿Por qué no la vendió y se buscó un apartamento en otro lugar? Le habrían dado muchísimo dinero. Es la primera vez que lo pienso, y ahora me pregunto por qué no se me había ocurrido antes. ¿Escondía algo? ¿Hacía penitencia?

Me llevo la taza de té al salón, salgo por las puertas francesas y me siento en la terraza. El sonido y el olor del mar me alivian la tensión del cuello.

Qué desastre. ¿De verdad había creído que me saldría con la mía para siempre?

Sí, es decir, ¿por qué no?

Y, sin embargo, ahora que todo ha salido a la luz, me siento aliviada. Mi vida está completamente patas arriba, pero por fin puedo contar mi verdadera historia. Las personas a las que quiero pueden conocerme: las dos partes y en los dos sentidos. Los que conocían a Josie —y, con eso, supongo que me refiero a Kit— y los que quieren a Mari. Doy un sorbo al té y, mientras contemplo la media luna que baila en la superficie del agua, trato de imaginar cómo se lo tomarán Nan, Gweneth…

Mamá.

He cargado con una antorcha de odio por mi madre durante tanto tiempo que me resulta difícil ver más allá de la mujer de paja en la que la he convertido. Con la luz de la luna y el mar envolviéndome del mismo modo que en mi infancia, recuerdo esa otra parte de ella; la que con tanta ternura acogió a Dylan, la que le dio un hogar a ese niño perdido. Me sobrecoge pensar que era más joven de lo que soy yo ahora cuando todo eso ocurrió. Me tuvo a los veintiún años, de modo que no tenía ni treinta cuando Dylan aterrizó en nuestro mundo. La joven y *sexy* esposa trofeo de un hombre mucho mayor.

Me apoyo contra la pared y me pregunto cómo debió de haber sido eso. Mi padre era casi quince años mayor y, al principio, estaba totalmente obsesionado con ella.

¿Cuándo empezó a tener amantes? ¿Y cuándo se dio cuenta ella?

Me apena.

Y entonces, de la nada, me viene un recuerdo de cuando solo tenía unos cuatro o cinco años. Mi madre y yo sentadas juntas en el patio del restaurante, mirando el mar. Ella me cantaba una balada sobre una sirena que advertía a los marineros de un naufragio. Se me forma un nudo en el estómago cuando el recuerdo desfila frente a mis ojos: las olas rompiéndose, la luna en calma, su voz y sus brazos a mi alrededor.

Mamá.

El día del terremoto estábamos en el centro de Santa Cruz. Me había comprado un helado, y no porque me gustara, sino porque le gustaba a ella. Yo estaba aturdida y triste. Sentía calambres en el útero después del violento legrado que me acababan de hacer, y ella estaba inusualmente callada.

—¿Estás bien? —preguntó al final.

Negué con la cabeza, luchando contra las lágrimas.

—Estoy muy triste.

Extendió el brazo y me cogió de la mano.

—Lo sé, cariño. Yo también. Pero un día, cuando sea el momento, tendrás niños y yo seré la abuela que los malcriará.

El dolor palpitante que sentía en el pecho se extendió por todo mi cuerpo y me presionó la garganta de una forma casi insoportable.

—Pero este…

—Lo sé, cariño. Pero apenas tienes quince años.

Y ahí fue cuando empezó el terremoto. Ya habíamos vivido otros, pero a este lo oímos llegar: un retumbar bajo la superficie del suelo que se acercaba en nuestra dirección. La primera ola golpeó el edificio con un estruendo e hizo caer cubertería, cristalería y horneados de la encimera. Casi a la vez, la ventana de cristal que había junto a nosotras se rompió, y mi madre me agarró del brazo y me arrancó de la silla con violencia para arrastrarme hacia la puerta. El techo empezó a desplomarse antes de que pudiéramos alcanzarla, y un gran trozo me golpeó la cabeza y me derribó. A mi madre se le escapó mi mano y grité, sentía que iba a desmayarme, que se me iba a parar el corazón.

Ella se inclinó y se echó mi brazo alrededor del cuello.

—¡Aguanta!

Me puse en pie y salimos tambaleándonos, pero incluso en el exterior había mucho ruido. La gente gritaba y las cosas se rompían, caían y crujían estrepitosamente por todos lados.

La sangre me caía por el ojo. Me presioné la herida palpitante de la cabeza con una mano. Era una herida grande y, en poco tiempo, la sangre me empapó el brazo. Mi madre me abrazaba con fuerza mientras el mundo se deshacía a nuestro alrededor. La sacudida era fuerte y violenta, y yo trataba de no desmayarme. Parecía que no fuera a acabarse nunca, aunque luego dijeron que solo había durado quince segundos.

Cuando al fin terminó, mi madre me liberó del abrazo para mirar la calle.

—Dios mío… —exclamó.

Y tuve que mirar también.

El aire estaba cargado de arena y partículas de escombros, todo estaba oscuro. Parecía que hubiera estallado una bomba, con las fachadas de los edificios hechas pedazos y ladrillos sueltos en las aceras. Una casa en concreto parecía haber implosionado. La gente lloraba y alguien aullaba, y vi a un hombre completamente cubierto de polvo, como si le hubiera explotado una bolsa de harina encima. Aquí y allá saltaban las alarmas. Olía a gas.

Me dolía mucho la cabeza y oía un pitido, y la sangre goteaba al suelo desde mi codo. Una mujer se nos acercó corriendo y se quitó el jersey.

—Siéntate antes de que te desmayes —ordenó mientras hacía presión en mi sien con la prenda—. Y usted también necesita sentarse.

—¡Oh, Dios mío! —gritó mamá. Estaba llorando, y tiritaba con tanta fuerza que, al cogerme, me recordó al temblor de la tierra. Gemí y la esquivé, y se desmoronó a mi lado—. Tienes que ir al hospital.

—¡Tenemos que llamar a Kit! —grité. Si aquí había sido malo, ¿qué habría ocurrido en el Eden? El pánico me encogió tanto los pulmones que sentí que me quedaba sin aire. Agarré la muñeca a mi madre con fuerza—. ¡Kit!

—Lo haré, voy. —Mamá se levantó, miró a su alrededor y luego volvió a mirarme a mí—. Estás sangrando mucho, no quiero dejarte aquí.

La mujer levantó el jersey.

—Sí, vas a necesitar bastantes puntos. ¿Puedes andar?

Traté de levantarme, pero otra sacudida de ruido y temblor nos alcanzó, y volví a caer. Alguien empezó a gritar de nuevo, como en breves estallidos. Mamá estaba de rodillas, con las manos en el suelo.

—El hospital está muy lejos. Tenemos que llamar a una ambulancia.

—Todas las ambulancias en un radio de ciento sesenta kilómetros estarán ocupadas.

—Quedémonos aquí, llegarán pronto.

La mujer tenía aspecto de ser una persona acostumbrada a encargarse de las cosas. Vaciló, miró en derredor y, luego, se sentó junto a mí.

—Tiene razón.

Un rugido llenó mi cabeza.

—¡Kit y papá! ¡Tenemos que llamarlos!

—Sí, vale, tengo que llamar a casa —dijo mamá—. Voy a buscar un teléfono.

Asentí, pero me sentía mareada y enferma, y solo pude recostarme contra una maceta. Estaba cubierta de sangre y sentía unas olas punzantes y rítmicas en la tripa que imitaban al terremoto, o tal vez al océano.

Mi madre regresó con muy mal aspecto.

—No responden.

Y no podíamos hacer otra cosa que esperar. Esperar mientras la gente pasaba tambaleándose, mientras trataban de conducir los coches con los que no podían ir a ninguna parte porque las calles estaban destrozadas, mientras los niños gritaban a pleno pulmón. Mientras el humo lo oscurecía todo y su olor llenaba el aire, y las sirenas de las ambulancias y la policía, por fin, sonaban en algún lugar remoto. Mientras los médicos de Urgencias evaluaban las heridas de las personas esparcidas por todas partes como basura.

Nos apoyamos la una en la otra. Me preguntaba cómo llegaríamos a casa. Pasaron horas antes de que alguien pudiera limpiarme y coserme la herida todavía abierta. Para entonces, mi mente estaba completamente nublada por el terror y el dolor, y a día de hoy sigo sin recordar cómo llegué al Eden. Un desconocido con un Jeep nos ayudó, un buen samaritano.

No había luces por el camino, solo oscuridad y vacío donde, hasta hacía unas horas, se alzaban edificios. Después de un día tan traumático a todos los niveles, no podía comprender lo que veía.

Y entonces ahí estaba. Mi corazón se rompió en mil pedazos, una y otra vez. Salté del coche y grité:

—¡Kit!

Ella corrió hacia la luz de los faros, con la cara sucia y surcada de lágrimas. La abracé tan fuerte que me entró dolor de cabeza.

—¿Dónde está tu padre? —preguntó mi madre.

Kit negó con la cabeza y señaló.

En la playa de la cala estaban los restos de nuestra casa y del restaurante; pedazos de madera tan destrozados como mi madre quedó segundos después. Gritó y volvió a gritar, y cayó de rodillas en el suelo rocoso.

Capítulo 30

Kit

Mari me recoge justo donde quedamos, a las seis. Parece exhausta.

—Ey, te he traído café.

—Oh, Dios mío, huele genial.

—No sabía cómo lo tomabas, así que he traído leche. Puedes ponerle azúcar, si quieres. —Señala un montón de sobrecillos que hay en uno de los portavasos.

Me río.

—Ya no tengo ocho años, ¿sabes?

—Una vez que te conviertes en adicta, lo eres para siempre.

—Solo una adicta reconoce a otra. —Me doy cuenta demasiado tarde de lo mal que suena—. Adicta al azúcar, quiero decir.

Me mira antes de incorporarse al tráfico con suavidad.

—Lo sé. Y yo soy la peor de las adictas. Pruébalo.

Tomo un sorbo, y tiene razón: sabe a batido.

—Demasiado para mí.

Conducimos en silencio hasta que reúno el coraje suficiente para preguntarle:

—¿Cómo te fue cuando nos marcharnos?

Niega con la cabeza y da un sorbo al café.

—Simon es un hombre orgulloso y chapado a la antigua: los hombres tienen que ser varoniles y fuertes. —Suspira—. No tengo ni idea de lo que va a pasar.

Por primera vez, extiendo el brazo hacia ella y le aprieto el suyo.

—Lo siento por la parte que me toca, Josie.

—No es culpa tuya. Nada de esto lo es.

—Aun así, lo siento.

Asiente y cambia de carril.

—Iba a llevarte a Raglan, pero la previsión de las olas para Piha es fantástica, y no está tan lejos.

—Es una locura esto de poder conocer el estado del mar siempre que lo desees.

—¿Verdad? Simplemente miras las previsiones, y «Bob es tu tío».

Me río.

—¿Qué acabas de decir?

—Que está chupado. —Se ríe—. La mejor jerga del mundo está aquí.

—Ahora entiendo por qué te gusta tanto esto. Es increíble.

—Sí, lo es, nunca me iré.

Es una mañana nublada, y el tráfico es denso mientras nos abrimos camino por la ciudad. En la radio suena una emisora local de pop comercial.

—¿Desde cuándo te gusta el pop? —pregunto.

Siempre escuchaba a grupos de *heavy metal* de los ochenta y los noventa, como Guns'N'Roses, Pearl Jam o Nirvana con su condenado Kurt Cobain.

Se encoge de hombros, relajada como jamás la vi en aquella época.

—El *heavy metal* me mete demasiado ruido en la cabeza —dice, sin más—. Empiezo a evadirme y, entonces, tomo malas decisiones.

Asiento.

—¿Qué te gusta a ti?

—La verdad es que lo mismo de siempre. Cosas fáciles de escuchar.

Sonríe con astucia.

—¿Como el flamenco?

Esa palabra me devuelve una imagen de Javier tocando anoche y encendiendo hasta mi último nervio. De su cuerpo y su guitarra convertidos en un único ente.

—Pues hasta ahora no sabía que me gustara, pero sí.

—¿Cuánto tiempo lleváis saliendo?

Me río ligeramente.

—Decir que estamos saliendo es exagerar un poco. Lo acabo de conocer.

—¿Qué?

—Sí, se sentó a mi lado la primera noche que llegué aquí, en un pequeño restaurante italiano que hay en un callejón junto a mi apartamento, y empezamos a hablar.

Se queda callada durante un minuto.

—Pues no parece una relación nueva.

—Insisto: llamarlo «relación» es exagerar.

—Te mira como si hubieras creado la Tierra y el cielo.

Eso me sacude.

—¿Qué dices?

—¿Me tomas el pelo? ¿De verdad no lo ves?

—No. —Bebo un sorbo de café—. Nos lo hemos pasado muy bien juntos, pero solo es una aventura de vacaciones. Vive en Madrid.

—¿Entonces, no te interesa?

Me encojo de hombros.

—Yo no me involucro.

—Eso no es una respuesta.

Algo en mí estalla. Irritada, digo:

—No es asunto tuyo, la verdad.

—Tienes razón. Lo siento.

La charla me devuelve a la realidad. No podemos retomar el vínculo como si no hubiera pasado nada. Siento cómo erijo un muro para protegerme de lo mucho que me conoce, de su increíble intuición para percibir cosas que me he esforzado en ocultar.

Javier es la persona con quien no uso caparazón.

Frunzo el ceño.

Salimos de la autopista hacia una carretera más pequeña. En un semáforo en rojo, me mira:

—¿Has tenido alguna relación seria, Kit?

Conoce la historia de James, pero tal vez piense que no cuenta. Doy un sorbo al café y miro por la ventana.

—Demasiado drama para mí.

—No siempre es así. —El semáforo cambia a verde y ella avanza—. No todas las relaciones son como la de nuestros padres.

—Lo sé —digo en un tono ligero y despreocupado. Sin embargo, en la acera veo a un hombre que camina con la misma cadencia que Javier, y reparo en el leve aullido de anhelo que emana de lo más profundo de mi ser. «Eso», dice. «Él». Sin rencor, añado—: No tienes que arreglarme, ¿vale? Estoy bien. Me encanta mi trabajo. Tengo un gato. Tengo amigos y surfeo. Tengo amantes cuando quiero.

—Está bien. —Se encoge de hombros, pero sé que tiene algo más que decir.

Suspiro.

—Adelante, suéltalo. Termina.

—Anoche, cuando os miraba a Javier y a ti, pensé en los hijos tan bonitos que tendríais.

Y, de repente, yo también los veo. Niñitas y niñitos regordetes, todos con gafas y coleccionando piedras y sellos. Una balsa de lágrimas se me acumula en los ojos. Tengo que apartar la mirada y parpadear con fuerza.

—Déjalo, Josie —digo en voz baja—. Tú querías eso y lo tuviste, pero yo no tengo por qué querer lo mismo.

—Mari —me corrige, y asiente—. Tienes razón. Lo siento. Supongo que no es fácil cambiar los viejos hábitos.

—He salido adelante bastante bien sin ti, hermana.

—Parece que sí.

—Guau —digo cuando llevamos las tablas a la playa—. ¡Mira esas olas…! —Avanzan hacia la orilla en crestas fuertes y firmes. Hay algunos surfistas haciendo cola, pero no tantos como habrían abarrotado el mar en Santa Cruz—. ¿Dónde está todo el mundo?

—En la temporada de turismo esto se llena —dice mientras se pone su traje de neopreno de alta gama, con diseños en turquesa—, pero el resto del año hay poca gente. —Señala a un montón de cabañas esparcidas al otro lado de la carretera y en lo alto de la colina—. Todo eso son apartamentos, lugares donde la gente pasa las vacaciones. Es increíble la de gente que tiene uno aquí.

Lleva una camiseta sobre el bikini, y reparo en que el vientre que una vez fue liso y bronceado ahora está lleno de estrías. No es de extrañar en una persona tan menuda.

—Son feas, ¿verdad? —Comenta, y las acaricia con dulzura—. Pero, cada vez que las veo, pienso en los niños.

La miro a los ojos y empiezo a reírme.

—Tía, ¿de verdad acabas de decir eso?

Se encoge de hombros.

—Es verdad.

—Es muy bonito. —Subo la cremallera de mi traje y me hago una trenza tirante. El olor a mar y el viento juegan con mis nervios, y solo quiero zambullirme de una vez—. ¿Lista?

Nos metemos en el agua fría y remamos hasta la línea.

—Tú primero —dice.

—Prefiero sentarme un minuto a estudiar cómo rompen.

—Guay.

Nos colocamos un poco alejadas de la acción principal, a horcajadas sobre las tablas y mirando cómo avanzan las olas hacia la orilla. En el cielo, las nubes tienen mala pinta.

—¿Se acerca una tormenta?

—No lo sé.

—Pues será mejor que empecemos.

A su señal, remamos y esperamos nuestro turno. El tipo que tengo enfrente fanfarronea un poco, pero sus movimientos son seguros. Las olas miden dos metros y medio. Monto mi primera ola y es tremendamente estimulante: el cielo, la luz y la tabla. Todo se une para regalarme un paseo elegante hasta casi alcanzar la arena; luego, vuelvo a dirigirme al punto de partida. A la línea. Me detengo para buscar a mi hermana, y ahí está, justo detrás de mí, con su postura tonta y los brazos extendidos. Tiene más gracia que antes, más calma. Surfea como si no tuviera adonde ir, como si no tuviera otra cosa que hacer.

Me ve mirándola y, mientras aúlla, me hace un *shaka*.

Se lo devuelvo y remo hacia la siguiente ola.

Después de una hora surfeando, ambas estamos cansadas y nos sentamos sobre las tablas, en el vaivén del océano. Con la vista fija en el horizonte, digo:

—Tenemos que llamar a mamá.

Tiene el pelo echado hacia atrás, revuelto.

—Lo sé. —Sus ojos oscuros se posan en mí—. Pero tengo que contarte un par de cosas más.

—¿Es necesario? ¿No podemos dejar las cosas como están?

Esboza una media sonrisa.

—Pero las cosas no están bien, ¿no?

Cedo, y niego con la cabeza.

—¿Te acuerdas de aquel actor que iba al Eden, Billy Zondervan…?

—Claro. Solía traernos cometas, chuches y cosas. Un tío majo.

—Sí. —El agua se mueve, arriba y abajo. Algo me roza los dedos del pie izquierdo—. Bueno, pues ese tío tan majo me violó cuando tenía nueve años. Repetidamente.

—¿Qué? —Remo hacia ella y siento que la médico de Urgencias se apodera de mí para protegerme, para ofrecer distancia clínica. Consciente de ello, la hago retroceder con furia y trato de responder como Kit. Mostrarme tal y como soy—. Qué cabrón. ¿Cómo…? Quiero decir, siempre estábamos juntas…

Niega con la cabeza.

—Estoy bastante segura de que no fui la primera niña a la que le hizo eso. Seguía un patrón: primero regalos y sorbos de sus bebidas y, después, amenazas. Me dijo que le cortaría el cuello a Cinder si se lo contaba a alguien.

—¿Cuándo fue?

—El verano en el que aprendimos a surfear. —Mira a lo lejos—. La primera vez fue la noche anterior a la mañana en la que bajé a la playa y Dylan te estaba enseñando.

Un puñetazo de horror me golpea el estómago. La recuerdo llorando desconsolada cuando nos encontró surfeando sin ella.

—Oh, Dios mío, Josie —susurro, y remo para acercarme más. Le aprieto la pierna—. ¿Por qué no nos lo dijiste?

Sacude la cabeza y las lágrimas caen en tropel por sus mejillas. Me doy cuenta de que también se deslizan por las mías.

—Me daba tanta vergüenza…

Alcanzo su muñeca y la envuelvo con fuerza con los dedos.

—Ojalá pudiera matarlo. Muy despacio, centímetro a centímetro.

Se enjuga las lágrimas con las manos.

—Ah, sí, yo también.

—¿Cuánto tiempo duró?

—Un verano. Luego trató de empezar contigo, pero le dije que, si alguna vez te tocaba, aunque solo fuera un dedo, me plantaría en mitad del patio en una noche llena de gente y les diría a todos lo que me había hecho, con pelos y señales.

Un agujero me perfora las entrañas.

—No lo recuerdo. No recuerdo que fuera así de asqueroso conmigo.

—No, era muy hábil. ¿Te acuerdas de aquellas muñequitas que te trajo de Europa? ¿Las que tienen otras muñecas dentro?

—Oh, sí. Me acuerdo. Estaban pintadas, eran muy bonitas.

—Sí. Ese fue el movimiento inicial.

—Dejó de ir al Eden, ¿no?

—Sí, gracias a Dios.

—¿Y nunca se lo dijiste a nadie?

—No se lo conté a nadie durante años…, hasta que se lo confesé a Dylan.

—¿Y por qué narices no lo contó?

Tiene una expresión extraña en el rostro, como si acabara de darse cuenta de que debería haberlo hecho. Me mira.

—Le hice prometer que no lo haría. —Arruga el ceño—. Quiero decir… Trató de averiguar lo que me pasaba durante mucho tiempo, y yo no se lo decía. No tengo palabras para expresar lo terriblemente culpable que me sentía de lo que había pasado.

Siento miles de fragmentos de vidrio clavados en el corazón.

—Tenías nueve años —susurro.

—Dylan debería haberlo dicho —comenta en voz baja—. ¿Por qué no me di cuenta hasta hace poco?

Hago un gesto con la cabeza.

—Porque lo adorábamos. Lo idolatrábamos, como si fuera el que hubiera puesto la luna en el cielo.

—Y todas las estrellas.

Inclino el mentón.

—¿Por qué nadie te protegió?

—Créeme, me lo he preguntado miles de veces. Pero, honestamente, no fue hasta que tuve a Leo y Sarah que me di cuenta de lo terribles que fueron nuestros padres. Antes de que llegara Dylan, dormíamos en la playa, solas… Con seis y cuatro años, Kit.

—Sí, lo recuerdo.

—Piénsalo. Una niña de cuatro años durmiendo sola con su hermana en la playa.

Sonrío a medias.

—Bueno, teníamos a Cinder.

Me devuelve la sonrisa.

—Sí, teníamos a Cinder. El mejor perro del mundo.

—El mejor perro del mundo.

Chocamos las manos.

—Entonces, ¿Billy nunca te hizo nada?

—No. Lo juro. Nadie. —A lo lejos, una gaviota monta las corrientes y eso me recuerda a la cala, a nuestra pequeña playa—. Aunque Dylan estaba incluso peor que nuestros padres. ¿Te acuerdas de cuando saltó al mar desde el acantilado?

Se estremece.

—Fue un milagro que sobreviviera a eso.

—Creo que no pretendía tener suerte. Igual que con el accidente de moto.

De repente, parece tan triste que me siento mal.

—Lo siento, Jo… Mari. Un mal recuerdo.

—Sí.

—El principio del fin —digo con un suspiro—. Estoy bastante segura de que aquello fue uno de sus intentos de suicidio.

Me mira con los ojos de par en par.

—Madre mía. Soy tan idiota… Claro que fue así. Esa es la razón por la que estaba tan dolido cuando lo llevamos de vuelta a casa.

Frunzo el ceño.

—¿En serio nunca te habías dado cuenta de eso?

—No. —Niega con la cabeza y salpica agua en la parte delantera de la tabla—. Lo echo muchísimo de menos. —Mira al horizonte—. Muchísimo.

—Yo también. —Lo evoco en su tabla larga, con los brazos estirados—. Era como una criatura sacada de un cuento de hadas, maldita y mágica al mismo tiempo. —Pienso en las manos suaves con las que me trenzaba el pelo. En la forma sencilla en la que doblaba la ropa. En el modo en que esperaba de pie con nosotras en la parada del autobús—. No sería quien soy sin él.

—Lo sé. Tú le hiciste mucho bien.

—Las dos.

—No. —Agita la cabeza—. Tú le dabas paz. Creo que fuiste la única persona que logró hacerlo.

—Espero haberlo hecho.

—Deberíamos volver a la orilla. Creo que la tormenta se acerca.

Cuando salimos del agua bajo un cielo encapotado, siento las piernas débiles y podría comerme una vaca gigante. Me quito el traje mojado y pregunto:

—¿Has traído comida?

Me lanza una mirada.

—Hay que ver. ¿Todavía te comes la Tierra y todas las lunas de la galaxia después de surfear?

Me río. Era algo que Dylan solía decir.

—Sí, pero mira —extiendo los brazos—, no estoy gorda.

—Estás muy buena —dice—. Mira tus abdominales, colega.

—Son de surfear.

—Había pensado en comer en la playa, pero se está levantando mucho viento.

Nos apresuramos a regresar al coche y volvemos a cargar el maletero con las tablas y los trajes de neopreno. Ojalá tuviera un forro polar, pero no tengo ninguno. Ella repara en que tengo la piel de gallina y me ofrece uno que saca del asiento trasero. Debe de ser de Simon, y el calor es delicioso. Nos acomodamos en el lado de sotavento del coche y comemos pasteles de carne y patata que regamos con un refresco de limón. De postre hay rebanadas de bizcocho.

—Me alucina lo mucho que les encanta el pastel aquí —confiesa—. Hay tartas increíbles, también.

—Este bizcocho está muy bueno —comento, inmersa en el mío, de una mezcla de chocolate y maracuyá que se derrite en la boca—. En serio, podría comerme un par de lunas más.

—Envidio tu talla.

Me río.

—Se han cambiado las tornas. —Me limpio las manos y digo—: Deberíamos llamar a mamá.

Por un momento creo que se va a negar, pero luego recapacita.

—Vale. Hagámoslo dentro del coche, aquí hace demasiado viento.

Ahora estoy nerviosa al buscar el móvil en el bolso. Miro la aplicación que me informa de que allí es por la tarde temprano. Perfecto. Tomo aliento y escribo:

¿Estás libre?

No pasan ni cinco segundos antes de que responda:

¡Sí!

Mi teléfono suena con el timbre de FaceTime. Miro a Mari, y ella asiente. Pulso el botón.

Y ahí está, sentada en el suelo con Hobo en el regazo. Lleva unos vaqueros con una camiseta y el pelo recogido en ese moño revuelto que le gusta tanto últimamente.

—¡Mira quién me quiere, al fin! —dice.

Josie —porque es Josie ahora mismo— empieza a llorar al oír su voz.

—Qué alegría, mamá. Muchas gracias por hacer esto. Escucha, tengo novedades.

—¿Sí? —Algo en mi voz debe de haberla alertado. Se endereza en su asiento—. ¿Qué?

—La he encontrado. —Giro la cámara y enfoco a mi inconfundible hermana.

—Hola, mamá —saluda.

Mi madre emite un sonido gutural a medio camino entre un aullido y una risa.

—¡Josie! ¡Ay, Dios mío...!

Josie sigue llorando, y las lágrimas le recorren las mejillas. Coge la pantalla y la toca con los dedos.

—Lo siento mucho, mamá.

Durante mucho tiempo solo lloran, se miran y murmuran cosas:

—Estás tan guapa...

—No puedo creer lo poco que has envejecido.

—Solo quiero mirarte.

Al final, Josie se acomoda en el asiento y, por segunda vez esta mañana, se seca las lágrimas de la cara.

—¡Mamá, estás increíble!

—Gracias. Tú también. Has dejado de beber.

Mari asiente con la cabeza.

—Lo he dejado todo.

—Yo también.

Pongo los ojos en blanco.

—Está bien, ¿podemos dejar la reunión de Alcohólicos Anónimos para otra ocasión?

Las dos se ríen.

—Tengo mucho que contarte —dice Mari.

—Quiero escucharlo todo. ¡Y Kit! —grita lo último como si yo estuviera en otra habitación. Giro la cámara para enfocarla hacia mi cara.

—Estoy aquí, mamá.

Se ve afligida y feliz, y se limpia el rostro.

—Gracias. También estoy deseando que me lo cuentes todo sobre tu viaje. ¿Estás bien?

Me detengo, pensando en la búsqueda, en Javier y, ahora, en la terrible certeza de que la negligencia de mi madre permitió que a mi hermana la violaran con nueve años.

—Sí —contesto, pero está claro que no sueno segura—. O lo estaré, en todo caso.

—Vale.

—Déjame hablar con ella de nuevo —dice Mari.

Le paso el teléfono.

—Mamá, tengo dos cosas que necesito decirte, y luego tenemos que irnos porque se acerca una tormenta. Estoy casada y tengo dos hijos, así que eres abuela.

Mi madre hace un ruido de sorpresa, y la imagino cubriéndose la boca.

—Se llaman Leo y Sarah, y Sarah es una miniKit en todos los sentidos, hasta en los dedos de los pies. Te encantará. Tienes que venir a conocerla.

—Lo haré, cariño. Lo prometo.

—Ahora mismo todo es un desastre y una locura, pero espero que se arregle. Aun así, pase lo que pase, quiero verte. Y, mamá…, gracias por el día del terremoto. Nunca te las di.

Oigo sollozar a mamá, y eso me produce una ansiedad extraña.

—De nada.

—Tenemos que irnos, mamá —digo cuando Mari me devuelve el móvil—. Dale un beso a mi gatito de mi parte. Ya te avisaré cuando tenga el billete de regreso. Muy pronto.

—Tómate tu tiempo, cielo. Yo estoy feliz, y ya ves que Hobo está bien.

Cuelgo el teléfono y lo sostengo en la mano, consciente del temblor sutil que me recorre de la cabeza a los pies. Josie apoya la frente contra la ventana, con el rostro húmedo, mientras mira hacia algo en la distancia.

Capítulo 31

Mari

En el camino de vuelta, Kit y yo vamos en silencio. Siento el corazón hecho jirones, y eso que todavía no se lo he contado todo. Mis pensamientos van de Simon a la expresión de mi madre al verme, pasando por la seriedad de Kit cuando le he confesado la verdad sobre Billy Zondervan.

—Deberías denunciarlo —dice ella cuando nos acercamos al rascacielos en el que tiene el apartamento—. Probablemente siga haciendo lo mismo.

Asiento con la cabeza.

—No pude hacerlo antes por motivos obvios, pero ahora estoy pensando seriamente en ello. Solo me preocupa que la gente pueda sentir lástima por mí y que mis hijos me miren con otros ojos.

—En cuanto a lo primero, ya te digo yo que lo olvides. Nadie sentirá lástima por ti si sacas a un pedófilo de las calles. En cuanto a lo segundo, puede que no sea necesario que lo sepan. —Niega con la cabeza—. Sí, vale. Lo pillo. Solo tú sabes lo que son capaces de gestionar.

—Gracias. —Me adentro en el pequeño camino frente a su edificio.

—Creo que me iré a casa en uno o dos días —dice—. Tengo que volver al trabajo.

Se me retuercen las tripas.

—¡No! ¡Todavía no…!

—Lo sé. Es pronto, pero podemos seguir en contacto.

Como si fuéramos simplemente unas viejas amigas que se han reencontrado. Pero tengo que darle espacio.

—Gracias por venir. Por hablar conmigo. Gracias por todo, Kit. Lo digo en serio.

Se ablanda y se inclina hacia adelante para abrazarme. Huelo su pelo, siento el tacto de sus músculos.

—Estaremos en contacto.

—Javier está enamorado de ti, Kit. Quizá quieras darle una oportunidad a esa relación.

—Mm —dice, y vuelve a sentarse—. Espero que las cosas se arreglen con Simon.

—Sí. —Paso el pulgar por la costura de cuero del volante—. ¿De veras vamos a dejarlo así? ¿Esto es todo?

—No lo sé. ¿Qué se supone que tenemos que hacer? Te llamaré cuando llegue a casa.

—Vale. A Sarah le encantará escribirte.

—Y a mí escribirle a ella.

Tomo aliento. Sopeso mantener la última cosa en secreto. La lluvia comienza a caer con fuerza en el parabrisas.

—Kit, hay una última cosa que necesito contarte. Para no ocultar nada más.

La cautela invade su cuerpo.

—Tal vez no sea necesario.

—No podremos avanzar si sigue habiendo secretos.

Inclina la cabeza y se toca las uñas.

—Adelante.

—El día del terremoto, mamá y yo fuimos a Santa Cruz para que me practicaran un aborto.

Levanta las cejas.

—Lo siento —dice—. Aunque no me sorprende mucho.

—Bueno, es cierto que me enrollaba con muchos tíos en aquella época, pero no llegué a tener sexo con ninguno. Me daba miedo. Pero entonces lo hice. —Parece que el ardor de mi pecho vaya a derretirme los huesos—. Cuando estabas en el campamento para médicos y mamá y papá fueron a Hawái, emborraché a Dylan y me acosté con él.

Se queda tan tiesa que se convierte en una foto de sí misma. Su cara empalidece.

—El bebé… era suyo. Y él estaba muerto, así que ¿qué otra cosa podía hacer…?

Durante un largo rato, sigue sin moverse. La lluvia cae sobre el techo y oscurece mi visión del mundo.

—¿Por qué no me lo dijiste, Josie? —pregunta en voz baja.

—No quería que me odiaras. Que me culparas de su muerte.

Suspira y cierra los ojos.

—Por eso se ahogó —dice, y no es una pregunta.

Tengo todos los huesos fundidos, y no puedo mirarla.

—Estaba furioso y avergonzado. No debería haberlo hecho. No sé por qué lo hice. Estaba muy jodido. —Se me llenan los ojos de lágrimas que no puedo reprimir—. Dejó de hablarme.

—Te lo merecías —sentencia y, entonces, abre la puerta y sale. Luego se vuelve para mirarme, con la lluvia cayéndole en la cabeza, mojándole el pelo y golpeándole las pestañas. La quiero como si fuera uno de mis órganos, mis ojos o mi corazón—. Nadie te protegió nunca como debería haberlo hecho. Pero yo lo habría hecho. —Está llorando—. Yo sí lo habría hecho.

Cierra la puerta de golpe.

Capítulo 32

Kit

Dos semanas antes del terremoto, con trece años, encontré el cuerpo de Dylan.

Era una mañana fría y brumosa, con una niebla tan densa que apenas veía los escalones al bajar hacia la cala. Llevaba un desayuno compuesto a base de Pop-Tarts y una botella de leche para huir de la pelea interminable que llenaba nuestra casa. Mi madre le gritaba a mi padre. Mi padre le gritaba a Josie. Ella le devolvía los gritos. Y así hasta el infinito. Josie había hecho algo malo, pero yo no sabía qué era y, honestamente, ya no me importaba. En el instituto le habían puesto motes —unos horribles— y, después de que su comportamiento empeorara de forma constante durante cuatro años seguidos, yo ya había dejado de intentar entenderla. Me avergonzaban las cosas que hacía.

Dylan estaba tendido bocabajo sobre la arena dura, muy cerca de donde solíamos instalar la tienda de campaña tiempo atrás. Llevaba la misma camiseta con la que se había marchado el día anterior y unos vaqueros, e iba sin zapatos. Su cabello estaba suelto y enredado. En la muñeca derecha tenía la pulsera de cuero que le había hecho en cuarto de primaria —la única que nunca se quitó—, con cuentas de plata. Era obvio que estaba muerto.

Me agaché. Toqué la pulsera. El corazón me martilleaba en el pecho, y un grito trataba de salir al exterior. Pero no podía permitirlo: una vez que avisara de que estaba aquí, lo perdería para siempre.

Así que, en la playa en la que habíamos pasado tanto tiempo juntos, me senté a su lado y me pregunté si su fantasma todavía estaría por allí. Si podría escucharme.

—Ojalá no hubieras hecho esto —dije, y le di un bocado al Pop-Tart—. Pero supongo que no lo soportabas más. Supongo que siempre supe que terminarías haciéndolo.

Las lágrimas brotaron de mis ojos y las dejé correr por mi cara.

—Solo quiero que sepas que hiciste mi vida mejor. Muchísimo mejor, colega.

Algunas lágrimas me caían por el pecho. Di otro bocado y lo mastiqué, sin prisa.

—Número uno: lograste que fuera a la escuela todos los días, y ya sabes lo mucho que me gustaba.

La niebla se arremolinaba y se movía, y, entre ella, creí ver a Cinder sentado con alguien.

—Número dos: me enseñaste a surfear, cosa que me encanta tanto como a ti. —Di otro mordisco y un sorbo de leche, pensativa—. Creía que el surf podría salvarte. Y tal vez lo habría hecho si… No lo sé, si la gente no hubiera sido tan mala contigo cuando eras pequeño. Número tres. —Se me quebró la voz. Sus manos reposaban extendidas a ambos lados, y yo las recordé sosteniendo libros mientras su voz nos los leía. Pensé en ellas con los cuchillos, cortando calabacín. Pensé en ellas entre mi pelo, trenzándolo todos los días para que no saliera a la calle como una pequeña loca—: Estoy muy triste. Este es el día más triste de toda mi vida. No quiero levantarme para ir a decirles que estás muerto, porque entonces será real y nunca jamás volveré a verte.

Me doblé sobre mí misma y traté de respirar, a pesar del dolor puro y abrasador que me inundaba, tan violento que parecía que se me hubiera tragado la marea y los pulmones se me hubieran llenado de agua. No sabía cómo iba a vivir con un dolor así, y entonces pensé en todas las cosas que había vivido él. Me senté y tragué saliva.

La niebla comenzaba a disiparse. Me comí el último de los pastelitos y luego desaté la pulsera en su muñeca. Era vieja, y tardé mucho rato en aflojar el nudo. Me preocupó que tuviera la piel tan fría, pero sabía que los muertos no podían sentir. A él no le importaría.

Cuando logré desatarla, me la metí en el bolsillo. Junto a la cueva en la que había encontrado el botín pirata aquella mañana, años atrás, los vi. A Dylan y a Cinder.

Levanté una mano para despedirme de ellos.

Desaparecieron.

Capítulo 33

Mari

Esta noche estoy en la habitación de Helen revisando los montones de revistas que tenía guardados en busca de pistas o, quizá, algún diario escondido. Algo. Todavía llueve y, para evitar que los sonidos fantasmagóricos de la casa me pongan nerviosa, estoy reproduciendo música en el teléfono. Suena metálica, pero, honestamente, me conformo con lo que sea.

La tarea tediosa me hace bien. Necesito ocupar la mente lo suficiente como para no preocuparme por todo lo que está ocurriendo en mi vida, aunque sigo procesando la información en segundo plano. Ha pasado esto, ha pasado lo otro y, al final, todo se arreglará. Con mi madre. Con Simon. Con Kit.

¡Dios, cuánto odio reflejaba su cara al marcharse! Tal vez no debería habérselo confesado todo. Tal vez no necesitaba saberlo ahora mismo. Pero, por otra parte, si vamos a volver a tener una relación, no puede haber más mentiras. Ya he contado mentiras como para tres vidas.

Con la música, no oigo a Simon hasta que está de pie en el umbral de la puerta. Al verlo, se me para el corazón. Lo amo, es como si fuera un ser creado solo para mí. Tiene ojeras y los hombros ligeramente caídos, como si fuera Atlas y cargara con el peso del mundo.

—¿Es buen momento para hablar?

No logro descifrar el tono, pero me pongo en pie de un salto.

—Por supuesto. ¿Bajamos a tomarnos una taza de té?

—Claro. —No entra en el dormitorio para besarme, y evita tocarme cuando bajamos las escaleras.

—¿Los niños están bien?

—Sí, piensan que te has ido con tu amiga. ¿Habéis surfeado?

—Sí, en la playa de Piha. Ha sido genial.

La conversación es tan tensa como un corsé. Me ocupo de la tetera y las tazas mientras Simon se deja caer pesadamente en la silla junto a la mesita.

—Esta habitación es rara, ¿no?

—Lo sé. ¿Por qué Helen la dejó así cuando tenía dinero para hacer lo que quisiera? ¿Por qué conservar esta lúgubre habitación verde? —Él se encoge de hombros; veo su cansancio—. ¿Estás bien?

—No, Mari, no lo estoy. Estoy destrozado.

Inclino la cabeza.

—Lo siento mucho. Por muy estúpido que suene, realmente pensé que nunca se descubriría.

—Jesús…

—¿Estás preparado para escuchar la historia?

Espero que vaya mejor con él que con Kit.

—Creo que sí.

Y entonces se lo cuento todo, empezando por el Eden, y Kit, y Dylan, y la playa. Le hablo del abandono, del abuso. Le cuento lo indomable que era y lo pronto que me convertí en alcohólica. Le confieso lo del aborto, le hablo de la extraña relación que compartíamos Dylan y yo —en parte amantes, en parte hermanos, en parte mentor y aprendiz— y que los dos estábamos total y completamente jodidos.

Y acabo.

—Las dos lo queríamos mucho, Kit y yo. Apareció de pronto en nuestras vidas y luego, simplemente, desapareció.

—¿Por qué no me lo contaste? ¿En algún momento, en algún lugar?

No puedo mirarlo.

—No lo sé. Supongo… Pensé que si lo sabías todo, no me querrías.

Sacude la cabeza.

—¿Por qué? ¿Qué parte de mí te hizo pensar que te querría menos si me contabas tu historia?

Estoy luchando contra las lágrimas.

—No fuiste tú, Simon. Era la vergüenza que sentía. Dylan se suicidó por mí. Engañé a mi hermana. Fingí mi propia muerte. —Me detengo con las manos tensas sobre los muslos—. La persona que dejé atrás no era alguien de quien me sintiera orgullosa.

—Oh, Mari, qué superficial me consideras. —Todavía está inclinado. Da un sorbo al té y luego lo aparta—. Siento que te sucediera todo eso, Mari. Lo siento. Nadie debería vivir algo así.

Me echo hacia atrás en la silla, expectante.

—Pero no puedo perdonarte por mentirme durante tanto tiempo. Tuviste muchas oportunidades de contarme la verdad, y las desaprovechaste todas.

Se me encoge el corazón.

—Pediré a mi abogado que redacte un acuerdo. Compartiremos la custodia y encontraremos la mejor forma de hacerlo. Yo me quedaré con la casa de Devonport y tú puedes quedarte esta.

Lo miro durante un largo rato.

—Tienes que estar de broma, Simon.

—Te aseguro que no.

—Entonces estás loco. —Me levanto, rodeo la mesa y tiro de su brazo para enderezarlo. Me siento en su regazo, cara a cara con él, y lo rodeo con los brazos—. Lo que tenemos es genial.

—Era genial. —Parece hosco y triste, pero no me está apartando, y eso es buena señal.

Tengo las manos en sus hombros. Las deslizo hasta su cara.

—He pagado por todo lo que hice y más, Simon. Cuando la vida me dio una oportunidad, encontré una manera de darle la vuelta a todo. ¡Y míranos! ¿Qué clase de idiota estaría tan enrocado en la moralidad como para preferir arrojar por la borda a su familia entera?

—No os estoy arrojando por la borda.

363

—Sí, lo estás haciendo. Si te mantienes en esta postura cabezona, todos sufriremos. Todos. Tú, yo, los niños. Eso sería estúpido.

Se quita mis manos de la cara.

—La confianza lo es todo, Mari. Si todo lo que me has contado es mentira, ¿cómo podré creer nada de lo que me digas de ahora en adelante?

Suspiro y siento cómo el miedo empieza a clavarme sus garras. Pero también me he convertido en alguien capaz de luchar por lo bueno en su vida. Una mujer que ya no huye de las cosas.

—Solo te mentí sobre mi pasado; todo lo que te he contado desde la fecha en que nos conocimos es cierto.

Empieza a negar otra vez con la cabeza y me aparta de su regazo.

—No. —Lo agarro más fuerte, con las manos y las piernas—. No vamos a romper nuestra familia por esto. No vamos a hacerlo. —Cierro las manos sobre sus orejas, en puños—. Esta no es ninguna novela victoriana deprimente donde una mujer toma malas decisiones e inevitablemente muere de forma terrible. No soy Veronica Parker pagando por el pecado de tener la vida que quiso. Somos tú y yo. Nos enamoramos en cuanto nos conocimos, y nos ha ido bien desde entonces.

Se le vuelven a llenar los ojos de lágrimas.

—Estoy tan enfadado contigo…

—Lo sé. Y tienes todo el derecho a estarlo. Enfádate. Pero podemos solucionarlo.

Se limita a abrazarme y, aunque intenta que no se le note, sé que está llorando.

—Puedes venir a casa, pero esto no está resuelto.

—Vale. Estoy de acuerdo.

—No sé cómo hacer esto —dice con voz entrecortada.

—Yo tampoco —concedo, al pensar en todo lo ocurrido—. Tal vez, al final, no puedas perdonarme.

—Temo que así sea.

Cierro los ojos.

—Te quiero muchísimo, Simon. Más de lo que jamás he querido a nadie hasta que nacieron los niños. Eres el sol de mi vida, lo más normal que me ha sucedido nunca.

Cierra los ojos también y se le saltan las lágrimas bajo los párpados.

—Es solo que te quiero muchísimo —susurra—. Y era todo tan perfecto…

—Si esto es lo peor que vaya a sucederle a nuestra familia, entonces seremos afortunados.

Él suspira con las manos en mi cintura.

—Eres mi talón de Aquiles.

Le seco las lágrimas con el pulgar y me inclino para besarle las pestañas.

—No. Soy tu luz del sol por la mañana y tu luz de luna por la noche.

Suelta una risa ahogada y, luego, me rodea con los brazos con tanta fuerza que ahora soy yo la que deja escapar un sonido ahogado de agradecimiento.

—Te necesito —dice.

—Lo sé. Y yo a ti. —Con la cabeza en su cuello, susurro—: Ahora todo es un caos y un desastre, pero, con el tiempo, lo resolveremos.

Nos sentamos juntos y exhaustos durante un largo rato.

—He hablado con mi madre por FaceTime —digo en voz baja—. Le he dicho que viniera a vernos.

—¿Lo hará?

—Eso espero —contesto, y lo digo en serio.

Ahora, si Kit me perdona, todo estará bien.

Capítulo 34

Kit

Me dirijo al ascensor para subir a la planta de Javier. Tengo el cabello mojado de la lluvia, cada centímetro de mi cuerpo tiembla y siento que me falta el aire. Pero pienso que, si puedo encontrarlo, hablar con él, algo de todo esto tendrá sentido. Dylan y Josie.

Josie.

Javier no está en casa. Saco el móvil para llamarlo y luego vuelvo a meterlo en el bolso; me ahogo, voy a explotar en mil pedazos, disolverme en el universo. De pie en el pasillo, tiritando, soy incapaz de pensar en qué debo hacer. En cuál debería ser el siguiente paso.

No puedo con esto. No puedo solucionar esto. No puedo respirar ni concentrarme siquiera en un único pensamiento. Josie y Billy. Dylan y Josie. Mi pobre, pobre hermana cargando sola con todo durante tanto tiempo. Matándose a sí misma al final, a la persona que había sido, incapaz de seguir lidiando con ello.

Dylan.

Algunas imágenes suyas se reproducen en mi cabeza. Tan guapo, tan perdido, tan torturado.

¿Cómo pudo haberse acostado con Josie? ¿Cómo pudo haber mantenido el secreto sobre el abuso que sufrió? Sabía que ella necesitaba consejo, que necesitaba ayuda. Vio la espiral de alcohol y drogas en la que se había metido y no solo no la detuvo, sino que la animó. ¿Cómo pude haber pasado por alto todo aquello?

Abrumada, me doy la vuelta y me dirijo al ascensor.

A casa. Solo quiero irme a casa. Tumbarme en mi propia cama. Sentarme en mi patio.

Lo deseo tan desesperadamente que, de repente, eso es lo único en lo que puedo pensar. Regreso a mi habitación y empiezo a meterlo todo en la maleta, de cualquier manera, sin doblar. Sostenes y ropa interior sucia con camisetas nuevas. Siento que he hecho un viaje larguísimo y desafiante, como si hubiera viajado por todo el mundo y participado en un millón de festivales y ahora volviera como una persona nueva, distinta.

Esta tarde, las vistas son tristes; el mar está agitado y turbio, de un color gris acerado por la lluvia, y eso me duele. No he llegado a conocerlo ni a disfrutarlo tanto como me hubiera gustado. Quería aprender más sobre él, pero me resulta imposible quedarme más. Tengo que volver a casa, a mi refugio, al mundo que he construido.

Desde el portátil, hago la reserva del vuelo para esta misma noche. Cuesta una fortuna, pero no me importa; es más, subo la apuesta y reservo en primera clase. El avión sale a las doce menos cuarto de la noche, y llegaré a casa por la mañana. Ya he hecho la maleta. Tal vez debería irme ya al aeropuerto.

Tocan a la puerta y, por un momento, considero no abrir. Solo puede ser Javier.

Pero sería muy cruel marcharme sin decirle nada. Me tomo un momento para centrarme, y abro. Lleva unos vaqueros suaves y la camiseta de manga larga jaspeada que le sienta tan bien. Va descalzo, y eso despierta esa parte de mí que todavía lo desea.

—Hola —saludo, tratando de sonar normal—. Acabo de llamar a tu puerta.

—Estaba tocando la guitarra —dice, y le brillan los ojos—. ¿Qué puedo hacer por ti?

—Pasa.

Ve la maleta en la cama.

—¿Qué ocurre?

—Mi hermana, Dylan, hay... —Niego con la cabeza—. Esto me viene grande. Necesito volver a casa.

—¿Te marchas? ¿Ahora? ¿Hoy?

Tiro otra camisa extraviada a la maleta.

—Sí. Ya es hora. Tengo que irme.

Frunce el entrecejo.

—¿Ha pasado algo?

—Sí. Confesiones de todos los tipos y colores. De cosas que no sabía. Cosas que no quería saber.

—¿Estás bien? Pareces... —Trata de alcanzarme y lo esquivo, porque no sé lo que pasará si me toca—. Consternada.

—Estaré bien cuando salga de aquí y vuelva a mi vida normal. —Trago saliva—. Siento irme de esta manera. He disfrutado mucho de tu compañía.

Se pasa la lengua por el labio inferior y percibo algo en su mirada que no he visto antes, algo más oscuro.

—¿Disfrutado?

Se acerca a mí, me doy la vuelta y él me sigue, como si estuviéramos bailando.

—Déjalo —contesto—. No soy ese tipo de mujer.

—¿Qué tipo de mujer, Kit? ¿La que se enamora, la que deja que sus emociones salgan a la superficie? —Me acaricia la nuca con dulzura y me estremezco. Me deja congelada, incapaz de apartarme cuando él acorta la distancia entre los dos y besa ligera y prolongadamente el lugar que sus dedos han tocado. Desliza las manos alrededor de mi cintura y siento los latidos de mi corazón en cada parte de mi cuerpo. En las palmas de las manos, en los pies. En los muslos, los pechos y el cuello.

Me da la vuelta y me acorrala contra la pared que hay detrás de mí. Oigo mi propio jadeo cuando nuestros cuerpos se conectan, y él sonríe levemente.

—Se «disfruta» de algo nimio como las aceitunas. —Me acaricia la parte trasera de los muslos, por debajo de la falda, y me acerca a él—. Esto es mucho, mucho más que eso, y lo sabes.

Se inclina para tomar mi boca en un beso insistente en el que su barba me pincha el mentón. Sin quererlo, emito un ronroneo y me encuentro con las manos en su cuerpo, atrayéndolo hacia mí. Me besa una y otra vez, me recorre con las manos, me despierta. Tengo el rostro lleno de lágrimas y no sé por qué —no creo que me haya pasado antes—, pero mi único pensamiento es que necesito su cuerpo, todo su cuerpo.

La unión es casi violenta. Sin exploración. Sin comodidad. Solo labios magullados y ropa arrancada; mi camiseta y la parte de arriba de mi bikini, las braguitas, sus vaqueros. Nos balanceamos el uno contra el otro, con fuerza, sobre la cama en la que no volveré a dormir. Estamos perdidos en el momento, muy perdidos, disolviéndonos, fundiéndonos y volviéndonos a ensamblar, él en mí y yo en él. Mis moléculas perdidas en su piel; las suyas, en mis huesos.

Cuando terminamos, los dos jadeantes, Javier no se mueve, pero ahueca las manos a ambos lados de mi cara.

—Esto no es solo «disfrutar», *mi sirenita.* [*] Esto es pasión. —Los dos respiramos con dificultad. Me sostiene la mirada y se inclina para besarme el labio inferior—. Esto es amor.

Mis lágrimas trazan caminitos por las sienes. Deslizo las manos por su pelo y siento su cráneo.

—¿Cómo puedo confiar en eso, Javier? ¿En la *instapasión?*

—¿Qué es eso?

—No lo sé. Todo esto se me da fatal.

—No confíes en mí —susurra, y delinea mi mandíbula con su dedo índice—. Confía en nosotros. En esto.

Durante mucho rato, deseo tener un poco de la despreocupación que caracteriza a mi madre y a mi hermana.

—No puedo —susurro—. De verdad, no puedo.

Me mira y toca las lágrimas.

—El hielo se está derritiendo. —Me besa con ternura—. Vete, pero quiero tu dirección de correo electrónico. Llevo todo el día escribiendo. Quiero mandarte una canción.

—Oh, no. —Cierro los ojos. Es extraño que tengamos esta conversación así, medio desnudos y hechos un desastre después del sexo—. No puedo. Sencillamente, no puedo soportarlo.

[*] En español en el original.

Se ríe, tranquilo. Me besa la barbilla y la garganta.

—Te gustará, *gatita.*[*] Lo prometo.

Y, al final, cedo. Se queda conmigo hasta que llega la hora de marcharme al aeropuerto, pero no hablamos mucho. Solo se sienta en silencio y observa la lluvia, con las manos en mi pelo.

Estoy bien hasta que el avión despega, vira y veo a mis pies la ciudad que se extiende en luces amarillas y bahías talladas. Y, entonces, siento que se me rompen las costillas. Es como si hubiera echado raíces en este lugar, como una de las higueras de Moreton Bay, y ahora las arrancara del tirón, todas a la vez.

¿Por qué me marcho?

¿Qué me pasa?

---

* Ídem que la nota anterior.

Capítulo 35

Kit

Un mes después

Ha sido una noche dura en Urgencias. Un adolescente muerto tras haber estampado el coche contra una barrera y haber caído al río; una sobredosis de fentanilo que no hemos podido revertir; una mujer mayor con la pierna rota por dos lados tras caerse por las escaleras, con una herida espantosa por la que le salía el hueso.

Todo esto me pone de un humor extraño. Estoy furiosa con el mundo en general durante el resto de la noche.

No paramos. El hospital está lleno de pacientes con los diagnósticos habituales. Muñecas rotas, dientes caídos e intoxicaciones alimentarias. El cuerpo humano es una creación delicada y sorprendente. Casi cualquier cosa puede destruirlo por completo y, sin embargo, cuesta mucho hacerlo. La mayoría de nosotros nos las arreglamos para sobrevivir unos setenta u ochenta años y, durante ese tiempo, vamos acumulando cicatrices, cada una con una historia. El trozo de yeso que marca nuestra cara para siempre, esa hebilla del cinturón, esas quemaduras de cigarrillos...

Mi madre me escribe:

¿Quieres venir a desayunar? He hecho tortitas con arándanos.

Está preocupada por mí. Sé que lo está. Y yo estoy tratando de comportarme de forma medianamente normal para que no se marche preocupada a ver a sus nietos, viaje que tiene programado para mediados del próximo mes. Me alegro por ella. Se ha esforzado y se lo ha ganado. Le contesto:

Claro, estoy surfeando. Iré más tarde.

No he podido adaptarme a nada desde que volví. El trabajo me crispa. No puedo leer. No puedo sentarme durante más de cinco minutos con mi madre. Hobo está bien, tal como me prometió, aunque ella cree que le vendría bien una compañera.

Lo único que hago es surfear cada vez que puedo. Esta mañana la previsión de las olas no es especialmente brillante, pero no me importa. Cargo la tabla y, por capricho, me dirijo a la cala. No he estado allí desde que llegué. Tal vez es que estoy buscando respuestas.

Pero ¿a qué? ¿A todo lo que le pasó a todos? A veces la vida es miserable, es lo que hay. Tuve la suerte de vivir unos cuantos años buenos en el Eden con Dylan, Josie y Cinder. Juntos y felices, en la playa, antes de que todo se derrumbase. Algunas personas ni siquiera llegan a tener eso.

Sin embargo, no logro hacer las paces con Dylan. Creía que lo conocía y lo entendía, pero la confesión de Josie hizo añicos la imagen que tenía de él.

O, tal vez, ya lo sabía.

A veces los veía en la playa, a altas horas de la noche, juntando las cabezas y riendo como si fueran cómplices de una trastada secreta. Eso me ponía tan celosa que, ahora que lo pienso, me hace entender que ya lo sabía. Apropiada o no, tenían una relación íntima, una relación que no tenía nada que ver conmigo.

Pero ¿qué tiene que ver todo eso con mi relación con él? ¿Con mis recuerdos de él? Eso es lo único con lo que he podido contar durante todo este tiempo. Dylan me quería. Me hizo la vida más fácil. Me salvó, en muchos sentidos.

Y eso sigue siendo cierto. Como también es cierto que contribuyó a la caída en desgracia de mi hermana.

No sé cómo reconciliar esas dos versiones de él.

En el agua me siento bien. No tengo que pensar. No tengo que sentir. Puedo montar las olas, ser parte de la naturaleza. Me pregunto si eso era lo que Dylan hacía, disolverse en el paisaje o, por lo menos, intentarlo. Al final, eso fue exactamente lo que hizo. Tuvo la muerte más acorde y más perfecta para él.

Las olas son francamente malas, así que regreso tan solo media hora después. Me quito el traje de neopreno y me pongo una camiseta y un par de sudaderas. Me recojo la melena en un moño en lo alto de la cabeza. A mi madre no le importará.

Mi móvil suena con la notificación de que he recibido un correo, y me apoyo contra el Jeep en el acantilado donde una vez estuvo el Eden. Abro el mensaje.

Mi sirenita:

Esta noche el cielo brilla con una luz anaranjada que se refleja en el agua. He dado un paseo hasta el Ima, lugar al que ahora voy a menudo. He cenado pollo asado y he pensado en ti.

Espero que estés bien. Tu hermana me ha invitado a cenar y le he dicho que será un placer. Sarah se pondrá triste cuando vea que no vienes conmigo, pero le llevaré tinta para la estilográfica y le diré que es de tu parte. Tal vez estés aquí pronto de verdad. Todos lo estamos esperando, todos deseamos tu compañía.

Tuyo,

Javier.

Cada día me escribe algo. Un párrafo como este, o un fragmento de algún poema —le gusta mucho la poesía romántica de Neruda—. Los mensajes son dulces y conmovedores, pero solo le contesto de vez en cuando. Lo que tenemos es un vínculo estúpido destinado a desvanecerse. En realidad, solo estuvimos juntos unos días. Es ridículo que me sienta mal por ello, cosa sobre la que mi madre evita cuidadosamente hacer ningún tipo de comentario.

Me quedo de pie en el acantilado sobre la cala vacía, y siento los fantasmas a mi alrededor. Dylan está apoyado en el coche, fumándose un porro. Mi padre se quita el polvo de los vaqueros. Tiene el reloj en el bolsillo de la camisa. Nunca lo encontramos, y lloré durante días por ello.

Ninguno de los dos era perfecto. Uno era un hombre duro que se había criado en un entorno duro. El otro estaba roto por el abuso.

Igual que Josie.

Este reconocimiento me recorre de la cabeza a los pies, con suavidad, como una brisa de verano. Alivia el nudo que siento en el estómago y rompe las espinas que protegen mi corazón. Tal vez no tenga que elegir entre el Dylan villano o el Dylan héroe. Tal vez era las dos cosas. Tal vez Josie era —es— ambas cosas, también. Heroína y villana.

Tal vez todos lo somos.

El mar está en calma. Y, por primera vez en muchas semanas, yo también. Todavía no he decidido qué hacer con mi trabajo. Estoy cansada de arreglar a las personas que se lastiman solas; tal vez quiera volver a los animales. Mi primer amor fueron el mar, los peces y el resto de criaturas marinas, y Dios sabe que ahora mismo cualquier ayuda les vendría bien. Tengo mucho dinero ahorrado. Podría buscar áreas de estudio.

Tal vez.

Me ruge el estómago. Subo al coche y me dirijo a la casa de mi madre. El sol empieza a asomar a través de las nubes, y eso me sube un poco el ánimo. Quizá solo necesito unas largas vacaciones en un lugar soleado. Subo las escaleras mientras barajo las posibilidades: Tahití, Bali, las Maldivas.

España.

La mera palabra hace que se me erice todo el vello del cuerpo. Tengo que detenerme en las escaleras para tomar aliento y devolver todo lo relacionado con él al rincón de mi interior al que pertenece, y donde debe quedarse para no salir. ¿De verdad me enamoré de Javier?

En menos de una semana es imposible. Es absurdo.

Pero, entonces, ¿por qué lo extraño tanto? Es como si las estrellas se hubieran caído del cielo. Aparte de todo lo demás, lo echo de menos a él en concreto. Hablar con él, estar con él. Extraño ser yo misma con él.

Subo el último tramo de las escaleras pisando fuerte, abro la puerta de un tirón y me detengo, sin comprender.

—¿Qué hacéis aquí?

—Sorpresa —dice mi madre.

—¡Sorpresa! —repite Sarah, que atraviesa la habitación a toda prisa para arrojarse a mis brazos—. ¡Hemos venido todos a verte!

Siento su cuerpo fuerte y firme. Mis manos caen sobre su espalda, y estoy tan, tan contenta de verla que temo que la costura de mis emociones se rompa y se precipiten todas al suelo, así que respiro profundamente.

—Estoy muy feliz de verte.

Mari está de pie con mi madre, y Simon está detrás de ellas. Leo trata de fingir interés.

Y ahí, como si lo hubiera conjurado, está Javier. De pie, en medio del salón de mi madre, con ese porte elegante y europeo; viste una bonita camisa de color lavanda pálido a rayas de un tono más oscuro de lila, pantalones a medida y zapatos de calidad. Lleva perfume, y está tan guapo como siempre.

—Hola, *gatita** —saluda, y sonríe.

Los miro a todos.

—No entiendo. ¿Qué…?

—Cariño —dice mamá—, esto es una intervención.

Sarah todavía se apoya en mí con fuerza y yo rodeo su espalda.

—¿Una intervención? Pero yo…

Mi hermana me interrumpe:

—Mamá ha estado preocupada por ti. Nos pidió que viniéramos.

—¿Por qué? Estoy bien.

* En español en el original.

Simon niega con la cabeza. Me sorprende, y digo:

—Solo estaba ahí fuera surfeando, eso es todo.

—Es una intervención de amor —dice Mari.

—¿Amor? —La lava de emociones que he estado salvaguardando, manteniendo con cuidado en las profundidades de mi ser, empieza a gorgotear.

—Sí —contesta Mari; se acerca y se sitúa junto a su hija para rodearme con los brazos. El olor de su cabello me inunda, me marea. Entonces, Simon, mi madre y Javier se unen. Hasta Leo, aunque no creo que realmente desee hacerlo—. Queríamos que supieras —dice mi hermana— que nunca más estarás sola.

—No sé a qué te refieres —contesto—. Yo…

—Te abandonamos —afirma mi madre—. Todos, de una forma u otra. Josie, Dylan, tu padre y yo.

—Yo no —dice Sarah, y me abraza con más fuerza.

—Yo tampoco —murmura Javier con su voz profunda.

Simon interviene:

—Pero ya no estás sola. Somos tu familia, y puedes contar con nosotros.

—Y conmigo —apostilla Sarah.

Y no hay forma de contener esa lava. Exploto como el Vesubio. Todas las lágrimas que nunca he derramado, todo el dolor que nunca he expresado, la furia y la tristeza, se desbordan hasta que lloro como una niña pequeña, gimiendo mientras sus manos me acarician la cabeza, sus brazos me sostienen y sus voces me susurran:

—Adelante, llora. Estamos contigo.

He estado muy sola durante mucho tiempo.

«Estamos contigo».

Cuando al fin cesa el llanto, el pobre Leo se escapa a la playa y mi madre me acompaña al baño para que me dé una ducha y me lave la cara ardiente. Y, entonces, nos sentamos todos juntos a desayunar. Como mi madre solo dispone de dos sillas en la mesa, sujetamos las tortitas sobre las rodillas y nos sentamos en el sofá.

Josie/Mari se sienta junto a mí.

—Esto tiene tu huella por todas partes —digo—. Lo has planeado tú, ¿no?

—Por supuesto. —Me sonríe—. No está tan bien como la tarta de sirena, pero no está mal.

Se me hace un nudo en la garganta.

—Es mucho mejor que la tarta.

—Tía, esa tarta llevaba al menos dos botes de chispitas de colores.

Me río.

—Es verdad. —La miro—. Aun así, esto es mejor.

—Me alegro.

Simon se une a nosotras.

—¿Te dijo Mari que resolvió el gran misterio del asesinato de Veronica Parker?

—¡No! ¿Quién fue?

Suspira con solemnidad.

—Lamentablemente, fue George, después de todo. La pilló con el carpintero y la atacó. Tal vez no quisiera hacerlo, pero fue así.

—¿Cómo lo descubriste?

—Gracias a los diarios de Helen —añade Simon—. Estaban enterrados bajo un montón de revistas, pero está claro que no podía deshacerse de ellos.

—Helen también estaba enamorada de George —continúa Josie—, y fue ella la que filtró lo de la aventura, tal vez con la esperanza de que él aliviara la pena con ella. En vez de eso, George mató a Veronica y Helen lo cubrió.

—Qué historia tan triste.

—Explica la razón por la que solo vivió en aquel rinconcito durante todos esos años.

Al otro lado de la habitación, Javier escucha atentamente a mi madre, pero, como si sintiese mi mirada, levanta la vista. Señala con la cabeza hacia la puerta, y asiento.

—Disculpad.

Bajamos las escaleras en silencio y luego se detiene.

—Tengo que quitarme los zapatos para caminar bien por la playa.

Espero mientras se quita esos zapatos tan caros y los calcetines. Luego, se sube el dobladillo de los pantalones. Sus pies desnudos, blancos y fuertes, me hacen pensar en el *jacuzzi* de Auckland y en el día en el que bajó a mi habitación descalzo cuando ya me iba.

Trago saliva.

Nos dirigimos a la orilla. Me toma de la mano.

—¿Todo bien?

Afirmo con la cabeza, tímida de repente. Me avergüenza no haber respondido a la mayoría de sus correos y haber sido tan mala con él.

—Gracias por venir —digo de forma cortés.

—Psssht —contesta—. Estuve muy cerca de subirme a un avión al día siguiente de que te fueras, pero pensé que tal vez necesitaras tiempo.

—Nos conocemos desde hace muy poco tiempo.

—Eso es cierto —admite.

La brisa le levanta el cabello y se lo aparta de ese rostro extraordinario.

—Parece una erupción.

Me mira.

—El amor es una erupción.

—¿Esto es amor?

—Sí, *mi sirenita.* * —Se detiene y ahueca las palmas en mi cara—. Es obvio que esto es amor. Por mi parte, seguro que sí.

Lo miro y descanso entre esas manos enormes. Confío en él.

—Tengo mucho miedo.

—Lo sé. Pero no estás sola, te lo prometo.

Me besa muy suavemente.

—¿Qué significa *mi sirenita?*†

—Mi pequeña sirena —dice, sonriendo.

---

* En español en el original.

† Ídem.

—¿Y *gatita?**

—Kitten —contesta, como si fuera obvio.

Esta vez no hay fantasmas en la playa, pero siento que Dylan está conmigo y se ríe suavemente.

—Así me llamaba Dylan.

—Mm. Ahora soy yo el que te llama así.

Me besa, y yo también lo hago. Tengo un millón de preguntas, pero será mucho más fácil responderlas si no tengo que hacerlo sola.

—Te he echado tanto de menos… —susurro.

—Lo sé, porque tú y yo estamos hechos el uno para el otro.

—Mi *alma gemela*† —digo—. ¿Se puede tener más de una?

—¡Por supuesto! Mi amigo, el que se suicidó, era una de las mías. Tu hermana y tu sobrina lo son para ti. —Se ríe.

—Sí. Sarah seguro que sí.

Asiente y me coloca un mechón detrás de la oreja.

—Demos un paseo.

Y eso hacemos.

* En español en el original.

† Ídem.

Epílogo

Kit

Al amanecer, Josie y yo nos dirigimos a la cala y bajamos con las tablas de surf por el acantilado. Llevamos trajes de neopreno grueso para el agua fría. El tiempo es algo tempestuoso y el viento crea olas grandes. No hablamos, solo nos quedamos de pie en la arena dura, en el lugar donde una vez, años atrás, dormimos en una tienda de campaña, asamos malvaviscos y miramos las estrellas. Desde ese mismo lugar, contemplamos ahora las olas que vienen hacia nosotras, una tras otra, de forma infinita, como lo harán siempre.

Me mira.

—¿Lista?

Hago un gesto afirmativo y remamos entre las rocas hasta mar abierto. Hay muchos surfistas, ansiosos también por montar las olas, pero no importa. Cada surfista y cada ola es una combinación única. Todos estamos ahí por la misma razón. Por amor.

Mi hermana y yo nos perdemos en el momento, en la sal en nuestros labios, en las tablas bajo nuestros pies y en el cosquilleo del agua en los dedos. Sigo su cabeza rubia, como siempre he hecho, y luego, de repente, me indica con la mano que la dirija, y eso hago. La ola es espectacular y, cuando se rompe en un poderoso rizo, me pongo de pie en el momento justo y siento cómo todo en mi cuerpo se estabiliza y se centra.

El tiempo se condensa y se fusiona, y siento a Dylan detrás de mí, con los brazos en mis costados, sujetándome por si me caigo. Se ríe con mi fuerza, y yo crezco hasta los seis metros de altura.

Estoy viva. Soy humana. Soy amada.

Detrás de mí, mi hermana aúlla. Miro hacia atrás, le dedico un *shaka,* y yo también aúllo.

Agradecimientos

Si se necesita un pueblo para criar a un niño, para que un libro vea la luz es necesario un ejército. Estoy muy agradecida a todo mi equipo de la editorial estadounidense Lake Union —las editoras Alicia Clancy y Tiffany Yates Martin—, que hace que mi trabajo brille mucho más; a Gabriella Dumpit y todo el equipo de *marketing,* quienes hacen un trabajo fabuloso entre bastidores; y, por supuesto, a Danielle Marshall, cuya visión nos guía a todos. Gracias a mi agente guerrera, Meg Ruley, por todas las cosas que hace siempre.

Gracias a mis lectores beta, quienes me ayudaron a detectar errores —Yvonne Lindsey, oriunda de Auckland, gran escritora y amiga generosa—; a Anne Pinder, por su ayuda con Madrid y las peculiaridades de los españoles, y a Jill Barnett, por la lectura perspicaz, las sugerencias y el conocimiento de California, el terremoto de Loma Prieta y el surf. Cualquier error que pueda haber en esta historia es enteramente mío.

Y, por encima de todo, gracias a mis lectores, a todos vosotros. Adoro todos y cada uno de los segundos de nuestra conexión.

Lira Ediciones le agradece la atención
dedicada a *Cuando creíamos en las sirenas,*
de Barbara O'Neal.
Esperamos que haya disfrutado de la lectura
y le invitamos a visitarnos
en www.liraediciones.com,
donde encontrará más información
sobre nuestras publicaciones.